乐都文学丛书

纪实卷

桑梓情深

SANG ZI QING SHEN

茹孝宏　主编

青海人民出版社

图书在版编目（CIP）数据

桑梓情深：纪实卷 / 茹孝宏主编 . -- 西宁：青海
人民出版社，2023.6
　（乐都文学丛书）
　ISBN 978-7-225-06408-6

　Ⅰ . ①桑… Ⅱ . ①茹… Ⅲ . ①纪实文学 — 作品集 —中
国 — 当代 Ⅳ. ①I25

中国版本图书馆 CIP 数据核字（2022）第205988 号

乐都文学丛书

桑梓情深（纪实卷）

茹孝宏　主编

出 版 人　樊原成
出版发行　青海人民出版社有限责任公司
　　　　　西宁市五四西路 71 号　邮政编码 :810023　电话 :（0971）6143426（总编室）

发行热线　（0971）6143516 ／6137730
网　　址　http://www.qhrmcbs.com
印　　刷　青海德隆文化创意有限责任公司
经　　销　新华书店
开　　本　720mm × 1010mm　1/16
印　　张　22.5
字　　数　290 千
版　　次　2023 年 6 月第 1 版　2023 年 6 月第 1 次印刷
书　　号　ISBN 978-7-225-06408-6
定　　价　298.00 元（共五册）

《乐都文学丛书》编委会

序一

梅　卓

南北青山遥携手，滚滚湟流起春潮。

乐都雄踞河湟，扼守甘青要道，是丝绸南路青海道重要地理和文化节点，历史上曾上演过一幕幕风云变幻大剧，文化灿烂辉煌，人文积淀深厚。在一辈辈代表性文化人物的引领与推动下，尊师重教、崇文尚礼逐渐蔚然成风，由此奠定了乐都文化的久远渊源和深厚基础。新中国成立后，历届县委、县政府着力文化建设，"北山赛马、南山射箭"成为极具品牌效应的群众文化现象，文学创作日趋活跃，"青海文化大县"美名广为流传。本世纪初，乐都县成立文联，创办《柳湾》文学季刊，文艺组织和文艺阵地，犹如两团温暖光芒洒向文艺界，暖光所及，广大文学爱好者创作热情被激活、才华得以触发，新人新作渐次涌现。新时代的乐都实现了由县改区的历史性跨越，区委、区政府将文化建设始终置于重要发展地位，给予强力领导和有力扶持。在美好传统孕育的相互砥砺、相互学习、团结和谐、积极向上的创作氛围中，新生创作力量不断加入，全区作家队伍阵容日益壮大，创作中比学赶超之势愈加明显，涓滴泉溪积为静水深流，盛放之花汇成满目春色，文学园地迎来了硕果垂枝、清香漫溢的收获时节。

既是收获，就有必要回顾与总结。回顾是为了展望前路，总结是为了更好发展。

摆在我案头的五卷本"乐都文学丛书"，是一套涵盖小说、散文、诗歌、纪实文学、评论各文学体裁的作品集，作者众多，内容丰富，风格多样，比较全面地呈现了乐都文学的创作队伍结构状况与优秀作品风貌。可以说，这是乐都文学品类齐全、精挑细选、分量重、成色足的收成，是区委宣传部、区文联、区作协献给新时代新征程的深情颂歌，对回顾全区文学发展脉络、激励广大作家投入新时代文学创作，引领意义和传播价值自不必细说。

每一次收获都是一个新的起点。

习近平总书记在文艺工作座谈会讲话中强调指出："文艺工作者应该牢记，创作是自己的中心任务，作品是自己的立身之本，要静下心来、精益求精搞创作，把最好的精神食粮奉献给人民。"衡量一个时代的文艺成就最终要看作品，衡量一个地区的文艺成绩最终也要看作品。乐都区曾是脱贫攻坚主战场，当前正全力推进经济繁荣、创新兴业、品质宜居、绿色秀美、和谐善治、勤政务实"六区"建设，全区上下踔厉奋发、笃行不怠，共同书写了乐都波澜壮阔的时代画卷，新时代的历史大剧正在这片背负荣光、承载梦想的土地澎湃上演。时代召唤文艺工作者从新时代的重大成就和伟大变革中萃取题材、提炼主题，为人民抒写，为人民抒怀，为人民抒情。

这是我们共同的责任。愿我们载梦前行，永不停步，坚信下一个收获就在不远的前方！

是为序。

序二

丁生文

湟水河流经西宁，滔滔不绝地向东奔流，在进入大峡至老鸦峡的一片狭长开阔地带，孕育出了一块丰腴之地，这里历史悠久，人文葳蕤，这就是河湟文化古都，被誉为"文化大县"的滨水生态新城——乐都区。

如果海东是河湟文明的发祥地、核心区，那么乐都则是其核心中的核心。青海著名作家王文泸在《文明边缘地带》谈到乐都人时说："他们有礼貌地待人接物，用干净的语言和人交谈，自觉维护着一些约定俗成的文明规则，从而使得看起来稀松平常的乡村生活因为有了文明的骨架而变得法度井然。"2021 年元月，中新网以"耕读传家久，诗书继世长"为题报道了青藏高原"博士村"乐都区瞿昙镇徐家台村。综上所述，"魅力海东，人文乐都"的概括无疑是精准的。

尤其值得一提的是，从吴栻、赵廷选、谢善述、萌竹等硕儒名士留存于世的作品来看，他们的创作也代表了历代青海文坛的较高水平。近年来，在区委宣传部主导的《柳湾文艺》期刊的引领下，在乐都文化人的努力下，在乐都崇文传统的激励下，多方筹措资金，出版了《河湟民族文化丛书》《乐都历史文化丛书》《河湟历史文化通览》《河湟花儿大全》《柳湾文丛》《瞿昙文化纵览》《凤山书院》等各类文化图书百余部，破羌轶事、南凉史话、鄯州故事、瞿昙传说等也被乐都作家写成地方史志类小说，创造了高原图书出版之最的记录，形成了被业内人士称为最具发展潜力的"柳湾文学方阵"，其作者的作品先后在《读者》《青年文摘》《大公报》《文艺报》《光明日报》《中国教育报》《上海文学》《北京文学》《星星诗刊》《绿风》《诗选刊》《诗江南》《诗歌月刊》《四川文学》《黄河文学》《文学港》《散文百家》《飞天》《黄河》《散文选刊》《文学自由谈》《时代文学》《青年作家》等大报名刊刊发，其中一些文艺家还先后获得"《飞天》大学生诗苑奖"、青海青年文学奖、青海文艺评论奖、青海省政府文学艺术奖、孙犁散文奖、青海省委宣传部"四个一批"人才及青海省"德艺双馨"文艺工作者称号，作品入选省内外多种重要选本。

为了进一步落实习近平总书记在中国文联十一大、中国作协十大开幕式上的讲话精神，培养"胸中有大义，心里有人民，肩头有责任，笔下有乾坤"的文学队伍，献礼中国共产党第二十次全国代表大会的胜利召开，在区委宣传部、区文联、区作协的努力下，编选出版了这套《乐都文学丛书》。该丛书对改革开放以来乐都文学作品进行了巡览式的选编，以点带面全景式展示了新时期以来乐都作者在诗歌、散文、小说、纪实、评论等方面的创作，并辑纳了外籍作家抒写乐都风物、评论乐都作家作品的诗文；丛书不薄新人爱前贤，征集入选了100多名作家和文学爱好者的500多篇（首）作品，既有耄耋作家的作品，也有后起的90后年轻作家的作品；这些作品雅俗共赏、不拘一格，既有黄钟大吕，也有阳春白雪，既收录了精英知识分子写作，也编辑了业余爱好者的作品。该丛书为总结跨世纪40多年来的乐都文学创作积累了宝贵的文学资源，我们相信它将激励文学才俊竭尽全力投身文学创作，为新时代创作更多更好的文学作品。

文化是一个国家、一个民族的灵魂，文化兴则国运兴，文化强则民族强。故《习近平新时代中国特色社会主义思想学习纲要》鲜明提出"建设具有强大感召力和影响力的中华文化软实力"的重大论断。海东早在 2013 年就绘就了"全面建设河湟文化走廊，着力打造海东文化名区"的文化发展蓝图，号召各级领导"要真正增强发展文化、壮大文化、繁荣文化的紧迫感和责任感，将文化建设融入经济建设的方方面面，把文化'软肋'变为文化'软实力'，把文化资源的潜在优势转化为文化发展的现实优势，力争在文化建设领域异军突起，实现海东文化大发展大繁荣"。

　　海东撤地设市之后，市委领导也一再要求：要厚植河湟文化，建设文化名市，打造精神高地，为繁荣我市文化事业提供可靠的组织保证，奋力谱写我市文化事业繁荣发展的新篇章。近年来海东市以习近平新时代中国特色社会主义思想为指导，在市委的坚强领导下，提高站位、乘势而上、担当作为，携手谱写美好生活的时代赞歌，不断开创全市各项事业发展新局面，努力把"五个新海东"美好蓝图早日变为现实。乐都区也紧紧围绕推进"四地""五个新海东"建设目标，以经济领域改革为重点，增强高效能服务，全方位扩大改革开放，推动中央和省委、市委各项改革（试点）任务在乐都区落地生根、开花结果，为经济繁荣、创新兴业、品质宜居、绿色秀美、和谐善治、勤政务实"六区"建设注入强劲动力。尤其是在"人文乐都"的抟塑方面，在精神文化的创作方面我们更要凝心聚力、继往开来，我们相信在乐都区广大文艺工作者的共同努力下，"人文乐都"必定会在新的时代再放异彩，乐都文学创作也一定会在千帆竞发的河湟文化重建大潮中更加繁荣昌盛。

　　是为序。

目录

以民为本

新世纪的精神丰碑

周尚俊

　　当新世纪第二个十年的曙光在东方地平线上冉冉升起的时候，国人都不约而同地把目光聚焦到中国的西部。

　　乐都，中国西部资源大省——青海省东部河湟谷地的一块热土。

　　乐都，海东撤地设市后，新海东市的政治、经济、文化中心。

　　这里，素有"文化县"之称。早在4000多年前，先民们就在这块富庶的土地上繁衍生息，到了东晋隆安二年，鲜卑族部落首领秃发乌孤建立南凉政权。这里有被中外考古界享有盛誉的距今4000多年历史的柳湾原始社会墓地遗址；有被人们称颂"浪了瞿昙寺，北京再甭去"的西北地区最早的藏传佛教寺院之一的瞿昙寺。

　　正是由于悠久的历史、丰富的人文积淀，才孕育出乐都多彩的文化。悠久的历史和灿烂的文化推出了乐都，海东市核心区域建设在乐都的大事同样推出了乐都。当历史的车轮迎着21世纪第二个十年的朝阳滚滚向前的时候，社会发展以一种全新和高速的态势前进，放眼望去，展现在我们面前的更是一个日新月异、五光十色、生机勃勃的大千世界。乐都，这块河湟沃土，这块海东新地，在这经济发展的高速大道和社会进步的希望田野上，在万马奔腾、千帆竞发的社会舞台上，不断拓宽文化区的内涵，在深化物质文明、政治文明、社会文明、生态文明建设的同时，全面加强社会主义精神文明建设，使灿烂的古文化焕发出盎然的新生机，在改革开放、科学发展的滚滚大潮中建树着精神家园，建树着新世纪的精神丰碑。

上篇：顺应科学发展的新形势，
构建以人为本、内涵丰富的精神文明建设新框架

乐都的文化教育事业曾经辉煌过，"文化县"的美称也曾经使无数的乐都人为之自豪。然而，随着中国特色社会主义事业不断深化，精神文明建设的内涵也随之发生了重大变化，如何在实现中华民族伟大复兴的征程中全方位地加强乐都的精神文明建设，如何按青海东部次中心城市、最佳人居环境城市的定位构筑精神文明建设的新框架，成为迫切需要解决的问题。

抓发展先要抓认识，基于这样的理念，区委、区政府通过开展学习实践科学发展观活动、思想大解放活动和党的群众路线教育等活动，广泛讨论并高瞻远瞩地指出，目前还有一些人对乐都区的定位不准，创新不足，存在满足现状，不思进取的现象。新的形势，需要我们以人为本，以丰富的内涵全方位地抓精神文明建设。

思想是行动的先导，有了一个好的指导思想，就奠定了一个好的工作基础，也就开创了一个新的工作局面。

乐都有着崇尚教育、尊师重教的传统。区委、区政府因势利导，充分发挥这一优势，高举"科教兴区"旗帜，把教育放在优先发展的战略地位，强化精神文明建设的基础。20世纪末，全县有各级各类学校312所，在校生近5万人，学校教育展开在河湟大地的角角落落，形成了村有小学，乡有初级中学，集中乡镇有高级中学，县城有重点

高中、职业中学、师范学校等从乡村到城镇的学校教育网络。全县适龄儿童入学率达99.5%，完成率达99.5%，辍学率仅0.04%。向全国各大中专院校输送学生14000多名。改革开放以来，培养出合格高中毕业生47000多名，初中生92000多名，职校生2600多名。先后夺得全国"两基"教育先进县、全省教育工作先进县、全省第一个基本扫除文盲先进县、全国科技先进县等多项国家荣誉和省级荣誉称号，每万人中高中、初中生比例分别达到1100名和3261名。

进入21世纪，社会发展进入空前进步阶段，旧的格局被打破，新的方式在产生。在社会日益变迁和繁荣，城市化、工业化不断加快的背景下，乐都大地同样发生着前所未有的变化，随着青海东部城市群建设和撤县设区的发展，非农产业向城市集聚，城市人口比重不断增加，农村人口不断减少，学校布局不合理矛盾日益突出，教育面临着许多挑战，教育的文化功能更为显现，同样乐都教育要顺应潮流，面向时代，站在更加全新的高度来推进、来发展，实现跨越。

文化在河湟地区的引领，其实就是教育的引领。

抢占河湟发展的制高点，首先要抢占文化教育的制高点。

鉴于此，乐都人站在时代的高度上重新架构着乐都教育的现在、谋划着乐都文化的未来，突破性地创造着乐都社会的发展。

21世纪的头十年，乐都进行了以优化教育结构为主的第一轮学校布局调整。至2010年，全县共有学校114所，其中小学73所，九年一贯制学校31所，初级中学3所，完全中学一所，高级中学4所，职业学校1所，幼儿园30所，特教学校1所；有中小学及学前幼儿48211人，其中小学生18307人，初中生11091人，高中生7850人，职业生5058人等，全县教职工3423名。教育已不仅仅是作为一种文化传承的手段，而是为国家输送人才，走向产业化发展。

21世纪的第二个十年一开始，乐都教育又有了新的突破和发展，因为乐都的城镇化日益发展，到2020年，乐都城市建成区面积将达到 16 平方公里，城镇人口达到 16 万人，城镇化水平达到 50%。在这一城市化背景下，乐都提出"以现有中心学校为基础，乡镇只设部分小学；以辐射半径大、地缘优势明显的河谷地区和城区九年一贯制学校为中心，打破乡镇界限，合并周边初中学校及部分小学；以优质高中为重点，整合资源，集中优势，办好示范性高中"的思路，加快教育园区和河谷地区重点学校建设，进一步加大对农村地区学校的合并力度，扩大城区及河谷地区学校的规模，通过教育资源整合，对保留学校的功能性完善及内部管理的加强、地缘优势的发挥等手段，扩充和培植优势教育资源，促进教育均衡发展，努力提高整体水平。

这十分明显地告诉人们，乐都教育在实现着从数量型到质量型的跨越——构建适应城市发展的教育服务体系。

全区教育布局再调整根据城市化建设中人口流动趋势和发展，以城区和河谷中心地区重点学校扩展为基础，加快初中以上学校调整步伐，将全区初级中学和九年一贯制学校合并为 8 所；撤并全区所有初级小学，每个乡镇只保留 1 至 2 所完全小学，使学校总数从现在的 114 所减少到 38 所，其中，完全小学 26 所，九年一贯制学校 5 所，初级中学 3 所，高级中学 2 所，职业中学 1 所，特殊学校 1 所；并建成青海高等职业技术学院，使海东这座新型城市有了高等教育。

有人算了这样一笔账，2013 年全区有 2500 多名新生考入省内外大中院校，仅此一项就拿走近 3000 万元，再加上大二、大三、大四的学生，乐都学生每年要带走一个多亿的钱，这不能不说是天文数字，然而这是一个"铁"的任务，乐都人理直气壮地拿出来了，背后不知道发生了多少辛酸的故事，这就是乐都人尊师重教的不惜代价。当然他们更明白，这是一个高投入，也是一个高产出、高回报的产业，这些学生毕业后对家乡、对家庭带来的收益无可估量。

在教育方式的运用和选择上，在教育对象的培养和利用上，乐都有许多过人之处。他们率先在中小学设立计算机课程，率先在全省推行"尝试教学法"，把眼光一直放在了教育发展的前列。他们打出了"一中牌""二中牌""职校牌"。简单地说，就是通过师资力量倾斜、教育基础投入、教育教学资源整合，使乐都一中这所拥有近百年历史，代表乐都文化与教育的古老中学和后起之秀的乐都二中，成为崭新的现代化中学，成为全国知名重点中学。一中也无愧于乐都人，这所学校已为国家输送的毕业生数以万计。二中同样落地有声，其培养的学生进入全国重点院校的数量日趋名列全省前茅。职业学校从开办之日起面向社会，放眼全国，找准了市场经济条件下职校与市场的有机结合点，其毕业生受市场青睐，牌子响亮，就业形势一片大好。

教育发展上去了，人们的科学文化素质提高了，这是乐都精神文明建设的根基与希望。

如果乐都的教育从抓投入和抓品牌入手的话，乐都的文化便以开发展，抓活动为出发点，以开发促活动，以活动促发展，这是乐都精神文明建设新框架的又一支点。

乐都自然景观独特，文化积淀深厚，开发利用创新这些传统文化，才能拓展乐都精神文明内涵。近年来，乐都积极争取国家投资建成青海柳湾彩陶中心，修缮开发瞿昙寺，正在规划并着手开发"养在深闺人未识"的苍家峡、央宗寺、水峡、冰沟奇峰等名胜，结合这些名胜古迹的开发，挖掘地方民间文化，使这些传统文化焕发出新的活力。

乐都群众性文化活动热点是每年的春节和夏季。每到春节，城乡到处锣鼓响，村镇处处扭秧歌。从城镇到乡村接踵而来的社火队踩高跷、耍狮子、划旱船、扭秧歌、跳舞蹈、唱秦腔，一片喜庆景象，每年春节有几百支社火队活跃在乐都城乡。地处南山地区的蒲台乡每年就有40多支社火队到各村演出。老百姓说：锣鼓不响，庄稼不长。其实这完全不是一种迷信，而是对春节的等待，对文化生活的期盼，对精神生活的追求，对美好日子的希冀。一到夏季，南山射箭接连不断，此起彼伏；北山赛马，热热闹闹，一浪高于一浪。而声声"花儿"经久不衰，从李家乡的水峡唱到马营的下北山林场，一直唱到瞿昙寺，唱得花儿火红，唱得令人心醉。

群众性的文化活动推进了乐都精神文明建设，而区委、区政府以健全精神文明组织为抓手，以大活动为载体，以正确引导为方向，又为精神文明活动注入了巨大的力量，产生了源源不断的文化产品和精神食粮。

乐都率先在全省成立了文学艺术界联合会，同时组建作家、书法家、美术家、摄影家、戏曲家、民间艺术等协会，这些协会涵盖了所有的文化发展内容，而且各协会的会员成了乐都精神文明建设、文化产品创新与创造的主力军，也成为乐都精神文明建设的领军者。仅文学艺术作品如雨后春笋，乐都籍作者先后出版《夜》《厚土》《默默的河》《乐都历史纵横谈》《青海眉户》《乐都人文印象》《河湟花儿大全》《河湟历史文化丛书》等50多部书籍；艺术协会会员创作编排的大型广场舞蹈《五彩神箭》和《彩陶的故乡》在中国·青海河湟地区国际民间射箭邀请赛上一展风采，令人叫绝；书法家协会充分发挥乐都书法爱好者最多的优势，在全社会推广书法艺术，即培养了许多名家、大家，又普及到全区的男女老少和家家户户中，功夫不负有心人，历经几年的奋斗，终于在2013年争得了"中国书法之乡"的美誉。摄影、射箭、民间艺术活跃于县内与省内外各种比赛、交流、展出活动中，把乐都文化推向了全国。

区委、区政府还举办大型活动，以推进全区精神文明建设上台阶，同时给人民群众提供良好的精神生活。每年春节期间，组织社火调演活动。2012年举办了中国·青海河湟地区（乐都）第一届国际民间射箭邀请赛、第13个文化科技卫生三下乡活动，这些活动掀起了全区精神文明建设高潮，凝聚了全区人民的斗志，激发了建设家乡的积极性、创造性。

乐都人创造着生活，生活丰富着乐都人的精神世界。

科技是第一生产力，是推动经济发展的重要力量，同时也是精神文明的重要范畴。进入 21 世纪以来，乐都的科技工作者抓新技术推广和新产品开发，完成了农村能源综合示范县建设项目，科技对经济的贡献率显著提高，全区学科技、用科技的氛围日益浓厚，专业研究会、科技服务小组、400 多个以农民为主的乡村科普协会等已成为落实科技普及和成果推广示范的中心，"区有农机中心、乡有农科站、村有带头人、户有明白人"的四级科技研究与推广网络已初步形成，一大批高新技术不断进入乐都人民的生产和生活中。

卫生事业是一项重要的社会事业，其与精神文明息息相关。抓卫生工作，乐都强调的是夯实基础和卫生环境，引导人们创造良好的生产生活环境。投巨资搬迁区人民医院、中医院，组建第三人民医院，化代价修建乡镇卫生院，正是乐都卫生事业超前发展的最好标志；整治城乡环境卫生，城区门前卫生实行"三包"，加强爱国卫生运动，同样是乐都卫生事业超前发展的表现。说到底，还是为乐都人创造良好的生活环境。目前，全区医药卫生体制改革顺利推进，区级公立医院改革试点工作全面完成，医疗为广大人民群众服务的可及性、公平性显著提高；全区乡镇卫生院、村卫生室基本药物和区医院的基本药物、非基本药物签名实行零差价销售，"先住院后结算"政策全面实施，有效改善了群众看病难、看病贵的问题。食品药品监管力度加大，群众饮食用药安全进一步提高。认真落实计划生育政策，全区继续保持低生育水平。

显而易见，这些内容丰富了乐都社会主义精神文明建设内涵，也形成了乐都精神文明建设的基本框架，这一切为经济建设提供的智力支持无以可比。

同样，乐都在构建精神文明建设框架的同时，拓展思路，加强党的建设，打牢精神文明建设的组织基础，这更丰富了乐都社会主义精神文明建设的内涵。

区委把党建工作摆在十分突出的位置。来乐都任职的县区委书记走了一个又一个，但每一任都接着前者的接力棒，自始至终把党建工作当作头等大事来抓、来思考。每一位县区委领导都有这样的坚定信念：经济建设是全党和全国工作的重点，我们要始终不渝地坚持；党建工作是新的伟大工程，我们要坚持不懈地抓，而且要抓紧抓好，抓出成效。抓党建，第一步，以人为本，以创新的精神促进干部队伍的建设，做到以"三个代表"和科学发展观为指导，坚决破除求全责备、论资排辈、平等照顾的思想障碍，牢固树立"事业兴衰，关键在人"，识人用人"看大节、看主流、看本质、看发展"等新的用人观念。推行公开选拔领导干部、党政机关干部竞争上岗制度，积极创造优秀人才脱颖而出的用人机制，并且实行民主评议制、领导班子和领导干部诚勉制度、干部谈话制度、任前公示制度等，切实加强对干部的培育和监督管理工作。第二步，加强党的基层组织建设，夯实精神文明建设的组织基础。具体做法是，以"五个好"乡镇党委和村党支部为目标，以创先争优活动和群众路线教育活动为手段，上下联动，齐抓共管。无论是"五个好"活动，还是创先争优活动，其核心几乎包含了精神文明建设的所有内容。难怪群众说，自从开展创先争优活动和群众路线教育活动以来，全区乡村邻里和谐、文明祥和，实现了"五多五少"，即勤奋致富的人多了，游手好闲、不务正业的少了；学科学知识的多了，讲迷信、耍赌博的人少了；遵纪守法的人多了，寻衅闹事、打架斗殴的人少了；尊师重教的人多了，中途辍学的人少了；自觉保护环境卫生的人多了，搞破坏、脏乱差的人少了。这真是一箭双雕、一举两得。

基层党组织的凝聚力、战斗力、号召力似乎很抽象、很概念。然而，实实在在地做，认认真真地抓，这种力量的显现并不难。

打击犯罪，维护社会正常的秩序，保一方平安，营造良好的社会生产生活环境，这是乐都精神文明建设新框架的又一特色。

抓稳定，县委、县政府把打击犯罪作为第一任务，把打防并举作为基础工程。有一段时间，在109国道洪水制高点附近，以盗窃过往货运车辆物品的现象尤为严重。公安干警全线出动，经过一个多月蹲点守候、围追堵截，破获车匪路霸团伙犯罪案件9起，摧毁犯罪团伙2个，抓获犯罪分子10名，追回赃物赃款6万余元。从此，这条大道成了平安大道。抓稳定，政法部门不断提升社会管理水平。夯实基础，搭建社会管理服务平台。先后投入100多万元建成了县级政务中心，乡镇、社区综合服务大厅和行政村服务室建设建成率达到100%，改善了综治工作办公条件，方便了群众，提高了群众对综治工作的满意度。科学布局，建立社会管理服务新模式。根据综治维稳工作情况，将全区划分为南山、北山、川水三个维稳片区，在管理模式上实行乡镇大网格管理和村、社子网格管理相结合的模式，并推行"民情沟通日"活动、"民意会客厅"建设，从源头上化解了社会矛盾，维护了社会安定团结。强化措施，构建社会治安大防控格局。实施社会治安"1234"工程，实现了刑事发案下降、矛盾纠纷下降、安全事故下降、群众安全感提升、群众满意度提升、群众生活水平提升的"三降""三升"目标。同时，政法各部门密切配合，始终保持对恶性暴力犯罪、多发性侵权犯罪、涉众性经济犯罪等的高压态势。2012年，全县共发刑事案件368起，比上年下降4.17%；治安案件325起，比上年下降7%。

区委、区政府始终把政法干部队伍建设作为抓社会稳定的关键工程。在队伍建设上强调奖罚分明、制度严明，最终强化了一支好的干部队伍，产生了良好的社会效应。区上的重点建设项目发展到哪里，政法队伍就保驾护航到哪里；犯罪分子出现在哪里，公安干警就行动在哪里。既有硬的章法，又有软的举措。家庭是社会的细胞，家庭的基础牢固了，社会才能稳定。县法院针对近年来草率离婚案件增多的现象，在把握夫妻感情是否确已破裂的根本下，对他们做深入细致的说服教育与调解工作，动之以情，晓之以理，明之以法，使 600 多对反目夫妻重归于好。小细胞牢固，大社会稳定，群众拍手叫好。

打造教育、文化两个品牌，唱响科技、卫生、体育等几支高歌，抓好党的建设和社会治安综合治理两个支点，这一切造就了乐都社会主义精神文明建设的基本框架，这一框架又树立了党的威信和政府的形象，赢得了人民群众的最大信任。

下篇：精神文明建设的动力是什么？乐都的实践表明：抓好经济建设，增加硬件投入，以其推动精神文明

马克思主义哲学告诉我们：经济基础决定上层建筑，上层建筑又反作用于经济基础。物质文明是经济基础的范畴，精神文明是上层建筑的范畴。同样，物质文明建设决定精神建设，精神文明建设又能为物质文明建设提供强大的精神动力和智力支持。

乐都人深有体会，乐都区委、区政府深有体会。

基于这样的一种理论认识和实践探索，区委、区政府提出了"以富民强县、建设小康为目标，以优化经济结构、提高经济效率为核心，夯实发展基础、壮大特色产业，做强园区经济，统筹城乡发展，着力改善民生，促进社会和谐"的理念与思路。物质文明、社会文明、生态文明一齐抓。

谈及乐都的经济建设，有这样一些数字：2012 年，实现县域生产总值 55 亿元，较 2010 年增加 19.7 亿元，年均增长 18.7%.实现工业增值 19.26 亿元，工业产品产销率达到 98%。全县累计完成地方财政一般预算收入 1.78 亿元，全县金融机构存款余额 27.36 亿元。2010 年全县实施各类项目 161 项，其中投资上亿元的项目 5 项，千万元以上项目 64 项，完成县属固定资产投资 12.99 亿元。城镇居民人均可

支配收入达 16306 元，农民人均增收入 5609 元。

这组数字演绎为具体行为，是乐都这块热土上经济活动的空前热烈，是经济繁荣的最好表达。

一位 70 多岁的老人用这样的现象描述了乐都今昔的巨大变化。他说：20 年前，乐都县城听到哪儿有鞭炮声响，就会觉得稀诧，而今天，如果有一天听不到鞭炮声响，就会感到奇怪。是的，老人这句话的背后，我们看到今天的乐都城区天天鞭炮响，处处歌声亮，每天都有开张、开业、奠基，以至婚庆、升学的大事、喜事，所以每天都有热闹而愉快的气氛，这种现象不再是 20 年前般只有在节庆时候的昙花一现，而是不再稀罕的司空见惯。

这就是国强民富的简单道理，这就是科学发展的具体表达！

其实，物质文明和精神文明是相互依存、相互渗透的，它们是一对孪生兄弟。

十几年前，乐都人掀起了一场"白色革命"。美丽富饶的湟水谷地东起老鸦峡，西到大峡口，这里种植蔬菜可谓是得天独厚，聪慧的乐都人以极快的方式修建了塑料大棚，种起了独具地方特色的蔬菜品种。"白色革命"其实就是产业结构调整的革命，是改变农民生活的革命。自从这种革命开始，蔬菜产量与日俱增，群众收入不断提高，这种强劲的发展势头带来了天翻地覆的变化，也引发了新一轮"园区革命"，乐都人在"白色革命"的基础上，集中精力把现代农业示范园区建设成为集研发、引种、育种、展示、示范、推广、加工、流通、观光为一体的现代农业示范生产基地。园区一期规划为一万亩，自 2008 年建设以来实施项目 116 项，完成投资 8.63 亿元，入驻企业达到 17 家。共引进新技术 13 项，新产品 27 个，蔬菜育苗制种、马铃薯脱毒种薯繁育、大樱桃育苗、无公害富硒果蔬标准化生产、集约化养殖、农产品加工等产业已初步形成。

从"白色革命"到"园区革命"，乐都农业从传统走向现代，从粗放型步入集约型，正式迈上了标准化、产业化的轨道，产生了巨大的经济效益和社会效益。2012 年特色作物种植面积达到了 40.97 万亩，占总播面积的 96%。单种蔬菜面积 16.59 万亩，建成日光节能温室累计达 4.9 万栋，蔬菜产量达到 51.5 万吨，形成了叫响全省的乐都辣椒、紫皮大蒜、韭菜、洋芋等四大品牌，生猪、马铃薯、蔬菜、牛羊、大樱桃等五大产业。蔬菜产业的发展、现代农业的建设不仅提高了农民收入，也改变农业生产环境面貌。每年夏天的时候，脑山地区一望无际的金黄色的油菜花、浅山地区覆盖山山岭岭地膜洋芋的绿色大地、川水地区宛如一条飘带般的白色长廊，交相辉映，成为亮丽的风景，在河湟谷地展示着大美，其实，这也是精神文明的大成。

　　建立工业园区，改善投资环境，发展高、精、强的地方工业，这是乐都工业的主攻方向。区委、区政府把工业发展的突破点从原先的工业小区提升到今天的工业园区，制定优惠政策，改善基础设施，引凤筑巢，找出了一条符合乐都特色的工业发展道路，全区经济已由封闭型逐步向对外开放型转变。

　　多元化的投资带来了工业经济建设的革命。高耸的塔吊、轰鸣的机器、热火朝天的建设场景。行走在乐都工业园区，不难发现一个个工业项目相继建设，到处呈现一派繁忙的施工景象。

　　走进青海耀华特种玻璃股份有限公司生产车间里，加工玻璃的机器"嗡嗡"响个不停，晶莹剔透的玻璃从生产流水线缓缓下来，质检员正在对不合格的产品进行质检。生产线末端，工人正包装合格的玻璃。据青海耀华特种玻璃股份有限公司工作人员介绍，该公司是中国耀华玻璃集团公司下属子公司秦皇岛耀华玻璃机械制造有限公司控股的股份制公司。一期工程建设一条日熔 600 吨 Low-E 浮法玻璃生产线，总投资 4 亿元，该生产线投产后年生产玻璃 400 万重量箱，实现年产值 4 亿元，新增就业岗位 500 个。

　　在青海康泰锻造有限公司，更是一派繁忙的景象。660MN 多功能锻压机组项目 260MN 压机牌坊垂直姿态已固定，液压站内通风安装工程已接近尾声，主厂房围护正在收尾中。大压机部分设备正陆续进厂。预计 7 月份完成大压机翻转、平移，10 月底完成吊装，年底前完成冷试吊装。

青海金鼎水泥有限公司年产 240 万吨水泥生产线旋窑余热发电项目已点火，试生产。乐都浙海新型建材有限公司年产 80 万立方米砂加气、乐都一通铁合金有限公司、中铁华宇轨枕制造有限公司年产 30 万根轨枕项目和乐都盛基硅业有限公司铁合金矿热炉项目已完工。

一个个项目的落地、一个个产业的兴起，处处给人昭示着乐都工业强区梦想正在变成现实，更让人感受到乐都工业强区正犹如一艘巨轮"扬帆起航"。

据了解，今年乐都区计划实施项目为 233 项，总投资 205.86 亿元，当年计划投资 85 亿元，累计完成投资 58.18 亿元，截至上半年完成投资 34.5 亿元，当年完成投资 23.68 亿元，已开复工 130 项，开复工率为 55.8%。同时，乐都区按照"提升传统产业，做大优势产业，培育新兴产业"的发展思路，以工业园区为载体、优势产业为支撑、特色产品为依托，坚持高、新、轻、优的产业方向，推进企业集中、产业聚集、科技人才集结，加快构建"四园两集团"新型工业发展格局。到 2015 年，实现工业增加值将达 60 亿元。

按照园区四大产业园规划，加大招商引资力度，加快企业入驻，培育产业集群，着力把乐都工业园建设成为青海省乃至西北地区重要的先进制造工业集聚区。依托康泰大压机项目，做大做强铸件、锻件、模具、汽车零部件等特色优势产业，拓展延伸原材料冶炼、热加工和精加工等装备制造产业链，着力打造装备制造产业园。依托日熔 600 吨浮法玻璃生产线，建成日熔 30 吨锂铝硅高强度玻璃生产线，打造高新技术玻璃产业园。结合镁基合金和 PVC 制成品及有机硅产业规划，加快在汽车、军工、通讯、航空、电子产品等方面的产业招商，加快建设镁基合金产业园和 PVC 制成品及有机硅产业园。加大与青海伊佳服饰、北京轻钢房屋、河南博市电器等大型企业的衔接和沟通力度，争取项目早日落地。到 2015 年，工业园区实现工业增加值 1.5 亿元。

主攻方向孕育了特色企业，企业产生的丰厚效益壮实了财政的"钱袋子"。正是有了强大的经济后盾，政府才有能力抓好精神文明建设。

在农村，近 5 年来，全区共实施水利项目 170 多项，争取国家投资 5 亿多元，实施了人畜饮水、城市供水、河道治理、渠道维修改造、农业综合开发、水库除险加固、节水灌溉、小流域治理、坡改梯及集雨利用工程等项目。乐都南北两山沟壑纵横、植被稀疏、水资源严重缺乏，长期以来人民群众饱受干旱缺水之苦，人畜饮水困难，而巨大的投入从根本上解决了这些问题，现在农村基本上村村拉通了自来水。全区公路通车总里程达 2934 公里，修建柏油路面 650 公里，乡道 54 条 382 公里，通村通畅 45 条 165 公里，村级道路硬化 226 个行政村 1402 公里，总投资达 5 亿元，初步形成了以城区为中心，以 109 国道和鲁大复线为主干，以南北山大通道为基础，以 24 条区乡道路为辐射的公路交通格局。城乡电网改造全面完成，电网覆盖千家万户。电信网络、移动网络、联通网络覆盖全区，电话、手机已习以为常。村村通工程进展顺利，电视广播综合人口覆盖率达到 99%，电缆传递信息、电视图像播放信息，这一切把外面精彩的大世界与这里千丝万缕地衔接了起来，融为一体。

难怪，"一架山梁一头牛，一担水走四里路，八户人家九只狗，捎句话儿隔山吼"的几乎原始的田园色彩被现代文明冲击得荡然无存。

城市是一个地区政治、经济、文化的中心，城市建设的水平是一个地区发达与否的标志。加大城市建设投入才能给广大人民群众提供良好的生产生活环境，给人民群众创造精神文明活动的有效空间。乐都城乡面貌正发生着深刻的变化，配合海东撤地设市工作，乐都撤县建区全面铺开，城乡一体化建设步伐加快。近5年来，乐都城市建设步入快速发展阶段，城区市政公用事业建设投资达2.65亿元，相继实施了城西大桥、城东大桥、水磨营大桥、河湾大桥、109国道城区段拓宽改造、鲁大线城区东西出口改扩建、滨河北路、天然气输配、电网改造、垃圾场处理、滨河南路、滨河北路东延道路、康泰路、地下商业步行街人防工程、湟水河东西两座人行景观桥等城市基础设施项目和城区路灯改造、通信管道联建、高速公路出口彩陶广场、河湟休闲广场、街道绿化等市政配套设施项目。得益于乐都适宜居住的地区条件，住宅建设呈现出强劲发展势头，相继建成了南凉、东全等9个住宅小区，兴乐佳苑小区、秀水湾小区、金天地小区等住宅小区项目和凯丽大厦、银都大厦、滨河新村大厦、经贸华庭大厦等高层商住楼拔地而起，廉租住房建设项目民生小区已启动实施。截至目前，全区共有城镇人口8.55万人，其中城区人口6.11万人，建制镇人口2.44万人，城镇化水平达38.3%。城区规划控制区面积32平方公里，县城建成区面积达7.97平方公里，建成区城市道路总里程18.5公里，建成区绿化覆盖率达24.51%，城市人均住宅面积达30平方米，城市供水综合生产能力达1.1万吨/日，天然气普及率达50.74%。初步形成了以城区为中心，以湟水河为纽带，以高店、雨润、洪水、高庙、瞿昙、寿乐等建制镇为骨干的城镇体系。

对城市建设的投入与对文化设施建设的投入齐头并进。先后投资431万元新建了乐都体育馆，投资1200万元新建了乐都体育中心，投资950万元建成了中心文化广场，投资280万元修建了河湟休闲广场，投资720万元建成了迎宾休闲广场，投资359万元完成了老年文化福利中心。兴建了19个乡镇综合文化站，114个村级文化室，354个农家书屋，实施了"文化进村入户"工程，为120个村、60个业余剧团、

桑梓情深

SANG ZI QING SHEN

017

55 户文化中心户配发了服装、乐器、图书等文化用品。

城市的空前繁荣、文化设施的巨大建设，给了居民幸福的生活。许多来乐都的外地人感慨地说：乐都人在工作繁忙的同时，活得优哉游哉。的确，每当东方微明，乐都文化中心广场人头攒动，无数的居民在这里自发地练太极拳、做健身操；每到黄昏夕照，乐都的东大桥、西大桥、休闲广场、迎宾广场，人们手牵手、肩并肩，悠然地漫步；每当夜幕降临，乐都的大街小巷、广场舞池，都是跳扇子舞、锅庄舞、交际舞的人。在这些活动中既有七八十岁的老者，也有七八岁的孩童，没有年龄之分，人们脸上带着微笑与幸福，感受着生活，享受着幸福，成为一幅绝美的生活画图。

乐都人气顺了，街头打架斗殴的人少了，怨天尤人的少了。漫步在乐都街头，那些前几年与现代文明格格不入的行为和现象都云消雾散。原因只有一个：区委、区政府为老百姓创建了良好的物质和精神生活空间，在这样优美的环境里，恶习与不道德没有立足之地。

能够达到这样一种境界，实现这样一种超前发展，付出的代价不言而喻。20 世纪末的时候，尚有些人头脑僵化、八股成形，一提计划经济马上精神焕发、满腔热忱；一提市场经济，便面沉似水，心重如铅，这还曾成为一种发展的阻力和障碍。有这样一则实例，20 世纪 90 年代中期，县委、县政府为了加快城市建设步伐，优化投资环境，多方筹集资金修建了乐都宾馆。一时间有人议论纷纷、说三道四。然而乐都的决策者们没有动摇，"站在山的旁边，永远也看不到山"，这是思维的滞后、观念的滞后。高达 13 层的乐都宾馆在各种议论声中拔地而起，成为乐都县城一座标志性建筑。如今在这一"标杆"的带动下，城区不同方位的十几栋高层建筑挺立起来，城市化初具规模，城区档次不断提高，推进了乐都精神文明建设。县委、县政府超前的思维，正确的决策给了老百姓一个满意的回答。

从抓教育基础建设的投入上，我们更容易看到乐都抓精神文明建设的勇气和魄力。近年来，以乐都一中、二中、六中、八中、实验中学、职业中学、城镇学校等为主体的城区学校均修建了教学楼、语音楼、住宅楼，成了花园式学校，区属20多个中心学校基本建成了花园式学校，区属中小学和20多个中心学校全部配套网络多媒体教育，逐步形成"远程教育"体系，5年来总投资达3亿元。

在乐都的建设与发展上，只要能促进精神文明建设，只要是为了老百姓的利益，管理者都责无旁贷，他们的最大责任，就是动员全体人民认识自己的利益，并为实现这种利益而奋斗。

城区中心广场是城区居民休闲娱乐活动的重要场所，当初面积小、设施水平低，政府决定要进行扩建，但涉及方方面面的利益，而且拆迁户多、涉及的人和单位广、难度十分大。令人不可思议的是，城建部门进行了动员和宣传后，除了少数人外，拆迁的单位和住户主动找到了有关部门，使中心广场扩建工程进展顺利。原因是什么？除了准备工作的严密和教育工作的到位，居民们相信政府的承诺：要让老百姓有一个标准高、设施好、漂亮宽敞的广场。一句话，要让老百姓生活的环境比现在更好。事实也正是如此。

让我们再来看看乐都在加强精神文明与生态环境治理两者关系上的认识和做法。

环境是我们人类赖以生存的基础，良好的生态环境能给人们以好的精神享受。抓好生态文明建设，其实也抓好了精神文明的硬件建设。乐都认识到了，认识得十分透彻；乐都做到了，做得有声有色。从21世纪之初，乐都把退耕还林还草工程、提高林草覆盖率、抓好生态治理作为经济工作的首要任务，作为精神文明硬件建设的关键工程，打响了历时10年，涉及万户千家的前无古人的退耕还林还草战役。到2009年，全县累计完成退耕还林工程建设63万亩，经济效益和生态效益明显提升，同时严格执行《禁牧令》，坡长草了，山变绿了，生态环境优美了。

乐都人也因此而比任何时候更爱护自己的家园，比任何时候更愿付出代价建设自己的家园。

乐都农村人口有 24 万，占全县的 80%，没有农村的精神文明，就没有全县的精神文明。抓好农村精神文明硬件投入，始终是区委、区政府的首要责任。

抓好社会主义新农村建设，就是抓好农村精神文明建设的有利时机。区委、区政府按照中央和省、地的要求作出重大部署，在全区开展以"生产发展、生活宽裕、村容整洁、乡风文明、管理民主"为要求的社会主义新农村建设，同时以示范村建设为抓手，推动全区新农村建设。区、乡、村三级全力以赴，一场规模空前的工程付之行动。经过几年努力，新农村建设已初具雏形，并形成了柳湾、白崖子、李家等村为代表的示范村、典型村。全区农村面貌发生了极大变化，"五乱"现象彻底改观，人们的精神状况明显改善，村容村风极大改观，社会和谐、邻里和睦，新农村建设促进了精神文明建设。

在乐都农村，抓精神文明建设的硬件投入，不但是政府部门的主动工作，而且是人们的自觉行动。乐都华西集团董事长晏尚海每年春节拿出几万元资金，让家乡高庙镇西村群众耍社火、扭秧歌。全区每年春节耍社火、夏季的射箭、跑马等活动都是群众自发筹集资金，这才形成乐都连接不断红红火火的群众文化精神生活格局。

乐都人领会了改革开放总设计师邓小平同志"两手抓、两手都要硬"的真正含义，领会了科学发展观以人为本，全面协调可持续发展的真正含义，并且用行动进行了切实的诠释。

把握大局，抓住中心，科学发展，与时俱进，这是乐都的大胆实践、大胆探索。这种探索与实践顺应了时代的潮流，符合了最广大人民的根本利益，是大势所趋，人心所向，党心所向。

站在新世纪的大门，我们昂首翘望，是"两手抓、两手都要硬"，是"先进文化的前进方向"，这些理论的正确指导，并经乐都的实践探索，为乐都塑造了精神文明的新世纪丰碑，这是一个令人兴奋的现实，这是一曲荡漾春潮的壮歌。

理论指导与实践探索，勾画蓝图与孜孜以求创造了新乐都。如何在 21 世纪的征途中继续一马当先，继续成为社会主义精神文明建设的排头兵，乐都人在追求，区委、区政府在探索。登高望远，在风雷激荡的新时代，在科学发展的新起点，乐都还会再创新的辉煌，建树新的精神家园，再造新的世纪丰碑。

在湟水河畔书写精准扶贫的乐都经验

祁万强

湟水河，黄河上游最大的一条支流。在岁月沧桑巨变中，这条青海大地上的母亲河，缔造了峡谷、盆地、湿地等丰富多彩的自然地貌。在它的冲刷下，形成了今天海东市乐都区两山夹一川的地形。这片土地山大沟深、资源禀赋差、生态承载力非常脆弱。

严酷的自然环境面前，生活在这里的汉族、藏族、蒙古族、回族、土族等多个民族辛勤劳作、勤奋耕耘，依旧没有摆脱贫困的束缚。自精准扶贫工作开展以来，在上级部门的亲切关怀下，乐都区委、区政府带领广大人民群众，用"敢教日月换新天"的拼搏精神、"衣带渐宽终不悔"的奋斗精神、"不破楼兰终不还"的攻坚精神和"俯首甘为孺子牛"的奉献精神，在3000多平方公里的土地上，拉开了一场波澜壮阔的脱贫攻坚大决战。

最坚实的保障

乐都历史悠久，文化渊源深厚。全区共有7镇12乡，354个行政村 28.8 万人。2015 年，精准识别建档立卡贫困村 141 个，贫困人口 8798 户 29663 人。

民惟邦本，本固邦宁。精准扶贫之于乐都，不仅仅是一项工作，还是全局和战略；不是权宜之计，而是民生之首、发展之要、赶超之策。

乐都区委、区政府积极响应习近平总书记的号召，坚决扛起按时打赢脱贫攻坚战的政治责任，团结带领广大干部群众"不驰于空想，不骛于虚声"，严格落实"双组长""双指挥长"制，制定出台《脱贫攻坚责任制实施办法》《易地扶贫搬迁项目管理办法》《第一书记和驻村干部考评办法》等 20 余项工作制度。657 名扶贫干部受命出征，他们顶烈日、战酷暑、冒风雪、踏泥泞，扎实推动各项工作落到实处。

脱贫攻坚工作开展以来，乐都区所有参战人员以真挚的情怀、务实的作风，进百家门、问百家贫，打基础、兴产业、补短板、强弱项，着力改变贫困村的村容村貌，改善老百姓的生产生活。尤其是工作创新、组织创新带来了改革为上、创新为要，勇当探路人、敢为天下先的创新行动，集集体的智慧、团队的力量攻坚克难、勇闯关隘，一个个难题迎刃而解，探索出了一条脱贫攻坚的康庄大道。

最生动的实践

寿乐镇土官口村，昔日里一条土巷道两旁坐落着几间土坯房。如今，新建的商业一条街阔气又繁荣。共和乡高营村，"吃水难"曾是村民无法言说的痛。如今，打开水龙头就流出了甘甜的山泉水。蒲台乡头庄村，闭塞的信息制约了经济的发展。如今，通信网络全覆盖，老百姓在网络上开始销售农产品了……

实现所有行政村安全生产生活用电、安全饮水、通信网络、村道硬化、标准化村卫生室、村级综合服务中心、建档立卡贫困户产业和贫困村高原美丽乡村"八个全覆盖"，这是脱贫攻坚工作给乐都区的山山脑脑带来的巨大变化。

在"政府主导、社会参与"的旗帜下，乐都区专项扶贫、行业扶贫、社会扶贫各显身手，打出了"1+8+10+20"的脱贫攻坚组合拳，各行各业累计用于扶贫的资金达到74.6亿元，全面推进实施"八个一批""十大扶贫工程"，形成"多个渠道引水、一个池子蓄水、一个龙头放水"集中财力攻坚格局，为如期完成脱贫攻坚任务提供了坚实保障。

最可贵的探索

昂么村地处乐都区北山区域，受限于地理区位、自然因素，致贫原因主要以缺资金、缺技术、因病、因残为主。

面对眼前一穷二白的现实难题，乐都区委、区政府并没有知难而退，更没有置若罔闻，经过深思熟虑，审时度势地发展了"十三五"39兆瓦村级光伏扶贫项目。这一划时代的扶贫攻坚课题，让世世代代处在大山深处的村民向贫困这个难题发起了绝地反击。

连片的光伏板在山顶的空地上铺展开来，在温暖阳光的照耀下，这片"蓝色海洋"显得异常壮观。对昔日仅仅靠着种植传统农作物解决温饱问题的当地村民来说，无疑是一次巨大的生产方式的改变。村民再也不用单纯依靠从土地里刨食来获得收益，也能从光伏产业中寻找到经济来源。

十指齐发力，才能演奏出最美的乐章。发展产业是打赢脱贫攻坚战的根本之策，乐都区按照"区有扶贫产业园、乡有特色产业、村有主导产业、户有增收项目"的思路，始终把产业扶贫作为稳定脱贫的重要途径，不断完成产业带贫机制，选准育强特色产业，切实带动广大贫困群众吃上"产业饭"，走上致富路。5年来，累计投入各类产业发展资金5.36亿元，重点实施了特色种植业、养殖业、交通运输、个体经营、农产品加工、光伏发电等6大类55项多元化产业发展项目。

单从特色种养业来说，这些年来乐都区的长辣椒、紫皮大蒜、藏香猪、大樱桃等持续发挥了金字招牌作用，产值从 2015 年的 11.38 亿元跃升为 2019 年的 15.1 亿元，使这些产业精准覆盖到村、到户、到人，实现了产业全覆盖。

最亮眼的答卷

民生连着民心，民心凝聚民力。改善民生，就是要让老百姓有依靠、有保障。

——为了全面提升贫困人口劳动技能，组织所有具有农牧特长的技术人员深入田间地头、产业基地，一线指导生产实践。组织开展劳动技能培训，安排贫困劳动力赴无锡创业培训，让有一技之长的群众在家门口实现了就业创业的梦想。

——卯寨景区、瞿昙国际滑雪场等景区的打造，吸纳众多剩余劳动力，使群众对幸福感和获得感有了更深切的体会。

——建立流失学生动员劝返工作机制、义务教育入学联控联保工作机制，贫困家庭学生全部落实资助政策，对所有在读贫困户子女实现应助尽助。

——不断强化健康扶贫优质服务，全面落实"六减""四优先十覆盖""先住院后结算"及"一站式结算"等服务优惠政策。同时，大力推进基层医疗机构的建设力度，农村医疗服务和健康保障能力得到全面提升。

——易地搬迁唱主角，建成"梦圆居"、七里店等 11 个安置点，涉及 16 个乡镇 160 个村 7466 户 24993 人，占海东市搬迁总数的一半之多，一举实现了几代人挪穷窝、拔穷根的凤愿。

——在江苏省无锡市惠山区的大力帮助下，两地交流持续升温，精准实施产业、助医助学、劳务协作等五大类 23 个项目。对经济社会发展、改善贫困群众生产生活条件方面作出了极大的贡献。

最有效的经验

付出终有回报。2019 年，乐都区所有贫困村全部出列。脱贫攻坚留给乐都区的并不是单纯的面貌变化，而是难以计数的物质财富、精神财富和组织财富，是乡村治理的有效实践。

留下了一套高效管理的贫困治理体系。乐都区委、区政府在这场战役中，探索形成了行业协调、区域协作、社会力量协力参与、贫困群众协商共建的工作格局。这一套成熟完善的治理体系，为推动农村工作体系和政策措施与乡村振兴实现有机衔接奠定了坚实基础。

留下了一支长期不走的驻村工作队。脱贫攻坚工作锤炼了一支"蹲得实、驻得稳、帮得好"的驻村干部队伍，根据有关要求，驻村工作队将长期保留在乐都的各个村庄，成为推动农村发展的生力军，成为持续稳定脱贫致富的中坚力量。

夯实了党在农村扎实的执政根基。乐都区在脱贫攻坚进程中，通过发挥党组织的引领带动作用，有效促进了集体经济发展壮大，极大提升了贫困地区基层党组织的治理能力。巩固了农村基本经营制度，夯实了党在农村的执政根基。

雄关漫道真如铁，而今迈步从头越。摆脱贫困的乐都人民，在海东市委、市政府的坚强领导下，如今又昂首挺进在全面建成小康社会的伟大洪流中，在实现"扶贫路上，不落一人"之后，又向着"富裕路上，全面小康"的目标奋力迈进。

"白色革命"启示录

——乐都区实施"蔬菜立县"方略纪实

李明华

　　远古时期，当亚欧两大板块撞击出青藏高原的形象之后，黄河母亲怀中流淌着的那条蕴满泪水和血水的脉血——湟水，就从来没有停止过生命的运动。在数千年痛苦的等待和企盼中，河床枯竭成高低不平的"梯形"板块，千年如一地静默于高原强烈的紫外线的照射下，仿佛告诉苍茫的大地他那悠远而又年轻的过去。尽管先民们纳黄土之精气、吸灌水之脉血，播种着最早的农耕文明，创造了灿烂的彩陶文化。可是，在这酷似冷漠和沉寂的土地上，有史以来的先祖逐水草而居或半耕半收的生活方式竟是那样的漫长，惯于迁徙的游牧群落和固守黄土的农耕部落，世世代代在这块水草不算丰腴的土地上书写着他们艰难的历史。

　　每天，都有一个崭新的太阳从东方的海面上冉冉升起。

　　每天，世界经济在向着更高、更新、更完善的科技发展。

　　每天，都在向太阳光下的人类提出新的挑战。

　　从古至今作为一个以农业产业为经济支柱的区，历史证明，农业科技的进展程度直接影响着区域经济和生产力的发展水平，是衡量社会文明的依据。尤其在经济、文化都比较落后的青藏高原，任何意义的起步和生产力水平的提高都是先天迟落的。然而，时序进入 20 世纪 80 年代中期，世世代代居住在湟水河谷的乐都人彻底摆脱了自耕自足的传统农业方式，抱着莫大的热情加入了这场从大洋彼岸到中亚腹地，从北国的冰天雪地，到风光奇异的南亚，一场全国乃至世界的经济竞争的浪潮之中。

今天的乐都，3000 多平方公里土地上的 30 万先民的子孙们，从神秘的彩陶梦中惊醒，在承接了赵充国屯田的镢头后，用现代农耕文明的大笔重新书写这块土地的历史，使这里不再拥有沉寂。在湟水谷地的川水，在沟岔，在连耐旱的芨芨草都难以成活的浅山坡头，升起了希望之光。

这里有一组统计数字：截至 1999 年底，全县粮食总产量达 1.5 亿公斤。蔬菜种植面积达 82703.4 亩，占全省蔬菜总面积的 36%，其中单种面积约 32703.1 亩，秋菜复种 50000 亩，占全省蔬菜复种面积的 62.5%，温棚面积达 8860 亩，占全省的 68%，蔬菜总量达 2.24 亿公斤，占全省总量的 34%。全县发展规模大、效益好、示范带动性强，且已形成各具特色的"一村一品"村 90 个，占全县总行政村的 29%，从事农户 10040 户，从事人口达 43000 人。

数字也许是枯燥的，但枯燥的数字最能说明问题的实质。当我们把思考的融角引向它时，它昭示给我们的意义远远超过了我们最初预估的。

乐都蔬菜产业已成为青海农业一支举足轻重的力量，并同青海的"青稞酒"一样，逐步走向全国、走向世界。但是地处偏僻的内陆腹地，在底子薄、思想保守的农村中，是什么因素和力量使其蕴藏着巨大的发展潜力？又是什么因素和力量使其充满希望？

当 20 世纪的钟声已成为历史，21 世纪的曙光来临的第一个冬日，"蔬菜立县"被作为重大的具有深远现实和历史意义的决议在县委十二届四次全委扩大会议上重新提出时，为那零散的问题找到了完整的答案。"蔬菜立县"，并不是乐都哪个大胆的头面人物说了算的，它是乐都农业在经历了 20 年改革开放滚爬摔打后，实事求是的基础上产生的。

历史是最有说服力的老师，它证明今天和昨天，往昔和未来，乐都人的"蔬菜梦"是如何一步步艰难前行并逐步实现的。

偶尔从《乐都县志》中翻到记叙 1949 年前乐都农业状况的文字资料：

"……由于受封建土地私有制的束缚，农业技术落后、农作物品种单一、生产条件低下，1949 年全县粮食总产量只有 3013.3 万公斤，平均亩产只有 59.5 公斤；油料总产 74.3 万公斤，平均亩产 32.5 公斤。"

至于蔬菜和蔬菜有关的话没有提及一个字。这便是被誉为"瓜果蔬慕之乡"乐都的一个悲剧。不论是纵向的历史承袭，抑或横向的比较，乐都的蔬菜业以其独特的方式和鲜活的生命力召唤着我们观察与思考的眼光。

机遇来自偶然，但起因并非偶然

1978 年的秋天，安徽凤阳县小岗村的党员干部们悄悄地签字画押，私分了土地。这一冒天下之大不韪的举动，却领导了中国农村继土改后的二次解放运动，从此农村联产承包责任制，简称"包"字走遍了神州大地，包出了华夏改革的春天。同样，乐都蔬菜的规模化和产业化的形成，也包含着偶然中的必然。

聚乙烯塑料，老百姓叫塑料。翻开《现代汉语词典》，是这样注释的：半透明，无毒，耐水，耐腐蚀，绝缘性高。广泛应用于日常用品的制造和食品包装。在 20 世纪 80 年代初期，乐都人对塑料这一化工产品的认识也还处于透明性和耐水性，是农家铺炕和雨天防水淋湿的好材料。到 20 世纪 80 年代中期，一些老百姓用它来搞暖棚养猪，才认识到塑料的纳光保温性。自此，塑料普遍用于农业生产，特别是蔬菜种植；而且，乐都农民对这一新技术的认可性，不亚于当年农村联产承包制。对乐都农民来说，1980 年的土地联产承包是 1949 年后的第二次土地革命的话，那么，80 年代中后期的塑料广泛运用于农业生产可以说是第三次土地革命。

一个国家、一个民族，乃至一个县、一个村，一个个体的人，不是时时、事事都能抓住机遇的。这就是为什么从中央到地方一直在提机遇问题的原因。然而，乐都人却幸运地抓住了这个机遇，并且以规模和特色站稳了脚跟，在青海抢占了市场。这首先取决于乐都蔬菜的规模性。农民一旦认知并利用了先进的农业耕种技术，发挥出来的热情和能量那是无法估量的。

站在乐都县城的凤凰山顶，远眺湟水川，在东西长约 64 公里的湟水谷地，和以谷地为主线向南北沟岔辐射、扩散的广阔地带，整个一个银白色的世界。在阳光的照射下熠熠生辉，宛如旭日下的"南山积雪"（古青海十二景之一），仿佛是一幅"千里冰封，万里雪飘"的壮观景色。其间，柳影婆娑起舞，绿田把塑料大棚映衬得更加扎眼。而满载蔬菜的各种车辆如万项绿波滚滚而去，气势蔚为壮观。当我问及县委、县政府决策者们乐都蔬菜迅速崛起的秘密时，他们认为："乐都蔬菜是老传统，但又有新开拓。真正变成一种产业，应该归根于'白色革命'，和农民的自觉行动；同时，政府在解放思想、更新观念、调整结构、推向市场方面所起的作用也不可忽视。"决策者们所说的"白色革命"，实际上就是牵动乐都千家万户的这场"塑料革命"。塑料，这个半透明的、无毒、耐水的产品能够给乐都带来如此大的变化，远远超过了当初农民对塑料的认识。

是的，跟任何事物的发生发展一样，乐都的蔬菜优势并不是一时形成的。

说来话长。金黄色的韭黄，是深秋割了最后一茬韭菜后，捂上一层麦草，再压一层土，保温不见光，使其长成一种嫩黄的韭芽。谁能知晓，就是这种被称为白韭的菜种，在20世纪30年代中期从兰州市郊流传到乐都，让岗沟镇赵家和晁家村苦苦经营了近80年的历史呢。即使是20世纪70年代"割尾巴"那样的环境中，也没有割掉韭菜的根。有心的老人每年在庄廓院里偷偷种上几行，相互交流种子，探讨经验，直到20世纪80年代，赵家、晁家村韭黄才迎来了市场的春天，在西宁蔬菜市场上成了一道金黄色亮丽的风景。这不能不说是一种老传统，没有这种老传统，今天，在众多的蔬菜品种中以"名牌"优势独领市场风骚，怕是不可能的。然而，韭黄，这个地处岗沟峡的被乐都农民称为"软黄金"的稀罕菜，真正成为赵家、晁家、九家、哈家村农民的支柱产业和主要经济来源，并使这几个村走上富裕之路却发生在一个历史的瞬间。

在瞿昙河流入湟水的方圆数公里的三角地带，这片古老的土地以高原缓慢的节奏坐落在两山之间，已经有几百年了，尤其是沈家旱台这个自然村的步履更是迟缓。等待的过程是一个孕育的过程。仿佛一夜之间，这里的农田网络变成了星罗棋布的麦草垛，这些捂韭黄不可少的麦草垛仿佛是一个个金字塔似的，使农家庄廓门院和住房一夜一新。这里便是乐都的韭黄生产基地。但真正使韭黄带来经济效益，还是归根于改变传统，变用土捂为地膜捂。如今，以赵家、晁家村为主的岗沟峡农民，靠种植的160亩，150万公斤韭黄走上了富裕之路。仅赵家、昆家村296户农民，年收入就可达55万元，户均收入2500元。每年正腊月，韭黄上市季节，成群结队的"农运队"，涌进岗沟峡，把乐都韭黄抢购一空，运往全省各地。韭黄富裕了岗沟峡，也为乐都蔬菜增添了一个名牌产品。

如果说韭黄、韭菜跟乐都的沙果、花檎一样，打进市场靠的是一种老传统的话；那么，大规模建立连片集中的塑料大棚、温室和地膜洋芋覆盖，完全是一种对农业耕作新技术的率先领悟和尝试。在市场经济条件下，没有谁照顾谁的政策，只有谁抢先推出了新产品，谁就占领了市场的主动权。

乐都县洪水乡，在109国道没有改道之前，这里的一切缓慢得如同千年如一的水车，农民们早出晚归四平八稳地过着足不出村自耕自足的悠闲日子。无论从耕作方式，还是从农民们的思想意识来看，都跟乐都的浅山沟岔差不了多少。1987年底，109国道老鸦峡至大峡段，从湟水北段改道湟水南岸，给洪水乡带来了机遇，从而导致了一场"白色革命"。最初，一群高考落榜的农村青年跑兰州，往青海贩运"芒果"和"福星"牌香烟。他们在贩烟的空闲中，偶尔从兰州郊区的菜农口中听到了地膜在农业生产中的经济效益，并简单了解了地膜洋芋的种植技术。回来试种，年底一算账，自己吓了一跳，纯收入竟是粮食的一倍还要多。祖祖辈辈精心务劳庄稼的农民从来没有想到土豆会变成"金豆豆"，而且地膜的技术并不难，增收苦又小，出售了洋芋还有充分的无霜期来种好二茬菜。利益和实惠是最大的诱惑，这种利益和诱惑来自白色的塑料。于是，一场"白色革命"在乐都铺天盖地爆发了，那种热情和排山倒海式的力量是无法阻挡的。短短的十余年时间，白色就浓墨重彩地涂染了乐都西起大峡东至老鸦峡的长约64公里的整个川水，并逐步向沟岔、浅山辐射、扩展。短短的十余年时间，不足高庙镇农业产值十分之一的洪水乡，就可以跟高庙镇的农业抗衡了。这样的发展速度是多么的惊人。昔日连茇草都难以成活的浅山坡头，也有了塑料大棚，而且山区农民以日新月异的速度认识和感知着塑料大棚带来的经济效益。一个白色世界在乐都大地辐射着光芒，并且把乐都推上了青海省蔬菜大县的前列。目前，乐都已建成3000亩小麦玉米带状田，5000亩地膜洋芋高产，10000亩脱毒洋芋推广，5000亩反季节蔬菜等十大高产高效示范基地。

2000年寒冬，省垣西宁正在召开青海省九届三次人代会的时候，中央电视台新闻联播以《政府办实事，农民抱金砖》的标题，足足用3.5分钟时间报道了乐都蔬菜生产取得的引人注目的成绩，对参加省人代会的代表产生了不小的震动。一个西部边远县的蔬菜产业，在中央电视台新闻联播用较长的篇幅播出，这在乐都解放50年的历史上是没有过的。如果说乐都人在青海先知先觉了塑料对农业技术的魔力是一种偶然，那么，导致一场伟大的"白色革命"就是一种必然。同样，如果上一次中央电视台是偶然的话，那么，在头题位置以如此长的篇幅介绍乐都蔬菜，无疑是对乐都蔬菜进入全国的一种认可。难道还有比这更恰当的假设吗？

于是，当我漫步在湟水谷地西起大峡东至老鸦峡的长长的白色走廊时，对这片4500年前就创造了灿烂的彩陶文明的乐都，和今天所发生的这场"白色革命"有了更深刻的认识和思考。

规模源自产业调整

任何事物的质变都是从量变开始的，没有量的积累，质变是不可能的。要发展效益好、示范性强，而且形成各具特色的90个"一村一品"蔬菜生产经济小区，把年产2.24亿公斤的蔬菜，集中在夏秋两季源源不断地运送到全省各地，甚至运送到全国，是需要时间和过程的。这个过程来自解放思想、调整产业结构。

还在20世纪80年代初，浙江一带的农民从老鸦峡涌进乐都补鞋弹棉、裁衣理发，十八般武艺创市场，每年挣走了多少钱，只有他们心里明白。可是，受传统文化影响太深的乐都农民宁愿将种下的蔬菜和洋芋在地头上等着放烂，也死活不去干面对面交换这"丢人现眼"的事，他们抱定"只有读书才是出路"和"金窝儿、银窝儿，舍不得自家的穷窝儿"的观念，守着土地不出门。封闭的心态是发展缓慢的原因，更是长期贫困的桎梏。

穷则思变。"无农不稳、无商不活"。这是 20 世纪 80 年代中期总结出来的经验，其内核便是交换和市场。就乐都的资源潜力来看，除了泥土中种出来的东西还能交换什么？但对于恋土如命的农民来说，真正离开土地走进市场并大胆地交换，又是何等的艰难。其实，作为文化县，在加快发展县城经济中，乐都有着得天独厚的人才资源优势。但是，福兮，祸之所伏。由于受传统意识的影响，这一优势亦表现出很大的反作用力。不言而喻，这个"反作用力"道出了改变传统意识、解放思想的艰难。

为官一任、富民一方

县委常委会议室，一个又一个灯火不眠的夜晚，乐都的决策者们苦苦思索：乐都与青海东部的几个农业县相比，缺什么？自然资源显然不缺，论技术和科教是全省有名的"文化县"。那么，到底缺什么？缺的是资金，最重要的还是市场观念和交换意识。思想解放、黄金万两：思之所动，方能造业。他们认定，乐都要打翻身仗，就必须加快调整农业结构，加快农业产业化进程，把农民完全融入市场，到市场交换中吸取加快发展的教训和经验。

可是，调整种植业结构的方案一实施，就掀起轩然大波。一些领导、部门怕失误，干部担心农民适应不了农业结构调整，纷纷跳起来反对。有人劝阻：调整不是一朝一夕的事情，乐都蔬菜已基本发展到了顶点，还是慢慢来。乐都的决策者们回答："发展是硬道理。农业增产、农民增收，才能保一方平安，繁荣一方经济。慢慢来？国际农业知识经济秩序正在建立。不要说沿海，就是内地和部分邻省的县域经济已经坐上了 21 世纪的高速列车，我们做梦都在想搭上这趟高速列车，慢慢来，慢到啥时候？"

思想不解放、意识保守是贫穷与富裕之间的一道门闩，打开了这道无形的门闩，便打开了通向富裕的大门。但需要勇气和力量，更需要心灵深处的阵痛。从 20 世纪 80 年代末期，乐都的蔬菜就向规模化、示范化、效益好的快速轨道发展，期间"一村一品"的特色经济，作为蔬菜基地建设的议题，正式摆在了乐都人的面前。要把已尝到甜头的土地重新化零为整，发展规模化经营的农业之路，农民一时还无法理解。

从乐都县城向东行 15 公里处，高庙镇白崖子村约 200 余亩集中连片的日光节能温室便尽在眼前：长势喜人的绿色蔬菜透过塑料薄膜，蔚蓝色的顶棚在阳光下熠熠生辉，宛如一汪美丽的湖泊，显得那么静谧。据支部书记阿科林说，要是种小麦每亩地年收入只有 400 元左右，而一亩温室的收入平均在 1200 元以上。这就是说，温室的产值是小麦种植收入的 3 倍。这还是低水平。当我们问及种菜能手阿通德、阿爱德兄弟俩时，他俩种植的"乐都长辣椒"，四分地的温室收入就可以达 3000 元。日光节能温室的建成一举结束了白崖子村外出打小工的历史。可当初要建 200 余亩集中连片的日光节能温室，把以户为单位苦苦经营了十余年的土地进行调整，重新化零为整，将水渠、田间路重新规划时，白崖子村的农民是很不情愿的，甚至出现了一些农民跟村干部对着干，把自己的承包地干脆甩给村干部不管的现象。村干部没有退却，高庙镇的领导也没有退却。

白崖子村成功了。成功源自调整结构时农民心灵深处的阵痛。源自解放思想、改变观念。

有了第一个敢吃螃蟹的人，就有第二个、第三个。

以生产大蒜为主的高店乡小河滩、西门、峡口村和雨润乡深沟、刘家村，起初被视为小产业的"臭"大蒜，已有 5000 亩的种植面积，产量达 580 万公斤，如今已走向全国，漂洋过海。许多农民靠种蒜盖了房子、买了车、跑上了长途贩运的大生意。当年抢先一步种大蒜的农民，现在已成了"老板"。这变化得益于调整产业、规模化生产的结果。

旱地湾、长里村的"乐都长辣椒"以肉头厚、口感好的优势占领了市场。

洪水、岗沟的地膜洋芋染白了半个乐都川，收获季节成车匹运往兰州、西安。

引胜、蒲台、城台山区的蒜苗进入了西宁、兰州市场。

杨家门、西门、北门村的豇豆、"珍珠"西红柿给人们带来了惊奇的目光。

类似的例子举不胜举。"一村一品"不是乐都人的发明创造，但它适合于乐都这片土壤。政府的宏观调整也好、农民的自发行动也好，反正它给乐都农民带来了经济实惠。目前，以县蔬菜批发市场为中心，以乡镇集贸市场为基地，以季节性市场为调解，以中介组织为载体、以个体运销队伍为依托的多层次、多渠道、多形式的市场体系初具规模。县蔬菜批发市场年蔬菜交易量达 9000 多万公斤，交易额达 4500 多万元，有 2000 多个体户，3800 多辆手扶拖拉机和其他机动车辆从事蔬菜批发和贩运业，全县 75% 的蔬菜运销到省内外。农民自发组织的以村为单位的种植业协会 400 个，有 6100 个示范户，5000 余名农民技术员活跃在田间地头。无疑，乐都蔬菜从种植面积到产量，再到庞大的运销队伍，能够形成一种规模，除一组硬邦邦的数字作支撑，主要源自农民心灵深处的阵痛。

常言道："人往高处走，水往低处流。"中国的地形呈西高东低阶梯状，能否把人留在高处，"水"也往高处流呢？不怕做不到，只怕想不到。想得到，还得动起来。有了蔬菜规模，还要认识市场、懂交换，才能发挥市场那只无形之手的魔力。

产业优势成为经济优势，要靠开拓

习惯上，青海其他州县把乐都人戏称"乐都的沙果儿"。这是很耐人寻味的，字面上理解跟乐都盛产瓜果蔬菜有关系，实际上也表明了乐都的资源优势和产业优势。这意识地给了乐都人一个"名牌"产品的信号和广告效益。由此看来，乐都的决策者们提出"蔬菜立县"的战略，并逐步以多方位、多角度、多渠道的方式最大限度地实施这一战略，是具有远见卓识的。乐都的决策者们说：乐都的蔬菜优势只有通过产业化和商品优势，才能裂变成经济优势。经过历届领导的探索和努力，谁也无法否认蔬菜已越来越显示出乐都县经济支柱产业的地位了；尤其是"白色革命"在乐都的壮大和蔬菜产业化大格局的初步形成，从真正意义上使乐都蔬菜走进了市场，形成了产业，并在市场中思想得到了进一步解放，观念得到了进一步更新。但是，资源优势要变成经济优势，这一链条中间还有不可缺少的两个环节，即产业化优势和商品优势，没有产业化的"拳头"商品，经济优势就是一句空话。只有当市场的力量把资金、技术管理等许多因素聚合起来时，资源优势才能通过产业和商品优势变成经济优势。

就在人们为乐都蔬菜带来的经济效益沾沾自喜，并落后地认为乐都蔬菜业再也没有潜力可挖的时候，蔬菜销售渠道不畅、增产而不增收的问题也日趋明显。这给乐都人的沾沾自喜当头一棒，同时也提醒了乐都人，坐在家里等着赚轻松钱是行不通的。农民想到的问题政府也同样想到了。

1998 年 7 月份的因特网上，国内外有关商家在自己的电子邮箱里惊讶地发现了来自乐都蔬菜的信息。鲜为人知的乐都竟也有如此多的特色蔬菜？这些网上信息引起了国内外蔬菜贩销、加工商的注意。通过电子邮件、电话传真，一条条信息反馈到了乐都菜办。蔬菜上"网"，虽说是个"新生儿"，但它一出现，就为乐都 43000 名菜农和 380 名个体贩运者带来了无限的商机。乐都人对此有深刻的体会。这是逼上梁山，也是蔬菜产业化同全国乃至世界接轨的必然之路。1997年冬，市场对韭菜的需求较大，韭菜价格上涨至3元/公斤。许多乐都菜农看到利润丰厚，便纷纷改种韭菜，结果到1998年，韭菜产量急剧膨胀，全县共种韭菜1200亩，收获192万公斤，由于青海市场饱和了，无人问津。一时，韭菜价格一降再降，降至0.5元/公斤。眼看着韭菜在温室里长烂，菜农心急如焚，束手无策，万般无奈时，刚刚与全国菜篮子信息网联网的乐都县菜办将促销信息送上信息网络。消息发送后不久，新疆、陕西、河南等地的客户纷至沓来，所有的韭菜被订购一空。从万般无奈的亏损到意想不到的盈利，这一发生在瞬间的戏剧性的经历，让乐都的菜农深刻地体会到了信息的重要。从此，县菜办的电脑室成了全县菜农的"千里眼""顺风耳"，不足一年的时间有近700户农民装上了电话。高庙镇菜农李进春说："是信息帮我发了财，千灵万灵不如信息灵""农民不出门，也知天下事"，坐在家里的沙发上谈生意，已不是遥远的话题。往年，乐都大蒜每年丰收季节颇让农民犯愁，109国道旁搭满了守蒜的土窝棚，招引商客们的幌子摇来摇去，无人问津。现在国内外雪片似的订单使乐都5800吨大蒜一销而空，漂洋过海。至此，对乐都农民来说，市场交换不再是一个静止固定的自身劳动力的交换，他们开始摆脱对自己体力的出卖，用头脑和信息挣钱了。乐都人用网上信息和"顺风耳"开拓了蔬菜市场，这是乐都农民的一次飞跃性进步。

市场虽非万能之物，或许也有盲点或鞭长莫及之时，但当它一旦被人们认同、接受，乃至熟练驾驭之后，便具有聚合裂变之功效，产生无法阻挡的魔力。它能唤醒沉睡的土地，唤起农民过上好日子的从利之心，它能引导农民踏过架在贫富鸿沟间的金桥，奔向富裕的金色之路。乐都正是凭蔬菜生产的资源优势和"文化县"的人才优势，把数以万计的农民从封闭中解放出来，融入市场的大潮。

站在乐都的制高点，8860 亩标准化的温棚和 82703.4 亩蔬菜，在夏日的阳光下显得那么静谧而又美好。静谧的是自然，而人们的思想并没有因一时的静谧和美好美得懒惰起来。就在乐都蔬菜上网不久，县委、县政府作出了新的决定：让甘肃富丽华工业有限公司一次性收购乐都县地毯总厂产权，与乐都蔬菜办组建股份制企业，建成全省最大的蔬菜深加工基地。当时有不少人大惑不解，尤其是一些原有企业的职工一片惊恐。

　　可后来的事实充分证明了这一决策的正确。总投资 1300 万元的乐都富丽华食品工业有限公司，年初拍板定案。年底，集开发、生产、加工、销售为一体的"老妈"牌佐餐即食菜，12 个系列 24 个品种，以先进的工艺、独特的风味在北京、南京、广东、东北三省及东南亚受到消费者的喜爱。至此，乐都的蔬菜优势获得了资金优势和市场优势，"蔬菜立县"战略有了第一步踏实的实践。过不了多长时间，印有"青海乐都滨河路 22 号"的"老妈"牌佐餐即食菜将走进千家万户。

　　乐都人高瞻远瞩创造市场的举动使人看到，湟水流域被誉为"彩陶流成河"（见张承志的《北方的河》）的这片开发了 4500 余年的古老土地，在具有新观念的经营者手中，焕发出了无限的生机和希望。

解放思想、更新观念，狠抓机遇、拼搏进取

　　在县委、县政府的报告中，人们听得最多的是"解放思想、更新观念、抢抓机遇、拼搏进取"这些字眼。乐都人较早地从计划经济的温床中醒来，明白市场经济不讲"照顾"，市场竞争残酷无情。他们抓机遇、抢时间，以把事情干好去赢得地委、省上有关部门的信任和支持。

　　2000 年的钟声刚刚敲响，乐都的决策者们又提出了新的奋斗目标：到 2001 年，力争蔬菜种植面积达 10 万亩，温棚面积达 1 万亩，蔬菜

总产量达到 3 亿公斤，实现产值 1 亿元。发展高起点、高标准、高质量的无公害蔬菜生产基地和反季节蔬菜栽培基地，努力开发特色和优质产品，争取以精品占领市场，做到"你无我有、你有我优、你有我早、你早我廉"，把蔬菜产业闹大。我不由暗暗佩服乐都决策者们这样大胆的一着棋，也不禁为这个大胆的计划能否实施或所遇的困难、阻力而担忧。在中国这样一块刚刚脱离了传统的土地意识的国度里，尤其是被誉为"文化县"的乐都传统的"唯有读书高"的思想在老百姓的意识中根深蒂固，任何意义的一次思想解放和改革都是要花费很大精力和付出巨大代价的。生活中，有许多美好的想法不可能都能够实现，但是，生活中不正是有许许多多的人怀着高尚的心灵为了实现美好的想法而默默工作吗？经过他们的双手，一幅幅草图成为现实。不正是他们和他们的精神，像一条条热情奔涌的河流，推动着历史的航船，推动着人类的进步！

从柳湾出土的 17000 余件彩陶来看，4500 余年前，这里的先民就创造了灿烂的农耕文化。随便捧起彩陶的碎片仔细端详，一时间觉得不易的不是人类自身，而是人类聪明的智慧和伟大创造，以及在这些创造过程中不屈的民族精神。透过历史和陶罐上原始的花纹，我们仿佛看到骨链和石器叮叮作响，看到树叶和兽皮衣裳飒飒发抖成深秋的丛林，看到裸露的男人被烧陶的炭火映红的脸膛和烧焦的胸毛，看到文明的使者最早记事的绳结。历史是无情的。"子在川上曰：逝者如斯夫！"历史又是有情的，他给了乐都人产生一场"白色革命"的机会，也同样有把这场"革命"闹大的机遇。因为，一位哲人在历史的长河中高歌：数风流人物，还看今朝。

每当人们看到乐都的蔬菜项目上马一个，成功一个，经济发展速度加快，基础设施不断改善的时候，自然会想到那些忘我为"白色革命"工作的人。

时序已经进入了深冬，外面正下着入冬以来的第一场雪。二十年前的乐都人，此刻也许依偎在火炕或火炉边，像一只懒洋洋的老猫一样，过着等日头落山的悠闲日子，可如今有了成千上万个温棚的乐都人，又在干什么呢？他们一定跟夏秋两季一样忙个不停。是的，二十年后的今天，乐都人凭着勤劳聪明和一种忘我的精神，一年创造着二年的价值。透过透明的玻璃窗，在纷纷扬扬的雪花和匆匆的行人中，在连片集中的塑料大棚里，在捂着棉帽"赶脚"的农运车队伍中，在蔬菜交易市场里，在电话机旁、在电脑屏幕前……我的思绪把一些熟悉和陌生的名字连在了一起……正是他们托举了"白色革命"这杆旗。

听许多州县的朋友说，乐都是块好地方。是的，乐都是一块好地方。这块好地方是被一条美丽的湟水河抬举出来的。也许这块地方是青海省最富饶美丽的地方，但正是如此，才掩盖了南北二山 17 个山区乡镇的贫困。这便是乐都人面临的老问题，也是新问题。

我目视着默默的群山、广袤的银色世界和悠悠的湟水，它们仿佛证明每一位在乐都，在这场伟大的"白色革命"中颤动着自我生命强音的人们：这里每一位同志都有一本蔬菜经；这里，每一寸土地都是一块金砖！

千秋大业

李养峰　　陈元魁

黄河东流去、长江东流去。

相比较，湟水显得细弱，可它同样顽强地向东奔流，日复一日，年复一年。

在狭长的湟水谷地两侧的荒山秃岭，在更纵深的湟水谷地万千沟壑，历史在默默地书写着答案。

湟水是慷慨的，它给两岸的万顷沃野抹上了绿色，给靠着他的民众创造了富裕安宁。

湟水是吝啬的，它由于自身的细弱而辜负了渴求它的一面面荒坡、一座座秃岭，让那些挣扎在干旱里的生灵世世代代望水兴叹，让种庄稼的汉子，流下了一行行眼泪，他们用干渴而嘶哑的声音呼号：龙王在哪里？赐雨娘娘在哪里？水！！水！！水！！你在哪里？

书写答案的历史，你能做出响亮的回答吗？

一

乐都县地势高，气候干燥，降水量稀少且分布不均匀，年降水总量的 80% 以上集中在夏秋两季，春旱频率高，每年都有程度不同的春旱和春夏连旱。全县 23 个乡（镇），其中 17 个乡地处中半山和脑山，群众处于靠天吃饭的局面，40% 的群众还在贫困中挣扎着生活。

这是近 80 年来《乐都县志》记载无数次自然灾害的另一笔补充吗？

"新中国成立以来，历届县委和县政府把改变我县的农业生产条件始终作为一项重要工作来抓。先后修建了桦林、黄河滩、扎子寺、大石滩盛家峡水库，兴修了深沟、大峡等数十条沟渠；农业生产条件逐步得到了改观，农业得到了较大发展。"

当时的大石滩灌区改造低产田工程已经胜利竣工并通过验收。这项工程即将或逐步体现出三方面的效益：1. 已配套的 11530.71 亩梯田水浇地，由低产田变为高产田，每亩平均产量增加百公斤以上；2. 解决受益村 4300 多口人和 12000 多头牲畜的饮水问题，彻底改变山区人畜长期饮用碱水、窖水的生存条件；3. 保证和促进农田林网，荒山荒坡种树种草活动，以保持水地，涵养水源，改变小区域气候，自然生态环境趋于良性循环……紧接着，由国家投资的我省期农业开发项目之一洪水坪农业综合开发工程又于 1994 年 7 月 28 日全面竣工。

碧绿的水波在中坝水库里荡漾，它是一支日日夜夜蓄积起来的赞歌，赞美着县委、县政府全体领导的感人事迹。这些群众的知心人和带头人，既要分工负责工程上的诸多事宜，又要操心县上的日常工作，来来去去奔波于风里雨里泥里，把忠于职守、吃苦耐劳的公仆形象像大坝一样树立在人们心里……

清亮的流水顺着笔直的渠道在洪水坪广袤的田野上流淌着，它是一首不息的叙事诗，用感人肺腑的语言表述着各级工程指挥人员和全体工程技术员抛洒在田间地头的智慧和心血，忧虑和欢乐：表述着他们以及他们的父老妻女们为工程的提前竣工所做出的种种奉献和牺牲。

18 个受益村的 2000 多群众，从工程立项的那天起，就确立了一个牢固的信念：祖祖辈辈困扰和折磨他们的旱魔很快就会被制服，贫困将从他们子孙后代的生活中永久地消失。基于这个信念，工程开工当年，18 个村的群众不花国家一分钱义务平整高质量梯田 18000 亩；仅用 75 天时间凿通了中坝水库 378 米的导流渠，两个月完成了混凝土浇筑和高压灌浆……

如今，受益区的群众生活已经呈现出全新的气息。平坦开阔的洪水坪上，丰收后的土地在秋阳的朗照下默默地积蓄着新的活力，那些还没有收割的小麦，没有起挖的洋芋，用成片的褐红色和成行的苍绿色显示着新开垦土地的养育力……洪水坪下，曾经只靠天过活的河滩地里，大田作物收割后复种的经济作物，水灵灵翠生生生地生长着……洪水乡大寨子村党支部书记程遵来指着路边茁壮成长的红萝卜、甜菜、白菜、燕麦、毛苕子、豌豆等经济作物，其神态和语气中充溢着自豪和自信。水多了种植这些经济作物就可以直接卖钱，还可以多养猪、养羊、养牛，眼下村子里户均养猪已经三头，另外，早想种植的果园也开始劳作了……

是啊，用水浇灌出来的绿莹莹水灵灵的幸福，就这样悄悄地又明显地走进了农家，并且通过农民朴素的感念向更广泛的空间传播着。与此同时，乐都县的决策者们和水利建设的功臣们又把目光和精力投入到第二期开发工程"李家农业综合开发"中。

虽然是仲秋季节，海拔 3200 米的李家水库土地上已凝集深秋的逼人寒意。天空阴云密布，掠来的风里夹杂着冰凉的雨星，凸凹不平泥水交混的施工现场却交响着各种施工机械的轰鸣，开挖左坝肩的挖掘机，排放坝基地下水的抽水机，拉运土石方的大吨位翻斗车，都轰轰隆隆地鸣响着，施工人员和民工们各司其职，忙碌在山坡上、水坑边、汽车旁……

李家农业综合开发工程是省上立项的二期工程，1993年4月破土动工，计划1995年底竣工，李家乡距县城54公里，寒冷多雨，有效施工期十分有限，给施工增加了诸多难度。开工当年，为保证施工机械的运转和材料的及时运输供应，集中力量先把通往大坝工地的公路和电路搞好。接着，投资5000元安装了一台电视卫星地面接收站，让工人们过上丰富的工余文化生活，积蓄精神力量排除恶劣的施工环境给大家造成的身心压力。如今，坝肩坝基开掘进展顺利，各种施工机械运转正常，全体工程指挥和技术施工人员乘着冷冻到来撤离工地之前，想方设法加班加点多干一点，再多干一点……

无须再证明什么、怀疑什么，县上决策者的胆魄，工程技术人员科学的实干精神和李家灌区上万群众对美好生活的向往渴求，足以保证大坝按期甚至提前耸立在这亘古的峡谷中，足以保证蓄水236万立方的水库把清亮的生命之水注入李家乡所有受益群众的笑声里。

二

凡是去过李家水库工地的人，沿途会看到，李家沟东面的半山坡上至今还残留着一条水渠的明显痕迹。那是1958年大跃进时期修的水渠，渠挖出来了，从上游引来的河水在没有衬砌的砂土集中渗漏失流，一个良好的梦想最终成了一个滑稽的玩笑。

如今，人们在历史的教训中学聪明了。李家水库大坝动工筑造的同时，配套的灌区工程和农田基本建设也紧锣密鼓地进行着。长期贫困的农耕生活在农民头脑里沉淀了浓厚的小农经济意识。虽然兴修水利和整修梯田的好处人人心里明白，可一旦渠道从谁家的有效耕地上经过，就会出现抵触和争执。另外，由于地形破碎，户均人口与占有的耕地不尽相同，给平整土地的规划造成种种困难。平整梯田只能安排在春播前秋收后的有限时间内，一年的土地整修规划，现场测量指导全部浓缩在这一阶段，增加了工作强度和难度……

负责农田建设的技术员们挨家挨户做工作，苦口婆心地说服动员，缜密地测量规配，高一脚，低一脚奔走在雨后雪中的田间地头。一天两天，十天半月……时间考验着他们的热情，风沙消逝着他们的青春……他们的辛劳和心血终于化作了一种成果，上万米的不规则山坡和缓坡梯田在两年间，变成了平展展的梯田，工程中的旱田变水田的2850亩已完成2万亩，剩余850亩争取在1994年完成。如今，水库工区的炮声和灌区里日日延伸的混凝土渠道正悄悄地向这里输送着新生活的信息，李家乡烂泥沟村64岁的李守珍老汉说："修水利的好处太多太大了。1958年修过渠，渠挖出来了，没发挥作用。如今国家支持，修出水库解决了人老几辈子的事情。1980年栽过果木，缺水，挂果少。那时候驮水养猪，难呐！日后水哗哗地淌下来，果树就能多栽、猪可以多养，好日子眼看着来了，实话没说头了。"

是啊，有了水，老农民终生种田的单一思想里，自然而然冒出了多种果树多养家畜的打算，这不就是新生活信念的诞生吗？新信念也就是新观念。可见，水利带给农村的利益绝非仅仅是多打粮食。

三

前几年去互助南门峡旅游的人，一定会记得这样的情景：

在南门峡口东西山头之间，耸立着一排混凝土重力墩，上面架着几条拱柱。无疑，这是一座没有建成的大渡槽。有心人会想，这般壮观的大渡槽，何以半途而废了呢？

废是暂时的，兴才是永久的。不信？去南门峡口看看吧，这座长300米，高20米的双曲拱渡槽已经飞架在两山之间，雄伟壮观。

喜庆竣工的锣鼓是1994年10月21日敲响的。当然，竣工的不单是这一座渡槽，还有 12 个隧洞、2 个倒虹吸和总长 10.42 公里的总干渠，全长 28.5 公里的 5 条支渠，以及别的配套设施。这天，省报头版头条位置刊发了一则消息：台子东山工程提前一年建成。

水在彩带剪断的那一刻，从启闭闸流进了渠道，经过渡槽、隧洞……台子乡东山的 8 个村数万名群众梦寐以求的好事实现了。原来，从 1985 年开始的南门峡水库配套灌溉工程（代号 2708-5）里，设计修建东西两条干渠，后因资金有限，集中财力建成了西干渠，已经布设了重力墩和大拱肋的台子渡槽因此而休工。

1993 年 3 月，在省、地、县政府和有关部门的关心支持下，由国家、地方投资，群众自筹部分资金的台子东山农业综合开发工程开始实施。短短一年半时间，枢纽修好了，渡槽架起了，隧洞打通了……群众合着喜庆的锣鼓欢呼着，省地县领导和干部们欢呼着，全体工程技术人员欢呼着，这激动的欢呼声里，包含着多少难以忘情的往事啊！

是由于县委、县政府的带头，人们高瞻远瞩、群策群力，在财政困难的情况下率先为工程筹措调配资金，从而保证了工程的提前竣工；是由于县水电局全体工程指挥和技术施工人员殚精竭虑、废寝忘食地艰苦奋斗，从而保证了台子东山灌区工程保质保量投入了使用……

这座渡槽，最初设计为混凝土重力墩，拱柱，钢板槽身。考虑到这种结构造价太高，渡槽立在南门峡风景区门户，焊接在上面的钢板槽身与混凝土拱柱重力墩不太和谐影响美观，就否定了原设计，改为钢筋混凝土结构。后来，在水泥槽身的现浇和预制问题上，又反复讨论了几次。由于渡槽设计高 18 米（不加槽身）现浇的话，钢板难以安装，势必造成钢板材料的浪费。预制槽身，又会因为 18 米的高度难以用吊车吊装……经过反复讨论，最后决定预制槽身，3 米一段，设计自制一辆装着轮子的牵引车，把槽身装在车上，从没槽的进口向出口方向段安装……为了工程进度，为了工程质量，也为了节省开支，他们精心设计、精心施工。又如长达 490 米钓 3 号隧道，由于地质结构复杂，地下水渗出厉害，民工们穿着高腰雨靴往外舀水，也解决不了衬砌的砂浆被地下水冲散的难题。他们边施工边总结教训，终于想出了绝妙的办法：买来塑料布铺在洞里，隔住地下水在塑料布上拌和砂浆衬砌拱圈……

施工中的一件件、一桩桩甘苦往事已经化进成果里。如今面对自己奉献过热情和心血的成就，他们心里的感慨何止万千。干水利工作，他们多少次荒疏了对家庭的照顾和对孩子的教育，荒疏和放弃了一些既得的个人利益。他们必须把大量的精力和时间花费到工程中去，必须为了工程的资金、材料和施工诸方面的问题不惜气力地去奔波……

这种朴实的奉献精神，在卓扎沟水库引水工程的日日夜夜里闪烁着鼓舞人的光辉。在哈拉直沟中低产田改造工程的每时每刻里显示着动人的情景。正是由于他们的这种朴实坦诚的奉献精神，不计较个人得失的公仆意识，原来由于配套不齐的卓扎沟水库灌区，哈拉直沟灌区如今也发挥出了空前的效用。

四

开足马力又挂了加力挡的北京吉普车爬上陡而曲折的山路，在右拧左拐的田间道路上缓缓行驶。路边，依着平整光洁的水泥渠道，丛生着一片片用来巩固渠岸的黑刺，褐灰色茂密的枝条下面、牛蒡子草举着朵朵淡紫色的花朵。那一株株间距两米，高有丈余的杨树整齐地向远处延伸。路两边，大小不等的梯田层层叠叠向远处的坡坡岭岭铺排开去，田间沟坡上，有一群羊，数头牛在悠闲地觅食，几块还没有收尽油菜籽和洋芋的地里，农民正在勤奋劳作……

看着这收获后静美的田园景色，谁会相信几年前这里是荒山秃岭呢？

大红岭位于湟水南岸，是距平安县城 3 至 18 公里处的低洼干旱山区,属黄土高原梁状黄土塬地貌,平均海拔在 2200 至 2400 米左右。20 世纪 60 年代,青海原省长王昭到此视察,发出开发大红岭的号召,拨款兴建了一座三级电灌站。由于水利配套设施没有跟上,电力灌溉压在农民肩上的负担过重,几百亩开垦的新地复归荒芜。但是,平安县的干部群众寄托于大红岭的向往并没有因此而破灭,他们在争取新的机遇。

80 年代后期,随着全省土地综合开发的战略重点由西向东转移,平安县的决策者们抓住时机,组织科技人员实地勘察和学术论证,报经省上批准确立了"大红岭农业综合开发工程"。该工程以提高农、林、牧、副综合配套生产能力为目标,实行山、水、田、林、路综合治理,工程总投资 100 万元,水利工程除利用古城西岔湾水库外、新建干沟水库一座,引水渠、输水渠各一条,主灌渠一条,支灌渠七条,渡槽倒虹吸等水利建筑 300 余座,开发耕地 13600 亩,林地 2400 亩。

匆匆几年,往昔的荒山变成了良田,田间道路蜿蜒。渠边树木林立,地里稼禾繁茂,这是平安县多少干部群众血汗的果实?多少工程技术施工人员智慧的结晶?这其中的甘苦,已经深深印在了受益区群众的心里。

他们忘不了县上各级领导给予工程的重视和支持。大红岭农业综合开发工程是平安县成立以来投入最多,规模最大的一项工程,在全省范围内是有竞争的。县上领导采取先干后申请的办法。"先干,以实际行动感动省上领导批准立项",县委、县政府参与人员是这样说的,也是这样干的,他们亲自挂帅,组织水利机械和群众大搞农田基本建设,平整荒坡地 1000 多亩,用热情和成绩争得了省上的立项投资。

他们忘不了县水电局全体工程指挥人员和技术员在施工中发挥的技术才能。工程预算时,钢材 1000 元一吨,施工中间,钢材价格猛涨成了 1 吨 4600 元,为了节省加工钢管的费用,他们群策群力,设计制作了卷管机，现场卷制钢管总计 1000 米，节约投资近 100 万元。

他们忘不了从山下一车一车拉水拌和混凝土的情景，忘不了在极其复杂的地形上用铰链吊装四号倒虹吸的情景，忘不了民工们背着砂石水泥，提着水桶在陡峭的崖壁上施工，在容易塌方的红胶泥隧洞中衬砌拱圈的情景……

该说得实在太多太多了，如此艰巨的水利配套工程，如此复杂的施工环境，如此惊人的施工速度，如果没有省地县各级领导的重视支持，如果没有全体工程技术人员集体的智慧和献身精神，如果没有全县民众对美好前景的渴求以及付出的劳力。三年工程两年竣工的口号最终不过是一句空话！

荒诞的历史教训还在很多人头脑中盘踞着，一次又一次半途而废地施工，一次又一次没有实效的盲目付出，使不少人对这次综合开发的结局持有疑虑。工程竣工验收通水，有一退休干部站在大红岭输水管道的出口，想证实自己的疑虑是否正确，还有一些人，认为施工时从山下拉上山的水都是为了存起来，通水时倒入管道哄哄人的眼目。

事实强于雄辩，1992 年 9 月 10 日，大红岭工程指挥部举行了隆重的通水典礼，清清亮亮的水，干旱的庄稼人和土地盼望了无数个年头的生命之水、丰收之水，从沙沟乡的东沟河哗哗地注入干沟水库，又从干沟水库欢快地流出，流过 7 条总长 1558 米的隧道，流过 7 座倒虹吸，流过 14 座总长 732 米的渡槽，再流过总长 22 公里的主干渠，流入支渠、毛渠，渗入了大红岭干渴了千年的黄土……

有了水，就有了草，有了树，有了飞鸟和牛羊。紧接着，大红岭新村的调庄工程开始实施新村的路、电、水以及学校等配套建设正在实施和即将实施。

大红岭的历史翻开了崭新的一页。

五

亘古以来，地理环境决定着贫富差异。同一块地方，方圆不过几十里，富的富得冒油，穷的穷得叮当响，而这种差异的要害所在，就是一个字：水。

大自然的这种不公平安排，人们接受了一代又一代，改造这种安排的美梦，在脑山乡民们的叹息和眼泪中一次次被风吹尽。

对于民和县松树沟的峡门、新民、芦草、松树4个乡的18000多名群众来说，1992年12月25日是毕生最辉煌的节日。这天，成立了松树沟农业综合开发总指挥部。从这一天起，被旱魔折磨得骨瘦嶙峋的四乡民众走进了真正的美好梦境里。

一切都立足于为民造福，作为省上第二期开发工程，松树沟农业综合开发工程总投资4300万元（其中国家投资3413万元，群众集资500万元，农行贷款387万元）。同时，总投资400万元的松树沟北山人畜饮水工程也落地实施。

水库大坝坝址所处地段属纯脑山地区，气候变化无常，地形复杂，地质条件差，施工场面小，机械施展不开……困难像两边的山一样一层又一层，然而，工程进度的喜讯一张又一张传到了总指挥部，库坝肩劈坡开挖土石方已完成3万立方米，备沙、石料300元，峡门至水库的12公里道路，三座便桥和5公里高压输电线路全面开通……

灌区渠道工程的施工报表显示：

截至1994年8月，干渠衬砌20公里、支渠衬砌12公里，1号、3号隧洞已经凿通，其余9座隧洞已掘进2100米……

这些数字后面，流淌着全体工程技术员的心血，流淌着县上各级领导给人民群众倾注的脉脉情感。它同时证明，尽管施工难度大、资金空缺多、机械用油紧缺、民工工资拖欠等问题困扰和阻碍着工程进度，但所有战斗在施工第一线的工程技术人员无时不在努力着、拼搏着、奉献着……他们心里涌动着的除了对水利事业的一片赤诚，还有对数万父老乡亲的体恤和同情。

脑山的乡民们太苦了！谁能忘记那从窖里勺上来的浑浊的苦水，咽一口苦涩透心；谁能忘记那些贫瘠的，亩产七八十斤甚至颗粒不收的干尘飞扬的田地；谁能忘记那些由于贫困而娶不上媳妇的光棍们眼里的哀伤和绝望；谁能忘记大旱年景窖里连苦水也干了的日子里，山民们去十几里外的河里驮水担水，驮水毛驴的毛被驮桶磨光了，毛驴挣死了，肩上的皮肉被扁担磨烂的情景；谁能忘记 17 岁的大姑娘由于没水洗脸而糙裂的面孔；谁能……

他们默默地提告自己，自己多受份苦、多流滴汗，山民们就会早一日把种子播进湿润的土地，就会早一日喝上纯净甘甜的自来水。

水坝坝基在他们的劳作中升高着，水渠在他们加班加点的奋斗中延长着，人饮工程的主干管道已经试水成功，分支管基本铺设完成，北山片群众的盼望一刻一分地向美好的现实靠拢着。

不难想象，在松树沟农业综合开发工程和北山片人饮工程全面竣工的那一天，受益区 4 乡 28 个行政村的上万名群众，工程中流过血汗的全体人员以及县上地区和省上的领导们，会用什么样的激情举起自己更高的信心！

六

下午 6 时，是人生经纬网上的一个转折点，这个时刻的城市街道，正被疲惫、匆忙的车辆和行人塞得满满当当，人们像从密林中摆脱出来的困鸟，各自回归安乐的栖巢；这个时刻的农村，牧归的牛羊走进棚圈，农家上空一缕二缕的炊烟诠释着劳累后的喜悦和充实……

在湟中县盘道乡东边的山头上，有几个人在忙活着什么，傍晚的风，撩起他们的衣角和头发……他们是湟中县水电局的工程技术人员，正在查看盘道农业综合开发工程中的输水渠道，他们交谈着、指点着。

对他们来说，几点几分并不要紧，要紧的是干渴的土地正盼望着清河的渠水。投身到水利建设中，无数次的加班加点工作已经冲淡了他们的时间观念。

正因为有了他们的无私奉献的精神和科学的劳动实践，一个又一个小水库像明珠一样镶嵌在湟中县的山山岭岭之间；一条条水渠像玉色腰带一样缠绕在万千沟壑之上。如今，1993年立项开工的盘道农业综合开发工程中主要的大渠道工程已经基本完成，全长156公里的灌区即将通水，灌区内受益的维新、共和、汉东乡的18个行政村的数万名群众的终生梦想成了现实！

好像是为了褒奖工程技术人员为灌区工程立下的汗马功劳，一股混浊的，但激动人心的活水正巧从渠里流了下来，水头上浮动着白色的浮沫，漂着沿渠冲起来的杂草和落叶。从他们站着的地方往上8公里，才是渠道的入水口，这一段被深秋的杂色、斑驳的林木掩住的渠道，全部修在陡峭的山坡崖壁上，其施工难度之大，困难之多，非常人可以想象，然而，它毕竟修出来了，往下，再往下，渠水将经过无数座隧洞、涵洞、倒虹吸，再分流到各支渠、毛渠，最后从田间地头青灰色的水泥闸口上流进平整的土地里，那些层层叠叠平房展的梯田，是修渠的同时平整出来的。那些由于缺水而常年只维持低产量的贫瘠的山地，在水的滋润下会逐渐肥沃起来、慷慨起来。受益区的23000多亩旱变水浇地，将来奉献给人类的粮食，谁能估量得清呢？

七

水，顺着缠绕在山头和山腰里的水渠欢快地流向下游，流进早年被湟中群众称为"长藤结瓜"的48个涝池里，以备冬灌。这些涝池和胜利水库及胜利渠的水利工程，是 20 世纪 70 年代中期修建的。这次改造工程，把原先胜利渠的部分渠道加宽、加高、加固，使原先只有 0.4 个流量的 8 公里主干渠经过加宽改造成为 1 个流量。另外，基于盘道河的流量不稳定，天旱时节，细小的水流保证不了盘道灌区的灌溉用水，县上已确定在盘道河上游修建水库，眼下勘测完成已进入设计阶段。

在县上诸多的水利改造建设工程中，最让县上领导和工程技术人员担心的是小南川西山的农田综合开发工程。那里是十种九不收的秃岭荒坡、坡高路陡、农田改造开发工程困难重重。工程立项后，已经整修出 8000 多亩水浇地，完成渠道，林网植树 40 多万株。眼下，一部分土地种了粮食，林木的成活长势都令人喜悦，但还有一些土地没有配套，调庄的农民虽然打了院墙修了房屋，却依然抱着且走且看的态度，不肯安居在西山上管理已平整好的新耕地，因而渠道塌垮，土地撂荒的现象已经出现……

怎样才能让省上给西山的农田改造提供足够的财力，尽快把调庄的水、电、学校等设施配备齐全，以吸引群众在西山安家落户，从而使平整的上千亩土地不至于重新荒芜呢？

他们思索着，思索着……

这，就是县委、县政府和水电局领导和全休工程技术人员面对的现实，有成功的欢乐，也有困难造成的压力。当然，欢乐增加了他们的自信，困难又磨炼着他们的斗志。他们没有骄傲也没有气馁，是因为他们心里始终装着一个朴素的信念：农民种田养活了我们，我们就要多为农民造福。

水，将永远传播他们的这个信念和为此而付出一切努力。

都说数字是枯燥的，可这组数字有血有肉充满了感情：

干渠全长 63 公里，经过 20 个隧洞（总长 8220 米），跨越 6 条大沟（6 个倒虹吸总长 3100 米），渠绕行 18 个山头，18 面山坡，劈开了

18 个悬崖段，渠道转了 33 道湾，最后灌溉 8 个大滩的万顷良田。

这就是 1994 年 11 月底主体工程全部竣工了的湟源县南山灌区工程。

湟源县与海晏县交界处，东大滩水库默默地汇集着从金铝管道里流来的清清湟水，距水库大坝下游百多米的地方，南山灌区工程，启闭房和清沙泄洪的工程已完成。这里，记载着马元彪副省长主持奠基仪式时的公仆形象；记载着县委、县政府领导们亲力亲为协助副省长指挥施工的精神风貌；记载着县水电局全体干部职工奋战现场、挖坝基的动人情景。当时是春寒料峭的三月天气，又是东大滩水库放水时节，流量为 4 立方米 / 秒。站在湍急又寒透刺骨的水里，他们的身体冻僵了，手脚麻木了……经过几昼夜连续奋战，水终于驯服地流进了为它安排的另一条渠道，为启闭闸腾出了地方……

这段 742 米长的石渠，原设计为隧洞，但施工现场紧紧挨着公路，放炮注定要损坏路边的通信线路，会影响交通，还会堵塞海晏县的一段灌渠。县上分管水利的领导和工程指挥人员与海晏县反复交涉，与公路和通信线路的管理部门再三协商。最后改隧洞为明渠，从远处运来石头傍着山体砌出了美观坚固的渠道……

2 号渡槽,这个飞架在 8 号洞出口和 9 号洞进口间的悬连线式渡槽，长 53 米，高 23 米。现场浇筑时，遭受洪水多次冲击，数立方的木料被冲走了，钢模被冲走了……然而，困难终究被工程技术人员克服战胜了。它，记载着南山灌区全体工程技术员科学的实践精神和顽强的拼搏意志，记载着他们夜以继日指导施工的感人事迹……

还需要列举吗？在这 63 公里长的灌渠上，哪一个倒虹吸没有记载一段动人的故事，哪一个隧洞没有记载几个感人的细节呢？沿着弯弯曲曲绕行在山头陡坡上的干渠，那修建在渠上和每一个涵洞、每一座田间便桥、每一座排洪桥……无一不在默默地向人们显示着工程技术人员为湟源人民立下的汗马功劳。他们身上集中体现出来的，就是县上决策者们的战略目光和胆识，以及为官一任，造福一方的朴素愿望；就是水电系统全体工程技术人员集体的智慧和奋斗精神，以及多年来为县上的水利事业付出的辛劳。他们自豪地说，南山农业综合开发工程之所以进度快、质量高，在于县委、县政府的高度重视；在于综合开发的机遇被农民群众接受，激发了群众的积极性；在于实行了工程承包，把水利开发工程纳入了竞争机制，提高了大家的积极性、主动性、责任心；在于充分发挥了科技人员的聪明才智……

是的，那从陡峭的崖壁上经过的水渠和道路，那栽在水渠道路边的数万株生机勃勃的树木，那与水渠修建同步或提前平整出来的层层梯田，那衬砌光滑的渠壁，那既讲究实用，又注意美观的渡槽倒虹吸……无一不在证明着整个工程的现实意义和历史价值，无一不在证明着以水养水、农、林、路、田综合开发的美好前景，受益区的群众也用他们的方式证明着：灌区最气派的4号倒虹吸，架设在大华乡三条沟村附近。长929米的倒虹吸从西边褐黄色光秃秃的山坡顶飞坠而下，踏着整齐而美观的混凝土排架直指东山，而后从东山繁密的树林里直窜上山头。这座省上水利工程中最长也最壮观的倒虹吸上装饰了青黄两条相对的戏珠巨龙。安装巨龙那天，附近村乡的数千群众来了，群众仰视心目中神圣的"巨龙"，有的烧香磕头，有的作揖祷祝，有的将事先准备好的红绸挂在了管道上。他们说，有这条巨龙，南山人的日子有了保障。显然，这座倒虹吸成了一种新的图腾，新的景观永久地被湟源人民仰视和感念，并表达了湟源人民心声。他说："湟源要靠双龙（实指湟海）致富了！"

大高陵村6社的青年农民史正生说起今年的收成时脸上飞扬着自豪的神采，"往年种庄稼，山上的坡地全靠着老天爷，雨水好，收一点，雨水缺的年景，要从沟里担水浇地哩，扁担磨烂了肩头，心里还不踏实。如今地平成梯田了，水渠也修到了地边，今后种庄稼兴头大了"。

洞洞村的老农蒲双风拧开安装在房里的水龙头，指着流出的清水，禁不住满脸笑意，她说："我们人老儿辈子，都为吃水愁，早上起来先想着担水的事，去河坝里澄上一担苦水要半天哩，冬天就更难了……如今方便的没说头了。你们看，原先担水的水桶，现在当喂猪桶了。原先缺水，洋芋上的泥都洗不净，如今在水池子里冲着洗，连盆儿都不用了。"她还特意指着院里用土坯砌成的一个花园说："往年想种点花都办不到，浇不上水，花儿养不活，今后要美美地种些花儿……"

是啊，水能到来，充实的不仅仅是物质生活，女人们爱美的天性被干旱压抑了多少年多少代，如今终于可以自在地洗头、洗脸、洗衣、养花了。难怪外县的人到湟源说媳妇，湟源的姑娘开口先问：你们那儿有自来水吗？

这是多么自豪的问话和表白！南山灌区受益的群众心里有了这股源源不断的活水，做人的自信和自豪就会越来越足。

拥有这种自豪、自信的还有谁呢？中央领导在民东市山源区水利工程时所说的一句话，足以回答这个问题，也足以做这篇报告文学的结束语："我们的党之所以长期立于不败之地，就是因为为百姓做了不少的实事，深受人民的拥护和爱戴。只有共产党才肯为人民谋这种福利。"

李洪强：旱地湾的樱桃熟了

张　翔

　　我叫李洪强，今年 74 岁了。我的家乡坐落在海东市乐都区高庙镇北山脚下的一块台地上，叫旱地湾村。

　　村子为啥叫旱地湾村呢？就是因为这个地方水不够。打我记事起家乡就是一片荒山秃岭。我心里一直在想：何时才能让光秃秃的荒山野沟披上绿装？时间过得真快啊，如今我老李已经变成了李老。而我的梦想竟然这在我这一代就实现了——房前屋后，山坡沟脑满眼都是绿色的树、飘香的果。

　　说来你也许不信，就是在这样的一个地方，我一年仅种植大樱桃的纯收入就能达到 80 多万元。

　　回想村庄几十年来的变化，除了村民个人的努力，更离不开党的好政策，离不开政府部门的全力扶持。

　　早在 1983 年，一位姓姚的镇干部来到我家，动员我承包荒山。他的一番话，点亮了我心中的绿色梦。

　　细细盘算后，我承包了村后的 26.67 多公顷荒山，我想边绿化边搞果树种植。那时年轻，拼的就是一股子"狠"劲。面对村庄后面水土流失严重的两条水沟，我和媳妇两人没日没夜地填沟造林。干累了，在山坡上躺一会儿；干饿了，馍馍就开水凑合一顿。5 年多下来，眼看 800 多棵苹果树有些都有碗口粗了，心里那个美呀。可谁承想，仅仅因为一场干旱，苹果树全都枯死了。

心急火燎的我，又忙着和媳妇动手开始在半山腰挖蓄水池。没想到镇政府知道这个事儿后不仅给我免费提供防渗水的塑料布，还给了我 4 万多元的补助款。

1994 年，去山东考察的县农业部门的技术员给我带回来了 300 棵大樱桃苗让我试种，对果树很感兴趣的我立马腾出 5 分地让这些宝贝在旱地湾扎下了根。但因为毫无种植经验，树苗开始陆续死亡。这下可急坏了我，查资料、请专家，政府部门也出钱在原来土蓄水池的边上，修了一个 3600 平方米的水泥蓄水池，一下子解决了我们的用水问题。

樱桃树活了，但销量却一直不景气。以前村庄的道路都是土路：下雨出不了门，刮风看不见路。我们只能把樱桃卖给推着自行车来收山货的贩子，一年到头最多也就有个 2000 多元的收入。

2006 年政府部门开始在全村修路，对通往大樱桃种植基地的三四公里的乡间道路全都进行了硬化，平展展的水泥路一直通到我在半山腰的家中。现在樱桃一下树就能沿着门前的路到西宁、兰州还有银川等城市的水果批发市场。

这些年为了大樱桃的栽培和销售，政府部门陆续提供了 100 多万元的资金支持，还将大樱桃作为一种特色产业，引导村民广泛种植，目前，全村 440 多户人家都开始种植大樱桃。同时，还帮扶我们成立了洪强樱桃种植专业合作社，我担任了理事长。

2015 年，政府给村里拉了网线，培训了村民网上销售的技能。我儿子今年通过互联网把土山沟里的樱桃卖到了北京、上海和深圳这些大城市里，我们合作社还打算把明年的销售重点放在网上，我们要让更多的人吃到旱地湾种出来的大樱桃。

寒来暑往，如今村里条条大沟已被改造成了层层梯田，山坡上种上了柠条、沙柳、白杨；台地上栽种了苹果、核桃、李子等果树，已经形成了川里樱桃飘香，遍地红色的可观景象。而我钟爱的几万棵大樱桃树也越长越茂盛，有的胸径可达二三十厘米，很多树，树高在10米以上，叶繁果茂，我的家乡旱地湾成了名副其实的"瓜果之乡"。

"搬"出来的幸福生活

袁有辉

踏着初雪，走进距离乐都城区 3 公里的七里店易地扶贫安置区，草坪内石雕上醒目的"饮水思源"四个大字，诉说着安置区每一户群众内心的感恩之情。一排排崭新整齐的楼房有序排列，绿化草坪、休闲座椅、健身器材等设施一应俱全。顺着小区道路直行，一栋正在新建中的海东市乐都区第三幼儿园三层楼主体工程已经完工。

小区内，扶着双拐的庞自成，凝视着一栋栋楼房，感觉像是在做梦。"过去，家庭条件困难，住着土房子，老人有病看不起，孩子上学成问题。如今，不愁吃、不愁穿，住房、看病、教育有保障，政府真正解决了我们老百姓的后顾之忧。"

庞自成老人告诉我们："今天，能搬进这样好的新房子里，做饭取暖用上了干净环保的天然气，喝上了甘甜清澈的自来水，真是农村所谓的'又娶媳妇，又过年啊'。我们会永远记着共产党的好、牵着共产党的手，一起奔向更幸福的明天。"

海东市乐都区七里店易地扶贫安置区是我省规模最大的易地搬迁区，集中安置了马厂乡、马营乡、芦花乡、李家乡、中岭乡、共和乡、城台乡、蒲台乡、中坝乡、寿乐镇、高庙镇 11 个乡镇的 1946 户村民，其中建档立卡户 1357 户。

城台乡下台村村民祝多年是众多搬迁户中的一员。今年 68 岁的祝多年左手牵着孙女，右手牵着孙子，走在送孙子孙女去社区幼儿园的路上，在幼儿园门口经过老师测体温、登记和洗手消毒后，两个孩子顺利进入教室。

从祝多年的交谈中获悉，他家有 6 口人，夫妻二人、女儿女婿、孙女和孙子。老伴儿腰部有病，做不了家务活，女儿在城区内打工，女婿在格尔木承包了 20 多亩土地种植枸杞，祝多年每天的任务是给老伴儿做饭和接送两个孩子上学放学，全家人齐心协力、各尽其能，一年下来能有七八万元收入，一家人过着有滋有味的新生活。

回想起以前山里的老宅生活，受地理条件的制约，孩子上学困难、信息闭塞、交通不便，面朝黄土背朝天，靠天吃饭的那些苦日子时，祝多年感恩地说："今天，做梦也没想到，不愁吃，不愁穿，孩子上学不要钱，能搬进这样风吹不着，雨淋不到的楼房里，能过上这样幸福的好日子，多亏了共产党。"

"以前，我家姑娘到了上学那会儿，村里没有幼儿园，孩子每天跟着干农活的家长在田地里玩，到了 7 岁直接上一年级，比起城里孩子们少读了 4 年书。如今，我们赶上了党的惠民政策，易地扶贫搬迁让我们一步登天从大山深处搬到了城市里，过上了和城里人一样的生活，不出小区，孩子上起了幼儿园，接受和城里孩子同等的教育。"祝多年说。

乐都区七里店安置区里的卫生院，是为易地搬迁群众服务的医疗机构，设有接诊室、住院部、中药房、康复科、公共卫生科等，中西医结合，极大地方便了群众看病就医。

患病在这家卫生院打点滴的张广兰今年 70 岁，是乐都区马厂乡保家湾村村民，她说："马厂乡地处乐都下北山地区，山大沟深，路途遥远，出行不便，距离乐都城区 60 公里。没有参加新农合医保那些年，看病就医是我们老百姓最头疼、最发愁的事情，生了小病扛着，得了大病耗着，时间一长小病成了大病，多种疾病就缠上了身。"

先住院后结算，是政府为民利民的重大举措，患者不用缴一分钱，只需要交上医保卡，就可以直接住院，给缴不起药费和家庭困难的患者解决了后顾之忧，带来了诸多便利，很大程度上解决了老百姓过去看病难、看病贵和看不起病的问题。

"自从参加新农合医保后，又赶上了易地扶贫搬迁政策，我家又是建档立卡户，第一批就搬到了七里店安置区。如今，在这家卫生院看病就医非常方便，医疗费也比以前省了很多，一般患有两个病种，住院七八天时间，总花费 1200 元左右，经过新农合报销后，自己只花了 120 元，极大地减轻了家庭经济负担。"张广兰说。

今年 72 岁的李英存，家中共有 6 口人，是芦花乡寺院村的建档立卡户。在这次易地搬迁安置中，她家分了一套 96 平方米的新房子。走进她窗明地净的家里，醒目的客厅电视背景墙上悬挂着五代党和国家领导人的肖像。李英存老人说："芦花乡距离乐都城区 60 公里，日常生活物资运输费用很高，就冬季取暖来说，每年至少也要烧去 4 吨大煤，仅仅这一项开支就需要 4000 多元。"聊到搬迁安置，李英存老人说："受惠党的好政策，我家仅自筹了 10000 元，便分得了一套大房子。"搬进环境舒适的新房后，老人的儿子儿媳，看准时机在安置区内租了一间大厨房，做起了酿皮生意，一天下来也能挣 400 多元钱，家庭有了收入，生活有了保障。

再来看看这一家。李小青是乐都区马营乡墩湾村的非建档立卡户，易地搬迁让她家拥有了一套 80 平方米的新房子。小两口看到小区内没有小卖店，灵机一动，自筹 6 万元，把自家的客厅装修成了便民超市。铺面虽小一应俱全，既方便了周围居民，又增加了家庭收入。丈夫阿学德一边帮着妻子打理超市，一边开着自家的厢式微型货车到高庙镇和寿乐镇两个蔬菜基地收购乐都特有的各种蔬菜，运送到西宁市大堡子农副市场销售挣钱。他俩育有一子，且二胎怀孕在身的李小青对当下的生活很知足："以前住山区，受环境制约，有劲没处使。如今政府给我们贫困农户创造了得天独厚的条件，日子有了奔头，生活有了目标。"

近年来，乐都区委、区政府以脱贫攻坚、精准扶贫、改善民生为主题主线，结合全区实际，在一方水土养不了一方人的情况下，向"搬穷家，挪穷窝"集中发力，加大易地扶贫搬迁力度，让众多易地搬迁群众过上了幸福的生活。

一条路带来的变化

袁有辉

要致富，先修路……

全长 50.79 公里的扎碾公路，是青海省道扎隆沟至碾伯镇的二级公路。该公路起自青海、甘肃两省交界处的扎隆沟口，经扎隆沟、达坂山、寿乐镇，终点至乐都区碾伯镇。

建成后的扎碾公路，极大地改善了沿线贫困地区的交通条件，彻底打通了制约当地经济发展的最后一公里，切实解决了老百姓出门难、求学难、致富难的状况。沿线穿越互助北山国家森林地质公园和乐都仓家峡省级森林公园，一路山清水秀，风光旖旎。随着省内外游客急剧暴涨，扎碾公路被誉为青海最美公路。当地老百姓亲切地称它为扶贫路、求学路、圆梦路。

乐都区寿乐镇党委书记说："全镇共有行政村 30 个，总人口 26403 人，其中 14 个行政村在扎碾公路沿线上，16000 人口，占全镇总人口的 60.6%。过去，这条公路从乐都城区出发，到了仓夹峡村就是终点站，交通不便、信息闭塞，严重制约着当地的经济发展，沿线老百姓只好将自产的农副产品采摘打包装车，拉运到 15 公里外的县城去销售，由于人力、物力和运价的增加，微薄的经济收入，除去成本所剩无几。"

10月的扎碾公路是一派深秋的景象，田野里到处都是秋风吹落的金黄叶子。虽然气温已经零下了，但是穿梭在扎碾公路上的自驾游车队依然川流不息。

乐都区寿乐镇新堡子村就在扎碾公路沿线上，是乐都蔬菜种植基地，种植的辣椒、菜瓜、土豆、大蒜、白菜、豇豆、蒜苗、西红柿等农副产品畅销省内市场。走进村民杨永启的两座塑料温棚，绿意葱葱、皮薄肉厚、辣味适中、口感绝佳、营养丰富的乐都长辣椒，经过十多茬的采摘后，依然挂满枝头，是省内外餐桌上一道无人不知、无人不晓的无公害绿色蔬菜。忙得满头大汗的杨永启，正在接待当天的第三波游客采摘辣椒。

"扎碾公路开通以来，由于沿线风景优美，空气新鲜，地势险峻而闻名于省内，是亲朋好友和家人出行观光的最佳旅游线路。从省城西宁出发途经互助县城、北山林场、扎碾公路、乐都城区直至西宁。每逢节假日和双休日，这条大环线上往返的自驾游客络绎不绝，给当地老百姓带来了不少实惠。村民在路边摆上新鲜的蔬菜摊位，一天下来也能卖二三百块钱。有些城里的游客，为了感受采摘过程，买到更新鲜的绿色无公害蔬菜，进入温棚亲自采摘。随着交通运输的快速便捷，好多蔬菜商贩开着大车来到田间地头做起了订单收购，省去了老百姓过去起早贪黑往乐都城区送售蔬菜的历史，增加了家庭收入。真是足不出村就能在家门口做起生意。"新堡子村村民杨永启说。

周日下午5点多，我开车从仓家峡村返回乐都城区，途经寿乐镇杨家岗村时，看到一个女学生背着书包，独自在路边候车，我放慢车速停下后，问她去县城吗？她点了点头，我就顺便带了一程。从与她的聊天中得知，这位女学生是海东市第三中学高三（11）班学生王艳，家住寿乐镇杨家岗村。她初高中六年都是在乐都城区上的，以前最头疼的就是周五回家和周日返校。"我家正好住在扎碾公路中段，坐车很不方便，由于这条路沿线村庄多，线路长，车次少，挤挤扎扎能上车就不错了，别说有座位，站着都很困难，很多次上车后遇到座位上好心的叔叔阿姨替我拿书包。"王艳说。

"自从扎碾公路开通后，线路上安排的公交车辆多了，行车密度大了，乘车也方便了很多。加之，扎碾公路上旅行的自驾游车辆较多，遇到着急的事情，我们随手一拦也可以搭个便车。很多次在路边等车时，好心的司机师傅看到我们是学生，就主动停下车将我们带到城区，付车费时，却被大部分司机师傅所拒绝，还有个别司机师傅问起我是海东市第三中学学生时，免费将我们送到学校门口，觉得好心人越来越多了，社会越来越和谐了，真是感谢那些好心人。"王艳说。

仓家峡村是乐都区寿乐镇最里面的一个少数民族行政村，距离乐都城区 27 公里，全村共有 164 户，561 人。干净整洁的村庄巷子，白墙红瓦的村民院落，在太阳能路灯的美化亮化下，整个村子成了扎碾公路上一道靓丽的风景线。

仓家峡村村主任仓多杰尚说："以前，我们这里的路面高低不平，路况不好，都是坑坑洼洼的沙石路。村民们饲养的牛羊到了出栏期，只好雇车拉到县城去卖。另外，老百姓到城区看病也比较困难，万一碰到紧急病人，说句难听的话，等送到区人民医院连命都保不住。"

"如今，扎碾公路的开通，老百姓出行更加方便了，到城区办点事情，单程也就十几分钟车程。每逢节假日和旅游旺季之际，村民们将自家饲养出栏的草膘牛羊屠宰后，在扎碾公路沿线上销售，很快就卖完了。靠山吃山，靠水吃水，一方水土养一方人，每年从 5 月份开始，村民们还到大山里采摘蕨菜、野蘑菇、鹿角菜、萱麻等野菜。野菜在当地人眼中很不起眼，但是出了大山，就是城里人眼中的山珍，卖野菜也给农民增加了不少的经济收入。"仓家峡村村主任仓多杰尚说。

扎碾公路全线通车以来，为沿线老百姓发展经济、便捷出行、看病就医、孩子上学创造了便利条件，插上了脱贫致富的圆梦翅膀。沿线的村民们以这条青海最美公路为契机，以旅游业带动畜牧业，抓住机遇搞发展，发家致富奔小康，愿我们老百姓的日子越过越红火。

湟水河之变

袁有辉

那奔腾不息的执着一路向前，把恩泽留给两岸的生灵，伟大的恩泽在河的流向里浸润，亲切的微笑在奔涌的河水里盘旋。盈盈清水，碧浪清波，婉转萦回。你听，不远处，是谁在唱一首欢快的歌？你看，绿荫下，是谁奔腾在满日春光里？是她，是黄河上游的重要支流，青海人的母亲河——湟水河，她脱胎换骨，迎来了青春的再次绽放。

湟水河又名西宁河，位于青海省东部，发源于青海省海晏县包呼图山，流经湟源、湟中、西宁、平安、乐都、民和，直至甘肃省兰州市西面的达川镇入黄河，省内全长349公里。其中乐都境内长64公里。当春夏之际，湟水河上游冰雪消融，水资源极其丰富，一方水土养一方人，在湟水河的哺育下，河湟谷地到处草木丛生，绿树成荫，对农作物的灌溉起到了至关重要的作用。湟水河用她那清冽甘甜、乳汁般的河水，无私地养育了沿岸的人民，是高原人生命获得一代代延续和繁衍的摇篮，当地百姓亲切地称她为"母亲河"。

前些年，环境治理力度较小，河道较长，致使湟水河水质污染，河水浑浊，就拿乐都境内来说，市民们走在湟水河畔，一股刺鼻恶臭的味道扑面而来，岸边的草丛中滋生的小虫子时不时碰擦到市民的脸上，甚至被蚊子叮咬，给市民的生产生活环境带来了困扰。

2016年8月，习近平总书记在青海考察时强调："生态环境保护和生态文明建设，是我国持续发展最为重要的基础。青海最大的价值在生态、最大的责任在生态、最大的潜力也在生态，必须把生态文明建设放在突出位置来抓，尊重自然、顺应自然、保护自然，铸牢国家生态安全屏障，实现经济效益、社会效益、生态相依相统一。"这句话诠释了"绿水青山就是金山银山"的深刻道理。

近年来，我市全面贯彻落实习近平总书记视察青海时的重要讲话精神，牢固树立生态保护优先和绿色发展理念，加大对环境污染的整治力度，尤其是对水资源污染的整治。湟水河横穿乐都城区，当地政府采取"零"容忍的态度，"零"排放的决心，从源头上根治水资源污染，成立了河长制管理，分段管护，责任到人，对水资源保护、水域岸线管理、水污染防治、水环境治理及非法采砂等突出问题进行整治，有效遏制了河道内乱占乱建、乱围乱堵、乱倒乱排现象，并且在河道两岸修建护坡，防治河水冲刷泥土而污染河道。下大功夫保护水资源，保护我们的母亲河。

过去，湟水河南岸同乐公园旁边的三角花园下行至湟水大桥，路段较长，道路偏僻，亮化欠缺，行人稀少，因此环境卫生很不乐观。政府用绿化、美化、亮化一片，整治一大片的有效措施，如绿化闲置区域、加装健身器材、安装休闲座椅、合理布置垃圾箱以及加密安装路灯。不留死角，处处亮化，到处净化。既为市民增加了活动场所，又分散了人员密集区域，形成了时时有眼监督的局面。

同时，环保部门还在人员密集区域，如乐都区湟水大桥南岸出城班车和过境班车的临时停靠点，以及碾伯镇广场对面的彩虹桥地段，设立了多个免费公共厕所，在原有垃圾箱的基础上，根据需求新增加了移动垃圾箱。这样一来，既方便了市民，又减轻了环卫工人的劳动强度，还增强了市民的环保意识。从而杜绝了岸边和人行道上的零散垃圾被风吹到河里，形成二次污染。环保部门还分工明确，专门设立河道清理员，一手拿着镊子，一手拿着袋子，翻过护栏，沿着河道巡查，步行清理垃圾，将捡到的垃圾背到岸上运走。

长期以来，环卫工人们日复一日地坚守岗位，早就在市民的心里留下深深的烙印。环境造就人，人创造环境。洁净的湟水河畔，清新自然的空气，清爽宜人的环境，促使大家争先爱护环境，随处乱丢垃圾的不文明现象得到了明显好转。

经过政府部门常抓不懈的努力，市民的积极配合以及社会正能量的传播和文明行为的熏陶下，全民的整体素质提高了，湟水河也从过去的恶臭、污染、河水浑浊，蜕变成了今天清澈靓丽、人水和谐的生态廊道、景观带、最受市民喜爱的休闲绿色河道。

"春江水暖鸭先知"。水生态环境的改善，最先表现出来的就是土著鸟类的现身。冬春季节湟水河河道内常见栖息禽类多了起来，主要有：赤麻鸭（黄鸭）、绿头鸭、针尾鸭、琵嘴鸭和秋沙鸭等数种。距离乐都城区向西 7 公里处的雨润镇下杏园村湟水河畔的鱼塘里，还有白鹭、灰鹭、棕头鸥的身影，偶尔也有少见的白天鹅和斑头雁的踪迹。它们三五成群、结伴而行、尽情嬉水，其乐融融地享受着大自然的馈赠。不论是春夏秋冬，还是清晨傍晚，漫步在湟水河畔的市民逐渐地多了起来，拿出手机随手记录着湟水河的环境之变，生态之变。

人与自然和谐相处是我们所期盼，也是我们所追求的。乐都是我家，环保靠大家，从自身做起，像保护自己的眼睛一样保护我们的母亲河，做文明市民，创文明城市，愿乐都的山更绿，水更清，天更蓝。

桑梓情深

茹孝宏

　　卯寨沟，为湟水北岸的一条峡谷，其间一股小溪淙淙南流，为乐都境内的湟水支流之一。传说，古代时附近各寨驻军首领每天早晨到今卯寨沟内的卯寨去点卯（点卯，即官衙在卯时查点到班人数，也泛指点名），因此得名卯寨沟。卯寨沟下游坐落着高庙镇所属的新庄、扎门、老庄等3个村庄。人们平时所说的卯寨沟，则指这3个村庄所在的卯寨沟下游地段。以前，人们除了在这仅有的一点传说中想象古代时这里坚固的营寨、众多的驻军和旌旗猎猎的场景外，这个默默无闻的穷山沟，着实没有什么可值得称道的。

　　令人惊诧的是，现在的卯寨沟因新庄村卯寨景区的强势崛起而名声大震，卯寨景区每天都是车水马龙、游人如织、热闹非凡。当地百姓也因此吃上了旅游饭，腰包日渐鼓起来，日子过得越来越滋润。新庄村不但在全省率先完成脱贫攻坚任务，而且率先开始了乡村振兴战略的实施。那么新庄村为何从一条童山秃岭环绕的穷山沟蝶变为著名的乡村旅游胜地的呢？这其中凝聚着新庄村老共产党员李连和的心血和汗水。

李连和今年 61 岁。他的童年，饥饿曾经在神州大地上蔓延，因此在他的记忆里，那时如能吃到食物就是最好的事情。从菜畦里拔一个萝卜，用衣袖擦一下泥土，啃上一嘴，感到格外香甜；在收获完洋芋的地里，剜出几个遗留的洋芋，和小伙伴们在塄坎根里挖出锅锅灶焪，焪熟的洋芋伴着泥土的芳香，那是味蕾得到的最美享受。困苦的童年，使他早早地体味到了生活的不易，也锻铸了他在困苦环境中的隐忍力。

高中毕业后，李连和当过生产队计分员、队长、大队会计。这些经历使他的能力得到了锻炼，为他后来的发展奠定了某方面的基础。

1983 年底，青海电力公司国家电网工程工作队在高庙镇新庄、东村、柳湾一带架设国家电网工程线路，李连和带领妻子、弟弟和一些乡亲去务工。第二年，随着电网工程施工地点的转移，他便带领妻子、弟弟和部分乡亲外出务工。李连和吃苦耐劳，又有悟性，两年后即熟悉了电网工程业务，也学得了相关技术和管理经验，于是组建公司，开始承揽高压送电线路铁塔基础土建工程。

他深知，公司的发展要靠员工，他对员工严格要求，又在生活方面给予他们关心和照顾，很好地调动了员工的劳动积极性，从而保证了工程质量，保证了与电力企业长期、稳定的合作关系。

随着公司的发展壮大，效益的提升，李连和为村里、为群众做了不少好事和善事。

先前，新庄村基本上靠天吃饭，天若下雨，庄稼就有收成，也能吃上水；若遇干旱，吃水都成问题。村民饮用的水，都要从 3 公里外的老庄泉眼处挑来，世代如此。为解决长期困扰村民吃水的问题，1994 年李连和花钱在不同地点连续打了 10 眼井，尽管打得很深，但都是枯井，直到第 11 眼井打下去，底下才有清水汩汩溢出。很快，家家户户都吃上了自来水。通水那天，清冽冽的水“哗哗哗”地从各家各户的水龙头内流出，把全村男女老少高兴得就像过大年一样。

2004 年，村里的大龄青年李国锁找了个对象，他俩交往了一段时间，也比较合得来，可是正当他们要正式谈婚论嫁时，女方知道了李国锁家里没有一个像样的房子而决然地和他分手了。后别人又介绍了个对象，女方家人又因房子的事而不乐意，三番五次寻找借口拖延婚期。这把李国锁一家人急得一筹莫展、无计可施，他们真的担心这桩婚事又要垮掉。李连和闻知此事后，自己花 4 万块钱，买上砖、水泥等建筑材料，亲自送到了李国锁家里。当时把李国锁一家人感动得不知说啥好，李国锁更是感动得眼眶里盈满了热泪。有了李连和送去的这些建筑材料，李国锁家里再想方设法筹集了一些资金，不久就盖起了砖混结构的新房。有了新房，李国锁也就顺顺当当、高高兴兴地娶上了媳妇，一家人的日子也过得越来越好。至今，一说起这件事，李国锁一家人对李连和有说不完的感激，道不完的恩情。

2007 年，高庙镇东村有一个孩子考上了大学，可家里没钱无法入学。李连和得知此事后立马赶到这个孩子家里，当时孩子家长不在家，他就将随身带的几千块钱交给了孩子。孩子腼腼腆腆地不知道怎么表达谢意，差点就跪在了李连和面前。

除这些外，他扶弱济困、解急救难的事还有许多，正如同村的李善珠所说，李连和做的好事和善事"说上一天也说不完"。

李连和是第一批进城淘金的农民工代表。他在电网工程建设中干了 30 多年，走过很多地方，经历了很多事情，饱尝了人世间的各种滋味，自然也增长了见识，开阔了眼界。他的公司发展壮大后，不仅积累了一定的资本，也改变了所带农民工的家庭面貌。

随着年龄的增长，李连和将工程上的事逐渐移交给儿子，于 2008 年回到家乡。

当他看到几十年过去，与日新月异的外面的世界相比，家乡还是没有啥大的变化，在岁岁年年的四季轮回中，伴随多数乡亲的依然是面朝黄土背朝天的生产模式和窘迫生活；村庄背后的山巅坡麓依然是光秃秃的，几乎没有一丝绿色；大风刮起黄土漫天，雨雪天气道路泥泞，夜晚村道里黑咕隆咚，村民们摸黑走路。每当春风吹绿湟水岸时，这里的童山秃岭还是呼吸不到春天的气息；在整个冬春季节，满目荒凉，令人顿生凄怆之感。这种状况令他的心情久久无法平静。他深深地懂得，贫穷的家乡是他的生命之根，这片贫瘠的土地养育了他，他该回馈这片土地了。如何从根本上改变家乡的面貌呢？李连和苦苦思索着，好几天间食之不味，寝之不寐……终于，他灵机一动，脑海里闪现出了先在荒山上植树造林，改变家乡的自然生态环境，改善村容村貌，然后逐步发展乡村经济的想法。

有了想法，就要付诸行动，这是李连和一贯的做事风格。当年早春，他便带领乡亲们开始了荒山沟壑的绿化和治理工程，修筑上山道路，往山上运送树苗，用水车拉水上山浇灌……他作为总指挥和总调配，不知每天要上山下山多少趟。那个早春，湟水谷地的气温咨啬得迟迟升不起来，有时站在山上，还有寒风刺骨的感觉，可是忙活得一刻也不消停的他，汗水老是濡湿了内衣。就这样硬是在光秃秃的荒山上植上了树苗。最初，先是将数十万投进去了，继之将数百万投进去了，但干枯的山上只种活了几棵树，远远望去，只有一星半点的绿色，相对硕大面积的荒山秃岭，这一抹绿色实在显得微乎其微、微不足道。当然这并没有让李连和沮丧，更没有想要放弃。其后六七年间他累计投资 2000 多万元，引来了水，修好了蓄水池，架好了滴灌管道，除上山的道路外，山峁沟壑间的道路也连起来了。有了这些基础设施，再经过持续地植树造林，植树和治理总面积达到了 3600 余亩。其间，凡是雇用的人员，他都按时发放报酬，从不拖欠。

他带领村里的王得云、李积焕、李元才、李宝业等四位老共产党员和几位妇女，连续四年坚守在山上，他们既是植树者，又是护林员和防火宣传员，正是有了这种艰苦耐心，昔日的濯濯童山才披上了绿装。李连和告诉我们："绿化工程用人最多的时候，光民工灶就有 3 个，活累苦大，得给大家管好饭哪。"十多年如一日的坚持不懈、锲而不舍地植树造林，守绿护绿，现在，新庄村地图上的绿色部分愈来愈多。李连和明白，那抹青翠的绿定会蔓延开来，绿色林木的面积定会愈来愈大。在周边荒山缺少绿色植被的背景下，新庄村树木葱茏的青山便显得格外生机勃勃，并成为一道美丽的风景。新庄村的山绿了，环境变了，群众也因参加植树入工而增加了收入，还提高了群众绿化家园、保护生态环境的意识，更为后代子孙造了福。"我的心愿就是要种好树。只要我们的山绿了，环境改善了，我死了也心甘情愿。"面对绿化工程的显著成效，李连和感到欣慰。

在李连和的心里，绿化荒山，让绿色梦想变为现实，这仅仅是第一步。他说："现在树长起来了，眼下最关键的就是要发展乡村经济，打造稳定的、增加群众收入的产业，让群众脱贫致富。"

李连和的心里一直琢磨着新庄村的发展问题。他经过对农业、养殖业和一些低端产业的观察和尝试，觉得新庄村不适合在这些方面发展。直到 2015 年的一天，他在随车的调频电台上听到青海独特的地貌环境很适合发展旅游业的说法，进而想到这几年村庄山上的树已长成葱郁葱茏的山林，形成秀美景色，开发旅游业的环境已具备了。继之他多次攀上山巅，察看整村的地理位置、土地使用情况，思考着发展旅游业的空间。于是他仿若找到了许多年前在外闯荡时年轻的自己，干一番事业的激情又被点燃起来了。

在他一步步地努力下，青山之巅数座亭子赫然而立；长长的木头栈道也从山下修到山巅；山下一个废弃的砖厂里，一座古色古香的以河湟民居建筑为主体的卯寨景区核心景观——和园拔地而起。自此，独特的乡村文化旅游胜景——卯寨景区已见雏形。

起初，卯寨景区知名度不高，游客寥寥。虽然和园的开业和山林的管护等为新庄、扎门两村贫困户找到了出路，也解决了部分剩余劳动力的务工问题，但这公益加实业的经营模式投入高、效益低的问题成为发展瓶颈。因此家人提出了反对意见，他们认为，在城里置业可以保证稳定的收益，并且还有很大的升值空间，而在这个山沟沟里投资，就等于往无低洞里白扔钱。有的朋友也劝阻他：旅游业只能依托固有的风景名胜开发，你在这山沟沟里搞旅游开发，不是无源之水、无本之木吗？

面对家人和朋友的劝阻和反对，有谋有胆的李连和没有气馁和退缩。他说："游客少，经营效益不好，说明卯寨景区的旅游元素还太单调，内涵不丰富，对人们没有足够的吸引力。再说，凡事都有个过程嘛。"

自称文化不高的李连和喜欢和文化人交流，在交流中很善于捕捉有价值的信息。当他听说乐都是唐代陇右节度使的治所，曾一度成为大西北的军事中枢、政治文化中心和商贸重镇后，便邀请当地一些文化人，研究讨论将地域文化根植于景观之中的问题，临了按照将陇右文化、柳湾文化、河湟文化一起开发的思路，镌刻近百通与之相关的碑文及历代书法大家作品，镶嵌于专门修建的长达500米的碑林长廊墙体上，展现了"河湟古都，人文乐都"与"书法之乡"的独特魅力，给景区融入了地方历史文化内涵。这一招比较灵验，吸引不少游客前来游览，尤其是那些文化人驻足于历代各领风骚的一通通碑刻前，欣赏品咂，久久不愿离去。卯寨的知名度和影响力开始渐渐扩大。

2017年底，李连和被推选为新庄村党支部书记，他也很快进入角色。作为新庄村党支部书记，他考虑的不是帮助部分群众脱贫致富，而是全村的脱贫致富。这时根据目前景区发展中遇到的一些问题，他已经认识到，卯寨景区要继续发展，还得做很多工作。

恰巧在这段时间，他听到习近平总书记在党的十九大报告中提出实施乡村振兴战略，这个消息令他亢奋。因为他想到，只要先干出成绩，党和政府就会给予关注和支持，进而会得到更好的发展。他暗下决心：一定要让卯寨的乡村旅游热起来，并让乡村旅游产业带动全村村民脱贫的功能凸显出来。他的眼前闪烁着光明的前景。

他深知，作为村党支部书记，要做好事情，就要了解党员和群众的心愿，统一党员和群众的思想，调动大家参与发展的积极性。于是他组织召开村"两委"班子扩大会议，并通过走访，认真听取大家对旅游产业发展的意见和建议。结果是大家对发展旅游业持积极态度，而对自身参与发展信心不足。于是他组织全村60岁以上老人去南方四省参观考察，继之又组织有创业能力的200名村民赴甘肃、陕西进行旅游产业专项考察学习。通过参观、考察和学习，让他们了解外面的世界，开阔眼界，明确了自身发展目标，临了都愿意参与到发展当地旅游产业中来。

李连和个人投巨资绿化荒山，扶弱济困等事迹，不仅得到卯寨沟及周边群众的公认和称赞，而且不胫而走，广泛传播，从而得到省、市、区领导的好评和信任。在建设新农村和实施乡村振兴战略的大背景下，他的工作也自然得到各级领导的大力支持。乐都区财政安排专项资金，将乐都城区通往李家乡的公路与民小公路对接，专门开通了乐都城区至卯寨的公交线路，促进了卯寨旅游业的发展。更可喜的是他也争取到了扩大卯寨景区建设规模的多个项目。他用这些项目资金和一部分个人投资，精心打造了卯寨民俗宾馆、卯寨花海、乡村教育振兴基地等乡村旅游景点。

景点之一，卯寨民俗宾馆。其二层主体工程共投资项目资金（包括村集体"破零"工作资金）440万元，占地4亩，共有80间客房。

景点之二，卯寨花海。共占地面积180亩，投资528万元，园内种植16个品种的月季等多年生鲜花25万多株。增修1.1公里木栈道，修建了观光塔。花田西面修建了宽12米、长100米的14栋海绵温室大棚，种植集观光、采摘、科技示范等为一体的树上西红柿、树上茄子、火龙果、百香果等特色农产品，形成现代农业观光采摘基地。

景点之三，乡村振兴教育基地。共投入三方面的整合资金340万元，已完成包括多功能培训室、乡村振兴讲堂、回廊式展示厅、办公室等一期项目建筑面积1037平方米。该工程将于年内完工，建成后将承接省内外的干部教育培训，本地的党员群众也可在家门口免费参加普惠式的技能培训和有关经验交流活动。

随着景区建设规模的不断壮大，如何建立景区的发展与村民增收的利益联结机制呢？为了破解这个难题，李连和带领村"两委"班子成员、党员和群众代表分三批赴本省湟中县卡阳、大通边麻沟，甘肃玉泉山庄、陕西袁家村、马嵬驿等地考察学习。之后结合当地实际情况，多次召开相关会议，反复研究讨论，通过民主决策的方式建立了比较科学的分配机制。

这就是项目所用土地由合作社以每亩1000元的流转费从农户流转，将所流转土地按当地征地补偿价折价入股，股份归入股承包户所有，政府投入的资金折合股份归集体所有。这样，使集体、入股的村民都有分红，既推进了集体经济的发展，又保证了群众的收入。同时，建立了集体经济"2会+4社"的管理模式，"2会"即为全体村民选举产生的新庄村投资管理公司理事会和监事会；"4社"即为根据"入社自愿、退社自由、利益共享"的原则而成立的新庄村种植、养殖、农产品加工、餐饮住宿等4个专业合作社。

景区发展与村民利益联结机制的建立，村民参与景区旅游业发展的积极性更加高涨，从而使卯寨景区这台机器激情运转，发展势头愈来愈好。

2018年，根据乐都区委在高庙镇卯寨景区设立党总支部的决定，李连和又被推选为高庙镇卯寨景区党总支书记（兼任新庄村党支部书记），该党总支下辖新庄、扎门和老庄三个村党支部。

担任卯寨景区的党总支书记后，让他感到肩上的担子更重了。他上任后及时组织召开总支委员扩大会议，广泛征求意见，先研究解决三村亟须解决的问题。根据参会者的意见，李连和拍板决定，立马解决老庄村没有路灯的问题和清出卯寨沟河道边沿的垃圾问题。翌日一大早他就去区上的有关单位协调，争取项目，利用短短四天时间，就为老庄村安装了45盏太阳能路灯。那天夜晚，45盏太阳能路灯一同绽放，夜晚的老庄村宛如白昼，全村男女老少都高兴得眉开眼笑，尽管夜已经深了，但大家都聚集在村巷里又说又笑，不愿回家睡觉。至此，三村都有了路灯，卯寨沟的夜晚都是亮亮堂堂。继之李连和又出动他的 6 台大型机械，清理流经三村的卯寨沟河道边沿的陈年垃圾 200 余方、柴草 10 余车，拆除村道旁的破旧草房 30 间、庭院大门口旱厕 13 间、村内残垣断壁 12 处，使三村的村容村貌得到彻底改变。

接下来他和党总支一班人便投入到加快卯寨景区发展，带领三村群众共同致富的工作中。

他积极与三村考出去的大学毕业生联系，动员他们返乡参加新农村建设。在景区管理岗位上安排 7 名三村的大学生，给他们提供了就业岗位和施展才能的舞台……

就这样，卯寨的事情，三村的事情，一件连一件，一桩接一桩，使他每天都忙得不可开交。从中可以看出他为卯寨沟新农村建设和群众脱贫致富所付出的努力和艰辛，更看到了他砥砺前行的担当精神。

事实上，有了卯寨景区党总支，既能及时协调解决各村出现的问题，又能汇聚三村的发展合力、实现资源共享，发展共谋，成果共享，以党的组织优势和发展优势，直接破解困扰发展的许多难题。对此，李连和总结了一句很形象的话：党总支的成立也为卯寨旅游业发展装上了"红色引擎"，使卯寨发展迈上了快车道。

从最初修建和园开始到现在，卯寨景区累计投资 1.2 亿元，打造出了在省内具有一定知名度的卯寨旅游景区。如今的卯寨景区，绿树鲜花、小桥流水、碑林长廊、浮雕绘画、河湟传统民居、樱桃园、水榭凉亭、园林栈道……应有尽有，滨河步行街、特色小吃一条街、小园林廊桥、游乐场、花海、果蔬采摘基地、恐龙谷、戏水鱼塘、山顶观光台等百余处乡村旅游景点，将一个黄土塬上的穷山沟装点成了清新美丽而又灵气活现的民俗旅游新村。还有多个新的旅游景点正在紧锣密鼓的建设当中。

卯寨的乡村旅游业已成为打赢精准脱贫攻坚战的利器和实施乡村振兴战略的最好平台。景区的游客和经济收入的数字也直线上升，2018年接待游客由2017年20万人次增加到30万人次，景区涉及的新庄、扎门、老庄等三村的集体经济收入达100多万元，农民人均可支配收入由2016年的9500元增加到12200元，并带动卯寨沟新庄、扎门、老庄3村27户71人贫困户实现了稳定脱贫。有120多人长期务工。在阶段性重点项目建设时，吸纳800多人务工，每人每月可收入2000元至3000元。2018年卯寨景区被确定为全省实施"乡村振兴"示范村和乡村旅游扶贫示范点。

　　卯寨的荒山秃岭变为绿水青山，卯寨景区从无到有、从小到大，由穷山沟变成金窝窝，这是对"绿水青山就是金山银山"这一新发展理念的最好诠释。

　　近年，省委、省人大、省政协等诸多领导先后到卯寨景区调研，去年6月全国部分政协委员在视察调研六盘山片区脱贫攻坚工作时，也到卯寨视察调研，他们都对卯寨景区的建设发展给予充分肯定。李连和也先后被选为海东市乐都区政协委员、青海省人大代表；被国家林业和草原局授予全国绿化劳动模范；被海东市委、市政府授予植树造林模范大户；被青海省委、省政府授予2017年度脱贫攻坚先进个人；被青海省旅游绿色发展工作领导小组授予先进个人。

　　面对纷至沓来的多种荣誉，李连和显得非常平静。他说，今年他的目标是让景区的旅游收入达到1000万元，让合作社里的家家户户的收入再得到提高。

　　在他比较远的规划里，还要进一步和当地知名文化人士一起挖掘地方历史文化，打造另一个跟卯寨名称相符的核心景观——古代卯寨。由此看出，他的乡村旅游产业将要更多地注入历史文化元素和本土文化特色，卯寨景区的提档升级和可持续发展自然是毋庸置疑，李连和更加辉煌的业绩也指日可待。

杨家山的老"愚公"

辛元戎

初夏，山林。柠条炫耀着黄色的花朵，榆树舒展着嫩绿的枝条，蜜蜂在身旁"嗡嗡嘤嘤"地飞舞，远处传来布谷鸟高一声低一声的鸣叫，透过树枝间的空隙，对面被绿树包围的村落依稀可见。

这里是杨家山，海东市乐都区寿乐镇的一个村庄。

就在十几年前，杨家山还是一座无遮无拦被"晾"在荒山头上的村子。谈及变化，感慨之中村民们总会提到一个人——被称为杨家山"愚公"的老村党支部书记杨泗林。他们说，古有愚公移山，今有杨公绿化荒山。

杨泗林满头银发，面庞黑红，脸上总是带着微笑，毕竟是年逾八十的人了，他魁梧的身子略有些弯曲，步履也有些蹒跚。

从记事起，干旱、缺树、少绿的记忆就一直伴随着杨泗林。"小时候，连根当烧火棍的树枝都没处寻。"他回忆道。

源自对水和绿色的向往，父亲在给几个儿子起名时，第二个字都以"水"作偏旁，第三个字都有一个"林"字。有水、有林，这就是杨家山人祖祖辈辈的梦想。愿望具有某种神奇的力量，父亲怎么也想不到，他的愿望会在大儿子杨泗林手中变为现实。

羊年初夏，一场小雨悄然来到杨家山。

和每次下雨时一样，杨泗林站在家门口，静静地望着对面的山林。他总盼着下雨，一下雨，他的心整个儿会被喜悦包围——山上大大小小的树又有水"喝"了。

淅淅沥沥的雨声把思绪带回到几十年前。杨泗林 17 岁参加工作，因为踏实肯干，25 岁时已当上了公社书记。然而在 1962 年，短短二十几天里，他挚爱的父亲和母亲接连离开了人世。当时，杨泗林在几百公里外的草原上工作，而家中几个弟弟妹妹尚未成年。为了肩负起拉扯弟弟妹妹的责任，杨泗林放弃公职回到杨家山，成为一名普通的农民。

当过国家干部的杨泗林见多识广，村民们有什么事总爱向他讨教。1973 年，杨泗林被村民们推选为村党支部书记，从此一干就是 9 年。

在干旱少雨的杨家山，找水吃似乎是生活永恒的主题。"杨家山有个不成文的规矩——借一袋洋芋可以不还，借一碗水必须要还。"杨泗林 53 岁的大女儿杨晓琴说：因为缺水，时常有驮水的牲畜从陡峭的山路上摔下去；因为缺水，山外的姑娘们不愿嫁到杨家山。

2000 年，乐都县第一中学开展拉练活动。听说学生们要在干旱得出了名的杨家山住宿，一位老奶奶嘱咐孙女一定要带上足够的水。出乎意料的是，女学生发现杨家山人喝的是清澈的自来水，这让她对奶奶的人生经验产生了怀疑。

想到这件趣事，杨泗林老人的脸上就浮现出一丝微笑。带领村民们从 4 公里外的大山中引来自来水、把电通到村里，那是 1978 年他担任村党支部书记时做的事。在 37 年前的青海，把自来水通到干旱的山村里，简直就是闻所未闻的伟大创举，他和村民们怎能不感到自豪呢？

当时，杨泗林患有严重的胃病，一顿只吃得下一茶碗饭，病重时走路都"打摆子",村外甚至一度流传"老杨殁掉着几年了"的说法。尽管身体很差,在铺设自来水管线时,杨泗林带着村民炸山岩、拉电线杆,牲畜上不去陡坡,杨泗林就和村民们肩扛人拉,用坏了好几辆架子车……

这一年,在杨泗林和村民们的努力下,清凌凌的自来水引到了杨家山,宛如明珠般的电灯也点亮了山村的夜晚。

"林荫夹道,绿树满山,让村民们都用上电灯和自来水"。小时候,大女儿杨晓琴经常听父亲讲他的梦想。

什么是"绿荫夹道",当时杨晓琴还不懂。她只知道,家里没柴烧,路上有铅笔长的半截树枝自己也要捡回家;她只知道,村里的大妈、婶婶们外出,见到一株蒿草也会做个名"草"有主的标记,返回时必定要挖上。

杨泗林担任村党支部书记时曾带领村民种下了集体林,但在20世纪70年代末却被破坏殆尽。缺少燃料,村民们就挖蒿子、刨草根,杨家山的生态日益恶化,泥石流经常不期而至,最多的一次曾卷走过八匹骡马。

电灯和自来水进了村,杨泗林的梦想已实现了一半,而想让杨家山披满绿色显然要艰难得多。

"人一辈子总是要做些事情的。为了让杨家山变绿,再难我也要做。"杨泗林说。

1998年,杨泗林与村委会签订了承包荒山的合同。

1999年春,64岁的杨泗林扛着铁锨带领村民上山种树。

杨泗林的一天经常是这样度过的:早饭后,带上老伴准备的馍馍和一罐头瓶茯茶,杨泗林就出门了。中午,即便在离家只有200来米的地方种树,他也不肯回家吃饭,就地喝口茶,吃点干粮,稍事休息又接着干——他要节省时间多种几棵树。

干山头上种树,最金贵的是水。用架子车拉水浇树,给村道旁的树木专门拉引水管线、打维修井，雨夜里起身挖塄坎给树苗堵水、引水……为了让杨家山的树苗"喝"上水，杨泗林和村民们没少下功夫。

植树季节，杨泗林必定会天天推着架子车亲自种树，79 岁以前一直如此。直到去年因为植树淋了雨得了场大病，这才不再亲自劳动。即便这样，到植树现场察看仍是他每天的必修功课。

杨泗林对树木呵护备至。儿女们种树伤了手他不闻不问，树苗被蹭破一点皮他会心疼不已。他不让家人往树坑里倒脏水，"父亲说，树跟人一样也是有生命的，应该受到尊重。"杨晓琴告诉我们。

日复一日全身心地绿化杨家山，杨泗林干出了不少门道。他琢磨出一种方法，大大提高了干旱山区榆树苗的成活率，连邻村的农民也来学。他发明的一种劳动工具与新疆的"坎土曼"极为相似，挖沟打埂、松土锄草、装撒肥料，用起来很是顺手。别的老人出门要拄拐杖，而杨泗林出门总是带着他的"坎土曼"。

不想让年迈的父亲种树受累，经商的二儿子杨元洲先后在西宁和县城买了楼房，接父母去享受城里的生活。但每次住上几天杨泗林就变得少言寡语。"他人在城里，心早就回到了杨家山。那些树已经成了他生命的一部分。"杨元洲说。

因为干旱，杨泗林和村民们倾注了大量心血在村道旁种的杨树逐渐枯死。心痛之余，杨泗林又带着大家重新种下了耐旱的榆树。没钱买榆树苗，每到春天，杨泗林就会去西宁扫飘落在街道上的榆钱，带回杨家山培育成小榆树苗。在省城当干部的弟弟、儿子两家人一有空也帮杨泗林扫榆钱。一到春天，他们的阳台上总会晾满带着尘土的榆钱。

因为干旱缺水，同样树龄的山区树木要比川水地区的小很多。整整一年时间，杨家山的一枚榆钱才能长成两三寸高的小苗。然而，其貌不扬的山里榆树却有着更为顽强的生命力，为了从贫瘠干旱的土地中汲取营养和水分，它们的根扎得很深很深。如今，杨泗林种下的一枚枚榆钱已在杨家山长成绿意盎然的榆树林。

树木飘落了黄叶又重新吐绿，17 个春秋转瞬即逝。

年年补栽，从未间断，绿色在杨家山渐渐晕染开来。

据县林业部门勘测，十几年来，杨泗林在杨家山种植青杨、榆树、山杏 760 多亩。"除了老书记种的树，全村还退耕还林 2000 多亩，绿化面积达 8000 多亩！"原村党支部书记杨金有不无骄傲地说。

在杨泗林的潜移默化之下，爱树护绿在杨家山形成风尚，路旁的花草树木，无论大人小孩没有人攀折。不仅如此，房前屋后、山山洼洼都被村民们种满了树。

坡绿了，水清了，郁郁葱葱的山林里生机盎然。雉鸡在此安家，狍子成为常客，野兔的粪便暴露了它的行踪……去年 6 月，一场大雨不期而至，相邻的山沟暴发洪水，而山林守护着的杨家山却安然无恙。

树木一天天增多，一天天长大，杨泗林也变成了耄耋老翁，但他继续扩大绿化面积，绿化杨家山的心愿却没有丝毫改变。只要一谈起树木，他的眉眼中就会泛起盈盈笑意，山山洼洼间的那些树木似乎灌注了他的精气神，在无尽地生长。

结束采访，临别时我再次回望杨泗林家门口那几棵老榆树，它们是杨泗林一回到家乡就种下的。50 年来，土地越贫瘠，老榆树的根就扎得越深，如今已长得亭亭如盖。它们为村民带来了绿荫，也带来了希望。

车子渐行渐远，在我脑海中，老榆树站立着的姿态却依然清晰。

白洁：阳关沟村扶贫帮困的好书记

雪　归

2015年10月，白洁被选派为乐都区寿乐镇阳关沟村第一书记。她克服撒拉族女性在阳关沟村生活不便的各种困难，奔忙于精准扶贫第一线帮助阳关沟村脱贫致富，赢得了村两委班子和群众的信任与点赞。今年9月，中共青海省委、青海省人民政府授予白洁优秀"第一书记"荣誉称号。

用心解百姓烦忧

阳关沟村距寿乐镇政府驻地30多公里，全村共6个社，213户836人。狭窄的山路多弯道，错车困难，落后的交通条件让阳关沟村几乎与世隔绝。白洁始终忘不了初到阳关沟村的场景，山村笼罩在纷飞的大雪之中，显得静谧安详。远处若隐若现的山峦和披雪的丰富植被，以及始建于明朝的古老村寺，让白洁直觉如果这个村庄想要脱贫，发展旅游业当是不错的选择。

调至新单位海东住建局上班的第二天，白洁就接过了驻村"第一书记"的担子。面对这个面积大、人口居住分散、光棍汉多、交通不便的村庄，要让这样一个村庄脱贫并非易事，白洁意识到自己肩上的担子不轻。

由于是撒拉族又是女性，白洁在村里吃饭、住宿极不方便，走村入户、调查摸底不能按时按点吃饭是常有的事，她甚至因此落下了严重的胃病。由于长期不能回家，家中 80 岁的老父亲牵挂着女儿，不时到村里来看望。老人告诉白洁："既然组织把你选派到这里，你就得担起这份责，尽好这份力，不要让组织失望，更不要让老百姓失望。"无私的父爱增添了前进的动力，谆谆教导白洁牢记于心，以只争朝夕、时不我待的紧迫感和使命感，全身心投入工作中。

周元忠和晁淑连均是村里的独居老人，没有稳定的收入来源。白洁经常到两人家中聊家常，帮助他们解决生产生活中遇到的难题。当得知周元忠一个人过年时，2016 年大年三十，白洁带着米、面、菜等生活用品到周元忠家陪伴老人过节，并为晁淑连送去了慰问金和生活用品，让两位老人过上了一个舒心、愉快的春节。

40 多岁的村民保国恩，家中又脏又乱，白洁进门时几乎无法落脚。看着坐在铺着一块破旧床单上的老奶奶，白洁得知夫妻俩因为老母亲常年患病不方便外出打工，靠天吃饭的日子艰辛又少有希望。于是，让贫困群众精神脱贫成为白洁的第一要务。功夫不负有心人，慢慢地，保国恩一家变了。夫妻俩勤勤恳恳，从搞好家中卫生做起，又垒了鸡圈养了 20 多只鸡。通过产业扶持，保国恩一家获得一万元的养殖资金开始养羊，一家人的生活质量不断提高。保国恩一家的发展也带动了村里其他有着等、靠、要思想的群众，村民们动手又动脑，着力于脱贫致富。

在白洁的努力下，为贫困户配置了种子、化肥等生产资料，配置农耕机、三轮车、三轮摩托等生产机械，配置猪、羊、牛、饲料、圈舍材料等。通过发展种养业，拓宽劳务输出渠道，2016 年阳关沟村贫困户人均收入达 3000 元，比 2015 年提高了 700 元。有 6 户 25 人通过帮扶及自身努力，收入已超过国家脱贫标准，已自愿申请脱贫。

用深情丈量这片土地

村民刘得成夫妻俩苦于没有一技之长，外出打工只能做劳动强度大却收入少的活，日子过得十分艰难。白洁发现，村里许多人都存在和刘得成夫妻同样的问题。

在了解到这一情况后，白洁多方奔走，筹措 12 万元资金，从省建设厅聘请专业老师组织村上闲散劳动力到县城建筑工地现场培训，先后培训了 200 名钢筋工和砌筑工，并为他们核发了资格证书。刘得成夫妻先后参加了钢筋工、砌筑工培训，如今有了证再通过劳务公司打工，两口子在外打工的收入比原来翻了两番。仅 2016 年，阳关沟村劳务输出近 600 人次，其中精准扶贫户 21 人，人均收入均在 3 万元以上。2017 年 6 月份，白洁联系了 6 家企业到村上开展义务帮扶，与村委会分别签订了保洁、保安、钢筋工、砌筑工等劳务协议，就近输送 50 人到县城建筑工地打工，增加了村民的家庭收入。

2017 年，在精准扶贫产业发展项目申报阶段，因大部分贫困户家庭中老、弱、病、残居多，且大部分青壮年长期在县城打工，为精准确定产业发展项目带来了不便。为此，白洁带领工作队认真调研分析，多次组织贫困户召开会议研究，结合贫困户家庭实际及本人意愿，经与寿乐镇党委、村两委班子协商，最终确定了以种植业、养殖业、农机为主的产业发展项目。同时，积极协调市、区新农办、扶贫局、住建局、农林局等部门争取乡村旅游、危旧房改造、道路拓宽、广场建设、村容整治、电网改造等乡村建设项目，计划总投资达 2000 万元。其中，2017 年争取的高原美丽乡村建设项目计划总投资 300 万元。

阳关沟村南北狭长，村内老旧房屋较多，部分围墙、圈舍、旱厕影响村上整体面貌，为彻底整治村容村貌，白洁通过联系企业赞助、市城乡规划和建设局支持等方式筹措资金 30 万元，整合美丽乡村建设项目，及时启动改土改危工作。

白洁的脚印遍布阳关沟村的角角落落、家家户户。努力工作赢得了村民的赞许，村民争相请白书记到自己家中拉家常。朴素的情怀让白洁感动又感激，以加倍努力回报这份深情。

用爱诠释为人民服务

为使古老的村庄面貌焕然一新，2017 年，白洁又多处申请联系项目，争取投资达 2000 万元，用以拓宽村里通往城区的道路、改造低压线路、改变村容村貌，计划建设村活动中心三个小广场，安装 100 盏路灯。同时，开始休闲旅游业基础设施建设，修建水车一个、水磨一处、鱼塘两个、简易儿童游乐场一个、旅游接待中心一处……

要持续打好脱贫攻坚战，就得从根本上解决问题。在白洁的努力下，如今的阳关沟村除了注册"阳关沟"土特产商标，设计了包装，逐步培养阳关沟品牌外，由村干部牵头成立的种植养殖专业级合作社，为今后全村种植、养殖业发展提供了平台。

更加值得一提的是，为充分调动村民参与发展产业的积极性，白洁邀请了青海某农业科技公司负责人，向全村村民开展了桑树种植技术培训。通过培训，阳关沟村村民对桑树种植产业有了深入了解，大多数村民对这项产业产生了强烈的发展意愿。下一步，白洁将带领村两委班子及有发展意愿的村民到青海某农业科技开发公司试验基地现场观摩学习，进一步加深了解，为今后的产业合作做准备。

作为扶贫驻村"第一书记"，使命光荣、责任重大。白洁努力种下的，是为民服务的一颗心，是一份来自农村又回到农村的质朴感情。曾经贴着贫困标签的阳关沟村，相信在不远的将来，必将实现真正意义上的美丽富饶。

情洒黄土

段积盛

人生追求的选择各有不同，有人向往清净与安逸，有人追求事业有所成就。省农科院副研究员李祝山同志，却牢牢瞅准了后者。

1960 年秋天，李祝山毕业于山东农学院，听从学院党组织"到最需要的地方去,到最艰苦的地方去"的召唤,毅然要求来到了青海高原，在省农科院开始了他为之奋斗的科研生涯。他一到工作岗位，就奔波于盐碱地改良、小麦品种试验、化肥施用技术和绿肥、牧草栽培及综合利用等农业科研事业上。他的脚印曾洒遍青海的海西、海南、海东、黄南等 4 个州（地）和西宁市等 11 个县、38 个乡（镇）的山山洼洼。仅在乐都一个县就连续工作了 26 年，为这个县的低位浅山旱地农业的发展，创出了一条新路。

那是 1967 年 3 月的一天，一位面貌清秀，举止文静的年轻小伙子，背起铺盖卷，从乐都县城出发，徒步跋山涉水 20 多公里，来到了下南山蒲台乡赵家坪村蹲点，一住就是 12 年。在这里他着力于试验、推广绿肥、牧草栽培及综合利用和林、肥、土、种综合治理，改善生态环境良性循环等技术研究。他住在村办公室的一间不足 8 平方米的简陋土房里，自己起灶吃饭，点着煤油灯工作。白天，他在田间地头奔忙，手把手地教农民科学种田。夜里，他走家串户，把农民叫到一起，在炕头上传授农业新技术。他每年在村里工作的出勤天数不少于230 天，最多的一年高达 282 天。

12 个春秋匆匆过去了，赵家坪村的粮食总产量由原来的 13 万公斤提高到了 28 万公斤，亩产由原来的 50 多公斤提高到了 100 公斤以上，都翻了一番多。

在此期间，他还不遗余力地利用晚上时间，跑到寺沟脑、赵宝湾、羊起台、圈窝子、东台、阳坡 6 个村里去传授农业新技术，推广科学实验，常常熬到半夜鸡叫才返回住处。这几个村的粮食生产在他的指导下，都不同程度地得到了发展。

1978 年 11 月，李祝山转站下北山，住进了马营乡白崖坪村蹲点，一住又是 12 年。他在这里针对低位浅山干旱缺水、植被稀疏、地力瘦弱、旱地农业发展缓慢的自然状况，极力主持实施了农牧结合，走大农业综合发展的路子，效益立竿见影。1982 年，他把村民阿岳家定为示范户，搞出样板让大家仿效。当时，阿岳家人均纯收入只有112 元，口粮还不够吃。经过他 5 年的科学指导和技术服务，1986 年下来，这家农民实现了粮食总产量超万斤，总收入达万元的"双万户"，人均纯收入突破了千元大关，一举跨进了全乡的富裕户行列。李祝山多年定位试验，推广大面积生产的 60 户人家，仅 1987 年至 1990 年4 年的变化同前 4 年相比，粮食总产量提高 69%，亩产提高 96%，年人均占有粮食高达 667.5 公斤，年人均纯收入达到 615 元。

12 年来，白崖坪村走农牧结合综合发展道路，农业生产和群众生活发生了很大变化。仅以 1991 年与 1986 年相比，全村平均亩产增长了 54%，人均纯收入增长了 90.95%。截至 1991 年底，全村累计荒山种草 2500 亩，建立人工草场 1500 亩，利用薄地、坡地种植牧草 400多亩；养羊 1813 只，户均 14 只，有 56 家养羊重点户存栏均在 20 只以上；养猪 423 头，户均 3.3 头，有 14 家养猪重点户存栏均在 5 头以上；饲养大牲畜 182 头（匹），养鸡、兔 1182 只，李祝山含辛茹苦 12 载，使白崖坪村的旱地农业基本形成"草—畜—肥—田—粮"的良性循环的生产新程序。

李祝山在乐都的山洼里连续蹲点 24 年，岁月和辛勤的折磨，使他过早地失去了当年的英俊和风采，昔日的满头乌发不知不觉中染成了银丝，长年累月地野地操劳，腰和双腿患上了风湿性关节炎病。但他在 1991 年春天，欣然接受了省农科院驻马营乡农业技术试验基点的统筹安排，又从白崖坪转移到这个乡的卡拉村蹲点。他常领 4 位青年科技工作者。投身于省科委下达的"八五"科技攻关课题——《高寒山旱地农业综合发展技术研究》。李祝山深深懂得这一课题的完成虽然周期长、内容多、任务繁重，但他毕竟是为解决山区农民早日富裕的关键课题。因而，他工作起来劲头十足、一丝不苟，常常熬得睡不安枕，食不甘味。

李祝山在乐都山区工作的 26 年间，心里总是牵挂着这里的黄土地，这里的庄稼，还有这里的乡亲们，唯独忘记了他自己和他的妻子儿女。曾不知多少次从省城买来化肥、农药和粮草新品种，供给当地农民科学种田。也曾三次趁回家探亲的机会动员妻子儿女把穿过的旧衣服拿出来，用麻袋邮到青海，分送给山里的贫困农民。他所工作过的地方，农民把他看作远方的亲人、知心的朋友、脱贫致富的领路者，相互之间情同手足，逢年过节以礼相待，亲密无间。

他的老伴儿早于 1977 年因病调回南方在大学任教，两个儿女也随母亲迁回了内地。由他带队一块来青海的 6 个同学中已有 5 个调回了内地，唯独他依然默默地奉献在高原，一天也离不开高山，离不开黄土，离不开山里的农民朋友，更离不开他热爱了大半辈子的旱地农业科研事业，乐度着人间的"牛郎织女"岁月。亲朋好友和妻子儿女常常劝他："快 60 岁的人了，还一个人趴在青海的山沟沟里图个啥？"

可李祝山的回答是："生命留给我的时间毕竟不多了，我是在珍惜有限的晚年时光，帮助贫困的山里人寻求一条依靠科学技术改变面貌，早日脱贫致富的新路子啊！"

32 个春秋，历经沧桑，饱受暑寒。辛勤的汗水，育出了丰硕果实，不懈的耕耘，得来了珍贵的收获。李祝山亲自参加和主持的 7 项关于高寒旱地农业综合发展的科研项目，不仅有了眉目，而且效益明显。其中，《春小麦施肥研究》《箭舌豌豆苜蓿栽培及利用技术研究》《全国绿肥区化研究》分别获得省部级科技成果奖，《高寒旱地绿肥品种选育》获省级科技成果登记。他撰写的 22 篇科技论文在全国和省的学术研讨会交流和有关科技杂志发表。近 5 年中，他两次被省农科院党委评为优秀党员，两次被省农科院评为先进工作者。

然而，人生的自然规律，人们是无法抗拒的。令人惋惜的是这位从来没有困难压倒过的李祝山，今年 6 月却被病魔给压倒了，在领导和同志们的相助下，他在自己人生旅途的第 57 个里程碑办理了退休手续，离开了相处 26 年的低位浅山的黄土地和这里的乡亲们。可是，他在大山里流淌的汗水，他在黄土地里抛洒的情怀，将永远留在庄稼人的心窝里。

大山的儿子

段积盛

曾以"文化县"誉满青海高原的乐都大地，一道川，两面山。湟水从西向东流过，自然形成谷地。川里交通方便，水源丰富，林田茂盛美如江南；南北二山少雨干旱，自然灾害频繁，经济发展缓慢，群众生活困难。心眼儿稠的干部，想尽法子则往川里跑。

这里所记述的，是一位恋着山区，爱着山民的共产党员——现任乐都区畜牧局局长盛朝俊的故事：

他，从农村出来，又在农村基层工作了近30年，始终以一个普通劳动者的姿态出现，身不离劳动，心不忘农民乡亲。

他，竟然从平坦、舒适的碾伯川，自愿钻进穷山沟。在北山的达拉、共和两乡当领导，又在南山的峰堆乡去挑头。他把浑身的汗水洒进了那万古难变的黄土里，他那坚实的脚印踏遍了大山的坡坡洼洼。

普通劳动者的本色

人们还会记得，盛朝俊刚到峰堆乡任党委书记时，面对高低不平的耕地，他发出深沉的悲叹："这样的土地上咋能长出好庄稼来？！"于是，他发动乡干部制定了农田基本建设规划，教育、动员农民修梯田。

他的一片苦心操劳，很快振奋起庄稼人与大自然抗争的信心。那年，他把峰堆乡上半沟六个村的任务全包下，组织起500多个精壮劳力，一场集中连片、大修梯田的战斗，在下帐房滩拉开了序幕。仅用65天时间，投工3.4万多个，400多亩梯田平展展地出现在峰堆人的眼前。身为公社书记的盛朝俊，头顶风霜、身冒严寒，既是指挥员，又是战斗员，和农民一道同吃、同住、同劳动，没离开过"战场"一步。在这场与大自然搏斗的战役中，他自己买的一张铁锹被挖断了，他穿的一双皮鞋底子也踩成了两半。当地农民，无不咋舌叹服。

1980年6月，在盛家峡水库工程实施定向爆破中，他带领峰堆乡的100多名民工，前往工地承担一个能容装250吨炸药的药室开掘和50吨炸药的背运任务。在这里，他照样同民工们一道跟班指挥，随班劳动。别人一个班只背4袋，他却咬牙背到6袋。在炎热的阳光下，负重攀登平均坡度在50度以上的羊肠沙路，往返1600多米，一袋袋炸药随着沉重的脚步，运进了悬崖上的石洞里。在盛朝俊的带动下，两项任务提前完成，名列全工地前茅，受到了指挥部的嘉奖。辛劳的汗水，终于换来了甘甜的荣誉。可是，老盛同志的衣服背破了，脊梁骨也背烂了。民工们不忍心都劝他休息，他就是听不进去。他常常告诫同志们说："做基层工作就是做群众工作，只有树立群众观点、不摆架子、不贪吃喝、自觉参加劳动、多为群众办实事、同群众保持密切联系，才能在思想感情上接近群众、团结群众、群众也就会想念你、支持你。"

有句话，常常挂在盛朝俊的嘴边："人都是娘养的，肉长的，别人能干的活儿，我为啥就不能干？"

盛朝俊在当乡领导期间，时常自备铁锹、镰刀、铲子等小铁器农具，出门时，按农事需要或捎在自行车上，或插在裤腰带上，一路碰到农民干活，他就主动加入人群干起来。一边干活，一边谈心。群众称赞说："盛书记和我们庄稼人没有两样。"

背野灰，是山区农活中最苦的活儿。一天下来，满身是黄红色的灰尘，只见两眼闪动，认不出本来面目，很多农民都有点"怯火"，可盛朝俊就不怕这个苦。他在峰堆、达拉、共和三个乡里工作期间，常和农民一道同背野灰，使这里的人们跷起大拇指说："盛书记不像个领导，真是咱农民的好带头人。"

行动就是无声的号令

身为乡党委书记的盛朝俊，自幼在贫寒的农村家庭，养成了吃苦耐劳、不怕脏、不怕累的好习性。参加工作后，他一如既往，保持着优良的劳动本色，处处以身作则，事事率先垂范。尤其在山区里挑大梁的那阵子，他和农民乡亲们打得火热，成了当地群众的贴心朋友。

1986 年秋季，共和乡发现猪瘟蔓延，乡兽医站的疾防人员全体出动，挨家逐户地注射防疫苗。当他们来到大庄村时，由于连日阴雨，露天猪圈积水过多，最深处可淹过人的膝盖，掏钱雇人抓猪，没人干，让户主自己来抓，又不愿意，防疫员心急火燎、无所适从。就在这关键时刻，正在这个村蹲点的盛朝俊知道了此事，他急忙跑来二话没说，自告奋勇跳进猪圈抓起猪来。有一家社员养了头大母猪，钻进窝里不出来，他就爬进猪窝抓住猪后腿使劲往外拉，母猪急了，一头顶翻了窝棚，把他给劈头盖脸地埋在了底下。可他手里牢牢抓住猪腿不放，给这头猪照样打上了防疫针。不到半天时间，他一个人抓了近 40 头猪，弄得满身是泥水和猪粪，又脏又臭。就这样，全村 150 多户的 400 多头猪，在邻里和盛朝俊的相帮中，仅用两天时间，全部注射了防疫苗，群众免受了一场损失。

共和乡大庄村有眼机井，因电源设施被遭破坏，已有两年多不用了。井里杂物甚多，污水腐臭，群众吃水要到 1 公里外的小沟去挑。在 1986 年冬季的村级整党中，盛朝俊发动全村党员，一边集资修复设施，一边下井清理脏物、污水。28 米深的水井，由于年久失修，井梯有的脱落，有的松动，上下一趟真的好险啊！他同样和大伙一起干。半个多月过去后人们吃上了清凉、洁净的井水。群众高兴地说："多亏了盛书记，我们又吃上了家门口的水，这清水里也有他的汗水呀！"

一身正气，两袖清风

盛朝俊所待过的三个山区乡，都是比较贫困的乡，山大沟深，交通不便，群众居住分散。距离县城最近的有 14 公里，最远的有 20 余公里。他任职期间，克己奉公、不走邪道、一身正气、两袖清风。

他在这里，最乐意深入群众，走村串户，谁家有困难就往谁家里钻，访贫问苦，教给他们一些脱贫方法。他还有个怪脾气，无论到县上开会或是下村里工作，除偶尔搭便车之外，很少让专车接送。多年来，坚持骑自行车或步行走路。他自己是这么认为的："领导干部有车接送，其他同志徒步奔波，天长日久了，容易造成同志间感情上的裂痕，这裂痕势必挫伤大家的积极性，影响工作。"他在多年的实践中，深深体会到，骑车和步行，既可以锻炼人的意志，又便于沿途了解情况，克服官僚主义，能够多做一些工作。回家办理私事，更是不用公车。有人背地里议论道："老盛也太固执了，过去，乡上没那个条件，现在有了车，你不用真不应该，真是有福不会享……"可他，就是很少享这个福。

有一次，他去县里开会，会议刚结束，老天下起了瓢泼大雨。他本想开完会后，去离县城很近的家里看看。谁料，会议重要，传达、贯彻非常急，他便冒雨骑车就往距县城 20 余公里的峰堆乡跑。一路上，雨水泥泞，行走艰难，一阵骑，一阵推，整整走了 6 个多小时，才到了乡政府。全身的衣服淋透了，水从脊梁背往下流，这时，手表上的时针已指向"10"字，大院里一片漆黑，宿舍里同志们默默酣睡。还有一回，他要去县上办件急事，从共和乡骑车飞跑，不料，行至中途，由于车速太快，在过一个小横沟时，措手不及，美美摔了一跤。车子摔坏不算，人也被摔伤了。但他爬起来后，稍歇片刻，强忍住伤痛，推上车子步行7公里路赶到县城，照例办完了急事。

乡里工作的同志，毕竟不完全是本乡本土的人，逢年过节，或婚丧嫁娶，或探亲访友，免不了总要请假。盛朝俊在这些直接关系个人利益的问题上，经常想到的是别人，而却忘记了自己。他坚持尽可能地不请假或少请假，即使万不得已请了假，也是抓紧办完了事提前返回上班，把方便尽量留给别人。

他在峰堆乡工作时，过年过节，多半在机关值班，坚持工作。有年腊月，同志们劝他："盛书记，今年该你回去过个团圆年了！"他却回答说："你们家里有老有小，我家里只有老婆娃娃，还是你们回去过年，让我来守家吧。"一句句温馨的话语，叫同志们于心不忍，感到如此好的领导，我们只有以勤奋工作的"礼品"，向他呈上最好的回报。

一个成功者的背后，必有一位贤惠的妻子在为他助力、给他支持。盛朝俊的贤内助是个农村的家庭妇女，身患胆囊炎病已有十几年，近2年，坐骨神经又疼得厉害，但她从不向丈夫提什么要求，一直默默地承担着家里家外的活儿，哺育着孩子们成长。

说实话，盛朝俊也和常人一样，也是有血有肉，有感情的呀，逢年过节何尝不思念亲人，怎能不愿同自己的老婆孩子们欢聚一堂，同叙家常，共度天伦之乐呢？农忙时节，怎能不想起家务农活，给病妻帮一把忙呢？农闲的时候，咋不想去陪着妻子到医院看一回病呢？这一串串的问号，给他憨厚朴实的心灵上，留下了内疚的印记。

他这人，说来也怪，就是一心扑在公务上，把许多应该给予亲人的温暖和感情，全都抛在了九霄云外。秉公而论，在工作上所取得的每一点成绩中，也有他妻子的一半功劳。

1974年，盛朝俊只有一岁半的小儿子得了膀胱结石症，住进了省人民医院。在这个节骨眼上，要他去西宁、循化接连开两个会。他白天坚持在宾馆开会，晚上步行到医院看护孩子，没请过假。恰在孩子要做手术时，他又要去循化县开会，把孩子交给了有病的妻子一人护理。由于他不在身边，医生采用了全麻醉手术，四个半小时过后，手术是成功了，但是，孩子大脑却因此受损，智力下降，未能上学，铸成终生遗憾。难道说，这不正是一个共产党员舍己为公的行动表现吗？

1985年冬季，青海棉纺厂要在乐都招收女工，只体检，不考试。正好他有个女儿在家待业，好心的同志们劝他到县上去看一看、跑一跑，不要失掉机会。可他就是忙得顾不上，结果，女儿没能安排。他倒笑眯眯地说："再等下次吧。"

1988年冬季，县上征兵开始，他的大儿子报名应征，体检、政审啥都合格，唯独膝关节处有一块黑疤，嫌为一弊，未得入伍。他还是坚持那句老话"按政策原则办事"，不求人、不说情、不送礼，事后仍没有半句怨言。在日常事务中，他也曾遇到过亲朋和熟人们，为批庄廓基地或婚姻登记，送来礼物求情办事，他都一一婉言谢绝，并讲明政策道理，从不做违纪的事。

他每次调动工作，都要在两三天之内，交出手续，急着到新单位报到上班。按理说，在工作交替过程中，该有个休息的机会，可盛朝俊有个犟劲：就是不这么做。

1977年，他从达拉调到峰堆的当天，乘坐一位县领导的便车，跑完了下半沟的六个村，第二天由一位乡领导陪同，步行跑完了上半沟的六个村。当他俩来到下帐房村询问情况时，村干部为新来的书记特意买了烟酒，还杀了只羊，准备好好招待一番。这事被盛朝俊得知后，立即劝告村干部说："你们的情我心领了，这顿招待饭我不能吃。我们都是共产党员，只有全心全意为人民办事的义务，没有大吃大喝的权力。再说，我也是农村里出来的人，你们吃啥我就吃啥，没有特殊的必要。"

寥寥几句暖心的话，说得村干部们连连点头，连连道是。他每到社员家里，唯一爱吃的要算是洋芋蛋和豆面"散饭"。群众风趣地叫他"洋芋书记"。

和农民肝胆相照，甘苦与共

盛朝俊在大山里奔波了 26 年，和那里的农民交上了朋友，建立了血肉一般的亲密关系。他把农民的危难与痛苦，当作自己的危难与痛苦，和农民朋友肝胆相照、甘苦与共。

1965 年 5 月，县上组织一批干部，支援农村消灭草荒。盛朝俊一行五人，来到了亲仁乡的阴坡村。一天上午，他们正在这个村的踏马阴山同社员一块除草，突然，一位姓来的中年妇女得了急病，痛得满地打滚、汗珠淋淋。旁边的一个妇女，急忙拣来了驴粪蛋想祛邪除病。老盛一看急了，为不耽误病情，背起病人就往村子里跑。五里的山坡路，他只歇了两次就背到了家。不料，病人的家里偏偏没有人，他叫来同院住的另一家主人，煎了姜汤给病人喝，并托他请来保健医生打了针。服了药，下午这病人就好了。但时隔多年以后，这位妇女还在寻找背了她的那个人是谁呢。

共和乡大庄村有个农民，1986 年因夫妻感情不和，家庭矛盾激化，想不开自寻短见而身亡。妻子又被判刑监外执行，不到一年，竟抛儿弃女离家出走，丢下 4 个孩子，最大的才 15 岁，最小的只有 5 岁，孤苦伶仃、无依无靠。盛朝俊不忍心，经常跑去问寒问暖，关心帮助他们。1988 年 10 月，村里的人都忙着收挖洋芋，这四个"没娘娃"鼻涕一把，眼泪一把地也去大早顶上挖洋芋。老盛看到后，心里十分难过，便跑去帮娃娃们干活，这天，连挖带背运，收完了孤儿们种的一地洋芋解除了他们的忧愁。

盛朝俊已是年逾五旬的人了。他近三十年如一日，像一头老黄牛默默耕耘，把自己大半生的精力奉献给了乐都大山的黄土地和这里的人民。他付出的辛劳和心血，在山区人民的心目中，树立起了一个光辉的公仆形象。

他无愧于无产阶级先锋队的荣誉称号。曾被评为优秀党务工作者，8次被评为优秀共产党员，11次被评为先进工作者，多次受到县乡党委、政府的表彰和奖励。党和人民为有这样的忠诚战士而感到自豪。

如今，盛朝俊被调任县畜牧局局长，他一有空还是爱往山里跑。人们说："盛朝俊是大山的儿子。"不错，他把自己那颗赤诚的心，早已交给了山里的庄稼人。

梅花香自苦寒来

朵辉云

　　说起乐都县餐饮服务行业的"华蓉"餐厅，知道女老板孙玉梅的人，无不敬佩和赞扬。有的说她是"女强人"，有的说她是"女能人"，还有的说她是"企业家"。无论咋说，孙玉梅的确是一个了不起的女人，也是一个有胆识、敢于拼搏的女人。她从经营一个不足 70 平方米，只有四五张小餐桌的小饭馆起步，十年间发展成为一个拥有 120 多名员工，数百万元资产，近 2000 平方米的大餐厅，在乐都餐饮服务业鹤立鸡群，走出了自己的光彩人生之路，赢得了一个女人，尤其是农村女人应有的尊严和地位，被乐都县委授予"十佳服务标兵"，被青海省人民政府授予"五好个体工商户"称号。谁不佩服！谁不羡慕！

　　孙玉梅出生在碾伯镇西门村一个农民家庭。1981 年高中毕业，她雄心勃勃参加高考，结果名落孙山。由于家境贫寒，姊妹众多，她这个既是大妹，又是大姐的人，竟连补习一年的机缘也没有了。无奈只好回家务农。几年后，嫁给了本镇沙沟村的张晓生。

　　在婆家，孙玉梅凭着庄稼人诚实厚道的本分，晚睡早起、勤俭持家、孝敬公婆、团结邻里，曾受到人们的爱戴和尊敬。不几年，看到村里先后有 30 多户人家"叮叮当当"生产烤箱，大汽车、小拖拉不停地往外运，大把的票子往里进，她着实坐不住了。在征得家人同意后，毅然走出家门，来到县城一家清真餐厅，开始了打工生涯。

在清真餐厅，孙玉梅除了要挣钱干活外，处处时时留心的是餐厅的管理方法和经营之道。待人忠厚的回族老板让她干服务员，她毫无怨言。让她洗碗择菜，她愉快接受。让她给厨师配菜帮忙，也是一马当先。许多时候腰酸腿痛，累的不能动身。可她认为要学得一技之长，不付出一番代价，不吃尽一番苦头是不行的。因此，一干就是四年。学到了一技之长，积累了管理经验。继而，她又来到桥北路一家川菜馆学川菜，这才自己租赁下桥北路一家不足 70 平方米的小饭馆，摆上四五张小餐桌，挂起了"华蓉"的招牌，开始走上了自己从事餐饮个体工商户的经营之路。

孙玉梅有了自己的小饭馆，劲头更足了。起早贪黑、烟熏火燎更不在话下。只要有顾客来到，她都是那么的热情周到、认真细心。她把每一碗饭、每一碟菜做得都要像自己吃的一样，总是那么可口喷香，顾客无不欢心和满意。其间，她还给自己定了一条不成文的规矩，只要顾客一到，就热情询问顾客需要什么味道的饭菜，是甜、是咸、是酸、是辣，都要在下锅前掌握个明白。顾客吃完后，再次征求意见，铭记心里……久而久之，回头客多了，声誉好了，生意也好了。尤其是她拿手的"酸辣洋芋丝"，更受顾客喜爱。可以说，许多顾客都是冲着她的一碟"酸辣洋芋丝"来到华蓉餐厅的。而她不辞劳苦，每天都要准备好几盆，哪怕每碟只卖一元钱，她也在所不辞、任劳任怨，把顾客装在了心里。

1996 年 4 月，手头有了一些积蓄，也一直想把饭馆生意做强做大的孙玉梅，和下了岗的丈夫狠下心，在县城南门台又租赁下一套 300 平方米的大餐厅，夫妻二人甩开膀子大干了起来。

孙玉梅的餐馆变了，规模变了，可她的生意经没有变，无论是前来承包酒席的顾客，还是前来只吃一碗烩面或粉汤的顾客，不管收入多少，她都是那么的热情服务、文明待客，在顾客心目中留下深刻印象。一次，一位农村老大爷来县城办事，不慎钱包丢了，不要说回家的路费，竟连吃顿午饭的钱也无法解决。当老人听说华蓉餐厅女老板人品好，抱着试试看的态度走进华蓉餐厅，孙玉梅不仅让老人吃了顿饱饭，而且还掏出 50 元钱送给了老人，使老人感动不已。

在创业的路上，孙玉梅牢固树立着一条经营理念，那就是市场经济必须"争创一流"，才能站住脚跟，站稳脚跟，得到发展。本着这一理念，她把"争创一流"放在第一位，从内强素质、外树形象做起，对已有的几十名员工，进行职业道德教育和职业技术培训。她用"请进来，派出去，放手使用人才，建立用人机制，吸引人才到'华蓉'"等办法，使"华蓉"的员工多在五六次，少在一两次，或在省内外，或在本餐厅，都得到过较全面的培训。因而，"华蓉"一步一个脚印，迈上了新台阶。到 2003 年，"华蓉"已成为乐都餐饮服务业的佼佼者，走在了同行业的前列。

2003 年 12 月，已到不惑之年，还不甘"安分守己"的孙玉梅，把眼光看得更远了。她不听亲朋好友和家人的劝阻，硬是把七八年来积累的 300 多万元资金全拿出来，投在了县城西门口刚刚新建的一幢楼房上，买下 1000 平方米的两层楼房，再次迈出了她餐饮服务业上的大步。员工不够，她从本县贫困山区的中岭、马厂、马营，外县的互助、湟中，外省的甘肃甘谷以及本县的下岗职工中，新招收了几十名员工来华蓉餐厅工作，月工资开在 3500—4000 元之间，年发放工资 70 万元以上。谁还不说，像这样一个"大手脚"的女人，在乐都的确屈指可数。

孙玉梅成功了。她坚韧不拔的毅力，时时感召着新旧华蓉的全体员工。曾在她手下干过的 8 对成了家的小伙、姑娘，已在乐都、西宁和格尔木等地开起饭馆，走上了自己的致富之路。近 10 位姑娘小伙或自己"另起炉灶",或在别人手下继续从事餐饮服务业,但对于孙玉梅和华蓉餐厅,都难以忘怀。不时抽空来看望或打电话问候,表示对孙玉梅的敬佩和感谢!

孙玉梅富有了,她的富有不仅是她自己的,也是全社会的。多年来,她累计上缴各种税金已达50多万元,向社会捐赠救灾、救济、扶贫款近万元。有6名贫困小学生在她的资助下,重返校园。10多名贫困大学生寒暑假来华蓉短期打工,或十天,或半月,都能得到数百元或千元的工钱。员工们的工资也是按月发放,从不拖欠。尤其是员工们的业余文化生活,更是其他饭馆、餐厅不能相比的。每当业余时间,她都带领员工们不是自编自演文艺节目,就是下棋、拔河,开展体育活动……丰富多彩的业余文化生活,使全体员工有了为华蓉尽职尽责、出力流汗的向心力和吸引力。在孙玉梅的带领下,"华蓉"员工整洁礼貌、文明优质的服务品格,已成为"华蓉"的良好形象。也因此,"华蓉"成为乐都餐饮服务业的一面旗帜。今年3月,一位顾客在"华蓉"就餐后,丢失了一个皮包,内装万元现金及支票、发票等物。服务员小石捡到后,立即交到"吧台",孙玉梅看到包内的身份证后,知道了失主,迅速打电话联系,让员工把皮包送到张长存手中……

由于孙玉梅有了"华蓉","华蓉"有了孙玉梅,"华蓉"才真正"华荣"了起来。10年来,孙玉梅连续获得省、地、县"先进个体工商户"称号。华蓉餐厅2002年也获得省团委授予的"青年文明号"称号。2003年3月,孙玉梅作为乐都县工商联常委,当选为政协乐都县第六届委员会委员。今年9月,又跨入第二届青海省"十大女杰"行列。

"宝剑锋从磨砺出,梅花香自苦寒来。"孙玉梅这个玉一般纯洁,梅一样坚强的新时代女性,就这样,在党的富民政策指引下,在市场经济的大潮中搏击风浪,通向了成功的彼岸。

新春走基层

袁有辉

2月7日，正月初三，走进海东市乐都区下营藏族乡大庄村，村门口是五彩斑斓的彩门，彩门上方插上了崭新的彩旗，道路两旁和村委会的广场上挂满了村民们手工制作的灯笼，巷子里整洁有序，村子焕然一新，处处洋溢着祥和喜庆的气氛，正如春联所写"国泰民安逢盛世，风调雨顺颂华年。"

穿过彩门，走进85岁高龄的杨顺秀家，从家门口的对联"家过小康欢乐日，春回大地艳阳天""人心欢畅"，不难看出，百姓们过上了好日子，人心欢畅处处春，也表达出了人民对美好生活的向往。

临近中午，老人家的女儿、女婿、外孙、孙子们开着私家车来到老人家里，手里提着好酒和滋补品前来拜年。首先，女儿女婿给老人双膝下跪磕头拜年，送上新春最美好的祝福，祝福老人春节快乐，身体健康，万事如意。

走进杨顺秀家的伙房，面板上准备好了许多可口的饭菜，这么多好吃的东西，肯定是老伴儿大清早起来就开始准备了。女婿们将岳父母搀扶上桌，边喝茶边聊天；儿女们撸起袖子端菜的端菜，炒菜的炒菜，很快将一大桌子饭菜呈上了桌。全家人有说有笑，拉着家常，品尝着各种佳肴，其乐融融地享受全家团圆的美好时刻。

与老人的聊天中获悉，老人一生育有一儿四女，儿子几年前意外去世，留下两个孙子。如今，两位老人和两个孙子一起生活，四个女儿都已成家立业，都很优秀，家庭也很和睦。

老人家说："女儿女婿们都按期来家里看望我们，每次都带来好多好吃的东西，帮着洗洗衣服，做做家务，干干农活。另外，这几年政府带给了老百姓很多惠民政策，为了让老百姓过上富裕的生活，帮助老百姓脱贫致富，送种子、送化肥、送地膜、送猪仔、送生活用品等。同时，驻村干部深入到每个农户家里，了解民情，掌握民意，手把手地帮老百姓脱贫致富。"近年来，政府给村子里修建了广场，安装了健身器材，搭建了箭场，还安装了太阳能路灯，不仅满足了村民的物质生活，而且精神生活也丰富了起来。

聊到医疗保险大病治疗时，老人家说："老伴儿患糖尿病已经很多年了，以前，一年下来光打胰岛素药费9000多元。如今，在申报慢性病报销后，直接免费享受4000元的慢性病药费，节省了医药费用，减轻了家庭负担，提高了生活质量，降低了生活成本。"

说起2018年，老人家说，感恩党和政府，他两次患病住院，花费了2万多元，参加了新农合后，自己只掏了很少的一部分钱，多亏了政府的好政策，解决了老百姓看不起病的后顾之忧，大病有处治，养老有保障，为老百姓做了很多实实在在的大好事，从而，才有了今天的幸福生活。

老人家说："大孙子前几年打工时，挣了点钱，自己买了一辆家庭自用小轿车，通过政府的技能培训中，掌握了一门烹饪技术，手艺不错，十里八乡家家知晓，全村乃至全乡的村民们家里有红白喜事时，都请他去掌勺，摆设宴席，收入较可观。同时，他还在自家的田地里种植洋芋和油菜籽，每到收获的季节，将自己吃不完、多余的洋芋和油菜籽拉到平安区市场上销售，增加收入。小的孙子，在工地上开大车两年多，稍有点积蓄后，再贷了一部分贷款，自己买了一辆大卡车跑工地，挣钱渠道越来越广，家庭收入一年比一年好，日子过得红红火火。"

农村有一段金子般的话："人这一生过日子，吃不穷，穿不穷，计划不到是一辈子穷。凡事都要有个计划，精打细算过日子，才会过上好日子。"和老人家聊到对来年生活的期盼时，老人家说："盼望国家越来越富有，越来越强大，大河有水小河满，小河有水大河满，国家强大了，农民才能富裕，我们才能过上好日子。"

邻家奶奶的感谢信

应小青

端午刚过，高原的夏天像一块亮晶晶的水晶，清爽，纯净。

花木葱茏的小院里，沙枣花淡淡的甜香若有若无。我坐在花树下，手捧一杯茉莉花茶，听邻家奶奶轻言细语，悠悠地诉说当年的故事。

小小的茉莉花，在杯子里不停地旋转。就像40年前，一袭红衣、芳菲年华的奶奶，刚嫁到这座叫上寨的村子时，漫天飞扬着小小的雪花。

一排柴禾围起来的"院墙"，3间嵌着木格窗的土坯房，院子里一棵老梨树，无声地把黑灰色的枝丫伸向天空。炉火熊熊，映着墙上红艳艳的"囍"字，预示着一对年轻的夫妇，即将开始柴米油盐的新生活。

日子虽然清苦，但那时的奶奶满腔热情，因为比起远在山区、常年干旱的娘家，村里的生活条件已经算好了很多。她脱下红装，换上粗布衣裳，里里外外地操持家务。

依山傍水的村子，湟水河就像一条弯弯的玉带，缓缓流过。一同穿村而过的，还有一条宽阔的柏油马路，一直通往乐都县城。

逢年过节，奶奶就可以和家人一起拦坐上一辆拖拉机，去"浪gai"。这是青海方言"逛街"的意思，能去城里浪一圈，能让她欢喜好多天。

奶奶最喜欢的，还是那条同样穿村而过的甘青铁路，老火车站就在村子附近。每天，蒸汽式火车或绿皮火车"呜呜"的一声嘶吼，"轰隆隆"地从远处开过来，威风十足。奶奶总会忍不住驻足凝望，在心里默默地数着有几节车厢。如果偶尔遇到一列特别、特别长的火车，那天的奶奶就会高兴得像中了大奖。

不过，年轻的奶奶也有烦心事——村里只有一处水井房，供几百户人家饮用。每天天刚亮，男人们沉默着用架子车拉水，女人们唠嗑着用扁担挑水，懂事点的孩子，一人一头，一根扁担上坠着一只桶，晃晃悠悠、泼泼洒洒地往家里抬水……

接一次水，往往要排队大半天，来回五六次才能把家里的水缸、水桶装满。如果哪天，谁家发生大人吼、孩子闹的事，那一定是他家忙得没顾上挑水。空空如也的水缸，缸底薄薄一层水，映照出村邻们愁苦的面容。

还有村里的那几条土路，晴天一身土，雨天一身泥。有时，奶奶的架子车上拉着从碾麦场上装好的一袋袋麦子，有时化肥袋子里层层叠叠装满了一车土豆。丰收的喜悦，伴随着土路的颠簸，磕磕绊绊的困扰。

每次，好不容易拉到家门口的土坡底下时，奶奶吃力地弯腰拉车的样子，就像一只虾米，脚上的布鞋半蹬在地上，套在右肩上的缰绳勒出深深的痕迹，就像拉船的纤夫。但车子左拐，右扭，进三步，又踉跄着退回去两步。乌黑的头发濡湿在她的额角，一脸红霞，一身汗水。每当此时，奶奶左挣右扎，如果有村民们路过就好了，总会有男女老少三两步奔过来，热心地帮忙推一把。这是全村人自发具备的传统和默契。

奶奶的架子车，把岁月的年轮一直拉到了2000年的节点。

那一年，她的大儿子每天骑着自行车去县城上中学，小女儿在村里的学堂里"咿咿呀呀"地读书，一台小彩电里到处都在敲锣打鼓、欢歌热舞地庆祝"世纪之交"。

奶奶不懂那些，她只听到村里的大喇叭告知着，要安装自来水管道。半信半疑间，施工队已经浩浩荡荡地进驻到村里，把每一条土路都深深地挖了个底朝天，挖出来的高高的泥土堆，几乎要蔓延到家门里。

这下，奶奶信了。她央求住在公路边的一户村民，每晚让大儿子把自行车寄放在人家。她自己每天小心翼翼地牵着女儿的小手，接送她上学，生怕孩子一不小心跌进深坑里。

自来水接到家家户户那一天，清亮亮的水，"哗啦啦"地从水龙头里流了出来，全家人笑闹着围在一起，啧啧称奇，拧上，又打开。奶奶欣喜地接了一大碗水，仰头一饮而尽，她明明擦着嘴角在笑，可是水珠和泪珠却滴滴答答地砸在地上……

自从自来水管道安装好之后，土路在风雨飘摇中，变得更加坑坑洼洼。但3年之后，奶奶的这件唯一的心事也得到解决——乡村道路硬化工程在四乡八村展开，在全村人齐心协力的劳动之下，一条条四通八达的水泥路，替代了原先的土路、平坦、干净、安全、方便。

那段时间，奶奶拉着架子车喜滋滋地去地里干活时，足下生风，常常忍不住想唱一首《希望的田野》。儿女们一天天地长大，日子也越来越有奔头，奶奶对眼前的生活已经感到很满足。

但接下来，乡村生活就像被一双神奇的手按了快进键，一幅幅画面像幻灯片一样，在人们面前展开。

水泥路通了，也不用再把时间浪费在排队挑水上，有人引进温室大棚的种菜技术，番茄、黄瓜、茄子，猪大肠辣椒更是名扬省内外；

有人搞起了牛羊兔之类的养殖；有人买了小货车，天南地北地搞运输；有人建起了宽敞明亮的复式楼，还安装了太阳能热水器……

这一切，是奶奶从前想也不敢想的生活。

村里道路的两旁，安装了路灯，从此家家户户的手电筒成了纪念品；果皮箱的设立，让村民们慢慢改正了乱倒炉灰、垃圾的习惯；村头的饭馆里，刀削面和炒菜的香味，扑鼻而来；往年"浪gai"就能满足，现在每年"三八"妇女节的时候，村里的女人们自发组织起来，浪完省内的各大景点不够尽兴，又去了一趟兰州……

很多年前，每逢下雨或下雪的时候，奶奶喜欢与妯娌、街坊们围坐在炕上，喝着熬茶，喧着天，做针线活儿。现在，不管是端午节、中秋节、妇女节或是母亲节，每一个节日，全家族都坐在一起聚餐，兴高采烈地唱歌、跳舞，花花绿绿的扇子是家家必备的娱乐品。她们不懂什么叫仪式感，只知道过节就是要图个开心。

暮年的奶奶，依然保留着看火车的喜好。但，此时的铁路上，飞驰而过的是光洁、漂亮的动车。奶奶曾坐着动车去省会西宁的人民公园，看过盛大绽放的郁金香，半个小时就到了，快的就像做了一场梦。

更让奶奶觉得不可思议的是，此时的村庄继续大兴土木，安装完天然气，又铺设了污水管道。也就是在不远的将来，做饭、洗澡、如厕等生活方面会更加方便，与城里几乎没什么两样。如果说有什么不同，那就是村里的空气更清新，院子里的蔬菜和花草更水灵。

杯子里的茉莉花，旋转着带我回到2022年的盛夏6月。奶奶絮絮叨叨地细说当年，就是希望我能帮她写一封感谢信，感谢党和政府让我们过上了翻天覆地的好生活。

信，很快写完打印好了。信封上，我端端正正地写上"海东市乐都区政府办公室收"。奶奶笑呵呵地接过笔，有点不好意思地一笔一画，歪歪斜斜地写下自己的名字：李——凤——鸣。

从小，我就习惯了把邻家的她亲昵地叫作奶奶。隔着 40 年的烟火岁月，因着一封信，我才第一次知道，原来，奶奶居然有一个如此动听的名字。

那薄薄的 2 页信纸，承载的，何止是一位村妇的感激？它还记录了一个女人平凡普通的一生，以及与一座村庄紧密相连、波澜起伏的命运。

文而化之

流韵书香今犹浓

茹孝宏

　　清光绪三十一年前的 100 多年间，碾伯（今乐都）县府所在地的一所学校里，书声琅琅，书香四溢。这所学校就是清代远近闻名的河湟地区"四大书院"之一的碾伯书院，因其背靠凤凰山，故亦称凤山书院。

　　凤山书院由原碾伯知县何泽著创建于清乾隆二十四年（1759 年）。据清道光年间碾伯知县冯燨《凤山书院碑记》中"登楼以望南山，笔架五峰与槛平，其下古树荫翳，花竹丛植，榆杏交柯"的记载可知，凤山书院景致优雅，环境宜人，实为培育人才的好地方。

　　凤山书院真正以书院为"国家培才之地"，招收汉、土、藏、回等民族学生，延请名师授课，敦勉弟子"习诗书，亲师友，励名节"，采取讲学结合的原则，教育诸生认真学习，努力成才。何泽著、唐以增、冯燨三位知县在任期间都非常重视凤山书院的教学活动，常去书院督查、训导和勉励，其中何泽著还写有一首《仲秋夜示书院诸生》诗："遥闻桂子落尘埃，为问诸生拾几枚？今夜天香怀满袖，明秋连根拔将来。"这首诗勉励诸生读书学习要由表及里，由浅入深，进而从根本上掌握知识，为我所用。自雍正六年（1728 年）创办社学、义学到光绪十年（1884 年）时的凤山书院，碾伯共考取举人 9 名，贡生 39 名，考取的秀才则更多了。

在当时，墨气萦绕、书风昌盛的凤山书院培育的大量优秀人才，为促进当地文化教育事业的发展作出了不可低估的贡献。光绪三十一年（1905 年），凤山书院改为乐都县高等小学堂，旧式的凤山书院完成了其历史使命。

令人非常欣喜的是，当时光的车轮驶入 2005 年之际，原海东行署副专员、乐都县老年福利服务中心创建者毛文斌经过将近一年的极力倡导和不懈努力，使曾沉睡了 100 多年的凤山书院竟又苏醒了，昔日的遗风流韵又接续了，浓浓的墨气书香又飘来了。所不同的是，这次恢复成立的凤山书院不再是一所学校，不再是开展教学活动的场所，而是一个开展地方历史文化挖掘、研究、弘扬和传承工作的群众团体。其组织领导机构为理事会，这个理事会可以说是吸收了乐都已退休和在职的中老年文化精英，还聘请蒲文成、谢佐、马光星、李逢春等一批省级著名专家为理事会顾问。毛文斌先生理所当然地被推选为第一届理事会会长。

作为凤山书院负责人，毛文斌先生四处奔走，为创建青海河湟碑林筹资募捐。2005 年 8 月份，占地 70 亩、坐落在乐都老年福利服务中心的青海河湟碑林正式开工，于 2008 年底竣工。这项工程历时 3 年多，耗资 192 万元，制作碑刻 360 块，修建碑廊 323 米、碑林墙 152 米，并在碑林院内修建了南凉亭、鄯州亭等富有当地历史文化内涵的仿古建筑，使碑林的整体环境彰显出鲜明的地域特色，氤氲在浓浓的地域历史文化气息之中。

走进乐都县城湟水北岸的青海河湟碑林，首先映入眼帘的是毛泽东《沁园春·雪》这首名词手迹的碑刻，其豪迈的风格、磅礴的气势不由地激起人们对这位历史伟人的追思、缅怀和敬仰。整个碑林中诗词、书法、雕刻艺术的有机组合，各种书体及其不同风格流派的呈现，不但把河湟历史文化演绎得淋漓尽致，而且把人们带入一方独特而奇美的艺术园地。

碑林的建成，得到了省地县有关单位和社会贤达的大力支持，而毛文斌先生所付出的艰辛和劳动更是众所周知的。

除建成河湟碑林外，凤山书院还组织成立了由省级专家和理事会部分成员组成的《河湟民族文化丛书》和《乐都历史文化丛书》的编委会和编写班子，毛文斌先生被推选为编委会主任和主编，接着在毛文斌先生的具体组织下，紧锣密鼓地进入这两套丛书的编写工作。其中《河湟民族文化丛书》包括《河湟史话》《河湟人物》《佛道文化》《青海回族》《土族民俗》《三川纳顿》《撒拉族民俗》《热贡艺术》《化隆行旅》《河湟诗词选》《河湟古建筑艺术》《河湟"花儿"赏析》等12本书；《乐都历史文化丛书》包括《乐都史话》、《柳湾彩陶文化》、《瞿昙寺与卓仓文化》、《西来寺与水陆画》、《乐都名胜古迹》、《乐都诗词选注》、《乐都民俗文化》（上、下卷）、《乐都民间文学》（上、下卷）、《乐都民间戏曲》、《乐都社火集锦》等12本书。显然，这两套丛书的编撰工作是一项浩大的工程。在时间紧、任务重、压力大又没有报酬的情况下，在职人员还要在做好本职工作的前提下，每个编写人员根据自己的研究课题和编写任务，四处奔走，广泛查找资料，认真了解和调查有关情况，在此基础上经过悉心思考，潜心研究后写出了初稿。然后根据省级专家和编委会审查意见又进行反复修改，最后编写出了体例合理，资料翔实，观点比较新颖且语言通畅、精炼的两套丛书。这里面渗透了负责组织工作的毛文斌先生等人员的滴滴汗水，也凝结了每个编写人员的点点心血。

为保证这两套丛书的正式出版，毛文斌先生从编撰工作启动时就开始找省、地、县有关领导反复申说理由，诚恳要求给予经费支持。最终领导们一个个都被他钟情于挖掘、研究地方历史文化的言行折服，被他诚挚而深厚的河湟文化情结感动，都为出版这两套丛书给予了不同程度的经费支持，尤其是海东地委、行署领导和乐都县委、县政府领导均给予大力支持，分别解决了《河湟民族文化丛书》和《乐都历史文化丛书》的绝大部分出版经费，使之先后顺利出版。

这两套丛书的编撰出版，是青海文化史上的两件喜事，海东和乐都文化史上的两件前无古人的盛事，更是两件功在当代而泽被后世、惠及子孙的好事。它们的出版，必将对弘扬和传承河湟民族文化和乐都历史文化，宣传大美青海、魅力乐都产生深远而广泛的影响，并将激发当地人民群众热爱家乡的豪情和建设家乡的壮志。

《河湟民族文化丛书》和《乐都历史文化丛书》的编撰出版任务虽然已经完成了，但在毛文斌先生及理事会全体成员的共同努力下，挖掘和弘扬地方历史文化的工作不会停止，他们将再次扬帆起航，向新的目标前行……

阿万木楼：承载家园梦想与未来

雪 归

河湟木楼，是河湟民居中一种传统的建筑样式，雕梁画栋、气宇轩昂。中国传统建筑的许多元素在河湟木楼中都有体现。阿万木楼，是我省海东市乐都区共和乡桦林村阿万家族的家居建筑。100多年前，阿万家所建的3栋木楼，也成为阿万家族显赫一时的标志性建筑之一。

保存完好的木楼建筑

前往阿万木楼探访的这一天，天气晴好。虽然已是初冬，但并没有想象的寒冷。

我们在区委宣传部和区博物馆负责人的陪同下共同前往，乐都区对古建筑颇有研究的拉有清老先生也与我们同行。

桦林村地处海拔2000多米的脑山地区，自然条件严酷。从乐都城区出发，10多公里后就到共和乡政府。我们沿着努木支沟蜿蜒而行，沿途所在多为一层的低矮民居。大约四五公里行程后，我们到达桦林村三社。在村里，我们见到了阿万家一栋木楼的主人——男主人阿更治和女主人阿行毛。因为新农村建设的需要，这个早晨，他们一家人正忙于拆除院门外破旧的建筑。

进入大门，院内赫然而立的木楼古色古香、挑梁雕花。木制的花窗、木制的门、木制的护栏，一切皆由纯木打造。一根根檩条皆一般粗细，前檐下皆有饰纹雕花，多以花卉和云纹为主，精雕细琢，古朴而典雅。站在院中仰望木楼，这气派高大的建筑有种难以描摹的轩昂之势。相较于我们平时在农家常见的千篇一律的新式盖板房，这木楼结构庞杂，又不失精巧。

"木楼至少应该有 150 年或者更久。"今年 50 岁的阿更治告诉笔者。

加上杂物室、楼梯间，木楼上下共有 14 间。要上二楼须进入右手侧的楼梯间，如今已变为羊圈。木制的阶梯敦实而厚重，踩上去发出橐橐之声，伴着一两声吱吱呀呀，与踩在钢筋水泥的台阶迥然不同。木楼阶梯并不太多，一层一层上得楼来，却也让人生出些许联想，不知道当年是怎样的人家在这里安享岁月。

二楼的松木门上贴有藏文对联，藏文字下面有一行汉译文：

白昼吉祥夜吉祥

昼夜永照吉祥光

横批：万事如意

这是阿更治的父亲在世时所贴。对联里，饱含着主人对家宅平安兴旺的一番寄托。

二楼中间是佛堂，左右又各有几间居室。打开四扇的松木隔门，进入堂屋，靠墙壁的佛堂木门为推拉式。阿行毛告诉我们，早年曾经有小偷进入佛堂，偷走其中的一个花瓶。为了安全起见，现在他们在上面加了玻璃罩，并配了一把铁锁，以防再次失窃。

这座经风历雨的木楼，在旧时被当作饲养院才得以保存至今。

阿更治一家人也曾在这楼里面住了 20 多年，直到 6 年前修建新房才搬出木楼。

与阿更治紧邻的其叔一家外出，大门紧锁。我们的目光越过院墙，从阿更治家的小院望出去，另一栋木楼披着阳光静静矗立。外观上看，这栋体积略小些，下共有上下 10 间，花藻的雕琢没有阿更治家的这么复杂。

笔者一行又来到桦林二社村民阿显彪的家中，他们家也有一栋木楼。

一进门，这栋木楼给人的印象并没有想象中的古旧。它的外观已经有改变，二楼的围栏和一楼的外墙涂着鲜亮的明黄色油漆，一楼还安装了铝合金门窗，门也改为推拉式，有几分现代气息。进入木楼一层，屋里收拾得干净整洁，显得十分亮堂。屋内生着火炉，有一根通天柱顽强矗立。

主人阿显彪今年 55 岁，他们一家人仍在木楼居住。阿显彪是阿更智的叔叔。此时，阿显彪正忙于家中院墙的修葺，一身的泥灰。忙碌中他还是抽身来陪我们。

木楼上下总共有 12 间，中间二层为佛堂。木楼原来的木梯已经拆掉了，放了一个木制的梯子搭在二层房檐。

阿显彪告诉我们，30 多年前，这座木楼曾经发生过倾斜，他们还进行了拉端的改造，并更换了新的柱子。柱子至今保存完好，虽为杨木，但看不出明显的虫蛀痕迹。

阿显彪有着十分虔诚的宗教信仰。这个藏族汉子，为人随和又热情。他每天早上起床洗漱之后，在早饭前，会一个人到佛堂上香、点灯、磕头、祈愿，许多年未曾间断。他说，佛堂里是不能进女人的，只有男人才能进去，哪怕笔者也不行。

阿显彪一家如今在南面的平房里居住，南房已经修建了 10 多年，里面整洁干净，到处都亮亮堂堂的，客厅内装了一个十分华丽的顶灯。

阿显彪说，木楼是以前先祖留下来的遗产，他想保护。正是出于这种朴素的意识，他对木楼进行了改造。

　　阿显彪今年 57 岁的堂兄阿德才常年在外地居住，最近才回老家。他告诉笔者，关于这个屋子的修建时间，他在年少时曾看到在牛皮上有记载，算来至今有 154 年。他说，阿万家还有一栋木楼，建在甘肃天堂寺的附近。

　　此时，一只猫在阳光下悠闲地打着盹儿，木楼在阳光下显得安详而静谧。

古老木楼将添新韵

　　如今，桦林村的三座木楼被我们全部收入镜头中，这是乐都共和沟努木支沟保存最为完好、最具规模的木楼。

　　阿显彪告诉笔者，他想通过区上相关部门争取一部分管理保护资金更好地将木楼保存下来。而阿更治同样也想将先祖的遗产进行保存，但苦于个人能力有限，资金不足。他二人同样面临着自己管理困难、经费紧张的问题，阿更治甚至想卖掉这栋木楼。

　　在河湟谷地，这些融汉、藏以及土族文化为一体的木楼，已经越来越稀有。这些木楼，可以说是各民族智慧的结晶，也是研究地方政治、经济、文化、社会、历史的实物资料。这些独具特色的木楼建筑既丰富了青海民居建筑文化，也具有重要的建筑艺术价值。但是，因为年代久远，虫蛀、潮湿加上屋内光线不够明朗、格局不够开阔，许多人家已经不愿意居住其中，一些人家甚至认为在其中居住是自家没有能力盖新房的表现。还有一些村民，和阿显彪一样将木楼进行了改、扩建，却破坏了原有的格局而失去木楼所独有的风格，这让风雨中飘摇的木楼如今处在进退两难的境地。

　　前不久，乐都区委在共和乡召开了桦林村项目建设会议。会议围绕桦林村建设，提出围绕阿万木楼适度发展乡村旅游，最终实现产业兴旺、群众安居。

会议认为，桦林村山大沟深交通不便，旅游资源匮乏，不适于大规模发展乡村旅游，产业发展定位为牛羊为主的养殖业。会议决定，将拨付资金，围绕阿万木楼，重新拟定乡村旅游发展规划设计方案。会议要求做好阿万木楼文物历史价值的鉴定评估，以及文物保护点的申报工作。目前，几个部门已经启动了相关工作。

　　经过时代变迁的阿万木楼，同样承载着家园梦想与未来。相信在政府部门的牵头和多方努力之下，阿万木楼会再添新韵，使更多人有机会领略这一高原上难得的民族建筑文化景观。

红坡村志：留住乡愁留住根

雪　归

有人曾这样说："昨天是今天的老师，今天是明天的借鉴。"也许只有真正记住了昨天、今天，才能更好地为明天的借鉴提供依据。于是，海东市乐都区雨润镇红坡村里的这群人，用他们的方式记录了昨天……

编写村志　留住记忆

"众心合力铸永业，将拾遗，慰先祖英灵，梦想成真。"

这是 2016 年春节期间，赵庚祥先生在《红坡村志》面世之际，填的词《沁园春》中的几句。

赵庚祥先生的家乡就在海东市乐都区，常年在海北州工作的他虽然远离家乡，但家乡的人和事，过往与今夕，一直是他最大的牵系。

赵庚祥先生出生于乐都区雨润镇红坡村。红坡村是一个典型的汉族聚居村，村民多为赵、马二姓，按族谱，红坡村赵氏从高祖"希"字辈起，至今传 14 辈。马氏家族亦称为"碾邑之土著"，据马氏宗谱考证，红坡村一支从二房马天义算起，至今有 10 余世，逾 300 余年，大约于清朝初期居于红坡村。赵、马二氏之渊源及其住居红坡村前的历史一直难以考证。

长期以来，赵庚祥先生和红坡村里的许多村民有一个共同的心愿：为偏僻、贫穷、落后的红坡村编写一本村志，为未来的人，留下可以回忆的东西。

2013 年年初，在赵庚祥先生的牵头下，开始了《红坡村志》的策划与编写工作。为此，红坡村还专门成立了《红坡村志》编委会，由红坡村党支部书记赵启林和赵昌存任编委会主任，红坡村村委会主任赵昌存任副主任，赵庚祥担任主编，并亲自执笔撰写。

2016 年春节期间面世的《红坡村志》，装帧设计庄重大方，印刷精美。内容涉及人口状况、经济政治、文化教育、民俗信仰、古今人物等，并按正规志书，撰有概述、大事记，附录本村的部分家谱、文章、匾幛等，体例规范合理，在编写上尽量做到了"简而能周，博而尤要"。其中，民俗礼仪、方言民谚、古迹景观中的九天圣母庙等，写得细致入微，保存了许多濒临消亡的文化元素。另附有插图百余幅，品类丰富齐全，且文字清新，语言流畅，实事求是，言之有物。总之，该志图文并茂，读之有味。

情系家园　众志合力

赵庚祥先生告诉笔者，村志从 2013 年清明开始搜集资料和编写，到 2015 年底编写结束，历时 33 个月的时间。先后拜访相关专家学者十余人，其中除编委会成员外，还有数十人给予各种帮助。村志书稿前后修改了 22 稿，出了 7 本清样。定稿时有 12.5 万字，用了 116 幅图片。

提到编写时最大的困难，赵庚祥先生说，因为这本志书上下贯通千年，可供参考的文字资料少之又少，道听途说的还要考证。有些人被历次运动搞怕了，怕提供资料翻出历史老账，因而有意躲避或借故不提供相关资料，故而在编写中费时又费力。还有个别人不理解，有误会，以为是编写的人想出个人风头炫耀自己，或为当领导的歌功颂德，明确表态不参与。

当时，由于赵庚祥先生尚未正式退休，仍在海北州人行工作，编写村志的工作只能利用业余时间，加之海北州海晏县离海东乐都老家300多里，来往不便，只能通过电话联系或利用节假日回村收集资料、拍摄照片，工作量和工作的难度可想而知。

对于频频出现的各种难题，赵庚祥先生说他其实早就有心理准备，怀着对家乡故土的满腔热爱，他除了做好耐心细致的解释工作外，多次来回往返，加之他阅历丰富，长期研究书法和摄影，做起来倒也得心应手。

赵庚祥先生告诉笔者，村志的编写，全是义务劳动，而印刷设计的费用，则由村民集资，赵庚祥特别提到了几个人，他们的名字是：赵君、赵昌邦、赵昌来、赵昌发、赵昌虎等人，都曾慷慨解囊，而雨润镇政府和村委会，在经费十分困难的情况下，分别出资5000元和2000元。在大家的共同努力下，保证了经费。

最让赵庚祥先生难忘的是近3年的村志编写过程中，他曾无数次被父老乡亲感动，在村志的后记中他专门提到这些难忘而感人的过程。村民马普德80岁高龄，带着他和赵昌龙挨家挨户地跑，从早上直到深夜，寻人、走访、解释，正因为马普德老人的大力协助，红坡村四社的马家基本一户没落下。已故的赵文存老人，时年86岁，在他们去拜访时极力称赞他们为红坡村做了一件大好事，并将他所经所历尽悉告知。赵文智老先生，也是近80岁的人，戴上老花镜把村志的章节逐句逐字地看了，并指出要修改的地方。有的村民专门找到编委会提供资料和信息，有人想起什么便在第一时间电话告诉编委会。编委员会不管走到哪里，碰上谁，村民都会热情地邀请到自家，端馍倒茶炒菜，十分关心写作的进展状况，主动提供信息。有些居住外省市和州县的红坡人，主动联系编委员会成员，询问情况，提供了不少有价值的信息资料……提起这些，赵庚祥先生至今感动不已。

存史修志　　以史鉴今

全国有突出贡献专家和享受国务院特殊津贴专家，原青海省政协副主席、青海省政府参事，现任青海省文史研究馆名誉馆长蒲文成先生特地为《红坡村志》写下序言文章《留住记忆　启迪来者》。

蒲文成先生的序言中有这样一段：当我捧着油墨飘香的《红坡村志》时，我被作者的那种为留"根"而为、而作的担当精神所感动。在我省，村民自己修志，具有开创性，红坡人在这方面做了有益的探索，他们抱着为历史、为子孙后代负责的态度，克服各种困难，积极搜集、整理、记录多种资料，为留住农民的根提供了有益的范本，这不仅是继承和发扬中华民族优秀传统文化的具体体现，也是一件利村利民的实事工程，很值得称道。

对于生他养他的红坡村，赵庚祥先生有着非同寻常的感情，他说，如今的新一代，故乡的概念愈来愈淡，他们跟着上一辈或上上一辈们为了生存漂泊于异地他乡，疲于奔命，落地却生不了根。他的《乡愁如海》一文中曾这样写道：都市的高楼大厦挡住了他们望乡的目光，钢筋水泥的住宅像一个个火柴盒子，没有了四合小院的幽雅清静，没有了土炕泥灶的温馨，各种机动车的汽笛声代替了牛马鸡羊的叫声，一道道铁门钢锁把本该亲密无间的邻里阻隔于千里之外，路不拾遗、夜不闭户已经成为过去的过去。在这尘嚣弥漫的都市里，在这灯红酒绿的引诱中，我们迷惑、我们彷徨，我们不时地在问自己：我们是谁，我们来自何方？我们的根在哪里？

蒲文成先生认为编修村志具有重要价值和意义，这本志书一方面有着存史功能，另一方面，有着育人功能。

是的，也许十年前红坡是个啥样，大家还记忆犹新，但50年前的红坡知道的人可能就不多了，那么100年前，500年以至3000年前的红坡呢，我们对自己的祖先了解多少？因为没有记载我们不得知晓。那50年或100年后，我们的子孙后代能知道今天红坡的样子是怎样的吗？蒲文成先生称赞赵庚祥先生给红坡人干了件大好事。

赵庚祥先生告诉笔者："不是我做了，而是红坡人为红坡的后人做了一件该做的事情，而我只不过是替红坡人动了动手而已。"

更让笔者感动的是赵庚祥先生的如是表述：把对故乡的思念，带着朝圣般的心情，一夜夜寻觅在故乡的沟沟洼洼，一寸寸丈量着故乡数千年的步履，一次次陶醉在故乡浓郁的乡情亲情之中……

卯寨的文化愿景

王十梅

陇右文化是中华文化的重要组成部分之一，今天的海东市乐都区在唐朝时曾长期为陇右道治所所在地。唐朝在乐都设陇右节度使，许多名将能臣曾常年驻守在这里。

海东市乐都区高庙镇新庄村卯寨是青海省的一个乡村旅游胜地。近年来，卯寨有了新的文化愿景，那就是让陇右文化华彩绽放。

卯寨的历史悠久，它因地处官道驿站得名。如今的卯寨早已成为青海省有名的乡村旅游地。

青海省地方史学者靳育德介绍，从宋代开始，河湟地区很多村庄就以"寨"为名。当时，寨是民间一种以家族为主体的自卫组织，有自己的管理体系，大部分寨围栅而立，设有寨门，有专人看守，寨门开关都有固定时间，寨民出入必须经过寨门，这样对大家的安全有保障。

卯寨位于海东市乐都区高庙镇新庄村，卯寨沟内还有两个村庄——老庄村和扎门村。乐都区文化学者拉有清考证，卯寨可能修筑于明朝，当时为抵御西海蒙古入侵，河湟地区修筑了明长城以及许多堡寨。卯是十二地支中的第 4 位。中国古代旧式计时法中,卯时相当于早上 5 时到 7 时。卯寨之所以叫卯寨,可能是因为守寨军士每日于卯时点卯而形成的惯称。

原乐都县政协副主席张超静曾到扎门村和老庄村实地考察,发现了古道遗址和边墙遗址。"卯寨地处古代官道附近,曾是重要的一处隘口。在老鸦峡未凿通道路时,这里是丝绸之路青海道和唐蕃古道的所经之地。"张超静介绍。

在卯寨,还流传着这样一种说法,据说卯寨是古代的官道驿站,文成公主进藏时,曾在卯寨附近安营扎寨,休整后于卯时拔营出发,于是便有了卯寨的称谓。

历史上,卯寨经历过怎样的风风雨雨,人们只能从为数不多的史料中管中窥豹,但如今的卯寨早已成为了青海省有名的乡村旅游地。

细细品读卯寨,你会发现卯寨有着两张面孔。人们最容易捕捉到的是卯寨的生态面孔,而它的另一张面孔便是文化,它们共同构成了卯寨的根与魂。

八月,正是卯寨最美的时候。遥望青山苍翠、烟雨迷蒙,近看亭台楼阁、花红柳绿。小桥、流水、人家,这是多少西北人所艳羡的江南风光,如今在卯寨处处可寻。

数年前的卯寨可并非如此。那是"两面荒山一片天,太阳出来晒死人"的地方,当时许多年轻人的梦想就是走出这条山沟。李连和是新庄村的村党支部书记。当年,为了能吃饱饭,他 20 岁离家,在外漂泊 35 年。当他完全有能力在城市立足时,他发现自己根本斩不断那份刻骨铭心的乡愁。于是,他回到了家乡,自筹资金 2000 多万元,绿化东西两面荒山 3000 多亩,植树几十万棵,昔日光秃秃的大山披上了绿装,新庄村变成了山清水秀的好地方。

"当时我就想,先把山绿起来,然后把环境弄好,再把人引进来,之后把地方的经济发展起来。"李连和说。7 年时间,他成功了,他和卯寨的村民走上了一条生态致富之路。

如果说，生态是卯寨的血肉的话，那么文化便是它的灵魂，这是卯寨的另一张面孔。

在卯寨，乐都八景述说着乐都的千年往事，四合院里古朴的建筑传承着西北建筑之美，地道的农家特色美食传递着河湟美食文化……很多人觉得，卯寨是体验河湟文化的一个好去处，其实在李连和心中还深藏着对另一种地域文化——陇右文化的情愫。

青海省历史文化悠久，考古证实，早在 2 万年前，就有古人类在青海这片广袤的土地上生活。盘点青海文化家底，仰韶文化、马家窑文化、卡约文化、辛店文化、宗日文化……古代文化遗产可谓繁花满树。可多年来，唯独陇右文化不被人们所熟知。

乐都曾是陇右文化的核心区，挖掘和钩沉陇右文化对提升青海人的文化自信有着重要的意义。

"陇"为甘肃的简称之一，所以有不少人认为，陇右文化与青海无关。但实际上，乐都在很长时间都是陇右文化的核心区。

"陇右"这个概念，最早出现于汉末魏初，是古地区名。陇指的是陕甘界山的陇山（今六盘山）。古代以西为右，以东为左，所以将陇山以西的广大地区称之为陇右（也称"陇西"）。当时，青海的广大地区皆属于陇右这一地域范围。

乐都，是南北朝时期鄯州的州治所在地。从南北朝时期到唐朝初年，鄯州一直都是河湟地区的政治、文化、经济中心。隋朝末年，天下大乱，群雄并起，纷纷割据。唐高祖武德年间，西北地区的西秦薛举、薛仁杲父子和凉州李轨纷纷举兵攻唐，西北大乱。为了平定西北两个割据势力，唐高祖李渊先是派大军攻打西秦，薛仁杲兵败投降，随后，李渊又遣使者到吐谷浑，希望吐谷浑与唐共同抗衡李轨，不久李轨被擒。李渊在平定薛举、薛仁杲和李轨的割据势力后，进一步认识到了西北的重要性，于是便在青海东部设立了鄯州和廓州。

唐太宗贞观元年（627年），为了加强国防建设，唐朝根据山河形势、地理方位，将全国划分为10个道，分别是关内道、河南道、河东道、河北道、山南道、陇右道、淮南道、江南道、剑南道、岭南道十道。有史学家称，10道的划分是中国地方建制史上的创举，尤其是北方诸道的规划，对唐代的国防极为重要。

在这10道中，陇右道以鄯州为中心。《唐六典》记载，其范围"东接秦州，西逾流沙，南连蜀与吐蕃，北界朔漠"。按今天的行政区划来看，它包括今甘肃省、青海省以及新疆维吾尔自治区的大部分地区。

10道刚划分的时候，并没有行政长官，到了武周二年（公元691年），朝廷才派遣御史台大臣充任10道存抚使，但这仍是权宜之计。直到唐玄宗时期，为了加强边防机构，各道开始设置大总管或大都督，总管各道事宜，鄯州都督府置于乐都。后又设置节度使，为各道最高军政长官。

据介绍，陇右首任节度使为右骁卫将军、陇右防御副史、太原郡公郭知运。

郭知运是唐朝名将，他戎马一生、战功卓著。他在陇右节度使上任上时，陇右地区安定祥和，发展迅速。据史书记载，陇右道是唐朝前期军事单位最多的一个道，辖区驻军达7.5万人。当时，陇右道所辖诸军、守捉、城堡遍布唐蕃交界处。

继郭知运为陇右节度使后，先后又有10多位能臣名将接任陇右节度使之职，如王君㚟、张忠亮、盖嘉运、皇甫惟明、王忠嗣、哥舒翰、王思礼、郭子仪等。其中，最为有名的便是哥舒翰。唐代有诗人写诗赞颂他的勇猛："北斗七星高，哥舒夜带刀。至今窥牧马，不敢过临洮。"在多位节度使的管辖下，陇右地区文化昌盛、经济繁荣。《资治通鉴》记载："天下富庶者无如陇右。"后来，随着历史的演进，唐朝渐渐失去了对陇右的控制。

李连和有一个文化愿景，就是通过重建陇右节度使府呈现陇右文化的历史底蕴。

史书记载，陇右节度使辖治陇右 12 州，陇右节度使府驻鄯州。但是陇右节度使府具体位于鄯州的哪里，史书中并没有详细记载。

李连和是一位地地道道的乐都人，他有一个文化愿景，就是在卯寨重建陇右节度使府。他希望抓住乡村振兴的好时机，好好挖掘和再现陇右文化，提升乐都人乃至青海人的文化自信。这是他作为一名新时代农民的文化自觉和文化追求。

李连和介绍，卯寨地处交通要道，是丝绸之路青海道与唐蕃古道的所经之地，这里也是河湟文化、南凉文化和陇右文化重要的辐射区。李连和希望以后卯寨不再单纯是旅游网红打卡地，而是青海文化的涵养之地和荟萃之地。

如今的卯寨是青海省乡村振兴旅游示范村。文化振兴作为乡村振兴战略的一个重要组成部分，贯穿于乡村振兴的全过程。李连和认为，在卯寨建陇右节度使府是时势所需。

2021 年 8 月 15 日，重建陇右节度使府研讨会在卯寨举行，来自青海省内的多位文化学者、建筑专家、生态专家参加了研讨会，为在卯寨重建陇右节度使府出谋划策。

建筑专家建议，未来重建后的陇右节度使府，形制上应该按照唐式建筑的风格，采用土木结构或夯土形式建造，在还原历史真实的同时，展现西北的地域特色。

生态专家认为，重建陇右节度使府，首先要做好规划，将历史、文化、生态、生活等融入其中，在景观的打造上要多查史料，尽量恢复当时的生态景观。

文化学者则建议，建筑是空间的艺术。重建陇右节度使府绝对不能伪造历史。乐都是青海省的文化之乡，挖掘古鄯州文化，钩沉陇右文化，可以提升青海人的文化自信。重建陇右节度使府这一陇右文化的标志物，可以带领大家回顾历史，追溯繁荣的陇右文化。

卯寨有两张面孔，生态面孔赏心悦目，文化面孔日渐明朗。陇右文化也许会在不久的将来与河湟文化、彩陶文化一起厚植于卯寨，卯寨也会完成从旅游打卡地到文化打卡地、传播地、涵养地的华丽转身。

探秘乐都南山阿尹雪峰

张 扬

在黄土高坡和青藏高原接壤的河湟地区，原本不应该有雪山的存在，但阿尹雪峰却真真切切地就展现在我们眼前。

是什么魔力造就了这座雪峰？它有着怎样的美丽传说？

突兀的雪山

从平安城前往乐都下营，一条弯弯曲曲的公路，如同一条丝线，将众多村落明珠般串在一起，像一条祖母绿宝石的项链，被随意地扔在光秃秃的座座大山间。

我们行走的沟壑据称叫马哈拉沟，平安城至下营的中途，就是乐都的巴藏沟乡。

高原的春天显然是一场迟到的约会，虽然早已过了阳春三月，但除了路边偶尔的冬小麦散发着诱人的嫩绿，树木的枝丫还如同含羞的新娘，把绿意藏在了我们看不到的地方。

一座座的山丘更加不争气，光秃秃地透着刺眼的黄色，让人不禁萌生睡意。

当汽车驶过巴藏沟，我们的眼前猛然一亮，山沟中密布的杨树林下，一个村落像从油画中飘落在现实生活里，溪水从一些尚未解冻的冰窟中潺潺流出。如果说这一切让人叹为观止的话，远处的一座雪峰就更加让人惊奇，因为不会有人想到，在这片常年干渴的、有些黄土高坡形象的土地上，竟然有这么一座雪峰！

大家说，它就是阿尹雪峰。

下营乡塔春沟党支部书记李才巷太告诉我们，他们这里是一个多民族居住地，以藏族群众为主，他们村共81户394人，全部是藏族群众。

塔春沟可以说是距离阿尹雪峰最近的村落之一，村民们祖祖辈辈生活在这片并不肥沃的土地上，历经了多少年多少代，至今已经没人能够说得清楚。

李才巷太说，阿尹雪峰是藏族群众心中的神山，每年都会有藏族群众"转山"。在他看来，阿尹雪峰是一座不同凡响的山脉，其由来有着动人的传说。

美丽的传说

传说很早以前，青海还是一片汪洋大海，唐古拉山住着一位山神总头目，名叫年青唐拉，他把小山神桑买和桑朵小两口儿分到了乐都的北山。

桑买和桑朵在大海中建立了自己的家园，突起了两座大山。小伙子桑朵天天打猎，妻子桑买放牛挤奶，生活一天比一天好。他俩又招了一些徒弟学习山神的本领，随后被分到附近大大小小的山头，大海逐渐消退。

时间长了，桑朵和桑买也有了3个孩子。一天，他俩为了一件小事争吵不休，桑买忍无可忍，就把一桶牛奶泼在桑朵的头上，这时桑朵正在揉皮子，便拿起揉着的皮板顺手打在桑买的肩上。桑买生气地走出门，到马哈拉沟脑沟住下了。3个儿子也跟着妈妈去了马哈拉沟，走到拉干邑这个地方，实在走不动了，就住在了拉干邑。

从此，桑朵就住在了北山，就是现在的松花顶，无论夏天冬天，山顶都被白雪覆盖，据说这就是桑买倒下的奶子，人们称他为阿米桑朵；马哈拉沟脑上的那个山就是阿尹桑买，左肩比右肩低，那是揉皮板打的。拉干邑的3个小山，就是他们的3个孩子。

弓箭的魅力

探访阿尹雪峰并不是我们前来的唯一目的，第二批国家级非物质文化遗产"南山射箭"，其发源地就在这里。

下营乡塔春沟村民赵卓玛太是当地出名的弓箭手，曾参加全省大赛，并获得一张弯弓的奖励，这至今仍让其他村民们羡慕。

今年已经53岁的赵卓玛太仍然没有放下弓箭，还是村子里弓箭队的主力。不仅仅在塔春沟，周边100多个藏族村落，都有自己的射箭队，有的村落还有两支队伍。

"北山跑马，南山射箭"，这谚语是当地人对乐都北山、南山大型民俗活动的概括。而"卓仓箭手"在整个青海地区也颇具声望。据说清朝时，这里还出过几个以箭术超凡而中科的武进士。

射箭比赛的日子是老百姓心目中神圣而热闹的节日。因此家家户户从头几天就开始杀羊煮酒、澄凉粉、拌凉面、蒸花卷。箭手们则拿出最好的衣服装扮自己。藏族群众头戴大檐礼帽，身穿氆氇褐衫或长袍，腰系红绿绫绸，足蹬黑皮靴，并按传统习俗，右臂不套袖子。射箭比赛不光有藏族群众参与，也有回族和汉族群众，回族群众头戴顶帽，身穿白衬衫、黑坎肩，脚穿黑皮鞋，汉族群众则身着颜色统一的传统服装。

清代诗人斌良路经河湟见此盛况后高兴地赋诗道："陇西健儿好身手，自挽雕弧射白狼。"他们所持的弓是"雕弧"，是弓匠专门制作的牛角弓，花纹丝丝，样式考究，没有好臂力是拉不开的。箭是木杆铁镞，尾带羽翎。

箭场上更是气氛热烈，观众成千上万，他们一片肃静，细观箭手比赛，不时又爆发出震耳欲聋的欢呼声。那箭靶也别具一格，杨柳树枝编成一米见方的靶圈，正中涂着碗口大的红靶心，称之为"月儿"。靶上边还插着几面小彩旗，微风拂动，五颜六色，既醒目，又可起辨别风向的作用。

比赛开始，技艺高超的"开靶者"，首先上场开箭，以便创造好气氛，其他箭手则大吼数声助威。每中一箭，本队箭手都要再吼三声。射得漂亮时连对方和观众也齐声大吼，真可谓震天动地。比赛到最后，由神箭手出场"盖靶"。只见前面监靶人手扶靶子，并指出专射某一点，神箭手则箭不虚发，一矢中的。于是场上吼声、掌声、叫好声响成一片。如此三箭，定了"天山"，赛箭始告结束。

比赛虽以村为队，但具体到队员时，要找一个"对摹子"（即对手）比赛。比赛完后，主队要邀请各自的"对摹子"到家中做客，款待一番。待太阳落山时，客队箭手动身返回时，村中妇女纷纷到村口拦挡，唱着"花儿"挽留。箭手们也唱"花儿"表示感谢。这样你唱我和，直到天黑，方才依依离去。

非遗的传承

2008 年，"南山射箭"被列入第二批国家级非物质文化遗产名录，同时收录其中的，还有"七里店九曲黄河灯会"。此前，"瞿昙寺花儿会"因其典型性和代表性，影响范围广等特点，被列入第一批国家级非物质文化遗产名录。

赵卓玛太说，民间射箭比赛活动一般选在农历四五月举行，这时春耕已完，青苗初绿、天气暖和、人心舒畅，正是举行大型民俗活动的好季节。射箭地点也不固定，轮流择地，主要是村落之间相互邀约。

如今，在下营乡，各村落里都建起了专门的射箭场，比赛时间也早已打破"常规"，改为每年的腊月间举行。赵卓玛太对此解释，退耕还林、还草后，牧民们早已结束了放牧生活，外出务工成为增收的主渠道。为了适应这一变化，射箭比赛只有改在冬季外出务工人员返乡后举行。

可喜的是，当地政府也将这一项民间体育活动"官方化"，举办的几届乐都国际民间射箭邀请赛不仅吸引了北京、河南、黑龙江、云南、浙江、河北、内蒙古、四川、山东、安徽、重庆、福建等省市区代表队参加，还吸引了德国、澳大利亚、英国、蒙古、法国、韩国等国家选手前来，"南山射箭"已经站在了国际赛事的舞台上。

奋飞的翅膀

郭守先

　　1994年，中国经济改革的舞台上，演出了一场以"统一税法、公平税负、简化税制、合理分权"为指导思想的税制改革，其力度之强、内容之多、难度之大实为空前，乐都县地税局就诞生在这场壮观、精彩的改革中。那一天是9月20日，农历中秋佳节，原本是团圆的日子，但改革的脚步刻不容缓，在历经沧桑的老税务局门前，在激烈的喜炮声中，从原税务局分过来的63名职工，光荣地扛起了乐都县地税局这面崭新的大旗，自豪地成为第一代创业的地税人，成为乐都县地方经济建设和社会发展的主力军。

　　秋高气爽，月色宜人。乐都县地方税务局创建文明单位的战役，在上级业务主管部门的领导下，在县委、县政府的支持下，由精明强干的财政局局长兼地税局局长李允昌和雷厉风行的周学文副局长挂帅拉开序幕。那幢曾堆满杂物的小西楼，一夜间变得窗明几净，人来人往。新上任的科长们在那里搜集资料，摩拳擦掌。乡村里，五位征收组长（征收组两个月后更名为征收所），各带一名助征员，轻装上阵，把地税局成立的消息，传遍了南北二山的大街小巷。千里之行，始于足下，当历史把机遇馈赠予我们时，我们没有理由不创造辉煌。

艰苦创业　旧貌换新颜

地税局组建伊始，面临许多困难，资金缺、条件差，原税务局办公楼，因年久失修，整体楼房基础进水而大面积下沉，承墙体裂缝宽达 3~5 厘米，县建筑设计室勘查确认："该建筑物已失去维修和加固的价值。"就是这样一幢冬天一阵风，夏天雨淋淋的旧楼，地税局只分得五间，国税局把小西楼的两间库房借给地税临时办公，基层所财产都划归国税局所有，年轻的地税人只能靠借用立足。缺乏交通工具，只能靠"11 号"，在乐都县 3050 平方公里的土地上放飞梦想，只能靠"11 号"走进 23 个乡镇，2000 多户纳税人的心里。因此新生的地税局一方面积极筹措资金，加大基础设施建设，为建立稳固的后方"根据地"创造条件，一方面自己动手"粉刷涂墙""节衣缩食"，能修的修、能补的补，能自己解决的问题，绝不花一分钱雇零工。地税局人事监察科长，后来荣获全省地税系统书画评比三等奖的"巧手"张生炎同志，发挥一技之长，在"制度上墙"、大厅装饰、宣传彩车制作、纳税程序图的设计等方面别出心裁，为单位节约了不少资金。用最少的钱办最多的事，这就是乐都地税创业的精神。尽管创业初期乐都县地税局比较困难，但他们没有忘记比自己更困难的单位和群众，先后向灾区、贫困村、下岗职工以及公益事业捐款 6 万余元，捐物千余件，还给扶贫村安装了电视接收器、建起了党员活动室，给山区的教师拉煤，给贫困的学生买学习用品，曾被县政府评为"扶贫先进单位""献爱心功臣活动单位"，只要奋斗，面包总会有的；只要拼搏，幸福的日子就不会太远。1996 年 10 月 21 日乐都县地税局办公楼、住宅楼在西门口破土动工，作为甲方代表的办公室主任许培林同志为基建工作付出了辛勤的劳动，忙完政务忙基建，忙完基建忙总务，日久天长，人们送他一个"忙主任"的雅号，但其中的甘苦只有他自己知道。1997年底，办公楼和住宅楼如期竣工，次年大家喜迁新居，笔者当日曾填《鹧鸪天·乔迁》一词，足见当日的喜悦心情：

广厦千间寒士欢，念杜不逢尧舜天。

躲进小楼成一统，评说竹菊与梅兰。

人欢欢，天蓝蓝，阳台搬来百草园。

清风两袖吹雅意，一墙书画说飞雁。

当"中国税务"综合楼，在县城西门成为一道亮丽的风景，当汉庄、高庙中心所办公楼相继建成并投入使用时，当两辆中意"松花江"代替"11 号"，成为基层税务所打击偷逃税的有力武器时，当作为现代家庭标志的电脑率先走进每一个职工的家庭时，当县局局域网开通、办公向电子化迈出坚实步伐时，地税人脸上露出了灿烂的笑容。

地税宣传　年年有新招

"税收像死亡一样不可抗拒"，这句西方国家家喻户晓的名言，它形象而又深刻地说明：作为生存于国家这个母体之中的大大小小的纳税人，对税收应有个坚定而清醒的认识，它是神圣而不可侵犯的，威严而不可怠慢的，任何乞求于税法的宽容和恩赐都是不现实的。但我们这片贫瘠的土地上，由于"非税论"和"人治"观念的长期盛行，对税收的认识不仅没有如此深刻，而且带有许多偏见，因此作为税收征管先导和基础的宣传显得尤为重要。那么新成立的地税局如何尽快扩大知名度和透明度，让地税走向社会，让社会了解地税，为面临的征管改革开道呢？

20 世纪 70 年代，周总理为缓解中美关系，曾邀请美国乒乓球队来我国进行乒乓球友谊赛，这种小球推动大球转动的"乒乓球外交"被国内外人士传为美谈。年轻的地税人尽管直接未受其启示，却发挥优势，让篮球在地税宣传中立了头功。乐都县每年一届的"五一职工篮球赛"，是备受乐都县人民关注的赛场，1995 年地税人审时度势组建球队，以良好的体育道德和高超的球技把地税人的精神风貌展现在全县人民面前，并取得了第一名的好成绩；次年设"地税杯"篮球赛，再摘桂冠，台上地税男儿逞英豪，台下地税巾帼税官讲税法，一时间地税局在乐都县家喻户晓，宣传效果立竿见影；1998 年乐都地税局趁热打铁又承办了"全省首届地税系统篮球赛"，其间又举办了各种形式的税法宣传，就这样人们一提起篮球就说地税，一说地税就谈篮球，篮球在地税宣传中屡建奇功。

乐都县地税局税收宣传工作，动手早，行动快，方法灵活多样，不仅注重实效，而且各种形式并举，年年有新招：1995 年税法宣传月与国税联手，举行了盛大的"宣传游行活动"；1996 年通过电视报纸开展新闻图片宣传；1997 年在企业财会人员中进行税收知识竞赛；1998 年在县电视台开设"厂长，经理谈税法"，现身说法进行深度宣传；1999 年把税法印入中小学生作业本，开始了税收宣传从娃娃抓起的长远规划；2000 年在全县举办了"我与税法"有奖征文；2001 年"税法讲座"走进学校课堂；2002 年举办了"乐都县中小学生税收知识竞赛"；2003 年采用手机短信进行税法宣传；2004 年通过电视讲话开展税法宣传，2006 年组织了税企联合税法宣传月"文艺晚会"。

与此同时，地税人发挥单位各方面的人才，积极参加系统和县政府组织的各种文艺活动，绝不放过每一个宣传地税、展示地税精神风貌的机会。在 2001 年全省文艺汇演中《黄河颂》获一等奖、《走市场》获三等奖，在县文化馆组织的"三下乡"活动中使基层山区的乡亲听到了地税的声音，看到了地税的风采。乐都县地税局 12 年来为提高全民的纳税意识，改善税收环境，竭尽全力，奉献着自己的聪明才智，他们深信：精诚所至，金石为开。

敢为人先　改革传捷报

翻开《乐都县地税局大事纪要》：1995 年 5 月 8 日在乐都县举行全省地税系统首家纳税申报中心成立仪式，同年冬，全省税收会计改革试点工作在乐都县地税局拉开帷幕；1997 年被省局确定为全省税收及征管改革试点单位；1998 全省税收计算机应用试点在这里取得成功；1999 年研制的 TTMLS 税务管理软件系统普及到除西宁市外的全省州地市县，"乐都软件"的诞生，为乐都地税局计算机开发应用填补了空白，同年在全省率先展开了"搬掉铁交椅，打破铁饭碗"的干部竞职竞岗双向选择的人事制度改革，比全省地税系统人事制度改革早两年多；2000 年高庙中心税务所建起全省唯一的基层规范办税服务厅，12 月地税局档案管理达到省级二级；2001 年 8 月 25 日"全省地税系统社保费征缴联合办公经验交流会"在乐都宾馆召开，乐都地税局与社保局、就业局合署办公的成功实践得到了肯定和推广；2004 年 8 月计算机公文处理系统试点成功。

"抓中心，务实高效，团结奋进；抢机遇，自我加压，敢为人先。"乐都人精神在乐都县地税局得到了很好的体现，乐都地税人敢想、敢干、敢创、敢为人先的气魄，使乐都地税局工作有声有色，充满了朝气与活力。税收会计改革深化了税收会计改革方案，能够运用科学严密的会计方法，全面准确及时地核算整个税收资金运动过程，对纳税申报，税款征收，滞纳、欠税、减免、提退等环节进行全面的反映监督，进一步提高了税收管理水平；征管改革，在征收数控系列应用计算机技术集中征收，规范了申报方式，在一定程度上杜绝了人情税，提高了工作效率。在管理服务系列合理调配征管力量，把税收征管单位由

8个收缩为2个，强化了执法力度，降低了税收成本；人事制度改革，实现了优胜劣汰、能者上、平者让、庸者下的用人机制，掀起争先创优，比奉献、比业务的热潮。三大改革的完成推动了办税服务厅高效、优质、文明服务的节奏。同时，捷报频传，县政府"先进集体"和"突出贡献奖"的牌子一个又一个地挂进了地税局，地区局税政、征管、业务评比中，多少个"第一"又被乐都县地方税务局摘取。

　　税收征管工作是一项工作量大、涉及面广、政策性强的工作，面对市场经济变幻莫测的形势，如何正确贯彻党和国家税收政策是一项极为严肃的事——县局一班人在领导全体干部"加强征管，堵塞漏洞，清缴欠税，惩治腐败"工作中，建章立制狠抓"五到位"，即认识到位、领导到位、宣传到位、措施到位、工作到位，做了卓有成效的工作。面对国家产业结构调整，乐都卷烟厂停产造成的歉收等严峻形势，面对投资性税源锐减、政策性减免增多等不利因素，为了做到促产增收，确保地方税收稳定增长，各届各级领导付出了大量的心血和艰苦的努力。领导干部经常深入企业，基层调查研究，掌握税源变化，及时调整征管措施。通过制定和推行《行政管理执法责任追究制》《纳税评估制度》《欠税公告制度》《税收管理员制度》《国地税协作管理办法》《五小税种管理办法》等，把依法治税和依法行政有机地结合起来，使干部做到了有法可依、执法必严，违法必究，为实施地方税收精细化管理，提高征管水平，夯实征管基础奠定了坚实的制度基础。通过签订《目标管理责任书》，使干部人人有任务，个个有目标，一个心思抓收入，千方百计保任务，从而使这个年均税收收入仅有计划任务二分之一的税收贫困县逐年上台阶，地税收入从1994年的712万元，逐年递增到2006年的2800万元，12年翻了四番，截至目前累计组织税（费）突破3亿元，为平衡县级财级收入和建设和谐乐都奠定了基础，为西部大开发、乐都大发展发挥了稳定的助推器作用。

优质服务　花开西门口

乐都县地税局是海东地区"两个"文明建设的先进单位，乐都县地税局纳税申报大厅，则是全省乃至全国地税系统值得骄傲的文明窗口。走进办税服务厅，干净、明亮，文书资料置放有序，有为纳税人设置填写纳税资料的柜台，还有为纳税人休息提供的椅子，柜台上为纳税人提供了征求意见薄，正面墙上是纳税程序图和办税指南，旁边是按"文明办税八公开"的要求，设置的"纳税公开栏"，窗台上按县局"四小环境"建设要求添置的盆花正含苞待放。统一着装，挂牌上岗的办税员，有的登记台账，有的解答纳税人咨询，有的正用计算机为纳税人开票。他们言谈举止和蔼可亲，切实履行了"进门有迎声、出门有送声，咨询有答声"的三有服务，使纳税人有如沐春风般的感觉。

这个窗口由于成功研制"乐都软件"而声名远播，全省各州（地市）地税局曾先后派干部前来观摩学习。这个窗口只有6位干部，全都是清一色的女同志，却担负着全县98％的地方各税的征收入库工作和全县99％的"两费"征缴工作，每天平均要开近百份票证，每年要填近3万份票证，申报期她们面对着长龙般纳税（费）的队伍，常常顾不上吃饭，节假日也难得休息，"五一""十一"黄金周，只能眼看着别人走四川、游黄山，有时遇到部分纳税人因逾期被加收滞纳金而叫骂，她们还得忍辱负重，耐心细致、有理有据地说服教育，委屈只能往肚子里装，眼泪只能在心里流，因为微笑服务是她们向所有纳税人的承诺，以优质的服务方便人，以高尚的职业道德教育人，以文明的语言感化人，以无私的精神奉献人，创一流业绩、争一流服务是她们的宗旨和目标。

经过一茬又一茬女税官的悉心呵护，经过一届又一届领导精心培育，"乐都县地税局办税服务厅"这朵精神文明之花终于绽蕾吐芳了。"满园春色关不住，一枝红杏出墙来"：1997年被省财贸工会授予"建功立业先进班组"；1997 年至 1998 年先后被团县委、团省委、团中央命名为"青年文明号"，同时被省精神文明指导委员会命名为"文明窗口单位"，被省地税局先后两次命名为"全省地税系统最佳办税服务厅"；2001 年被省妇联命名为"三八红旗集体"；2002 年被全国妇联命名为"三八红旗集体"；2005 年被全国妇女"巾帼建功"活动领导小组命名为"巾帼文明岗"。

从严治队　天高任鸟飞

乐都县地税局在"两个"文明建设中取得了很大的成绩，党和人民给予了很高的评价和肯定。但写出这一串串数字，捧回这一块块奖牌的是人，因为"人是生产力中最活跃的因素"。乐都县地税局在开发人才资源，提高干部的整体政治业务素质，增强集体凝聚力和战斗力方面曾做过许多大胆而有益的尝试。首先，通过制度建设构筑防腐拒变的"反弹导系统"，把廉政警示教育贯穿到反腐败的始终，把"三个代表"的总体要求贯穿到反腐败的始终。实行了"行政公示制""行政执法责任制""行政执法过错责任追究制""行政执法督察制"，从而使行政执法规范化。其次，建立多层次，全方位监督机制。如：聘请社会义务监督员，召开民主生活会、座谈会，发放征求意见书等方法，自觉接受社会监督，使每一个干部真正做到"常在河边走，就是不湿鞋"，并通过先进性教育和荣辱观教育提高干部的政治思想觉悟。乐都县地税局在 1999 年、2004 年两度在行风评比中名列前茅，自然不足为奇。再次，制定学历教育规划，强化业务培训。1999 年国家税务总局作出决定在全国税务系统全面实施《面向二十一世纪的税务教育改革与发展行动计划》，2001 年 7 月，全国首届税务硕士研究生毕业。乐都县地税局学历教育抓得早，从 1994 年至 1998 年先后有 20 人取得自考、函授大专以上学历，1999 年以后业余时间上函大、电大精修更是争先恐后，其中有两人上了研究生，现有本科以上学历超过50%。与此同时，单位还开展了"征管能手""岗位能手""百日票证无差错"等提高业务技能的岗位练兵比武活动。也许大家对地税局季度业务考试早有耳闻，也许广大职工对考试早已厌倦，但乐都县地税局正是通过一次次考试缩短了工作能力与时代需要的差距，也正是通过这种方式插上了奋飞的翅膀。

2001年10月全省地税系统州(地、市)县机构改革全面启动，乐都县地税局有7人竞得正(副)科级职位，它从一个侧面展示了乐都县地税局从严治队的丰硕成果。2002年乐都县地税局派出的代表队在海东地税局"税收社保知识竞赛"中取得了团体第一名的好成绩，在迎"国庆"全县文艺汇演中又获得集体一等奖，2004年乐都县地税局被海东地区地委、海东行政公署评为"文明单位"，县局领导班子连续三年被地区局评为"优秀领导班子"，最近县局党支部先后被县委直属机关党委和省地税局授予"五个好优秀基层党支部"和"优秀基层党支部"。

审时度势　打造新品牌

当代人类社会的发展，动力性要素和支配性要素正加速转换，衡量社会进步的尺度不仅是经济的发展，而且是文化的发展，文化发展已成为社会进步的重要指标。文化已深深融入经济之中，几乎所有的经济活动和物质产品都包含着文化因素和文化内涵，而且经济借助文化的力量急剧扩张，成为当代社会生产力的原发性因素和经济增长的基本推动力量，强化税务文化建设已成为我们税务部门创造性开展工作的一种趋向。因此，乐都县地税局并没有让自己的身姿坐靠在昨天的荣誉上，他们想得更多，看得更远。2006年新年伊始，他们就准备借助乐都县浓郁的文化氛围和县级机构改革的大好形势，从建设地税文化入手，就落实"全省地税系统思想政治工作会议"精神，做一篇大文章，打造一个新品牌。

2006年3月18日，为了大力弘扬"聚财为国，执法为民"的核心价值理念，打造"扎根高原、艰苦奋斗、敬业奉献、务实创新、文明执法、廉洁高效"的青海地税精神，建设学习型组织、创新型团队、实干型组织、廉洁型班子，实现地税干部管理的新突破，促进地税事业的新飞跃。在县局局长、党组书记的主持下，乐都县地税局全体干部济济一堂，在县局六楼会议室召开了"乐都县地税文化建设方案实施会议"，成立了以县局党组书记为组长，以党组成员为副组长，以县局科室有关人员为主体的"乐都县地税文化建设领导小组"，为了保证地税文化建设的顺利进行，县局党组决定每年提供1万元的经费作保障，使地税文化建设做到了内容、经费、人员、地点、时间5个落实，开始了"文化县地税局打造地税文化品牌"的尝试，并决定争取经费逐年加大投入，致力把乐都县地方税务局建设成为全区乃至全省的"地税文化建设窗口单位"。

《方案》以地税精神文化建设为主体，分指导思想、具体目标、具体内容、组织领导和经费保障四部分，具有很强的针对性和操作性。通过了专人起草党组研究、群众讨论、集体修改、领导签发等六个环节。《方案》决定以现有人力、物力、财力资源为基础，通过制作《乐都县地税局文化网页》、举办"乐都县地税局职工文体活动"、开展"单位之最"评选、组织"企业、校园税法宣讲组"、举办"月末职工讲坛"、确定党团活动、编辑出版《地税文化之窗》图书等7项措施，丰富干部职工的文化生活，激发干部职工的工作热情，挖掘干部职工的工作潜能，使地税文化建设潜移默化地影响和促进地税工作。目前该《方案》正处于积极实施阶段，我们相信它将为促进我县地税"二次创业"产生积极影响。

特别值得一提的是，在最近开展的社会主义荣辱观教育中乐都县地方税务局通过学习胡锦涛同志的"八荣八耻",结合青海地税精神及个别地税干部身上存在的问题,总结提出了乐都县地方税务局地税干部的荣辱观:以爱岗敬业为荣,以不学无术为耻;以艰苦奋斗为荣,以骄奢淫逸为耻;以互助奉献为荣,以假公济私为耻;以务实创新为荣,以因循守旧为耻;以文明执法为荣,以滥用职权为耻;以勤政廉洁为荣,以税费换贿为耻;以纪律严明为荣,以自由涣散为耻;以服务高效为荣,以推诿扯皮为耻。这个"荣辱观"以胡锦涛同志的"八荣八耻"为蓝本,以青海地税精神为筋骨,简明扼要、针对性强,县局党组把它确定为乐都县地税干部的长期的行为规范,它再一次丰富了地税文化建设的内容。

抚今追昔,沧海桑田,令人豪情满怀,展望未来,任重道远,我们踌躇满志。国税、地税都姓"税",它们是同一只鸟儿的两只翅膀,乐都县地税局经过 12 年的风风雨雨,已经成为支持乐都地方经济发展和社会稳定的一只坚强翅翼,当我们用光笔在电脑上勾画它昨日奋飞的曲线时,它已经踩着西部大开发的节拍,披着新世纪的曙光,向更高、更远的方向飞去。

乐都第一个音乐人

茹孝宏

　　乐都区文艺界老前辈、父亲茹元富先生的同窗吴君景周先生和教育界老前辈、父亲的学生马君原康先生从去年就敦促我，就父亲从事音乐活动的事迹写篇文章，为父亲，也为乐都的音乐文化史留下点资料。为不辜负吴、马二位先生的期望，我准备于今年暑假同父亲做一次长谈，以全面了解其情况，然后认认真真完成这件事。然而，尚未来得及做这件事，父亲就已经在走完他 80 年的人生路程后，于今年 5 月 21 日撒手人寰了。现在，我只能抱着深深的遗憾，凭借原来知道的一些事实和从有关人士那里了解到的星星点点的材料，写成下面的文字，于吴、马二位先生而言，算是有了个交代，对我来说，也算是了却一桩心事吧。

一

　　茹元富，字贵卿，1923 年农历十一月十五日出生于乐都县岗沟乡（现岗沟镇）土桥村一个普通农民家庭，1949 年后定居乐都县高庙镇东村。幼年丧父，由其外祖父段宝善抚养长大，并供其上学。青少年时代，父亲先后在乐都县高庙、碾伯和西宁求学，青海昆仑中学尚未毕业，即被选拔到著名音乐家王洛宾先生在西宁举办的首届音乐培训班学习。自幼喜欢音乐的父亲，经先生的教导和点拨，便在音乐理论和乐器演奏技艺方面均打下了良好的基础，并以较好的悟性深得先生的赏识，被同学们誉为先生的"得意门生"。在父亲后来的言谈中可以看出，他对"西部歌王""西部音乐之父"王洛宾先生的身世和早期创作情况都非常熟悉，对先生钦佩至极，顶礼膜拜。20 世纪 80 年代初，当他从一本《歌曲》杂志上看到王洛宾先生 30 多年的冤案，在原兰州军区肖华政委的关心下得到平反昭雪的消息时，他那惊喜之状、激动之态竟不能以寸管形容之。20 世纪 50 年代初，父亲又得机缘，在由中央音乐学院举办的西北地区音乐干部培训班学习半年，较系统地学习了正谱乐理、和声学、对位法、歌曲作法、唱歌指挥法等课程，还学习了声乐、器乐及舞蹈，加上他之后不断努力，便在音乐和舞蹈方面具备了一定的修养和技艺，为他后来从事音乐及教学活动奠定了坚实的基础。

二

1949 年后，父亲历任乐都县高庙完小教导主任、乐都二中兼职音乐教师、马营学区校长、峰堆学区校长，20 世纪 60 年代前期退职，八十年代又在高庙任民办教师 7 年，其中任东村小学校长 3 年，为乐都县的教育事业奋斗了近 20 个春秋。这期间，虽然工作单位多有变动，且大都担任学校管理工作，业务极为繁忙，但他从未停止过他心爱的音乐教学工作，并以教学实绩赢得了极高的社会声誉。

1949 年时，乐都人尚未见过乐谱，而父亲是乐都县第一个用乐谱教唱歌曲的教师。他不仅给学生教唱歌曲，还讲授简谱乐理，甚至给高年级学生讲授五线谱知识，把"深奥"的音乐理论搬进了小学课堂，从而开创了乐都音乐教育的先河。他的音乐课上，有视唱练声、乐理知识、教唱歌曲、教授乐器、示范性演唱演奏等教学内容，教学环节井然有序有条不紊，课堂气氛极其活跃异常热烈，学生真正处在"乐学"之中。他给学生教唱王洛宾先生创作的《在那遥远的地方》这首歌曲时，先介绍王洛宾先生的坎坷经历和艺术才华，接着交代创作这首歌曲的契机和背景，即卓玛姑娘轻轻地一鞭抽出这首世界名曲的故事，然后用他的男高音范唱一遍，最后才教唱这首歌曲。学生不但很快学会了这首歌曲，而且陶醉在这充满神奇而浪漫色彩的艺术氛围中。我想，如此规范而富有魅力的音乐课，恐怕现在也不多见吧。父亲既注重音乐知识的普及，又重视音乐特长生的培养。他教过的学生，几乎没有不识谱的，没有不会摆弄乐器的，其中有不少人还比较系统地掌握了乐理知识，并通晓一两样乐器。后来父亲的许多学生作了本县的中小学教师，他们虽然不是科班出身的音乐教师，但在当时的农村学校里，他们都是合格的兼职音乐教师，都能胜任音乐教学工作，他们为提高乐都的音乐教育水平作出了不可低估的贡献。有些学生虽然回到农村，但他们在音乐方面的特长更是派上了大用场，马本年、马延文、王宝琪、李鸿璞等都是他亲手培养的学生，他们有的拉一手好板胡，有的拉一手好二胡，有的吹一手好笛子，这些人后来均成为当地农村文艺活动的骨干，为活跃农村文化生活作出了应有的贡献。

父亲走到哪个学校，哪个学校的校园上空就飘荡着嘹亮的歌声；走到哪里，哪里就出现活跃的气氛。在高庙完小和乐都二中任教期间，他给学生教唱了《义勇军进行曲》《保卫黄河》《黄水谣》《没有共产党就没有新中国》《中国人民志愿军战歌》等大量的革命歌曲和一些格调高雅的抒情歌曲，师生们伴随着美好的歌声度过了一个个美好的日子。同时，他组织学生开展丰富多彩的文艺活动。每逢重大节日，他组织学生演出的秧歌和腰鼓便使高庙镇的一条长街变成了一条欢乐

桑梓情深

155

的河流。1950 年，他多次组织学生同驻留于高庙镇的中国人民解放军联欢、拉歌，极大地活跃了高庙地区的文化生活。1953 年，他组织学生演出的反映抗美援朝生活的话剧《血泪仇》、舞蹈《中国人民志愿军战歌》及舞蹈《海啦啦》在高庙地区产生极大影响，给人们留下了难以磨灭的印象和长久的回忆。1964 年，父亲在传统歌舞节目《八大光棍》的基础上，改编并导演的新型的歌舞节目《小唱》（亦称扇子舞）首次在高庙镇演出时几乎万人空巷，后来也一直是高庙社火中最引人注目的节目之一，并和铁心子、高跷一齐被誉为"高庙三绝"。高庙的《小唱》对乐都县的社火节目产生了导向示范作用，现在许多地方的扇子舞就是从高庙流传开来的。

三

父亲创作了不少歌曲，他曾经给学生教唱的歌曲中，有的就出自他自己之手。20 世纪 60 年代前期，在青海省音乐家协会举办的全省歌曲征集活动中，由他作曲的歌曲《女曼巴》榜上有名，另有一首他作词作曲的歌曲以笔名在青海日报发表。他创作并于去年发表在《海东报》的《湟水两岸好风光》《红红火火过大年》这两首歌曲（歌词均由笔者重新填写）节奏规整、旋律流畅，唱来琅琅上口、韵味十足，且很适宜表演扇子舞。这两首歌曲作为《小唱》的重要组成部分，在高庙一带传唱了几十年，现今已流传到其他地方。另外，父亲还搜集并发表了一些民间歌曲。

粉笔灰里翰墨香

茹孝宏

对教书的人，大概除了被称为"先生""老师"外，民间也称之为"教书匠"，也有的教书者幽默地自称或自我调侃为"吃粉笔灰的人"。按照最后一种称谓，陈芝茂先生是已经吃了30多年粉笔灰的人。然而，陈芝茂是不同于一般的"吃粉笔灰的人"，他的粉笔灰里还飘逸着一种宜人的翰墨之香。

可不是吗，2009年的金秋时节，陈芝茂的翰墨之香又一次飘出湟水谷地，飘逸到了千里之外的首都北京——9月9日，陈芝茂应邀参加在北京举办的"爱恩格桑花大型助学公益活动"，其3幅书法作品拍得8000元人民币，并全部捐赠给了"西部格桑花贫困学生救助会"，用来资助乐都县高级实验中学的54名贫困学生。

但在此之前，人们对陈芝茂了解得并不是很多。现在就让我们一起亲近这位教师书法家，和他进行一次近距离的交流吧。

陈芝茂于1950年出生在乐都县马厂乡一个叫孟家湾的山村里。

垂髫之年的陈芝茂还算幸运和幸福，父母和爷爷奶奶都视他为"宝贝"，他自然受到了应有的呵护和关爱。然而风云难测、祸福未卜。

就在他刚上小学那一年，家里阴云笼罩，灾难相继降临，先是母亲病逝，接着父亲在所谓的"四清"运动中受到错误处理，从高庙医院的工作岗位上不得不回家务农，没有了原来的那份薪水，家里的境况一下子从浪峰跌入谷底，陈芝茂也自然从无忧无虑的生活中转入少年早知愁滋味的日子中。

1974年，由孟家湾、甘沟滩和那家庄3个村联办的戴帽初中首次在孟家湾小学招生，是年，陈芝茂刚高中毕业即被吸收为教初中的民办教师。他带第一届初中生时，由于教师紧缺，他和陈增福老师把一个班的各科教学都包了，他担任语文、物理、化学、政治、美术学科的教学和班主任工作，陈增福老师担任其他几门学科的教学工作。一般来说，一个中学老师无法做好如此多学科的教学工作，何况他的中小学阶段几乎全是在"文革"中度过的，知识基础很薄弱，但他凭借不屈的意志和品格，经常坚持"三更灯火五更鸡"的学习习惯，对所教课本潜心钻研，在学中教，在教中学。在马厂乡学区统考时，他的学生交卷很快，起初领导还担心学生不会答而提前交卷，后来发现他的学生每次考试都交卷最快、成绩最好。当时农村里生活很困难，有些学生经常辍学，他上坡过沟、走村串户，耐心劝导家长送孩子上学。当时孟家湾学校里8名老师以陈姓居多，为了和其他陈姓老师区别，乡亲们都亲切地称呼他为"芝茂老师"。在孟家湾、甘沟滩和那家庄3个村里，只要一提起"芝茂老师"，妇孺皆知，并都有一种亲切感。

多年来紧张的民师生涯，使陈芝茂在教学相长的过程中储蓄了知识，增长了才干，锻炼了能力。1978年全县第一次民办教师转正考试时，他不但总成绩名列前茅，而且物理单科成绩考了100分，但根据任民办教师年限规定要求，他尚差一年而未被转正。但真金不怕烈火炼。1982年，县上决定在本县师范学校通过考试招收一个民师班，培养两年后将会给成绩合格者发中专文凭，并按公办教师待遇，这一次他以优秀的成绩考取了县师范学校民师班，后又相继取得大专文凭和本科文凭。

作为教师书法家，对书法艺术的浓厚兴趣和孜孜不倦的追求是陈芝茂生活的另一种方式，而且这种兴趣和追求精神似乎是与生俱来的。他上小学时，字就写得规规矩矩、端端正正，老师频频赞叹，同学个个称羡。上初中时，他经常从废旧报纸上剪一些楷体字、隶体字来临摹。

我们知道，在众多的社会角色中，教师是最忙碌、最劳累的。所以每逢星期天、节假日，其他教师都要通过各种方式休息休息，放松放松，以此来调节自己的身心。而陈芝茂每逢这些时日，都要摆弄纸墨笔砚这些文房四宝，练习书艺。他长期临摹于右任的标准草书字帖，临摹王羲之、孙过庭等古代名家字帖和启功等现代书法大师字帖，并十分注重书法理论的学习和研究，经常研习《东方思维与中国书法》一书，多年订阅《中国书法》《书法研究》等有关报刊，坚持在正确理论的引导下学习书艺，提高技艺，使其书艺水平与日俱增。在长期的学习过程中他也清楚地认识到，临摹名家字帖到一定程度，就要创造，否则就无法自成风格。

我在采访中问道："书艺的学习不能间断，而你作为中学教师中最辛苦的语文教师，你是如何处理二者之间关系的？"

他说："在我看来，二者并不矛盾，而且是互补的。我学习书艺，研究书法理论，提高了我的文化修养；我临摹启功等大师们的字帖，会被一种特殊的氛围所感染，不仅技艺得以历练，思想境界也为之升华。这在某种程度上促进了我的语文教学，也在道德和人格方面熏陶和感染了我的学生。反过来说，多年中学语文教学的积淀，也有助于我更好地感悟和理解古今大师们作品的精气神，有助于提高我的书艺水平。"他还认为，追求书法艺术，更多的是为了完善自我，活出品位，赢得尊严。

在这种理念的支配下，现在的陈芝茂不仅擅长草书，还兼修正、隶、篆各书体；他学古而不泥古，效今而不媚今，形成了"飘逸洒脱、流畅大气"的独特风格。陈芝茂在书法作品创作中还十分注重作品内涵，一是不写比较俗气的内容，而大都写富有警示和教育意义的内容，所以其作品深得书法收藏爱好者的青睐；二是不写古奥生僻、隐晦艰涩，给众人造成阅读和欣赏障碍并有故弄玄虚、卖弄学问之嫌的内容，因而使其作品产生了雅俗共赏的效果。

现在，他的书法作品受到更多方面的关注和更多人士的赏识，已有数十幅作品被北京、上海、浙江、湖北、内蒙古、甘肃等省、市、自治区和东南亚地区有关部门和个人收藏。最近又从北京传来佳音，清华大学有关单位将在今夏为他举办书法作品展，筹备工作已经开始。

是的，陈芝茂的翰墨之香飘逸得愈来愈远了……

一个文艺"轻骑兵"的逐梦之路

张 扬

怎样才能算是一名合格的文艺工作者？

"扎根人民，投身公益！"青海省文艺志愿者、乐都区文联负责人李积霖用这 8 个字作了回答。

严格意义上说，李积霖是一名成功的画家，是当代花鸟大写意画家张立辰的得意门生，祖师爷则是绘画大师潘天寿。他从艺 30 多年来，认真研习绘画和书法技艺，在青海美术界颇有名气。从另一个层面讲，李积霖不仅是乐都区文联负责人，还是青海省美协理事、海东市美协常务副主席。

不过，李积霖最喜欢的头衔却是"文艺志愿者"——青海省文艺战线的一名"轻骑兵"。

奉献，才是最大的艺术价值

"一个人的价值，不是看他有多少头衔，也不是看他的才华，而是看他对社会的奉献有多少。奉献是艺术家最崇高的追求。"秉承着这种理念，李积霖多年来始终坚持将实现人生价值与践行社会主义核心价值观相结合，将书画技艺的精进与弘扬中国传统文化相结合，不断透过书画艺术之光去感召、去带动，让古老而传统的中华书画艺术彰显出新时代的文化力量。

回顾自己的成长历程，李积霖也深深地感到，在30多年从事艺术事业的时光里，他有幸成为文联的一员，深深地融入了与文联事业一同发展的追求与梦想中，自己的每一点进步，都离不开文联的关心和培养。正是在文联这个大家庭里，他深深地感受到：海东人民需要艺术，而我们的艺术更离不开海东人民。于是，他毅然加入青海省文艺志愿者协会，并当选为理事。

"奉献不是一次、两次的行动，应该是持之以恒的坚持。奉献也不是说说而已，应该体现在践行上，真正做到深入基层、深入群众，将创造价值惠及到最广大的人民群众中。"李积霖这么说的，也是这么做的。

多年来，李积霖始终坚持参加各种文艺惠民活动。在青海省文联每年组织的"深入生活、扎根人民"下基层送欢乐、书画义卖等各类文艺惠民活动中，他是最积极的参与者和践行者；从2000年随省文联文艺慰问队赴果洛、玉树、祁连开展文化惠民活动开始，李积霖陆陆续续参加过河南太行山到黄河两岸、山东、江苏的采风交流活动，到革命圣地参观学习活动等；在今年建党100周年之际，他10余次参与省、市、区"红色文艺轻骑兵"活动，深入社区、工厂、军营、学校、农村、偏远山区农村等地，开展送文艺下基层活动；他还不遗余力地年年参加青海省文联举办的"艺术家献爱心"活动，2000年至2021年参加和组织市县级走基层文化惠民和文化下乡义务书写春联活动130余次，免费为乡亲们送书画作品，送"福"到万家，个人写过的春联和"福"字超过3000幅。

"在文联这个温暖的组织中参加各种公益活动，也是一个不断认识艺术、不断完善自己、不断拓展艺术发展空间的过程。"李积霖说。

爱心，为艺术家凝聚创作力量。一个艺术家首先要有爱心，要把自己对祖国、对人民、对艺术的爱凝注在艺术创作之中。李积霖认为，友爱是艺术家最基本的道德。

对待艺术创作，李积霖精益求精。他做事的风格就是追求极致和尽善尽美，因为有着崇高的艺术目标，所以他并不很热衷于作品参赛，相较于其他书画家，他创作的作品不算多，为自己留下的"珍藏"就更少了。但对于贫困家庭和贫困学生，他却愿意拿出最好的作品去义卖、去资助。在问及为什么要坚持不懈做慈善时，他非常自然地说："帮人是一种快乐。在别人有困难的时候，力所能及地去帮一把，这是做人最基本的友爱。慈善是我应该做的，只要有机会我就会去做。"

"一个艺术家，把自己有限的时间和精力运用于艺术创作，身外之物就显得没那么重要了。而且我会从中去感悟一些事物，获得一种快乐。艺术家要充满友爱，并把这种感受通过书法、绘画表现出来。这对于我而言，更是一种享受。"李积霖就是这样，陶醉于所做的每一件爱心善事，而并非艺术成就。

互助，在交流中提升水平

文人不能相轻，应该相亲，要在学习交流中一起促进技艺的提升。在海东文艺界里，李积霖是有名的"热心肠"，哪里有需要，哪里就有他活跃的身影。青海的许多地市，哪怕是不知名的小地方，他都去过，青海的书画家也都熟悉他。他身上的职务都带一个"副"字，他开玩笑地说："副职就是做事的，就是为书画服务的，为书画家服务的。"

李积霖乐此不疲地做着自己喜欢的事。多年来，他在乐都区文联和市、区美协的岗位上，组织参与开展各类书画交流会、美术作品展评会，免费和文艺家们下基层、进社区、进农村，在这些年的双休日和节假日，很难在家里找到他，可在青海各个地方，到处都留下了他奔波忙碌的身影。

"书画是开放的，不能关在笼子里成长。"所以，他坚持以"走出去、请进来"的方式举办书画创作培训班，想方设法邀请省内外教授、专家等来海东传授绘画技法，也让那些初出茅庐的"星星之火"看看外面的世界。

李积霖"出道"较早，2009 年 5 月就曾组织参加"柳湾彩陶 2009 全国中国画名家作品邀请展"并出版画集；2010 年 8 月，他组织乐都区美术骨干赴青海省境内采风写生；2012 年元月组织举办了"乐都区美协邀请名家创作培训班"；2014 年、2015 年、2016 年组织举办了"乐都、民和、红古、永登、天祝"甘青两省五县美协会员作品展。与此同时，他还协调举办了乐都区"团结进步、平安中国"宣传书画展 5 次；组织安排省内著名书画家走进乐都，义务开展活动 20 余次；组织举办了"颂党恩、话发展、祖国好、家乡美"纪念建党 100 周年征文、书画、摄影大赛等较有影响力的大型文艺活动；成功地举办了第五届乐都区"弘扬传统文化、促进素质教育"青少年书画大赛，发现和培养了一批美术新人。

携手，共促艺术繁荣发展

李积霖知道，在现代社会，就算是一名服务员，若没有过硬的本事，也必然会被社会淘汰。只有不断精进技艺、提高能力，才能更好地做慈善、做志愿、做服务。

作为一名青海省美协理事、青海省文艺志愿者协会理事，面对乐都区文联工作难以开展等问题，李积霖并没有畏难，而是积极进入新角色，向区委区政府主要领导及分管领导汇报工作，争取区领导对区文联和各文艺家协会工作的重视和支持，协调省文联和区委宣传部主办和协办了一系列活动，协调省美协邀请中国美术家协会组织专家赴瞿昙寺研究明代古建筑、壁画宣传乐都，极大地活跃了乐都区群众文化生活，促进了乐都区的"三个文明"建设。

通过多年的努力，乐都区文联被海东市文联评为先进集体；2006年，李积霖被评为全国乡村青年文化先进个人；2011年，他又获得海东市文艺创作贡献奖。

李积霖在艺术上有自己的追求，但和众多的文艺家一起携手并进，做志愿服务、做慈善活动才是他的愿望，让海东市书画家在全省乃至全国产生影响力是他和众多书画家一起奋斗的目标。李积霖生长在海东，对海东的文化有着深刻的记忆和理解，在他看来，海东的历史文化底蕴非常厚重，文艺氛围也很好，艺术家们的思想境界都很高，实现这个愿望一点都不逊色于西宁市。

雄关漫道，他坚信着自己的信念。进入新时代，像他这个年龄的书画家们都开始想着如何用作品换钱，而李积霖对艺术追求的脚步却一刻也没有停止、没有放松，他把所有的时间都倾注在学习书画和志愿服务上。他不聪明却异常勤奋，不羡慕世俗的热闹却又始终坚持为社会贡献着自己的力量。

蒋惠丞的河湟文化情结

张　翔

蒋惠丞，一个出生于江南水乡、成长于青海高原的企业家，一位热衷于河湟文化保护与开发的有心人。

之前，在省会西宁一次企业家与文化学者联谊会上，笔者见过蒋惠丞先生，他给人的印象是说话简约，为人低调。又过了两三年，在2020年春天，笔者在黄河流域采访过程中，在乐都新城区的湟水岸边，与他进行了一次有关河湟文化保护和传承、开发与创新的交流……

一

蒋惠丞说，20世纪80年代，他就是沿着湟水溯流而上，告别江南故乡来到青海创业的。那时候，头一次看见一条翻着浊浪的河流在铁路两旁时隐时现，河流臂弯里那些绿树掩映的村落、棋盘一样分布的农田、荒山蜿蜒的山路，如今依然历历在目。

谁能想到，30多年后，蒋惠丞已经把企业做得风生水起，信心满怀地来到河湟谷地最为精华的乐都盆地，在这片神奇的土地上继续创业，传承河湟文化。

从高庙镇出土的汉代"三老赵掾之碑"，说到著名的碾伯凤山书院，以及乐都文化教育大县美誉的由来，蒋惠丞神色庄重，思绪飞扬。

河湟谷地被誉为"彩陶王国"，乐都柳湾堪称"彩陶的故乡"。这里是黄河流域马家窑彩陶出土非常集中的地方，也是迄今我国发现和发掘的规模最大的原始社会氏族聚落遗址和墓葬群。在柳湾台地的沟沟峁峁，在青海柳湾彩陶博物馆，在关注和收藏彩陶的文化人士那里，蒋惠丞不放过任何一次参观和交流的机会，走访追寻远古时代河湟文化的滥觞，与当地人士一同解读河湟彩陶这一件件神秘器物身上蕴含的文化密码。

书院，是我国古代特有的一种教育办学形式，是集讲学、藏书及学术研究为一体的综合性教育机构。古代书院始于唐代，盛于宋代。蒋惠丞知道：一处处书院的兴起，给河湟地区文化教育的启蒙带来了一丝丝文明的曙光。其中，乐都（碾伯）的凤山书院最为有名。

时至今日，乐都人提起凤山书院时，语气中仍有掩饰不住的自豪。乐都被誉为"河湟地区文化教育大县"，培育过诸多河湟名士的凤山书院就是佐证之一。

蒋惠丞多次拜访河湟文化的保护传承人、现任凤山书院院长的毛文斌先生。多少次他们徜徉于书院旧址的回廊亭台之间，畅谈河湟文化的久远灿烂；多少次他们抚碑怀古，掩卷长叹，追寻那些已经远逝的辉煌。毛文斌先生表示，大家都想把凤山书院办好，多出成果，但经费的短缺让书院的正常活动面临窘境，即使这样，书院也从未放弃既定的目标和追求。

在这样的节骨眼上，热心人蒋惠丞出现了！"要做一个有文化情怀的地产人，以丰富的历史文化为脉，捡拾那些曾经消失的文化记忆，坚守一方地域的文化自信！"这是蒋惠丞踏上乐都大地时的初衷，蕴含着浓浓的人文情怀。

什么样的建筑，能装得下河湟几千年乡愁？什么样的教育方式，能够容得下风声雨声读书声？它应该建在人文积淀最为深厚的地方，房前有水，屋后有山；面朝田野，鸟语花香；它应该有一扇窗，轻轻推开，远处是劳作的乡亲，近处有嬉戏的孩童⋯⋯

蒋惠丞介绍说，开办一所具有书院风范的学校是接续凤山书院的传统，更好地传承和弘扬河湟文化，既修复重生，又发展创新。学校要接受和吸纳凤山书院传统的教育模式，编写文化特色鲜明、深受学子们喜爱的乡土文化教材，承载全新时代学子们求学的渴望，这样的设想，已经在蒋惠丞的四处奔走之下，逐步实施。

二

最让蒋惠丞激动的是，2019 年 9 月，习近平总书记豪情满怀地发出了"让黄河成为造福人民的幸福河"的号召，为新时代黄河流域生态保护和高质量发展，擘画出了宏伟的蓝图。

在宽敞的规划演示平台前，蒋惠丞自豪而又谨慎地说，在这样一块河湟历史文化沉淀十分厚重的地方搞规划、绘蓝图、建项目，每一个文旅创意都要心怀敬畏，每一个项目建设都要慎之又慎。

因为激动，他们彻夜难眠，反复研讨。他们为敏锐地触摸到了黄河文化的脉动、对文旅项目及时作出规划而深感欣慰；但也清醒地认识到，从黄河流域社会经济文化协调发展的大局来讲，他们的规划站位不高，视野不宽，心气不足。

蒋惠丞的团队组织一次次的专家论证会，检讨规划上的欠缺与不足；组织规划单位多次修改方案，突出海东市提出的"母亲河，河湟魂"这一文化发展主题，积极配合当地全力推进和申报国家级河湟文化生态保护区、国家全域旅游示范区、国家文物保护利用示范区建设，全力打造河湟文化发展基地。

于是，青海昆仑圣岳公司在雨润镇大地湾村投资建设的凤山新城河湟小镇呼之欲出。横跨湟水两岸，河湟小镇文创中心将与新建成的青海河湟文化博物馆、青海高等职业技术学院、海东市文体中心等文化教育地标性建筑和单位融为一体。

如今，凤山新城规划的河湟彩陶文化展示、体验区的四层建筑已经成型。空间布局宽敞明亮，展示区、体验区、学术讲堂正在逐层布置装修，河湟文化的元素，在这里处处得以体现。

蒋惠丞还积极建议政府在布局青绣博物馆、河湟大剧院、河湟民俗街、河湟农展馆、河湟演艺中心、海东会展中心等项目时，形成与河湟文化小镇相互衬托、互为补充、互为融合的格局。

我们看见，一座充满了人们期待的文化小镇、一个全新的文创基地，正在蒋惠丞和他的团队的不懈努力下，在湟水岸边生长、拔节……

面向故乡的深情书写

杨　子

　　乐都区高庙镇，这里既有柳湾文化的遗风，又有中原文化等外来文化的传承。优越的地理位置，使这里很早就形成了一个交通和贸易的小中心。出生在高庙镇东村的茹孝宏，一直用饱蘸深情的笔墨书写着这里的山水、村落和淳朴的人民。近日，茹孝宏先生入选为全省宣传思想文化系统"四个一批"优秀人才。让我们走近他，感受他独特的文字世界里的别样情深。

我的村庄我的根

　　采访一开始，曾在乐都区高庙镇东村小学任民办教师的茹孝宏告诉记者，30年前，面对一张张天真无邪的稚嫩面孔，面对长年累月在土地上辛勤耕作的乡邻，故乡村落在他心里烙下了深深的印痕，这个印痕里，有忧伤，有焦虑，有期待，有希冀。

　　如今虽然离开了小村庄来到区教育局史志办公室工作，但对于那个小小的村落，茹孝宏有着始终难以割舍的情结。纯朴的民风、古朴的社火，富有地方特色的戏曲表演，都给他留下了深刻的印象。在他眼里，故乡的一株树、一湾小河、一面旱场、一盘水磨、一场社火……都是那样的富有诗意，那样的亲切，那样的温馨。

茹孝宏先后担任中学语文教学工作17年，其中担任高中语文教学工作14年。长期从事教学工作的他，深深明白，学生时期的一些经历很可能会影响一生，所以，专注于本职工作的间隙，他着重学生特长的培养。经他辅导、推荐发表学生文学作品多篇，早期的《海东报》《青海教育》等报纸杂志都曾发表过这些学生的作品。同时，他也专注教学研究工作，发表多篇文学教育教研论文，《古诗文译注指瑕三则》《对中学修辞教学的几点意见》《德育渗透的尴尬》等多篇学术研究文章见于《青海教育》《青海师专学报》《青海青年报》等报纸杂志。

连续5年带高三两三个班的语文课，连续5年被县教育局评为高三教学工作优秀教师，还在文学创作工作取得可喜成绩。茹孝宏告诉记者：只要真心面对生活，生活就会回报你。

谈起一生对自己影响最大的人，茹孝宏说起了他的父亲和母亲。小时候，小镇舞社火时，父亲茹元富既是社火的门面节目"小唱"的组织指挥者，也是乐队的领奏者。怕茹孝宏在拥挤的人群中看不上社火，也为了茹孝宏的安全，父亲就让茹孝宏牵着他的后襟，跟随在乐队中间看社火。上初三时，茹孝宏也成为社火乐队的一员。这种近距离的民间文艺接触，在他的生命里注入了地方文化的滋养。在他的《北庄场》《村庄》《河湟明珠高庙镇》等散文随笔中都从不同角度写到了故乡的社火场面，而他的研究乐都社火系列文章6万多字被青海日报、青海广播电视报连载。

对茹孝宏影响最大的另一人是他的母亲保秀英。他的母亲勤劳、吃苦、节俭、助人为乐，又熟悉当地风俗民情。茹孝宏说他的散文《獒犬的故事》就是在母亲讲的故事的基础上创作的。

笔墨里的乡土情

茹孝宏曾在一篇文章中这样说：故乡是我写作的主要源泉，也是我写作的永恒主题。他说他的内心始终深藏着对土地、粮食及耕耘在这方土地上的父老乡亲的敬畏、尊重、珍爱和感念。他告诉记者，尽管也写了一些其他题材的散文，但写作时最能激起我的艺术灵感，最能开启我的艺术心智，最能令我激动不已，甚至进入某种亢奋状态的还是有关故乡题材的写作。

说起乐都的柳湾，茹孝宏说，柳湾孕育了中华远古文明的种子，柳湾先民创造了绚丽多姿的远古文化，他也常以此为骄傲。虽然介绍柳湾文化的书籍、文章不少，写柳湾的游记散文也较多，但在大报大刊上没有看到过以柳湾为题材的真正意义上的文学作品。他认为乐都的本土作家，有责任、有义务拿出一篇以柳湾为题材的文学作品，给柳湾以真正意义上的人文关照，让人们从文学的层面上了解和认识柳湾，进而为宣传大美青海、风情海东、人文乐都尽绵薄之力。基于这种愿望，经过较长时间的思考准备后，他写出了4000多字的散文《拜谒柳湾》。该文在青海日报发表后，被内蒙古的西部散文选刊《文苑·西部散文》栏目头题转载。作为本土的文学写作者，茹孝宏说，在柳湾这个重大题材上没有留下遗憾。

石沟寺是乐都有代表性的人文景观之一，它修建在悬崖峭壁上，很有特色。茹孝宏在《悬乎，石沟寺》这篇散文中，紧紧扣住一个"悬"字，一是突出石沟寺之悬，二是写去石沟寺的路之悬，三是写返回时路途之悬和石沟里的石头之多，这样既突出了《悬乎，石沟寺》的主题，又体现了"石沟"的特点。这篇散文先后在青海日报等报刊发表，并被内蒙古的西部散文选刊《文苑·西部散文》栏目头题转载，曾入选"2014年中国西部散文排行榜提名作品"和《青海美文2013—2014双年选》等。

关于写作，茹孝宏认为，写作者要处理好内容和形式的关系，有了好的题材，如何用恰当的形式（布局谋篇、语言表达等）表现出来，是需要作者下功夫的。从另一个角度讲，一个题材，或者说是一个写作资源，写作者用某种体裁（散文、小说诗歌等）去表现这个题材，一生只有这么一次机会，所以选定一个题材，作者要非常认真地对待这个题材，绝不能"完任务"。

拳拳赤子之心

采访中茹孝宏这样说："我是个普普通通、平平凡凡的人，但我会一如既往地做好一件一件的小事。"目前，茹孝宏正在进行海东市委宣传部、海东市文联安排的《海东情文艺丛书》（民间文学卷）的编辑工作，同时准备完成《乐都文化艺术述略》一书的编写任务。

茹孝宏用心观察、记录、聆听着河湟大地的历史脉搏，同时，也在向这里的山河、家园倾诉着他的赤子之情。"他的散文大多写的是与他的生活、生命有过紧密关系的人与事、情与物，读之，好像在和他一起漫步田野，听他娓娓而谈，或是听到了风吹过麦田、树梢间的自然之声……"茹孝宏对写作执着坚持的精神令我省著名评论家葛建中先生钦佩不已，葛建中说茹孝宏的散文作品一如他的为人处世，不事张扬而又细针密缕，他将生活的过往，心灵的颤动，在文字中洇染出一种淡然而又挥之不去的情文相生的氛围。读后如同是在品尝乡间自酿的酩馏酒，初饮味淡，多饮醉人。

在乐都区青年作家蔺荣孝的眼里，茹孝宏是一位信得过且为人称道的良师益友。

茹孝宏曾是他的班主任，他认为茹孝宏的文学作品关注本地域逐渐忘却的原生态生活中的人和物，激励人们珍惜来之不易的幸福生活，感恩每一个活生生的生命给予我们的教益。

乐都区青年作家郭守先说，茹孝宏的散文是来自生命和土地的原创，而非来自书本与网络的粘贴，其语言朴实细腻，其感情真挚醇厚，读之如亲朋在故园的菜畦、柳下、溪畔叙旧，令人轻松愉快，不仅能像母亲的绿色食品——凉拌榆钱一样解馋，而且还能像故乡没有污染的小河和清辉一样，能洗涤和修复我们被"病毒"感染的情感和精神"漏洞"。

敢为人先
争当"文化名市"建设排头兵

宿 墨

"青海长云暗雪山，孤城遥望玉门关。黄沙百战穿金甲，不破楼兰终不还。"多少戍边名将，曾在湟水河畔饮马砺刃，屯田守边；多少边塞诗人，曾在青海滩头引吭高歌、抒写风流人生。斗转星移，湟水依然奔腾不息，湟水河畔万顷良田谁来耕耘？笔架山下百年兴衰谁来采写？肩负着这样的责任和使命，郭守先携裹着泥土的芳香、踏踩着时代的足音，从象牙之塔中走来，一步一个脚印，向自己仰望的精神高地走去……

祭奠湟水开始文学寻梦

1986 年，改革开放进入了第 7 个年头，以伤痕、忧患为基调的中国文学欣欣向荣，校园文学如雨后春笋般席卷了神州大地。"人间四月芳菲尽，山寺桃花始盛开"，乐都洪水乡学子郭守先与学友在求学瞬间，开始筹划成立文学组织。11 月 9 日，在乐都县洪水店子的湟水河畔，举起"湟水文学"的旗帜，立壮志，抒豪情，用一碗烈酒祭奠湟水，开始了文学的寻梦。文学社章程规定最低目标为"丰富业余生活，提高写作水平"，最高目标为"继承文化遗产，献身精神文明"，并编辑出版了《湟水滨》文学杂志。《湟水滨》囊括小说、散文、诗歌、评论四大文体，创刊词云："我们不是为了一时的新奇，而是打算长久的跋涉"。"湟水文学社"具有民间文学社团的长远规划，是一个以校园文学爱好者为主体的跨校跨地区文学团体，它不同于一般的校办社团，有独立的组织机构和经费筹措机制，先后成立了乐都二中、乐都四中、乐都五中、乐都一中、青海财校、乐都师范、青海师大、青海师专等七个分社，社员遍及青海教育学院、医学院等院校，曾一度加盟"青海校园文学社"，在80年代末90年代初的乐都校园及省城部分大专院校产生了一定的影响。共出版《湟水滨》文学杂志20期，组织文学集会6次，组织开展了"90年采风号作品征集活动""90年乐都县文化馆笔会""91年乐都师范文学讲习"等三次大型文学活动，在省内外报刊发表《我的眼泪》《毕业前夕话分配》《检查站日记》《绿意的祝福》《普希金》等90多篇。1992年春在洪水乡政府集会拟定"双春工程"，即5年后拿出3个作品集，2部小说，从组织出版《湟水滨》转向深入生活的文学创作，计划通过"双春"工程的实施，进入本地区主流文化，然后通过自上而下的方式，开启人生和文学的春天之门。

校园是一片容易产生梦的乐土，但能持之以恒延续一生的又有几人？走出象牙之塔之后，为了生存和发展，社员们一个个洗净唇齿间的酒香，去寻找意料之外的青果，用揉碎的誓言去垫铺坎坷的人生之路。但郭守先后来转战《河湟》《柳湾》《青海税报》，先后在中国文联第六届中青年文艺评论家高研班、鲁迅文学院第十九届中青年作家高研班精修，以"不破楼兰终不还"的意志和"为伊消得人憔悴"的深情坚持了下来，并取得了成果，作品步入《文艺报》《诗江南》《时代文学》《黄河》《青海湖》《中国税务报》《作家报》等省内外报纸杂志，1998年在北京燕山出版社诗集《翼风》，2007年在作家出版社出版诗集《天堂之外》。作品先后获中国税务学会"全国税收诗词展评"二等奖、《河湟》"开拓杯"文学奖；青海省作家协会第四届"青海青年文学奖"，乐都县委、县政府首届文学艺术奖，国务院新闻办网络新闻协调局指导的第三届"全国专家博客笔会"优秀奖，青海省文联第二届"青海省文艺评论奖"。作品入选《新中国建立 60 周年青海文学作品选》、中国文联《开创文艺评论新风》等多个选本，创作简历收入乡土教材、《青海文艺家传略》等。

竭尽全力打造文化地税

　　郭守先高中毕业后上的是青海省财经学校（现青海大学财经学院），学的是税收专业，1990 年毕业后被分配到泽库县税务局工作。在泽库工作期间，以一块"黑板"大力宣传税务文化，以县局团支部负责人的身份，举办了三届泽库县税务局职工文体活动。1994 年因家父病重，身边无人照顾，给时任省税务局权芳楼局长斗胆写了一封信，从而出人意料地被调回到乐都县税务局老鸦税务所工作。一封信打动税务局长，从泽曲草原调回乐都故里，一时传为美谈。在后来的 10 年间从老鸦地税所所长到县局地税局稽查局选案科长，郭守先尽管工作上兢兢业业、恪尽职守，但在系统内外除了"文名远播"外，并没有轰动上下的创举，直到 2003 年年底成为县地税局的秘书，发表了一篇总结乐都地税成立 10 年光辉历程的通讯——《奋飞的翅膀》，方才引起有关领导的注意和重视。

　　2005 年正月初八，被省地税局人教处借调到先进性教育办公室开展地税系统先进性教育工作，5 个月后被省直机关党委评为"先进性教育先进个人"。先进性教育结束后又被省局"思想政治教育工作会议"筹备组借调，调研撰写《青海省地方税务局关于地税文化建设的指导意见》，该意见是"全省地税思想政治工作会议"出台的三个重要文件之一，提炼了青海地税精神，规划了地税文化建设，拉开了青海地税打造"文化地税"的序幕。

2005 年 12 月，郭守先通过海东地税系统副科级领导干部竞聘，被推选到了乐都县地税局办公室主任的岗位上，为了把地税文化建设工作落到实处，他在县局党组的支持下率先在乐都局成立了"地税文化建设领导小组"，通过专人起草、党组研究、群众讨论、集体修改、领导签发等六个环节，印发了《乐都县地税文化建设实施方案》。《乐都县地税文化建设实施方案》以地税精神文化建设为主体，分指导思想、建设目标、主要内容、组织领导和经费保障四部分。文化建设做到了内容、经费、人员、地点、时间五落实，具有很强的针对性和操作性。《方案》决定以现有人力、物力、财力资源为基础，通过制作《乐都县地税局文化网页》、举办"乐都县地税局职工文体活动"、开展"单位之最"评选、组织"企业、校园税法宣讲组"、举办"月末职工讲坛"、确定党团活动日、编辑出版《地税文化之窗》图书等 7 项措施，努力丰富干部职工的文化生活，激发干部职工的工作热情，挖掘干部职工的工作潜能，使地税文化建设潜移默化地影响和促进地税工作。他主编的《地税文化之窗》虽然没有按照"地税物质文化""地税行为文化""地税精神文化""地税制度文化""地税廉政文化"模式结构图书，但集总结性、理论性、资料性为一体，图文并茂，综合反映了 12 年来乐都县地方税务局在各方面所取得的成绩，对全省其他县局如何开展地税文化建设具有一定的参考和借鉴意义，图书由省地税局党组书记党明德和海东地区原专员陈兴龙题字，分发到了全省国地税系统各县局。由于地税文化建设得力，2007 年 3 月郭守先被调到海东地税局工作，并任命为办公室副主任，其间起草了《海东地税局地税文化建实施方案》。

2008 年 10 月，受青海省地税党组之命，借调省地税局协助法规处处长师学铁先生筹办《青海税报》，并于 11 月 10 日召开了第一次《青海税报》编辑部工作会议，与此同时被任命为编辑部主任，是日郭守先豪情满怀，曾撰写《戊子年杂咏》古体诗一首：安夷城前驿马急，西平将令催身起。锦绣广场拾旧梦，虎台招兵再展旗。从此郭守先利用《青海税报》这个平台为地税宣传和文化地税建设竭尽全力，作出了力所能及的努力，撰写了《税旅人文》和《走进黄果树感悟》等文章，在《青海日报》《民族经济与社会发展》《税务学习》等发表了《税收环境的恶化与重建设》《税务文化建设的着力点》《分税制遗留问题的探讨》等具有建设性的文章。2013 年上半年还配合玉树地税编辑出版了《铭刻在废墟上的记忆》、配合民和县政协编辑了《三川沧桑》。《青海税报》由于工作成绩突出先后被省文化出版厅、省报业协会先后评为"全省报业先进集体""全省报业基层工作优秀单位"。

志存高远给力河湟发展

郭守先虽然是一介书生，一名普通的税官，但从来没有忘记过对河湟地区文化经济发展的关注，他在工作之余撰写了大量的税收经济论文和文艺评论，为推动本地区经济大繁荣、文化大发展作出了一定贡献。他撰写的论文有《西部大开发我们怎么办？》《青海乐都地区的城乡差距分析》《直面冷落的"农保"》《税收如何给力"三农"问题》《构建和谐社会的税务思考》等。这些论文鞭辟入里，深入浅出地反映了本地区税务经济工作中存在的一些问题，并对症下药，提出了许多建设性意见。

值得一提的是，海东"撤地建市"工程实施后，一些人借口县城周边农民失地、农副产品价格上浮、县城农民工增多、生居保障不力等土地制度引发的问题，竟然非议"撤地建市"，为了保障"撤地建市"这一大政方针顺利推行，郭守先及时撰写了《与非议"海东市府临盆乐都"者言》，该文从历史、文化、经济、地理等方面旁征博引，对非议者给予有力的反驳，并义正词严地写道：如果"海东市"是一个即将临盆海东的婴儿，那么存在的问题就是建设"城市梦"过程中出现的问题，我们不能因为阵痛而放弃生育或者让婴儿胎死腹中。《与非议"海东市府临盆乐都"者言》一文在青海新闻网《青海湖·视野》、《海东时报》发表后，有人在网上留言指责郭守先说："从文化上来说，改变农民的生活方式，如果不在短时间内提供另一种文化来代替，不论是现实生存和精神生活，农民将无处可去，最后，土地被污染完了，经济也搞不上去了，精神世界也荡涤干净了，还剩下什么？这样的问题你想过没有？盲目做政策的解读员，我觉得这不是一个口口声声说'独立思考'的人应该有的态度。"郭守先义正词严地回复道："所谓'独立思考'不是事事都与体制对着干，而是站在真理，或者自认为是真理的一边思考和发言。我觉得这位不愿透露姓名的兄弟是杞人忧天。想当年国企改革，大家害怕下岗、害怕砸破铁饭碗，结果呢？很多下岗后的职工通过二次创业，过上了比原来更好的生活，所以他们感谢那次改革，不但救活了国企，而且使他们有了意想不到的发展。"

与关注海东经济发展相比，郭守先更给力文化建设，它先后撰写了《从文学多元格局的形成谈河湟的现实意义》《河湟旅梦——对铁进元先生及其河湟杂志的回顾与扫描》，对河湟文化及《河湟》文学的发展，提出了许多中肯的意见和建议。另外，在工作之余他还撰写了20余万字的文学评论和文化随笔，对河湟及青海本土作家给予了一针见血的批评，如《对柳湾文学方阵的批评与误读》《都市镜像——对雪归小说现代性的批评》《士人脉象——对乌衣及其诗文精神血统的梳理与点评》《命题诗卷——妄评〈青稞与酒的歌谣〉》等对推进本地区文化和文学的发展自由仗义执言，产生了广泛的影响。由于郭守先对本地区文化经济建设的贡献，被新近成立的"海东市黄河经济文化发展研究会"推选为副会长，聘任为秘书长。

驽马十驾，功在不舍。从笔架山下到凤凰山下，从湟水之滨到锦绣广场，从一个起点到另一个起点，从一片秀氅到另一片胜景。郭守先志存高远，脚踏实地，沿着自己的人生规划和理想追求，锲而不舍，勇往直前，郭守先说：在生命的旅程中我质疑过许多耳熟能详的"真理"，但我从来没有怀疑过天道酬勤。

拉有清：老有所为奉献社会

雪　归

翻开由青海人民出版社出版的"人文乐都"丛书，这套包括《乐都姓氏探源》《乐都历史纵横谈》《乐都历史人物传略》《乐都佛寺和道观》四卷在内的著述，寻根探源，记述翔实，既有珍贵的史料价值，又富于地方文化色彩。许多人不知道，为了这套丛书的出版，有一位古稀老人追溯探源，辛勤笔耕，耗尽心力。他就是生在乐都，长在乐都，常年工作在乐都，退休后又在乐都养老的拉有清老先生。

向学不言苦　笃志而力行

山大沟深的拉科村，位于海东市乐都区共和乡，这是一个名不见经传的小村。现年 72 岁的拉有清就出生在这个小小的村庄里。

拉有清至今清晰地记得，年少时放学回家有时要步行 15 公里，曾胆怯于一个人在路上行走几个小时的他，手里紧紧捏着一块棱角分明的石头给自己壮胆。那个年代，能够吃饱穿暖已不容易，求学的艰难自然不言而喻。当时，许多孩子因为家庭贫困等多种原因而放弃学业，村里上学攻读的孩子如凤毛麟角。拉有清的 7 个兄弟姐妹中，只有他一人坚持了下来。

如今回忆起来，拉有清认为母亲对他的影响最大。那些年，母亲教育他要做一个好人。年少懵懂之时，他并未理解好人的真正含义。在那个时候的他看来，母亲就是世上最好的人。母亲仁义、和蔼、温和。她体贴父亲，疼爱儿女，与邻里亲和无争。

那时，父亲常年在外为一家人讨生活，家中的重担放在母亲一个人身上。再苦再累，母亲也不会拿孩子们撒气。那时候，母亲宁可自己吃不好、穿不好，也要让孩子们吃好、穿好。孩子们所有的衣服，虽然都打了层层补丁，但是母亲洗得干干净净，而且每一个补丁都平平整整。

如今，经过岁月的风霜后，在拉有清看来，好人一词除了母亲一生所谨守的原则之外，还应秉持一颗正直、公正、诚实之心。这也是他本人一生所追求的信念。人生短暂，且行且珍惜。拉有清深知每个人因为经历不同、环境不同，际遇也不同。而不管在哪不论在哪个岗位、哪个行业都要处好关系，要学会换位思考。也正是本着这个原则，工作上拉有清干一行爱一行。他走过的单位不少，在多个岗位留下了他克己、踏实、坚韧的身影。他曾当过民办老师，为圆大学梦他进入中央民族学院深造。他也曾经历过上山下乡，还在部队服役四年。从城台乡到蒲台乡，从组织部门到工会，再到司法部门到政法委、统战部门、政协，这一路走来，不论在哪里他都兢兢业业、不遗余力。热爱学习的他工作上细致耐心，动手能力强，当年他亲手做的笔记有厚厚的好几大摞，也成了他的资料宝库。

离岗不离志　退休不褪色

从 2007 年退休至今已有 11 年。退休后的拉有清，反而更忙了，更觉时间宝贵，不敢浪费一分一秒。在统战部门工作时接触各行各业，进行调研时他的足迹几乎遍布乐都的大小寺院，由此也获得了宝贵的第一手资料。

面对许多无文字记载的寺院、道观，在退休后他又经过补充调查，把这些宗教建筑相关联的内容精心挖掘出来。在进行家谱调查时，他从青海到甘肃走访了许多地方、许多人家。其工作量之大远非寻常。有人反对他做这种出力未必讨好的事情，但他下了决心就想坚持到底。研究乐都历史时，仅搜集资料花费了五六年时间，手稿就有几大摞之多，翻阅过的参考书更是不计其数。他还先后多次到蒲文成、李逢春、谢佐等文化名人家中去拜访、请教。每次上省城西宁，他只有两个目标——除了书店就是图书馆，目的就是查找资料。有时在外省，别人游山玩水看风景，他的主要目的也以收集资料为主。

最难的时候，拉有清说他感觉就像拉着牛车在半上坡，每前进一步都困难重重。甚至也有过打退堂鼓的时候，但最终还是选择了坚持。期间，他的一个孙女意外离世，这令他伤心欲绝，心脏也出了问题。强忍悲痛的他，一边照看另一个小孙女，一边埋头在书海纸山中。这个曾经坐在他的膝头上的孩子，也许是被他刻苦钻研的精神所影响，如今学习成绩十分优异。

拉有清曾多次专程赴陕西、甘肃等地实地调查，自己掏腰包。有人认为，《乐都姓氏探源》填补了乐都姓氏研究的空白。回忆曾翻阅100多本家谱的过程，其中有全力支持还亲自送来的，也有多处托关系费尽周折的，还有他带着礼品登门拜访也未被接纳的。调查难度之大，远超想象。

看着许多优秀的民间传统文化在历史大潮中被淹没，拉有清先生看在眼里急在心里。

北山赛马在乐都历史悠久。2012年，在拉有清一行人的努力下，首个乐都民间赛马协会成立，他本人被推选为会长。在他的操持下，前后举办了第七届赛马大赛，甘、青两省几万人参加，盛况空前。2016年，由拉有清主编的非遗文史专辑《乐都北山赛马》一书内部出版，该书对乐都北山地区赛马沿革做了考证，并将与赛马文化相关的内容进行了详尽阐述。

现在，年逾古稀的他，在积极参与社会公益事业的同时，还忙于政协文史资料的编撰工作。

老有所为，奉献社会。拉有清先生用他的实际行动给出了最为生动的阐释。

李国斌：用镜头记录家乡

雪　归

　　屏幕上，无数个金色的粒子在飞，不规则、无规律的运动让李国斌眼花。已经连续熬了 7 夜的他，双眼布着红血丝。年轻就是最大的本钱，持续熬夜倒不影响他的工作效率，只是长时间盯着电脑屏幕，让他的眼睛非常难受。就在这个时候，客户突然提出，要改变特效中这些金色粒子的运动轨迹和速度。

　　看着那不可计数的金色粒子，要改变运动轨迹和速度，说出来，虽然只是嘴唇、舌头和其他发声器官共同运动的结果，但要真正实现，简直有登天的难度。因为这些金色粒子，是李国斌一粒一粒用专业软件制作的，改一个都困难，何况是全部。

　　虽然心里不是很乐意，但李国斌并没有拒绝客户提出的这种近乎苛刻的要求，因为客户就是上帝。

　　这些要求，也让李国斌明白了一个道理，没有最好，只有更好。

　　当这部长约一分钟，但却让整个团队花了 20 天制作完成的广告片最终交付给客户，并得到客户满意的评价时，李国斌长舒了一口气。

　　生物钟已经完全紊乱，李国斌心焦的不是如何调整自己的作息时间，而是如何真正让最终制作出的片子呈现出最为理想的状态。

李国斌曾参与过诸多国内知名品牌的影视广告策划拍摄工作，他策划制作的《撒展吧！沙果》被人用"横空出世"一词来形容，第一集在网络上播出后 3 天时间的点击量突破了 10 万；而由他制作的《舌尖上的乐都》被誉为"第一部真正意义上的乐都人自己策划拍摄的短片"；他还用了一年多的时间拍摄《乐都苍穹》。

还不到 30 岁的他为什么对乐都情有独钟？

以乡音聚乡情

2015 年 10 月，一部名为《撒展吧！沙果》的原创乐都方言版视频短剧出现在网络上，有人以"横空出世"形容这部幽默搞笑短剧的出现。轻松搞笑的剧情、充满浓郁的地方语言，深受网友们喜爱。

沙果，在一些人眼中可以说是乐都的代名词之一，常有人这样说："我们乐都的沙果比你们西宁的鸡蛋大。"而"撒展"一词，也是乐都人经常使用的方言口语。当问及当初这部片子的命名缘由，李国斌告诉我，片名创意源于当时正在流行的《奔跑吧　兄弟》。

《撒展吧！沙果》从命名到内容到时长的确定，直至开拍，第一集筹备大概花了半年时间。做这个短片的初衷，李国斌想通过这部片子让大家认识他们的团队，以期有更好的发展。由于青海本土方言类的搞笑短片不多，有的还多多少少有许多不雅内容和词汇，不适合群体观看，所以李国斌就尝试着做一部在内容上能脱离低俗的搞笑短片。

第一集播出后的效果让李国斌大为意外，本来预期能达到 2 万播放量就不错，结果三天时间点击量突破了 10 万。

目前，《撒展吧！沙果》两季共 17 集，网络总点击量达 400 多万。

有人说这片子笑点多，看得高兴，也有人认为格调不高，内容空洞，没有深意。对于这种处于两极的社会评价，李国斌在后期拍摄制作的时候开始谨慎了许多。让李国斌为难的是，因为这部片子并未产生明显的经济效益，有时为了维持拍摄必需，不得不加入和内容相关的广告。

呈现最美视觉

李国斌制作的第一部与乐都有关的片子是《舌尖上的乐都》，拍摄于 2013 年，主要内容以乐都的一些地方小吃如酿皮、甜醅等美食的制作为主要内容。

做这个片子的时候《舌尖上的中国》正火，网上有大量的"舌尖上的 XX"这类短片，由于自己本身就在影视行业，所以李国斌就开始自己琢磨策划，想拍一部类似的和乐都有关的片子。

产生这个想法的李国斌，当时人还在上海，冬天休息回家的时候，他找了几个朋友开始拍摄。

片子制作完成放到网上播出后，有人说这是第一部真正意义上的乐都人自己策划拍摄的短片。李国斌认为这部片子算是一部比较成功的处女作。

《舌尖上的乐都》前两季完成后，2015 年 7 月，经过一年时间的酝酿，第三季开始筹备拍摄，依然由上两季原班人马倾情打造。拍摄制作中李国斌采纳了上两季热心观众的宝贵意见，并且融入更多故事元素，讲述乐都人自己的美食故事。

"我是一个离开乐都已 14 年的孩子，当看到这个片子时，不只是味觉上带来的刺激，更是我对家的思念。在外地的乐都娃谢谢你了！"有人这样说。

在所有制作的片子中，李国斌认为他个人最满意的一部是《乐都苍穹》。

"凝聚上万张影像精华，只为呈现最美视觉体验"，这是这部片子的片头字幕。最美苍穹在此间，这里有碧水湾，有老鸦鲁班亭，有药草台……蓝天与白云下的乐都，尽显自然与人文之美。

"穹顶之下，莫忘云白天蓝。"李国斌的朋友李锦写下这样一段文字，"我们时常骄傲地向他人炫耀乐都的天空，因为它蓝得单纯、蓝得透彻、蓝得质朴、蓝得大气，可以毫无愧色地担起苍穹这个称谓。"

这部片子时长不到5分钟，网上点击也不是很高，但这是真正汇集了李国斌和合伙人的许多心血的短片。大家先后花了一年多的时间到乐都各地拍摄取景，片中许多画面全部是用照片堆出来的，一个10秒镜头背后是300张照片和几个小时的等待，尤其是星空镜头全部是半夜在深山拍摄完成，虽然难免遗憾，但耗费心力不少。"这是一部值得尊重的作品。"有人这样鼓励李国斌。

唯有不断奔跑

没有随随便便的成功，创业路上几多艰难，李国斌却不以为意。他说，器材出故障都是小儿科，稍微处理下就好，最大的困难就是冬天和夏天拍外景，冬天最冷的时候一个镜头拍完手指都不能动了，夏天拍完一个镜头全身都是汗，唯有忍耐，唯有坚持。

让李国斌最难忘的还是热心的群众演员，由于剧组经费比较困难，所有群演都没有片酬，只能拍完了管一顿便餐，但参与的群众演员热情不减，有的人不辞辛苦请假打车过来拍摄，让人感动，这也成了他拍摄下去的动力。

回忆起当初的异地打拼，李国斌说真的是"只有上班时间，没有下班时间"。一年当中，他只完完整整休息了2天。当初虽然十分辛苦，但正因为自己咬牙坚持了下来，有机会与大品牌外加港台团队接触和学习，也为李国斌的成长提供了平台，这也是为什么他从策划到导演到拍摄包括后期一条龙，一个人能搞定的原因之一。

由于《撒展吧！沙果》系列已经更新将近2年，现在网友已经有了审美疲劳，最近，李国斌准备推出四档不同类型的栏目。除了《撒展吧！沙果》以外，还会制作两档拍摄比较精美的人文类栏目，一档讲青海美食，一档讲青海我们身边的一些人和事，另外一档栏目还在策划中。

不断奔跑，才是人生。用心努力的人，总不会被辜负。李国斌用他的行动告诉我们这条真理，祝愿他的路越走越宽阔。

荣国昌：五十载书法人生乐融融

祁万强

这是河湟地区一个普通的农家小院。夕阳中，一席菜畦绿得深沉，几盆花开得正艳，干净整洁的院落充满了温馨。小院东北角有两间幽静的小屋，顺着窗户望去，一位满头银发的老人正在案前专心致志地练习书法，作品行云流水，姿态横生。

月白风清。年过花甲的荣国昌完成了每天必需的工作后，舒展了一下筋骨，洗去了一手墨迹，带着一身墨香信步走出房门。他从身上掏出烟盒，点燃了一支烟，望着月光下安静的小院，思绪慢慢回到了那个遥远的小山村。

很多年前，荣国昌出生在乐都县峰堆乡上帐房村的一个贫苦农民家庭。幼年丧母，少年丧父，他经历了人生种种的艰辛。然而，苦难有时也是一笔财富。家庭的变故造就了他吃苦耐劳的性格，赋予了他执着追求的精神。上小学时，他的大楷本上红圈最多，这些被老师勾的红圈，点燃了他学习书法的兴趣。荣国昌 17 岁时，得到了第一本书法字帖，正是这本破旧的字帖引领他真正走上了书法艺术的道路。

1962 年，荣国昌从乐都师范学校毕业后走上了工作岗位。随后的岁月里，他去过不同的单位，可不管到哪里，都没有搁下书法，案头总有几支毛笔和一个墨盒。1983年，酷爱书法的他被调到了乐都县文化馆，这对他来说如鱼得水。工作的便利，使他有机会接触我省众多书法名家。李承道先生是乐都县的著名书法家，在他的引导和指点下，荣国昌的书法技艺在专业道路上慢慢起步了。后来，他又结识了李海观、钟锡九、莫如志等青海书坛精英。经过诸位前辈的热情指导和点评，他的书法有了突飞猛进的发展。

荣国昌从学楷书入手，师从李海观先生。每次从乐都县到西宁，他干脆就住在李老师家中，求教书法技艺。和蔼可亲的李老师，对这个痴迷的学生非常欣赏，毫不保留地将自己的书法心得传授给了他。随着书法技艺的发展，荣国昌探求的脚步又跨入了草书领域。他瞅准了书法大师于右任先生的草书，经莫如志先生指点，苦心钻研、领会神韵。最终形成了以魏碑为基调，以"于体"为神韵的古朴奔放、飘逸劲健的独特书法风格。

付出总有回报。20世纪90年代，荣国昌的书法作品在海东8县连续4年荣获一等奖。2000年，他的一幅书法作品被中央电视台《夕阳红》栏目和中国老年大学协会义卖筹资。如今，他的书法辞条，被《中国当代书法家辞典》《中国书法选集》等书收录。同时，他也是我省首届书法家协会会员，省第二届书法家协会理事，海东地区书画协会副秘书长、副主席。"巧者劳而智者忧"。荣国昌从17岁真正踏入书法道路到现在已经50载了，他一直孜孜不倦地努力奋斗着。

河湟金嗓子郭艳华

茹孝宏

认识郭艳华，是一个很偶然的机会。

30岁出头的郭艳华个子不高，圆脸，白里微微泛红的肤色，青春靓丽，气质高雅，尤其是一双清纯的眸子富含灵气。她既能讲地道的青海方言，也能说一口标准流利的普通话，给我的印象是既亲切又陌生。

郭艳华2005年荣获全国"新华保险杯"声乐大赛青年通俗组银奖；2006年荣获CCTV"拥抱明天"全国声乐器乐舞蹈大赛陕西赛区青年组金奖；2008年荣获陕西省"春天的故事"——改革开放30周年经典歌曲演唱会"杰出歌手"荣誉称号；2009年荣获"全国第二届大学生艺术展演活动"艺术表演类甲组二等奖；2010年荣获"全国声乐群英会"总决赛青年组二等奖；2011年荣获《星光大道》周冠军、月亚军及"年度最佳民歌手"；2013年荣获CCTV第十五届青年歌手大奖赛优秀奖；2016年12月在央视《我要上春晚》参加演出，并被评为"最佳励志歌手"。

与她交谈，得知了她的生活经历和追寻音乐艺术梦想的感人故事。

郭艳华于 1984 年出生于海东市乐都区马营乡连丰村，一年后举家搬迁到属于拉脊山支脉腹地的乐都区瞿昙镇口子村；家中尚有一个哥哥和一个妹妹。口子村山高坡陡，干旱严重，村民基本靠天吃饭。由此，郭艳华的童年生活状况也就不言而喻了。更为艰难的是，郭艳华所在的 5 口之家，竟无一间真正属于自家的房屋，全家人靠借亲戚家的房屋居住。

小学毕业后，郭艳华一家在亲戚的帮助下，又从青海搬迁到甘肃玉门市赤金镇东湖村。虽然这里也是个偏僻的小村子，但郭艳华和家人从此有了属于自家的房屋，非常简陋的土坯房，母亲每天都收拾得干干净净，因此这幢房屋，这个家，在郭艳华心里便成了安全、踏实和温馨的港湾。

然而，接下来的境况依然是缺衣少食。小小年纪的郭艳华，背土垫圈，锄地薅草，割田碾场，样样农活儿都干过。无奈之际，郭艳华便辍学打工养家糊口。她先后干过理发店学徒、餐厅服务员、酒吧助唱等。在外打工也好，在家干农活也罢，她都会努力做好每一件事。

因为嗓音好，2003 年，在一位好心人的帮助下，郭艳华进入陕西艺术学校学习，从此踏上了追寻音乐艺术梦想的道路。

追梦的路上总是布满荆棘。按老师的要求，郭艳华要依照那些高高低低、疏疏密密的乐谱，用纤弱的手指在坚硬的钢琴键盘上摆弄出节奏不同、跌宕起伏的旋律来，这对她真是太难、太难了！

后来，还是在班主任陈玲老师的指导和鼓励下，她开始接触同学，融入校园，开始了由易到难、循序渐进地勤学苦练。为了克服失眠，提高体质，她每早 6 时起床，在距校园较远的小桥绕着跑一圈，7 时按时回到琴房上课。为了弥补乐理、乐器等方面的零基础，在别的同学正常休息时间，她的身影却常常出现在琴房、舞蹈房和声乐房。同时，她还在校外兼职，挣钱养活自己。

付出与收获往往是成正比的，郭艳华也不例外。她的乐理、琴技、声乐、舞蹈水平都提高很快，而且后来还超过了许多原本基础比她好很多的人，令同学仰慕，让老师惊叹！她积极参加有关比赛，于2005年首次荣获全国"新华保险杯"声乐大赛青年通俗组银奖。

首次捧回大奖，令她激动，让她振奋，更让她在追寻音乐艺术梦想的道路上充满了自信。

2006年郭艳华以优异成绩从陕西艺术学校毕业后，考入西安建筑科技大学音乐学院学习。其间，除音乐专业学养与日俱增外，又荣获多个重要奖项。大专毕业后本可以被第四军区吸收为文艺兵，从而可以享受比较优厚的待遇，过上稳定的生活。然而抒情花腔女高音歌唱家吴碧霞的一场高水平音乐会，触动了她继续探索音乐艺术的那根神经，她豁然醒悟：对音乐艺术的探索，自己尚有很长的路需要走下去。因此她决定去北京继续求学。

在北京，又经过一番艰苦卓绝的努力和拼搏，郭艳华圆了自己人生路上一个又一个梦想。她于2010年9月考入中国音乐学院深造，又于2017年4月，被录取为中国音乐学院全日制硕士研究生。这期间，除了学习，她还要打工挣钱，以解决日常开销和补贴家用之需。

起初，郭艳华的"北漂"生涯也自然困难多多，但为了她心中永恒的音乐艺术梦想，不论有多大困难，她都不言放弃。

她渴望跟随著名音乐教育家、声乐界翘楚、中国音乐学院邹文琴教授学习。但渴望跟随邹文琴先生学习的学子何止她一个？邹先生已年逾古稀，加之极其认真、严谨的教学态度和严格的"招生"标准，使许多前去拜师学艺者初次见面就被一口回绝，也有许多人排队两三年都无缘成为其"门徒"而自动放弃。郭艳华初次从稍远处见到邹先生，看到她那高贵的仪态、不凡的气度，顿生望而生畏、不敢靠近之感，但她还是大着胆子拜见了邹先生。邹先生的时间一贯安排得很紧，但听了郭艳华几分钟的言谈和数句演唱，似乎发现了她的一些"特别之处"，便意味深长地说：你一年以后再来看看吧。颇有悟性的郭艳华好像从邹先生的眼神和语气中看到了希望，便恭恭敬敬地说："好的，先生。"翌年又去拜见邹先生，邹先生说："我可能要考虑收你，但你还得等。"郭艳华眼睛扑闪着说："只要先生肯收我，就是十年八年我都愿意等。"4年过去，直到她已是中国音乐学院本科二年级学生时，邹先生才明确表态："我看你是要真正学习音乐的人，我决定收你为徒。"

郭艳华在中国音乐学院本科毕业那年就报考了研究生。但考艺术院校的研究生谈何容易？尤其对几乎没有受过中学教育，文化知识空白点太多的郭艳华来说更是难乎其难。她连续考了3年，文化课总是过不去，但她锲而不舍，下定决心非考上不可。2016年9月，央视《我要上春晚》节目组为郭艳华录制节目时，也邀请其父母参加。节目录制完后，其父母放心不下老家的事（此时父母已搬回青海老家居住），打算在北京住两三天即回青海老家，但看到正处在第五次考研冲刺阶段的女儿顶着几近崩溃的极大压力，没日没夜废寝忘食地复习，实在不忍心离开，便决定暂时留下来照顾和陪伴女儿。不知有多少次，母亲早上端给她的饭菜，到中午都未动一下，中午端给她的饭菜，到晚上也未动一下。开始父母还想劝说几句，可劝说得多了，她还嫌父母干扰了她的学习。

功夫不负有心人。郭艳华整整考了5年，2017年4月，她终于考上了。她的中国音乐学院本科班同学共有30名，至今只有她一人考上了研究生，也是声乐界泰斗邹文琴先生今年招收的唯一一名研究生，更是她的艺术人生中至今圆的一个最大的梦。当她将这一喜讯报告给父母时，在电话的两头，她和父亲、母亲都痛痛快快地哭了一场。见证她5年时间里复习考研全过程的妹妹更是抱着她号啕了整整一个下午。这哭声，是喜悦更是欣慰。

这其间，她还参加了许多比赛和演出活动。其中2016年在《我要上春晚》节目中，她演唱的一曲《蒙藏情缘》，感染了不少观众，也为她赢得了"金嗓子姑娘"的美誉。在写这篇文章的过程中，我多次上网欣赏了她的这首《蒙藏情缘》，那银铃般的嗓音高亢畅亮，传统唱法与现代元素密切结合，加之台风自然洒脱，取得很好的艺术效果。难怪李谷一当场给她的演唱以很高的评价，也难怪董卿称她的演唱是"酣畅淋漓，无所畏惧"。

记得相聚的那天晚上，我们近距离地欣赏了郭艳华演唱的《三十里黄沙》《九儿》《多谢了》等歌曲。尽管是一个很小的场所，尽管是无任何乐器伴奏的清唱，但她演唱的认真状态丝毫不亚于在正式大舞台上演出。那富有穿透力的声音带给我们很好的艺术享受，有的歌曲虽有多处大跳音程，但她驾驭自如，把握准确，看得出她已熟练掌握声乐艺术的多种技巧，却毫无炫鬻技巧之嫌；每一个字词，都用真情吐出，毫无矫揉造作之态，可谓以情带声，声情并茂。

面对我们的喝彩和欢呼，郭艳华却显得非常冷静，她说："唱歌很简单，谁都可以唱，但要唱好，真的太难了；对我来说，与'唱好'还有很远的距离，只有坚持、努力，才能不断提高演唱水平。"她还说："艺术的境界只有更好，没有最好，我的音乐艺术之梦永远在路上。"在现场，她和乐都的民间花儿歌手切磋了"花儿"的发声等方法问题，只要一谈及音乐，她就显得兴致盎然。

在谛听和欣赏时我发现，郭艳华在民族唱法中巧妙地融入了原生态唱法，而在原生态唱法中又巧妙地融入了民族唱法，这种两相合璧、浑然天成的演唱方法加之以技巧的修饰，使她的声音充满了圆润的质感、独特的韵味和极大的艺术张力。当我有意提起这个问题时，她说，要演唱好一首曲子，不能拘泥于某一种唱法，要根据作品的背景特点做细腻的处理，只有掌握多种演唱方法，并融会贯通，才能把一首作品表现好。

在其后的短信采访中，郭艳华告诉我："我早先主要学习民族唱法，可上本科时，邹文琴先生让我也保留我的原生态禀赋，所以我今后的研究方向就是民族和原生态这两种唱法，但还要广泛涉猎，为我所用。"

郭艳华成长的路上，曾得到许多好心人和师长的关爱和帮助，对此郭艳华时刻铭记心间，她说："那么多的人都无私地帮助过我，是他们用爱改变了我，我唯一能做的就是继续传递这份爱！"正是在这种思想理念的支配下，郭艳华参加了许多大大小小的社会公益活动，尽己所能为观众带去歌声、爱与祝福。

在即将完成这篇拙文，最后一次打电话核实有关情况时，我还得知，这几年不论多忙多累，她从不放弃来故乡青海参加演出的机会，曾先后参加了在青海举办的"水与生命"交响音乐会、"民歌艺术节"、"西部电影节"开幕式、"射箭邀请赛"开幕式、"梨花节"开幕式、青海广播电视台"春节联欢晚会"等多个演出活动。她说："不论我在哪里工作和生活，青海永远是我的家乡，为家乡人民演唱，是我最大的荣幸！"她表示今后还将为传承、弘扬和发展青海民歌多作努力和贡献。

吹奏人生的美妙音符

茹孝宏

虽然和刘卫田居住在同一个县城，也早就知道他的多种管乐器都吹奏得见功见力，还擅长弹奏电子琴，也或多或少地听说过他的一些人生经历，但我的社会接触面一向比较狭窄，加之不善交际，因而也就无缘结识刘卫田。2009 年底，有朋友撺掇，要我和他一起购买并学吹萨克斯，一向喜欢音乐的我欣然同意了朋友的提议。我俩的萨克斯买来后，朋友便带我约见了刘卫田。朋友带我约见刘卫田的目的是让我听听刘卫田吹奏的萨克斯，提提我学吹萨克斯的兴趣，另一方面让我认识刘卫田，以后可随时向他请教学习萨克斯的有关问题。

那天晚上我们见面的地点在乐都县城一家餐厅的一个包厢里。中等偏高的个头，清癯白净的面庞，加上黑亮的西服、洁白的衬衣，紫红的领带，使刘卫田显得格外年轻，格外精干，根本不像个 40 出头的人。我们寒暄一小会儿后，朋友便请他试吹我的萨克斯。他从箱子里取出萨克斯，安好嘴子，套好绳链，试吹了两遍自然音阶，并在个别零件上稍微侍弄了几下，便正式吹奏起了《赛马》曲子。热烈、欢快、响亮、动听的《赛马》曲子吹了两个乐段，餐厅里的食客们才搞清了乐声响起之所在，继之我们的包厢门口即被人们围堵起来，热烈的掌声也从整个餐厅里自发地不断地响起来……其实，《赛马》并不是一首萨克斯曲子，而是一首很著名的二胡曲子，该曲子演奏时对速度、技巧要求都很高，用二胡本身演奏就有相当的难度，而刘卫田用萨克斯完整地演奏《赛马》曲子，给我们带来了一种别样的艺术享受。演奏过程中，他对气息、指法的整体驾驭能力让我们啧叹不已，尤其是他那手指的灵巧程度简直让我怀疑冥冥中有某种魔力在助他。

从言谈和酒局中的情况看，刘卫田性情直爽开朗，酒量很大，对我等不胜杯勺者也不强求相比。酒过三巡，他又操起萨克斯吹奏起来。这次他吹奏的是旋律优美、节奏缓慢的《月亮代表我的心》。也许是对这首经典名歌熟悉和理解的人更多的缘故，开首一个乐句刚一奏响，即刻产生了"曲惊四座"之效果，我们的包厢门口又一次被层层叠叠的人们围堵起来，但雷鸣般的掌声盖过乐声一阵后即戛然而止，除了萨克斯乐声外，听不见一丝响动，那是大家都在屏声止气地静听、欣赏。我们一起的几个人零距离地听赏着他演奏的《月亮代表我的心》，我发现他不啻是以运气和按键的默契配合来演奏，而是用全身心地投入、用生命来演奏，他微闭着眼睛，轻轻翕动着嘴唇，用柔韧而富有弹性的手指交替出按键和离键的小幅度动作，把那歌中表达的纯洁美好的月亮般的温情爱意演绎得淋漓尽致，把萨克斯长于抒情的柔质音色发挥到了无以复加的地步，也把他对艺术的痴情和执着追求表现到了极致……

我们正要请刘卫田再演奏一首曲子时，不料他的手机响了，他因家里有急事而不得不告辞。此后我和刘卫田交流的机会较多，也就更多地了解到了他的有关情况。

1979 年，刘卫田的父亲刘培基从陕西农村被招收为乐都县秦剧团合同工演员。翌年，在老家上初二的刘卫田一放暑假，即来乐都县秦剧团的父亲处玩儿，在 1 个多月的时间里，小卫田天天看着父亲所在的秦剧团排戏演戏，竟对演戏产生了浓厚的兴趣，大人们排练的一招一式，一韵一腔，他都在旁边模仿着；团里到某处演出，他也坐在乐队旁边聚精会神、心无旁骛地观摩着。快到开学时间了，父亲要他回老家上学，他死活不去，他要学演戏。父亲无奈，只好容他留下来。他跟团里的大人们学了 3 年武生，已达到了上台表演的功夫，终因受嗓音条件限制，只好放弃演戏，改学戏曲打击乐器。打击乐学了 2 年，便成为"上手"，并被吸收为团里的合同工演员。他的"上手"位置一直坐到 1987 年秦剧团解散。刘卫田在团里从事打击乐的同时，还利用星期天去青海师范大学艺术系 1 位高年级学生处免费学吹长笛。一年后，那位教他的大学生说，你悟性好，学得快，以后自己锻炼就行了。其后他在团里兼任了歌舞节目的长笛伴奏。后来他又自学了竹笛。1988 年海东地区组建了一个文艺慰问演出团，在海东八县慰问演出 1 个多月。起初乐队指挥选拔长笛演奏员时，循化、互助、湟中的几个专业的老资格的长笛手都未选上，而刘卫田竟很顺利地被选上了，而且他拿上总谱就进入了正式排演。从此，他成了闻名海东的笛子乐手。他独奏的《扬鞭催马运粮忙》《牧民新歌》《喜庆》《我是一个兵》《枣园春色》《陕北好》等笛子曲给广大观众留下了深刻的印象。

刘培基、刘卫田父子因农村户口一直未能转正，农村土地下放到户后，其父刘培基回老家务农。县秦剧团解散后，刘卫田在乐都县的几个单位当过临时工，也做过摆摊卖鞋、卖小百货之类的小生意，晚上则去乐都、民和的舞厅伴奏，舞厅伴奏笛子用得少，他又学会了小号、萨克斯、电子琴等乐器。以此微薄的收入来维持生计。

1998 年他和妻子在乐都县城开了一家名叫"红太阳"的美发店。在美发技艺上，他那双摆弄乐器的手也表现出了异常的灵巧，时间不长，他的"红太阳"美发店便红火起来。这使他家里的经济状况发生了根本转变，一家人的日子过得滋润起来。我在想，难道美发艺术和音乐艺术也有某些相同之处？

根据一些家长和学生的要求，刘卫田自 2003 年开始于星期天、节假日带学生学习竹笛、长笛、葫芦丝、萨克斯等管乐器，2008 年起又被乐都县青少年校外活动中心聘为管乐教师。他不论是在家里带学生，还是在乐都县青少年校外活动中心带学生，都用春风般的温暖循循善诱着学生的兴趣，用春雨般润物无声的细心浇灌着学生的心田，用对症下药、因材施教的方法启迪着学生的艺术心灵。尽管他知道将来这些孩子绝大多数不会报考艺术院校，但他认为，艺术可以陶冶人的性情，净化人的心灵，提高人的修养，也会促进其他文化课的学习。所以他力争让每个孩子在很有限的时间内，在力所能及的情况下多学得一些乐理知识和吹奏技艺，力争打好孩子们的音乐艺术基础。短短几年，他教过的学生已达 300 多名。跟他坚持学乐器 3 年的，大都掌握了一定的乐理基础知识和相应的吹奏技艺，其中竹笛考过 6 级的较多，有的考过了 8 级或 9 级；葫芦丝有的考过了 7 级（为最高考级）。海南大学艺术系的一位学生，假期一回乐都老家就跟他学吹长笛。在近两年县城地区庆"六一"文艺演出活动中，他和县青少年校外活动中心的教师们组织演出的小学生音乐节目都取得了很大成功，并在评奖中获得了好名次，而且在全省青少年校外活动中心学生文艺节目比赛中也获得了好名次。

这就是心灵、手巧、艺高的刘卫田，这就是在艺术教育中诲人不倦的刘卫田。他凭着天赋，更凭着执着和勤奋吹奏着人生的美妙音符。

用激情点燃的"火龙"

马文和

又逢元宵佳节，皎洁的圆月徐徐升起在腾飞的河湟大地，欢腾的火龙逐年延续在古老的马家营村落，"舞火龙"数百年来正年胜一年地掀起潮起潮落的欢乐海洋。

马家营村自古以来就是地灵人杰的好地方，它傍山依水，屹立于积雪南山乐都境内虎狼沟口。出沟四通八达，入沟四面环山，村后青山像一条卧龙，头朝南，尾向北，鳞爪清晰可显，全长约800多米。从山上俯瞰全村，春夏绿树成荫，溪水潺潺，鸟语花香，硕果累累，美不胜收；秋冬落叶翻飞，空气清新，四野寂静，鸡鸣狗吠，真正世外桃源。在"洪中"公路2公里处放眼东望，便发现它和李家壕村后卧龙恰似二龙戏珠之势，由此可见宝地风水非同一般。2014年7月兰新线正式通车运营，铁龙穿梭在马家营这块宝珠之地，这里又呈现数龙同戏一珠之千古奇观。

伴随着洪水镇及柳湾彩陶的出现，始知我们的祖先在这片古老的土地上已经生活了4000多年。龙的传人都崇拜火，狩猎放牧，去崇除邪，祭神祭田，祈年丰收，战报传递都离不开火。烽火台在河湟大地到处分布，在洪水坪就有 2 座至今还巍巍屹立于山头。马家营村的火龙就是在这种特定的历史环境下诞生的。但正式成型是在元朝末期驱逐鞑虏之际，那一天恰逢除夕之夜，村民们为了过一个平静安宁的生活，经周密策划部署，人们义愤填膺，纷纷拿起武器冲向被迫供养于各家的鞑子……为了庆祝这次胜利，就在那年正月十五夜幕降临、圆月初升之际，各家各户自发扎制二十四条火龙，点燃后一人抱一个火把从山上俯冲而下，聚拢在宽敞地带，村民们兴高采烈，跳啊唱啊，那种摆脱奴役的喜悦简直无法形容，并逐步发展壮大演绎成今天六人抬一条十二根腰子扎捆的火龙的规模。十二条腰子象征着一年十二个月平平安安，二十四支火把象征着一年廿四节气风调雨顺，以此表达人们期盼和平，渴求自由，向往幸福的强烈愿望。马家营村的"火龙节"在洪水镇历史最为悠久，规模最为宏大，场面最为壮观，气氛最为热烈；为推动洪水镇文化事业的发展做出了积极的贡献，为传承乐都县的非物质文化遗产创造了难得的机遇。

相传马家营村的"火龙节"，距今已有 600 多年的辉煌历史了。全体村民向来秉承"舞火龙"的熊熊薪火，正在将这一传统习俗发扬光大，将这一凝聚的力量持续永久！

2011 年，在全体村民的大力支持下又重新修建了投资 100 多万元的"圣母殿"及山门（原先叫文昌宫，清朝中期焚毁）——面对这一具有重要文化价值和永久性纪念意义的门面工程，群众的积极性空前高涨，承续祖先原始文明的愿望更为迫切，传承先人古老文化的意志更为坚强。

每逢元宵之夜，马家营村奉献给全县乃至全省人民群众的不仅仅是赏心悦目的扭秧歌，眼花缭乱的灯笼节，激动人心的火龙舞，五彩缤纷的大礼花，热闹非凡的眉户子（青海高原传统文化），更重要的是奉献给人民群众马家营村最澎湃的激情，最执着的信念，最真诚朴实的向往！

每到腊月，村民就开始积极筹备火龙节——剪纸花、扎灯笼、捆火龙、耍社火……

　　2012年元宵节二十点整，一年一度的火龙节再度正式拉开了序幕。在主场地周围和街道挂满了五彩缤纷、形态各异的灯笼，随着省县各级领导的到来，锣鼓齐鸣，彩车开道，二龙戏珠，四狮同舞，乐队伴随其中，60人组成的小唱队迈着整齐的步伐闪亮登场，紧接其后的是24人组成的儿童腰鼓队和24人组成的夕阳红队，花枝招展、朝气蓬勃、生机盎然的10条旱船为会场又增添了一道靓丽的风景线。主持人热情洋溢的解说，秧歌队精彩纷呈的表演，节目组热火朝天的奉献，让晚会逐步进入高潮。二十一点许，早已准备好的主角，二十四条火龙披红挂彩，排着整齐的队伍在"九天圣母"的引领下声势浩大、气势轩昂，步入会场，此时鞭炮齐鸣，万众欢腾。各级领导为每条火龙披红后，浩浩荡荡的火龙队（144人）开始向山顶出发，约一刻钟到达目的地。一切都按原始的礼俗祈祷、除邪、祭神、祭天、祈盼丰收……仪式在点火台结束仪式之后发回信号，点燃的火龙依次迅速下山：气氛陡然热烈，一下子就把元宵晚会推向了一个新的高潮。所有的人欢呼雀跃，奔走呼号，前呼后拥，跟着"九天圣母"迎接代表神灵的火龙的到来……

　　火龙一路下山，闪现出了令人瞠目结舌的千古奇观。进场后立即按负责人的安排每4条火龙堆一火堆，总共6个大火堆，象征一年四季六六大顺、平平安安、风调雨顺。成千上万的群众自北向南冲向高达3米的火堆，并且一跃而过，来为自己讨平安、讨吉利、讨幸福……奇怪的是，几百年来从未发生过火灾及人员伤害！

　　此时，这里只有和平、只有欢乐、只有激情、只有和谐。整个村庄变成了一片"火"的海洋，让所有人放下一切"负累"而欢腾的海洋。

　　凌晨，元宵晚会圆满结束——绚丽的礼花，热情的歌舞，悦耳的欢笑还在继续，此时的乐都县洪水镇马家营村在团圆明月映照的夜幕下定格成了一幅多彩的画面……

世界以痛吻我，而我报之以歌

——写给我远方的朋友小青

黄祖娟

有人说，听不到声音于你于我于他，都是世界的黑暗面。只看到别人的嘴唇在动，却听不到对方在说什么；出门后听不到鸟的声音；感受不到声音的魅力……这样的人生毫无安全感。而从正常到失聪，就像是一个怕黑的人在一个没有光亮的房子里摸黑前行，一步一恐慌，感觉每一步都像是在向深渊走去。

2018 年 5 月，刚刚获得"青海省魔豆妈妈创业大赛"一等奖的应小青，就是一名双耳失聪的女子，也是我远方的朋友。"魔豆妈妈"是由中国红十字会推出的一个公益项目，旨在帮助身处逆境却自强不息的妈妈们追求幸福人生。

有谁想到这样美丽又上进的一位女子，4 岁时失去母亲，13 岁双耳神经性耳聋，15 岁因家贫辍学……你能想得到的苦难，都曾发生在她身上。

小青没有向苦难低头，而是厚积薄发，慢慢反击。

如今，她是写作培训老师，是青海大学的职员，是一位一直走在公益路上的美丽女子，也是一位推广青海特产的微商……她在自己的世界里努力扎根，如约绽放。这样的女子，值得世界温柔以待。

失聪女孩，越努力越幸运

认识小青的时候，我在外企里谋着一份基本上能准时上下班的工作。在满足现状与换个方式打拼的抉择中，我听了先生在大外企"混3年以上资历"的劝。但毕竟是闲不住的人。业余，我再度回归文字。2009年的一天，我在闲逛博客的时候无意中闯进了"小青子的博客"，一见倾心。

彼时，小青是陈清贫写作培训班的优秀学员，我是某外企里可有可无的文职人员，平日里朝九晚五，闲时舞文弄墨。追随着小青，我也加入了陈家大院，很有可能，我是大院里唯一一个从没听过课，也没交过作业的一位学员。

应小青，人如其名。雅致如竹，虚怀若谷；美丽如莲，不染尘埃。我怎么也不肯相信，这样的一位长相甜美、常常面带笑容的女子竟然在静谧的世界里生活了多年。

我基本不去打扰小青，但一直默默地关注着她的点点滴滴。从她的文字以及不同场合的分享中，我慢慢地了解了更多发生在她身上的故事。

比如，她4岁时，还是一个懵懂的幼童，便与母亲天人相隔。

比如，她13岁时，因故患上神经性耳聋，上苍关上了她听力的大门。

又比如，她16岁时，因神经性耳聋久治不愈而不得不含泪从高中退学，在好心人的资助下转到特殊学校读中专。

又比如，她18岁时，因为家境无力承担大学费用，不得不早早步入社会，参加工作。

还比如，为了生计，她到处奔波，曾先后在海东地区公安局、汕头无语珠宝公司、青海盛安职业培训学校、西宁金界营销策划公司、青海省人民检察院等地工作过。

尽管生活如此不易，她依然没有放弃阅读和写作。她把看过的书，见过的人，走过的路化成文字，在媒体发表文字累计数百万字。她如愿不但用稿费养活自己，还买下了自己心仪的房子，还在 24 岁时如愿加入了青海省作家协会。

然后，她 27 岁时，成为一个小公主的妈妈。

然后，她 29 岁时，拥有了自己的第一套房子。

再然后，在而立之年，她走遍国内一些城市，去了 7 个国家旅行。

有温度的灵魂

演员们习惯走"演而优则导"的转型路线，小青也因"写而优则师"。

因为在写作上所取得的成绩，小青先是被《知音》杂志编辑陈清贫老师开设的写作网校任命为班委，而后被聘为写作指导老师，并开设"小青写作梦想家园"，圆了她心心念念的老师梦。

在写作班里，小青是一位很受大家欢迎的师姐、老师。文友们都说，"观看"她的课，能在字里行间体会到潜藏于她温和性情背后的坚韧，柔软但充满力量。

小青曾在 QQ 里写过这样的一句心情："我是被上帝咬过一口的苹果，那是因为上帝眷念我的芬芳！"

面对生活给予她的苦难，她没有逃避，没有气馁，而是用一颗柔软的真心将她静谧的人生走出了独特的风景。

第一次听说小青也作词，我吓了一跳之余是深深的震撼。小青却很坦然。虽然她听不到，也不懂曲谱，但她认为音乐是无国界的，可以在心里低吟浅唱，她相信，只要心中有爱，唇边有歌，静默的国度一样有七彩音符。她写的歌词《何不快乐》曾获得全国少儿音乐大赛的金奖，并被谱上曲被传唱。

小青曾说过"一个热爱生活、生命和文字的人，应该是温暖的、风趣的、平和的、有趣的、幽默的、可爱的、微笑的……"而她一直在身体力行地践行着。

自强不息，厚德载物

当互联网以飞快的速度占领我们生活的方方面面时，纸媒也不得不迎来了它的没落时光。文友们有的转战新媒体，有的干脆弃文从武。小青依然坚守在文字的道路上，新旧媒体都不怠慢。

同时，为了自我突破，在 2015 年，一向沉浸在文字里的小青开始兼职经商。

从一个舞文弄墨的文艺女神到微商，有些人对她表示质疑不解甚至删除拉黑。也是，清新脱俗的文艺女生与经商言商的商人似乎天生难以融合。小青没有为自己解说，只是一直走在路上。

小青从商的契机是因为，一位外地文友让她帮忙购买青海当地的一种药材。看到她记录的碎碎念，便有文友提议说让她把青海的特产推荐给大家。也许说者无心，但小青却听进去了，意动手也动，小青是个行动派，开始在微信上推广青海特产。从最初的起步到现在带领一个 72 人的代理团队，其中包括听障、渐冻症、脑瘫等在内的身残人士数十人。

因为这几年的创业积累，这一次，小青也一举拿下"青海省魔豆妈妈创业大赛"一等奖，并代表青海省参加全国的比赛，从全国 40 名选手里脱颖而出，荣获全国魔豆妈妈创业者称号，并获得 3 万元奖金和 20 万创业无息贷款。

也曾有过沮丧低落的时候，也有撑不住想要放弃的时候，但每次，小青都是擦干眼泪之后再度出发。

成年人的世界，从来就没有容易二字，更何况是一个双耳失聪的弱女子。没有伞的孩子，只能更拼命地奔跑。

走更远的路，看更美的风景

因为想去看看外面的世界，22 岁的小青带着所有人的不解毅然从公安局里辞职出来。一个人，从西宁到上海，又从上海到汕头……

小青喜欢大海，最喜欢静坐在海边看潮起潮落。《小王子》里的狐狸说，真正的美不是用眼睛看到的，而是用心感受到的。同样，对于听不见的小青而言，大海的广阔博大与恬静温柔，她能用心去感受。

回到青海定居之后，小青并没有停下脚步，而是一直在路上：

2010 年，云游西藏，重游上海和杭州；

2013 年，访塔尔寺，走进内蒙古乌海深处；

2014 年，跟朋友携手同游广东和河南；

2016 年，与陈家大院的文友参加日韩笔会；

2018 年，与老师文友同游尼泊尔……

2019 年，她第一次带着女儿出国参加柬埔寨笔会。

她说，她要在有生之年，带着女儿走遍万水千山。

我很想说，约上我吧，小青，我们一起同行可好？

如今，亦文亦商的小青还是青海大学后勤服务中心办公室的职员。同时，小青也热心于公益，多次回到她曾经就读的特殊学校做活动，牵线有能力的热心人士资助特殊学生。

这些年来，有不少良师益友相伴，亦有不少人表示质疑和打击。可以说，小青这一路走来，阳光充沛，风雨也多。但小青相信，"爱出者爱返，福往者福来。"她说，有时候，心怀善意，便会路遇天使。不经意的付出，往往会为你带来更大的福报。

一路走来，一路在成长，也一路在不断地挖掘和挑战自己。小青说过，如果说生命是一场经历，我愿意一直这样且歌且行，永远在路上。

天助自助者。

我衷心地希望，这个生活在静默世界里的女孩，在追梦的路上能被世界温柔以待。

教书育人

乐都师范学校的创办、发展和转型略记

张永鹤

筚路蓝缕，栉风沐雨逾九秩，曾为河湟教育群学之基；

薪尽火传，弦歌不辍迈新途，又成艺术人才培养摇篮。

乐都师范学校从 1912 年的滥觞之地一路走来，到 2005 年送走最后一届师范毕业生，走过了羁绊不断、曲折艰难而又成长壮大、成绩卓然的 90 年。90 年间，乐都师范学校共培养中小学教师 6100 多名，其中 1978 年至 2005 年的 28 年间培养 5600 名，为乐都教育乃至河湟教育作出了巨大贡献。2003 年乐都师范学校转型为高中学校后，经受阵痛，艰难突围，以优克劣，避短扬长，最终走出困境，获得新生，创出了一条发展特色艺术高中的新路，实现了艺术专业考试合格率 100% 和高考文化课成绩上线率均为 100% 的"双百"奋斗目标。

筚路蓝缕经波折

乐都师范学校的办学历史最早可以溯源到 1912 年。是年 9 月，根据民国政府教育部颁布的《师范教育令》，基于学必有师的教育思想，乐都县简易师范创办。1930 年，乐都中学创办后（校址在县城北仓门街孔庙），招收师范生、中学生各 60 名。不久受时局影响，学校停办。1944 年，乐都中学开设一个师范班，后因战乱而停办。1946 年至 1949 年短短 4 年时间内，青海省政府主席马步芳听信"乐都人多次反对省政府、反对主席，是由于他们文化比较发达，求学省外的学生比较多的原因，只有使他们愚昧，才能服从统治"的胡话，乐都中学历经两度合并（合并至西宁市职业学校）又恢复的波折。1949 年10 月，乐都中学再度从西宁市职业学校分离后恢复在乐都办学，当年招收初中学生的同时，招收简易师范班学生 95 名，其中一年级 46名，二年级 26 名，三年级 23 名。开设国文、算术、历史、地理、音乐、体育、教育学、心理学、口语等课程。1950 年，乐都中学划归省教育厅直接领导，师范班停止招生。

1958 年，县委副书记王先起同志负责筹备创办乐都师范学校。当时招生 100 名，学制三年。开设语文、数学、俄语、教育学、心理学、音乐、美术、体育等课程。1959 年，招生 295 名，学制三年。1961 年，因国民经济调整，财政困难等原因，历时 3 年的乐都师范学校被撤销，在校生回家务农，部分师范生在农村的教育岗位上默默奉献着。1990年根据上级文件精神，乐都师范学校为这批学生补发了迟到近 30 年的毕业证书。

1971 年 9 月，因全县教师紧缺，乐都县革命委员会决定在乐都一中附设师范班，招生计划 100 名，学制一年，招生对象为民办教师、回乡青年、应届高中毕业生等。1972 年 9 月，招高中毕业生 40 名，学制一年。开设语文、数学、物理、化学等课程。这两届师范生分别于 1972 年、1973 年被分配到各学校，极大缓解了全县数理化教师紧缺的压力。1973 年，乐都师范学校再度停办。

改革开放获重生

"文革"结束后，教育事业开始步入新的发展时期，师范教育迎来前所未有的发展机遇，全国出现大办师范教育的热潮。1978年，李盛业、文化堂、李成玉、祁登廷四位同志负责筹建乐都师范学校，校址设在引胜沟王家庄村西山麓原青海锻造厂废弃的家属区。同年10月，乐都师范学校浴火重生，再度复校。当时，教职工12名，设3个教学班，其中2个班招收初中毕业生，学制三年，学生74名；1个班招收高中毕业生，学制二年，学生45名。开设的课程有语文、数学、英语、物理、化学、体育、音乐、美术、心理学、教育学及小学语文教学法和小学数学教学法等。1979年，招收学生152名，其中高中毕业生班2个，学生102名；初中毕业生班1个，学生50名。是年，在王家庄村外的马路上召开了乐都师范学校第一届田径运动会。

1979年，乐都县委、县政府决定将乐都师范学校搬迁至下教场，当年征地32亩并动工建设。1980年，新一届学校领导班子成立。是年，全国师范教育会议在北京召开。会议重申"师范教育是'工作母机'，是整个教育的基本建设，师范教育在整个教育事业中有着十分重要的地位，必须有计划按比例地发展"。学校根据会议精神，确定在办学指导思想上，突出师范特点，确立以培养合格的乡村小学教师为主要目标。在教学上，既强调打好文化科学知识基础，使学生获得比较广博的知识，又注意强化专业技能训练，提高学生的教育理论水平和实践能力；在办学方向上，学校针对乐都县教育实际，决定"在办好普通师范教育的同时，积极开办专业教育"。1980年11月，建筑面积3500平方米的新学校落成，学校由王家庄迁入新校址，从此乐都师范步入一个崭新的发展时期。

1982年，为解决民办教师学历和知识老化问题，学校设立1个民师班，面向全县招收了40名民办教师。该班课程设置与二年制普通中师相同。1983 年 9 月，针对英语教师紧缺的实际，开办首个英语专业班，除开设基础课程外，开设英语口语、英语精读、英语泛读、英语听力等专业课程。

1984 年，县教育局从各学校、各大中专院校毕业生和乐都师范学校毕业中调选 15 人充实了教师队伍，师资力量空前壮大。学校还多次组织教师先后到兰州师范、湟中师范、民和师范、西宁师范参观学习，并进行了一系列以提高教学质量为中心的教学改革，制定和修订完善了《教职工岗位责任制》《教职工奖励条例》《教师工作量计算办法》《人民奖学金实施细则》等制度。同时，学校广泛而有序地开展丰富多彩的课外活动，先后成立普通话、文学鉴赏、篮球队、足球队、合唱队、三笔字（钢笔字、毛笔字、粉笔字）等十几个课外活动小组。1986 年创办滴水文学社，不定期出版《滴水》文学期刊。

1985 年，乐都师范学校第一幢教学楼建成并投入使用，教职工宿舍小西楼和学生宿舍南楼也分别于 1985 年和 1987 年建成并投入使用。这些基础设施的建成极大地改善了办学条件，为学校长足发展奠定了坚实的基础。

1986 年，根据中共中央《关于教育体制改革的决定》，学校提出"调动师生的积极性、主动性，多出人才、出好人才"的教育改革目标，大力开辟第二课堂，还成立了推广普通话领导小组。是年，在首次中专职称评定中，弯聚才、钟大奎、李盛业、郭景先、林兴德、王登宝、张秀英等七人被评为中专高级讲师，杨常满、祁昌盛、张志忠、王积成等被评为中专讲师。教职工中被授予优秀教师、优秀班主任、先进教育工作者、讲课能手等称号并受到省、地、县、校表彰的人数占教职工总数的 50％以上。钟大葵同志 1987 年被评为全国先进教育工作者，弯聚才同志于 1985 年、1990 年两次被评为全省先进教育工作者和优秀教师，李盛业同志被评为海东地区先进教师。

1989 年，为培养急需的艺术教师，面向全县招收了四年制音乐、美术专业班各一个，音乐专业班开设的专业课程主要有：视唱、琴法，美术专业开设的专业课程主要有：素描、色彩、油画等。这些专业学生后来成为乐都中小学艺术教育的中坚力量。

1980 年代，在历届领导班子的带领下，全体师生共同努力，学校逐渐走上正规化、秩序化、科学化的发展道路，取得了引人注目的成绩：八一届毕业生王玉和考取陕西师范大学，毕业后又考取中科院物理研究所研究生，后获得博士后；八六届学生赵学慧获全国中师作文比赛三等奖，在全省作文竞赛中，八六、八七届学生组成的代表队均荣获团体亚军；在全省中师联考中，八六届毕业生李家成获全省第一名；1984 年、1986 年在省教委组织的中师学校统考中，乐都师范学校均名列前茅。期间，学校先后荣获省、地、县集体荣誉称号 7 个。

扩大招生续辉煌

1990 年，省政府根据新的教育发展形势，决定集中力量办好乐都师范、湟中师范和六州民师。1991 年 9 月，乐都师范学校开始面向海东八县（即民和、平安、互助、湟中、湟源、化隆、循化）招生，首先招收的是藏语文班，学生 30 名。同年，学校被评为"全国先进师范学校"，受到国家教委的表彰。

1992 年秋,正式面向全区招生。是年,招收高中毕业生普师班 1 个，共 44 人，学制二年；招收初中毕业生美术专业班 1 个，共 34 人，学制三年；招收初中毕业生普师班 2 个，共 90 人，学制三年；为解决藏语文教师紧缺问题，招收三年制初中藏语文班 1 个,共 34 人。当年，招生总数达 202 人，创历史新高。

1996 年 9 月，为了认真贯彻全国师范教育工作会议精神，求得更进一步的生存和发展，学校坚持"面向农牧区、面向山村、面向小学"的办学方向，明确提出教师队伍建设十年发展目标——三年内，青年教师要学历达标、技能过硬、胜任教学；五年内，教师要高度师范化；十年内，教师要独树一帜，形成自己的教学风格。经全体师生的不懈努力，学校在全国中师联检中获得优异成绩，在全省中专学校师生基本功汇报比赛中成绩突出，深受好评。1997年，在全省中帅统考中，乐都师范学校名列全省前茅。同年，学校荣获"全国语言文字工作先进单位"荣誉。1998年，乐都县教育系统开展岗位大练兵活动。乐都师范学校承担普通话、简笔画培训教材的编写任务即测试任务。同年，学校被评为全省德育工作先进学校。

1992年，根据省教育厅的安排，学校承担全省九年义务教育阶段教师培训任务。从1992年到2002年的10年间，乐都师范学校共承担省"义教工程"、海东地区教师培训等培训班43个，参加培训人员达2000余人次，学员来自格尔木、黄南、门源和海东8县。2002年4月，海东广播电视大学和海东地区教师继续教育中心在乐都师范学校挂牌成立。海东电大先后开办电大英语、美术、音乐、计算机技术应用等四个专业大专班，在册人数达到159人。2006年6月，最后一届电大毕业生毕业。海东电大先后共培养146名大专学历学生。

从简易师范到依附乐都中学的师范班，从析置独立办学到几番停办和恢复，从校无定所颠沛流离到固定办学渐成规模，从河湟中等师范教育的翘楚到高中艺术教育的拓荒者，乐都师范学校有过6次开办、5次停办和最终转型的曲折历程。历经沧桑，走过辉煌的乐都师范学校，为乐都和河湟地区培养了大批中小学教师，他们默默无闻地培养着一代又一代的河湟学子，为普及义务教育，夯实基础教育，提高民族素质贡献了自己的青春，撑起了乐都教育的半壁江山。同时，从乐都师范学校走出的毕业生中，有一大批成了行政领导和事业单位管理干部，乐都地区各级行政领导干部中，有一半是乐师毕业生，他们同样是乐都师范学校的骄傲。仅就本土化人才的培养而言，可以说乐都师范学校不但培养和造就了乐都教育发展的中坚力量，也为乐都留住了一大批优秀人才，使他们能够安下心来为家乡作出贡献。从这个角度看，可以说乐都师范学校，对乐都各项事业的发展作出的贡献是独特而又有深远的。

薪尽火传谱新篇

1999年，教育部公布《关于师范院校布局结构调整的意见》，迈开了师范教育体系改革的重要步伐，师范教育资源重新组合，高等师范教育的规模得到很大发展，中等师范教育的规模迅即压缩甚至退出师范教育体系。乐都师范学校再次面临何去何从的历史选择，学校一班人多方努力，积极争取与青海师大、青海师专联合办学，拟将学校设为师大、师专的分校，或保存为海东地区师范学校，几经周折，未遂人愿，转型办高中教育成了学校存续的唯一选择。

2002年9月，考虑全国中等师范教育的发展形势，立足原乐都师范学校实际，学校尝试开办了2个普通高中教育班，招收学生124人。2003年9月，根据全县高中教育布局调整意见，乐都五中、乐都七中高中部并入乐都师范学校。2003年12月，乐都师范学校更名为乐都县高级实验中学，开始了艰难的转型之旅。

2003年9月，按照教育局相关文件精神，学校开始正式招收高中学生，共招4个班267名学生。当年招收的学生均为中考最低县控线学生，此种情况一直持续到2011年。学校在管理制度、课程设置、过程考核、业绩评价、学生教育等方面均进行并逐步完成相应的调整和转变。

2005年，根据全县教育发展需要和学校办学优势，教育局同意并支持学校"普通高中教育和艺术特长教育两条腿走路"的办学思路，将学校艺术特长生招生列入全县高中统一招生计划。是年9月，共招收10个班，其中8个普通班，2个专业班。2008年9月，乐都三中高中部并入高级实验中学。学校坚持把艺术教育作为学校特色化发展的着力点,积极与青海师范大学艺术系建立"大手拉小手"联合办学的关系,与西宁十二中、兰州艺术高中等省内外艺术类学校建立合作办学关系。2009、2010、2011年学校连续成功举办了艺术特长教育成果展演活动,艺术特长教育成果赢得青海师大专家和社会的一致好评。

2009年6月,经海东地区教育局批准,学校开始面向六县招收艺术特长学生。是年9月,学校提出建设"全县唯一、全区一流、全省有名"特色艺术高中奋斗目标。2010年秋季,经县教育局批准,学校进一步扩大特色办学规模,向初中延伸,积极创办初中艺术特长生班,共招收2个班93名学生。2011年8月,招收1个初中班52名学生。9月,顺应全县教育布局调整形势,文化街学校七年级2个班共93名学生并入实验中学。学校提出"三化办学方向",即普通高中教育规范化、艺术特长教育规模化、初中教育特色优质化。2011年12月,全县教育大会将学校定位为"特色完全高中","以高级实验中学为重点,加强艺术、体育等特色项目发展,积极探索特色高中建设",为学校的发展指明了方向。

自2008年始,学校高考上线人数逐年上升,艺术特长教育取得显著成效:

——2008年,在青海省青少年书画大赛中,2人获金奖,3人获银奖,10人获铜奖,20人获优秀奖;艺术班学生艺术专业考试合格率达到100%,并一直保持到现在。

——2009年,全省中小学生"小小音乐家技能大赛"中,2人获二等奖,2人获三等奖,全体音乐教师获得"优秀辅导奖";同年,组织艺术特长班学生14人参加了"青海省中小学生声乐、钢琴大赛",8人获奖。

——2010年,在青海省青少年书画大赛中,8人获金奖,18人获银奖,37人获铜奖,48人获优秀奖,学校被评为"优秀集体组织特等奖"，全体美术教师获得"优秀辅导奖"。艺术班学生艺术专业考试合格和高考文化课成绩上线率首次实现"双百"目标，并一直保持到现在。《青海日报》（2010年3月26日12版）、《青海教育》（2010年1、2期合刊）《河湟》对学校特长教育办学分别进行了报道。10月，学校被教育部评为"全国学校艺术教育先进单位"。

——2011年，在第七届青海省青少年儿童声乐、器乐大赛暨2011年中国小音乐家艺术节青海赛区选拔赛声乐少年组比赛中，4人获金奖，5人获银奖，7人获铜奖，10人获优秀奖；声乐青年A组比赛中，2人获金奖，5人获银奖，8人获铜奖，6人获优秀奖，学校同时获得组织一等奖。

——2012年，在第八届青海省青少年儿童声乐、器乐大赛暨2012年中国小小音乐家艺术节青海赛区选拔赛声乐少年组比赛中，3人获金奖，3人获银奖，3人获优秀奖；声乐青年A组比赛中，3人获银奖，3人获铜奖，7人获优秀奖，学校同时获得优秀组织一等奖。6月，学校被教育部评为"全国特色学校"。

至此，从乐都师范学校脱胎而生的高级实验中学一如她的前身，虽经历了剧烈持续的阵痛，但终于薪尽火传，华丽转身，踏上了培养艺术人才，建设特色高中的新征程。

瞿昙镇徐家台村:青海的"博士村"

祁万强

一个只有200多户人家的偏远而又贫穷的小山村,竟然走出了264名大学生。其中,有37名研究生,12人获得了博士或双博士学位。成了海东市乃至青海省有名的"大学生村""博士村"。这个小山村,就是乐都区瞿昙镇徐家台村。

冬日的暖阳照耀着瞿昙河畔蜿蜒的山间公路,几十公里的路程开车硬是花费了半个多小时的时间。走进其貌不扬的徐家台村,我们却发现了它仪态万方的风采。

整洁的村委会综合服务中心的楼道里,墙上挂满了部分从村里考出去的学生的毕业证和获奖证书。刚刚连任的村党支部书记徐世林,对这面荣誉墙有着特殊的情感,他的自豪之情溢于言表。

是啊,知识是人生最宝贵的财富。更是一个人、一个家庭永远值得炫耀的资本。

走进村民徐世斌显得有些简陋而又局促的家中,正房墙上密密麻麻地贴满了孩子的各类奖状。这位年近半百、在土地上刨食了半辈子的庄稼人,说起徐玉洁、徐玉清两个女儿时,一脸的欣慰和自豪。

其实，徐世斌对于孩子的培养和对教育的重视，来自他自身刻骨铭心的痛。早年上小学时的他放学后，时常偷偷到村子周边的山洼处挖金子来改善家庭生活。然而，短暂的物质诱惑并没有让他真正富裕起来。反而，一心注重学习的同学们纷纷走出了大山后考上了大学，找到了一份属于自己的好工作。可是，他却永远没有机会去实现自己的人生价值。

知识才能改变命运，学习才能改变人生。这是徐家台村好多人的共识，更是这个小村子根深蒂固的教育传统观念。

董国章老人是新中国成立后，徐家台村上第一代民办老师中的代表人物。兢兢业业育桃李、勤勤恳恳做园丁是对这位老教育工作者最中肯的评价。在他的辛勤教育下，培养出了 7 名大学生。1958 年，徐有珠以优异的成绩考入北京大学，成为第一个走出乡村、走出县城，出省深造的农村娃。与此同时，董国章教师的大多数学生如同一颗颗珍珠，散落在乐都的各个乡村山洼的小学校，在乡村学校，为当时的基层教育散发出了璀璨的光芒。留在徐家台村的徐进科，就是众多学员中的一员。

已经 85 岁高龄的徐进科老人，精神矍铄、老而强健。做了 32 年基层教育工作的他，可以算是徐家台村第二代民办教师的核心人物。缘何家庭出身贫困的他，会成为当年那个时代少有的文化人呢？这源于老父亲不识字，而遇到的一件深深自责的事情。在徐进科五六岁的时候，他的父母亲因为不识字，把家中的地契无意间拿来糊了窗户。后来，让村上有文化的人看过后，才知道这么重要的东西竟然被损毁了。在惋惜和遗憾之余，目不识丁的父母，把徐进科送进了学堂，更把家族所有的希望寄托在了他的身上。作为董国章学生的徐进科，没有辜负父母的希望，也牢记老师的嘱咐，努力学习文化知识后，凭着一腔热血，将青春和一生奉献给了乡村的教育事业。即使那时候村小学只有几间土坯房，几块用木板做成的书桌，徐进科依旧一个人教授全部的课程。冬天，肆虐的寒风无孔不入，仅仅靠着一个小土炉取暖的教室像个冰窖；夏天，狂暴的大雨倾盆而下，破烂不堪的教室里成了处处漏雨的水帘洞。然而，他和学生们一同坚持了下来。这是因为对知识的渴求，这是因为对信念的坚守。

说起民办老师的生涯，徐进科有许多故事留在记忆深处。徐克英、徐金花是2名女学生，由于她们的家长受到重男轻女思想的影响，上了几年学后2人就开始辍学了。他不断地上门做家访，可对方父母说女娃娃过几年就嫁人了，即使有了工作也是外人，还不如帮着家里人在农活上搭把手，或者学一些针线活，根本就不同意女儿继续上学。然而，徐进科并没有放弃。一次又一次地上门家访，以至于后来学生的家长们都躲着他，或者根本就不给这个固执的老师开门。可是，只要用心了，就是一块冰冷的石头放在胸口也会被捂热。他搬出戏文中有文化的女性蔡文姬等人的故事，不厌其烦地说服。2名女学生终于回到了课堂不说，20世纪80年代，还双双考入了大学。如今，在城市工作的两个孩子，只要到村子里来看望父母时，都会来拜访徐进科这位当年的恩师，感谢这位当年指引她们走向人生幸福之路的领路人。而且，孩子们的家长现在说起当年的事情，除了深深的自责，更多的是对他的千恩万谢。

在徐家台村说起徐有瀛，村民们都会伸出大拇指。作为村子里的第三代民办教师的他，3个儿子先后完成博士学业，在研究所、大学任研究员和教授，大家伙儿羡慕地称为"博士之家"。

也许，从以上的鲜活的故事和生动的事例，可以破解徐家台之所以拥有"大学村""博士村"的名称"密码"吧。

树有根，水有源；人有祖，知渊源。今天，行走在徐家台村，很多村民家的大门上依旧高高悬挂着"耕读传家"的匾额。历经数年，沧桑几经变幻，时代沉浮更新。乡风民风却一直影响着他们的文化观念，家族文化见证了"耕读传家躬行久，诗书继世雅韵长"的文化精神，成为这个集体引以为傲并值得世代传承的珍宝。

　　教育是人类文化的一种传承活动和催化活动，更是连接过去和未来的中介。一代代徐家台村人，营造出了学有榜样、比有目标、赶有动力的浓厚氛围。而且，让村民更加信心满满的是，在党和国家优惠政策的沐浴下，地处瞿昙沟里的农村孩子们享受到了优质的基础教育资源。一系列举措将会更大地激发孩子们的学习兴趣，从而以更优异的成绩回报社会。

　　毋庸置疑，徐家台村之所以能走出这么多大学生，其实就是海东市基础教育质量不断提升的直接结果。这是多年来当地加大投入力度、创新能力培养、补足学生全面发展短板，致力于普及有质量的学前教育，实现优质均衡的义务教育，加快普及高中阶段教育，深化教育教学改革，教育事业不断蓬勃发展的最好证明。

　　在回来的路上，我们继续行驶在蜿蜒的山间公路上。遥想当年，无数求学的孩子就是沿着这条道路，背着沉重的行囊和抱着人生的梦想，步步脚走出了大山，到碾伯镇，到西宁城去求学深造。

　　今天，瞿昙河峡谷中的宽敞笔直的乐（乐都）化（化隆）公路正在修建中。不久的将来，从这里走出的孩子们再也不用走这条危险的山路了。也许，这是一条交通的大道，但更是一条基础教育的快车道……

路漫漫其修远兮

茹孝宏

　　他年龄才三十有四，教龄尚不足十五载。但他已成为一个颇受学生爱戴、家长放心、领导信任的好教师，也已成为一个善于管理、治校有方、秉公办事、清正廉洁，赢得学校师生和社会公众一致好评的好校长，他就是乐都县第二中学校长、全国优秀教师侯守孝同志。

　　1974 年他在乐都二中高中部毕业不久，就因品学兼优而被聘请为母校的代课教师，1979 年他从青海师大物理系毕业后又回到乐都二中任教。自此，他每年都至少要带四个高中班的物理课，同时还要兼任班主任。他为了设计好每一个教案，批改好每一本学生作业，常常起早睡晚，夜以继日地工作。他十分重视课堂教学的严谨性和科学性。他善于运用启发式的教学方法，注意学生智力的开发和兴趣的培养。他说："教师的教学方法得当，学生就会变得越来越聪明，求知的兴趣就会越来越浓厚。"他还说："学生如果不觉得学习是一种压力，纵使在学习中遇到'山重水复'的困难，也会有足够的信心去达到'柳暗花明'的境界。"

　　1983 年、1984 年、1985 年连续 3 年，他任课的毕业班高考物理成绩均在全县遥遥领先；1983、1985 年他所带的两届毕业班高考升学率均在 75% 以上；1980 年至 1986 年他先后 4 次被评为全县优秀教师、先进个人、先进工作者、海东地区最佳讲课教师。

1986 年 7 月，他担任乐都二中教导主任，1987 年 5 月被任命为副校长（主持全盘工作），1989 年 8 月又被提升为校长。他担任学校领导工作以来，亲自执笔制定了《教学工作的若干要求》《教职工岗位责任制》《教职工考核及奖惩办法》《学生学籍管理办法》《门卫制度》《请假制度》《爱护公物制度》等各项管理制度，使学校工作做到了有章可循，有据可依。在他的主持下，学校还建立了教代会制度，使学校决策工作日趋民主化和科学化；学校实行招生公开、评选先进公开、经费收支公开、评定奖金公开，增加了各项工作的透明度。对下属各级干部，他放手使用，竭力支持，一旦出了问题，他总是主动承担责任。在私下，他对每个同志都和蔼可亲，平易近人，若哪个同志在生活等方面有困难，他总是尽心竭力地排忧解难。但如果在学校的各项工作中出现失职现象，不管是教师、管理干部，还是沾亲带故的，他都要正颜厉色、直言不讳地予以批评，令其改正。

他作为一校之长，纷繁琐屑的行政管理工作常常忙得他不可开交，但他还要经常挤时间深入班级，帮助班主任做差下生的转化工作。高中部 89 届有两个学生曾一度经常打架斗殴，抽烟喝酒，亵渎班主任老师，不好好学习。后来，他根据这两个学生的个性特点，对他们多次分别进行了和风细雨式的谈话，对症下药，循循善诱，动之以情，晓之以理，结果这两个学生一扫往日的坏习气，好学上进，一个考上了大学，一个考上了中专。

侯守孝同志早在前几年已劳累成疾，身患慢性胃炎，但他一贯带病坚持工作，在各项工作中实干苦干，身先士卒，身体力行，可以说是为办好学校费尽了心血，吃尽了苦头。可是他从不计较个人得失，真正做到了克己奉公、清正廉洁。1989 年一位高中毕业班的物理老师患病住院时，他给两个班代课 3 周，没拿一文代课金。有一次 2 个年轻老师因酒醉打架而扣除了当月奖金和浮动工资，他说他是领导，有不可推卸的责任，也带头扣除了自己的当月奖金和浮动工资。他主持学校工作的 3 年间，高一年级在计划招生数外安排少量的扩招生时，他家里、亲朋后面的一个也没安排过。有一次有个人为了插学生要给他送 300 元现金，当即遭到了他的痛斥。学校每次评奖金，他都要低等的；每次评先进，他都要尽最大的努力让给别人；其他任何方面，他也从未沾过学校一份钱的便宜。

1988 年、1989 年侯守孝同志又两次被评为海东地区优秀管理干部、全国优秀教师。1989 年 10 月，他还光荣地加入了中国共产党。

如今，当群众和同志们提及学校所取得的成绩，称道他本人享有的荣誉时，他总是意味深长地说："路漫漫其修远兮，吾将上下而求索。"

收获秋天的人

秋天，收获的季节。

1974 年的金秋，对一个才 19 岁的农民的儿子来说，又多了一分收获，他以乐都二中高中毕业生第一名的优异成绩，留校任教了。同学们都说，侯守孝是幸运儿。

侯守孝深深地意识到肩上的担子的分量。作为一名中学教师，无论从组织能力，还是教学能力，都是从"零"开始。从此，他夜以继日，忘我工作。不久，命运的天使向他敞开了大门，进入青海师大深造。在那一千多个日日夜夜里，知识是水，他成了海绵，如饥似渴地吸吮……

月是故乡明，水是故乡甜。毕业后，侯守孝毅然回到了生养他的故土——乐都。他说："窝再穷也是自己的家。"凭着这个意念。1979年秋天，侯守孝承担了二中 4 个高中毕业班的物理教学，还兼 1 个班的班主任、教研组长、物理课老师的辅导员。凭着庄稼人的踏实和湟水一样的热情，常常深更半夜才上床休息。

在大学念书时，虽然各科成绩优异，奖学金也没少拿。但到了实际工作中，免不了总有那么一些"拦路虎"挡住前进的去路。不少星期天，侯守孝把一周来碰到的难题带到 70 公里外的青海师大，请教自己的老师，剩下的星期天，还跑到 20 公里外的马厂、芦花等山乡进行家访。

事业上的痴心，工作上的超脱，在领导、同行和学生的心目中，侯守孝既是一个"能人"，又是一个"工作狂"。不知不觉，已是 28 岁的大龄青年，仍光棍一条。父母着急，同事们也操心，他却一心扑在教学上。他说："方法得当，学生就会变得越来越聪明，求知欲望也就越来越强烈。"他教过的学生往往在遇到"山重水复"的困难时，都能以足够的勇气和力量达到"柳暗花明"的境界。

1980 年至 1985 年，乐都二中毕业班的物理高考成绩名列全县榜首，就是在西宁市同行中，也成为佼佼者。1983 年和 1985 年两届毕业生，高考升学率达 75%，因此，他连续 3 年被评为乐都县先进工作者和优秀教师。1983 年 10 月，这个农民的儿子，代表青海省中学物理教学研究会，出席了国家教委在陕西师大举行的全国中学物理实验教学研究交流会。会上，侯守孝宣读了自己撰写的《加强中学物理实验教学是提高中学物理教学质量的关键》的论文，得到同行们的好评。

物理学知识告诉人们，当作用力超过一定值时，弹性限度就会破坏。侯守孝是人，不是钢，终于让疲倦劳累征服了。颧骨驼峰般显眼了。1984 年，不得不住进医院，化验结果显示患重度萎缩性胃炎。胃上壁肌肉已无规则地增生。医生悄悄告诉单位领导，癌变的可能性大，建议立即手术。然而，这个犟劲十足的汉子根本不听，要在自己生命的旅途中，创造出一个奇迹，"医学不可不相信，但体育锻炼不能忽视"。就这样，他返回学校，重上讲台。一边抓紧教学工作，一边不放松体育锻炼，胃病，使这个汉子黑红的脸膛变得苍白、消瘦；胃病，折磨得他经常龇牙咧嘴，蜷曲着腰身。但是，当他站到讲台上，望着一双双渴求知识的眼睛，或者伏案备课时，他完全超脱了，那一刻间，就像一个进入创作境界的诗人，全神贯注，情怀酣畅，好似胃不痛了。一旦静下心来时，胃又痛的难以忍受，不时用拳头垫在胃部……

1986年，侯守孝住进县医院，治疗无进展，转往省医院，也不见好转，只好到北京治疗。这一回，他真正成了一个病汉，他思念远在千里之外的妻子儿女，惦记面朝黄土背朝天的父母，更想朝夕相处的学生。他的病情跟他的事业一样，远远地传开去。历届毕业的学生，从首都北京到牧区玉树，信片如雪，四面八方飞来。有的寄来处方，有的寄来良药。每当更深夜静，好似滔滔湟水声在耳旁响起。一种说不出的激情涌上心头。病魔虽说可恶，但对于强者，它是懦夫。终于，他用气功疗法，以超人的毅力战胜了病魔，苍白的脸膛一天天红起来。此刻，他自豪地笑了。的确，这在侯守孝的人生中，不能不说是一个巨大的惊叹号！

1986年，侯守孝担任了乐都二中教导主任。时隔半年，被任命为校长。疾病没能摧垮他，干工作就更不在话下。他一面认真总结历届学校领导的经验，借鉴兄弟学校的先进管理方法，一面翻阅自费订的10多种学校管理书刊，记录笔记10多万字，很快地缩短了由普通教师向校领导角色转变的时间，他一上任，首先制定了适合校情的《教学工作若干要求》等规章制度，建立和健全了校教代会。学校的决策和工作趋向民主化、科学化。与此同时，学校还实行了招生、评先进、经费开支、评定职称和奖金分配的分公开制度，增加了透明度。接着又制定了《学校十年规划和五年奋斗目标》，教师们的积极性迅速得到调动，"脏乱差"不见了，"软懒散"没有了，一个崭新的校纪校风、教风学风蔚然形成。

6年来，乐都二中为全国近百所大中专院校输送合格新生698名，升学率占6年平均入学人数的58%。1990年，在学生3门功课的高考平均成绩中，5 门功课获全地区第一名，总科平均第 2 名，比省重点中学的乐都一中平均成绩高出 30 多分。同时，学校因地制宜，利用第二课堂开展的家畜饲养、果树栽培、农药施肥、农村电工、科技致富等课外兴教活动，培养的大批学生成了农村的种田能手，养殖业大王和治穷致富的带头人。副省长班玛丹增来到学校，高兴地说："把一所农村中学办成这个样儿，真不简单！" 6 年间，乐都二中连续被评为全县先进单位，全省勤工俭学先进单位，多次受到省总工会、教育工会嘉奖。侯守孝也多次被评为海东地区优秀管理干部、全国优秀教师。县委、县政府奖励了他一级工资。

事业的成功者，往往一头有得，一头就有失。随着二中威望的提高，人人向往、仰慕。因此，找关系的"人情学生"纷至沓来。为此，侯守孝公开说："沾亲带故的首先别来找我！"话虽这么说，但有人却偏偏去找他。有一次，唯一的舅舅满怀希望，把初中毕业又复读了两年的孩子送来二中上高一。俗话说："阿舅外甥亲，丈人女婿亲。"他拿出好烟好酒招待阿舅。罢了，好言相劝。讲明了学校的招生制度，气得阿舅掐灭烟头，悻悻而去。从此，阿舅同他断绝关系，心目中再也没有这个外甥了。每当万籁俱寂，侯守孝常常扪心自问：是做得太过分了吗？可又有啥办法呀！学样不是侯家的学校，万一违纪的闸门一开，涌流能阻挡住吗？

其实，侯守孝并非一个绝情之人。一次马营乡的一位老阿爷来到学校找他说："侯校长，自从二中办起后，我们村里几十户人家没出过一个二中高中生。我的孙子离录取分数线只差几分，你看能不能收下个？"他一听惊诧了！于是走访这个山村，了解到老阿爷没有扯谎时，他的心被刺痛了。回到学校，他和其他领导商量，破格录取了这个素不相识的学生。又有一次，有个人为学生插班，特意送他一个红包，内装人民币 300 元。当即他痛斥了这种不良行为。

青海青年报记者闻讯赶来，想从侯守孝身上采访点什么，但他竟长时间搓着腿面，不知说什么才好。这位堂堂大学生，教书育人的"能人"，往日执鞭教坛，洋洋万言的风度哪儿去了？是过分谦逊，还是农民出身的人不善言辞呢？

湟水谷地的风越吹越暖，乐都的瓜果越长越大。已过而立之年的侯守孝依然显身在桃李乐园之中，期待着一个又一个秋天的收获。

情系高原

徐文衍

1980 年 10 月，从江南水乡来了一位朴实、憨厚的年轻人，他不畏高原条件艰苦，不计报酬微薄，执意扎根高原，用自己所学的缝纫技术，为振兴乐都经济服务，当上了乐都职校的第一位缝纫专业教师。他，就是连续 14 年赢得学校优秀教师和优秀班主任称号，2 次出席县劳模和先进个人表彰会，1989 年又荣膺全国优秀教师光荣称号的杨恒银同志。

大凡初来青海的人，总感到青海的生活艰苦和枯燥，而他却以苦为乐。当时学校校舍十分简陋，教室的一角，是他的办公室，晚上，两条长凳当床，铺开行李，成了他的卧室，摆上了炊具，又是他的伙房。他全身心投入缝纫专业的教学工作。从教学计划安排到备课、讲授、批改作业，这一连串的教学常规，对于他这个初为人师的人来说，是非常艰难的。他仔细钻研教材，虚心向有教学经验的同志请教、学习，为了讲好一堂课，他无数次面对树木进行试讲。

他勤奋工作乐于助人。14 年来，他担任缝纫班的班主任和专业教师，承担每周 22 节课的教学任务。但不管工作多忙、身体多累，只要有任务，他总是雷厉风行，一丝不苟，保质保量地按期完成。1988年5月，面对急需为县师范附小"六一"演出设计制作60套服装的任务，他带领学生加班加点。为不影响学生的睡眠，他独自一人连续10天，每晚都干到凌晨三四点，从设计到制作，严把质量关，最后圆满完成了任务。平时只要学校教工提出制作服务的要求，他总是愉快地、无偿地做出使人称心的服装。

他勤学苦练。为提高业务素质，曾先后报考重庆、沈阳服装设计学校函授学习，结业后捧回"优秀学员证书"。为解决刺绣教师奇缺的困难，他甘当小学生，与学生一起聆听外聘来的制绣专业教师的讲课。后来刺绣教师调走，他主动请求又兼任了刺绣专业课。

他开拓进取。1987年，在青海省首届职教成果展览会上，他带领学生设计制作的10多种服装荣获服装设计一等奖，为乐都职校争得荣誉。1992年，青海省教育厅领导去日本考察学习，打算从乐都职校带点刺绣产品。他为了青海人民的荣誉，连续半月，通宵达旦地工作。从制板、制作、镶字到包装，精益求精。后来这些刺绣产品，在日本受到高度赞赏。

他担任班主任，给自己定下3条规矩：严于律己，为人师表，身体力行。上早操，不管春夏秋冬，他始终如一地与学生一起跑步锻炼；劳动中，他抢先干累活、脏活。在一次班级接受掏教学垃圾洞的任务中，由于洞口小，铁锹无用武之地，他便跪着用手将垃圾一点一点地扒出来，在场的学生无不为之感动。由于他身先士卒，每带一个班，都被评为文明班集体，学生们自豪地说："生活在这样的班级里，无上光荣！"

他对学生有慈母般的爱心。学生下乡实习，他利用周末和假日去实习点看望学生。1983年隆冬，他从偏僻的中坝藏族乡看完学生，又立即奔往桃红营乡和蒲台乡。数九寒天，风雪交加，他忍着冻、困、饥、渴，翻山岭，越沟壑。当途经一冰封雪锁的河滩时，不留心滑了一跤，顿时，昏了过去，苏醒后发现腿部都跌得青肿，右手掌鲜血直流。他强忍疼痛，慢慢爬起来，一瘸一拐地从黄昏走到夜晚，才到学生实习点。学生和家长看到浑身裹着泥雪，满手鲜血的杨老师时，不禁潸然泪下。而他此时见到学生，就问寒问暖问工作。当得知缝纫机、锁边机出了故障时，立即用随身携带的工具进行修理，并教学生怎样修。家长感激地说："杨老师，您比我们做父母的还疼爱孩子啊！"他却说："我应当为她们尽一点力，谁叫我是老师呀！"

他无私奉献，不计较个人得失。他患有胆囊炎、胆结石病，身体素质差。去年，患病部位经常作痛，而他从不对别人讲，痛得难受时，就随手捶捶痛处坚持上课。一次，他在讲台上突然疼痛难忍，仍然坚持把课上完后才去医院治疗。1981年，远在数千里之外的父亲要退休，数次写信催他去顶替工作，他一再推辞，信中说："我实在离不开青海这片土地，离不开这里可爱的学生。"1988年，祖母病逝，他因工作忙未能回家奔丧。去年3月他母亲不幸猝亡，为了不影响妻子工作，他只身前往，行程4300多公里往返只用了8天。同年5月，父亲又病危，仍是他只身前往，见了父亲最后一面。这一次往返也只用了11天。2次给老人送终后，都立即返校。他说："逝者不复生，我不能耽搁几十个学生啊！"

他的事迹在学生、家长、教师中传扬，他的成绩得到党和人民肯定。他被授予"全国优秀教师"的称号是当之无愧的。

为了幼苗茁壮成长

朵辉云

　　海东市乐都区李家乡是个贫困乡，生活着汉、藏等各民族群众。交界湾村的"山村幼儿园"里，有一位年轻的女教师，虽然任教才 6 年多，但她热爱幼教事业，精心培育这里的幼苗茁壮成长，将自己的心血和汗水倾注在这片热土地上，成为当地人们经常提起和夸奖的教学育人故事。她，就是交界湾村的"山村幼儿园"志愿者女教师孙淋。

　　孙淋走上幼教事业道路，还得从她自身的原因说起。她 1986 年出生于海东市乐都区李家乡山庄村，7 岁时和两个妹妹随父母举家迁居海西州香日德，居住不到一年，也许是祖孙情深，还是思念家乡，她又回到祖父母身边，和祖父母一起生活学习。就这样，从小学到大学，她都未离开过祖父母，和他们相依为命，一起生活了几十年。2007 年，她从湖北黄冈职业技术学院物流管理专业毕业后，很快在江苏无锡找到了与所学专业对口的一份仓管工作。对于一个刚毕业的女孩子来说，这份工作虽不是太理想，但也很轻松，收入也可以。可干了 2 年，看到老家 80 多岁的祖父母已无人照料，生活艰辛，"祖孙情深"迫使她回到祖父母身边，担当起了照顾两位高龄老人的重任。恰好，这时区教育局招聘早教点志愿者教师，她报名应考，竟被录用，从而成为家乡专职幼教事业的一名人民教师。从此，在家乡的这片黄土地上，她既担当起了孝敬老人的责任，又在幼教的道路上一步一个脚印，坚实地朝前走。

孙淋如愿以偿成为人民教师后，虽然在区教育局接受了 20 天的短期岗前培训，被分配到生她养她的李家乡山庄村，担任了山庄村和尔茨村两个走教点的幼儿志愿者老师，开始了自己从事幼教事业的生涯。当时，她用满腔热忱喜悦地去迎接这份充满挑战性的工作，投身"走教"这片多姿多彩的世界。但真正干起来，欣喜之余的她也遇到了不少难题。当她走进两个走教点时，看到的却是走教点设在村小学里，教室紧缺且简陋，活动室除了一些破旧的桌椅外，没有其他任何教学设施和玩具。初为人师的她的确有些惴惴不安。在常人眼里，接受早期教育的这些 3—6 岁的孩子，不过也就是到学校耍耍而已，不哭不闹就行了，好让家长们安心去干自己的事情。还有一些家长认为，既然是学校，幼儿也一样，就要有数学、语文的小学化教育。什么音乐教育、美术教育、习惯培养、游戏活动、语言培养等都无关紧要，对此不感兴趣，认为学这些基本"没用"。面对这些对学前教育认识的浅薄，不理解、不明白学前教育对孩子在身心各方面培育发展起到的重要作用，孙淋一边默默承受，一边调整工作方法，和同事一起多次召开家长会、做家访工作，向家长讲解 0—6 岁幼儿教育的重要性，以及先进的育儿理念。同时，还利用家长们每天接送孩子的间隙，跟家长们沟通交流，让他们了解更多学前教育对幼儿发展的深远意义。再经过自己的不懈努力，使家长们看到了孩子身上成长的点滴优良闪光点，慢慢接受了学前教育。

有人说，幼教老师的工作其实就是一个身兼孩子王和保姆双重角色的工作。既平凡又琐碎、既单调又无趣。刚开始时，孙淋也有同感。曾经也胆怯过、茫然过，可她没有退却过，后悔过，更没有放弃过。

她的人生价值随着时间的推移，也就在这平淡、琐碎、单调、无趣中体现了出来。当时，山庄村幼儿园有20多名幼儿，和尔茨村有18名幼儿。她的工作都是每星期一、二、三在和尔茨上课，四、五在本村上课。山庄离和尔茨有五六公里路程。每次去学校，没有任何交通工具，她一直步行。经常不是一身汗一身土，就是一身汗两脚泥，从不间断地行走在这崎岖不平的山路上，每次都要花去2个小时。尤其是遇到大雾或雨雪天气，漫长弯曲的道路上很少见到人影，胆小的她心里不由时常有种恐惧感。但一想到那些等待她去上课的孩子们，毅然来到走教点。而且每次都是提前到校不说，并做好教学前的一切准备工作。刚开始时，幼儿教材是区教育局自编的，内容还不太丰富，但她在使用好这个教材的前提下，把报刊或书本上看到的有关适合幼儿教学的资料一一记录下来，作为补充教学的内容，让幼儿在有限的年龄和学习阶段中接收到更多的知识，拓宽了孩子们的视野。后来有了语文、艺术、科学、社会和健康的正规教材，她如鱼得水，更加认真备课、上课，年年完成五大领域的教学任务，多次受到中心学校和幼儿家长们的好评。

"不积跬步无以至千里，不积细流无以成江河。"孙淋很喜欢这句名言，也深谙这个理。于是，也就如是去做。她在搞好幼教工作的同时，从未放松过自己的学习。为了提高理论水平，她订阅了多种幼教杂志书刊，学习最前沿的幼教理论。平时还注重积累，将日常工作中的反思、收获和点滴启示记录下来，以便促进自己的教学水平不断提高。中心学校组织教研、业务学习、观摩课的评议以及优秀园所的参观等活动，她都积极参加，从不错过。从中汲取有益的教育经验，不断充实自己，提高自身的业务能力。

人们常说，孩子是祖国的花朵，社会的未来。此话不假。用孙淋的话说，幼儿则是花朵的幼苗，需要更加呵护和培育，才能苗壮成长。因此，她在培育祖国花朵的这些幼苗时，那么的格外专注和精心。为了不让孩子们的学习和生活单调，孙淋从微薄的工薪中自掏腰包，购买了音响设备、电脑和电子琴，以便在教学中运用多媒体扩展孩子们的视野。闲暇之余，她还利用废旧的牛奶纸盒、易拉罐和布料等物品，亲手制作孩子们喜欢的小汽车、机器人、布娃娃等玩具，使孩子们有兴趣来学校学习、玩耍。与此同时，她还动脑筋在饮料瓶中装上小石子，当作打击乐器和孩子们一起玩。另外，还动员家长用小钢筋制作铁环，开展些比赛活动。这一切，无不受到孩子和家长们的欢迎。

孙淋在本村和和尔茨村任教的 3 年间，一边悉心照料祖父母，一边兢兢业业干着自己的工作。当祖父母相继去世后，她被调到交界湾村继续幼教事业。交界湾不仅离自己山庄的家更远，且要翻山越岭。此时，又没有了后顾之忧的她，干脆住在了学校，以校为家，扬起了她在幼教事业上的理想风帆。

热爱孩子是教师实施教育的重要前提，没有对孩子的爱，就没有真正的教育。爱是幼儿的一种迫切心理需要，教师与幼儿之间建立起良好的感情联系，能使幼儿产生积极、愉快的情绪。孙淋自从成为一名幼教老师后，时刻不忘记用"爱"字去教学，关心孩子们的茁壮成长。有孩子哭闹了，她细心哄怪；有孩子拉屎尿尿，帮他们解裤带，穿裤子。在孩子们心里，她既是一位能叫他们快乐学习的好老师，又是一位仁慈善良的好母亲。一次，一位母亲把孩子送来学校，说是可能晚一点来接，让她多照看一会儿，她欣然应允。可天快要黑了，这位母亲没来接孩子，一直到了天黑，还是没来接。孙淋一边哄着哭闹的孩子，一边做熟晚饭，和孩子吃完后，晚上八点又自己一人把孩子送到几公里外的幼儿家里。还有一位性格内向的小朋友，刚入园时情绪一直不稳定，经常掉眼泪，也很少参与活动。面对这样的孩子，孙淋给予他们"特殊照顾"，不忘记每天早上热情地蹲下打招呼，牵着他的手去拿玩具，邀请其他小朋友和他一起玩，消除他对陌生环境的不适应，慢慢地看到老师他就露出灿烂笑容，也会积极地参加到活动当中。有一天他拉肚子，一下午拉了3次，孙淋帮他换了3次裤子。这3条裤子中，一条是家长拿来备用的，一条是孙淋自己为孩子们备用的。原来，孙淋为了防止孩子们有时尿裤子，害怕没有更换的衣服，就从本家哥哥家拿来自家孩子穿剩的小衣服以备用。这不，这次就派上了用场。在换好裤子后，孙淋打来温水擦洗掉屁股不说，还抱着他轻轻揉肚子，消除痛苦。当这位孩子的妈妈前来接孩子时，知道了发生的一切，无不感激孙老师。还有一对兄妹幼儿，哥哥李余博和妹妹李玉香可算是两个胆小、不爱说话的孩子。每天从家到幼儿园要行走一个半小时。父母忙，平时没有较多时间来照顾他们。孙淋把这兄妹俩当成"特殊孩子"，一方面与其父母沟通，让家长意识到孩子的成长需要家长的陪伴和鼓励，另一方面为两个孩子创设说话的机会，让他们感受到老师的爱。在孙淋的关照和呵护下，兄妹两个的话慢慢多起来了，也喜欢主动跟其他小朋友交流了。一天早晨，正在晨检的孙淋突然听到一声"孙老师早"的童稚话语，不由抬头一看，原来是李余博兄妹手拉手一边跑一边向她问好。在场的李余博母亲也激动地说："孙老师，两个孩子真的变了，你可为我们操了不少心，真的谢谢你！"就这样，孙淋在每个孩子身上都倾注了自己的爱，让他们快乐地生活、学习。

作为一名人民教师，孙淋就是这样用真心关爱孩子，用真情感染孩子，使自己的教诲像一粒种子，播在了孩子们的心田。像滴滴甘露，滋润了孩子们的心灵。在她从事幼教工作的6年来，在每学期的教学评优和教学考核中，都取得优异成绩。2015年和2016年她被评为李家乡中心学校"优秀教师"，2017年又跨入全区教育局"优秀教师"行列。她所任教的"走教点"也从幼教工作顺利开展，达到家园共育的目的不说，更使"走教点"成了现在比较正规的"山村幼儿园"。谁不信服，谁不佩服！

然而，面对成绩和荣誉，孙淋只是说："既然我走进了童心世界，就要用真心去关爱他们，培育他们，让他们茁壮成长。这就是我的梦想。"

用真情守护神圣的职业

赵玉莲

　　山路弯弯，走出山乡的未来。化隆县阿什努乡刘什洞教学点位于黄土高原和青藏高原过渡地带，爬上卡力岗山，下坡后就是阿什努乡，这里海拔 3400 米，虽然时值霜降时节，但山里的冬天来得更早一些。走在阿什努乡卡力岗山上，凛冽的寒风从我的发梢呼啸而过，一个瘦弱单薄的身影映入我的眼帘，他左手牵着一个 4 岁左右的小男孩，右手牵着一个 3 岁左右的小女孩，步履缓缓地走着，三步一回头，因为他的身后还紧跟着 24 个 10 岁左右的孩子。孩子们走在崎岖不平的雪地里，脚下发出"咯吱、咯吱"的声音，演绎出一曲师生情深的优美旋律。寒来暑往，他每天都是走几十里山路护送这些孩子翻过卡里冈山回家。他在这条弯弯曲曲的山路上已经走了整整 13 年，这是一条崎岖的山路，这是一条洒满汗水的道路，这更是一条通向孩子们未来的希望之路。他就是在《半月谈》杂志、《海东时报》、《青海新闻网》等多家报刊媒体，以及"爱撒青海""夏都公益""浪西宁"等多家微信公众平台广泛宣传赞誉的优秀代课教师李永年。

　　出身贫寒懂事早，潜移默化育园丁。有的人与生俱来就选择了自己钟爱的事业，并为之奋斗一生。李永年于 1968 年 8 月 17 日出生在青海省海东市乐都区芦花乡朵家湾村。该村离乐都县城 50 公里，交通不便，饮用的是地窖水，父亲和母亲都是勤劳善良的农民，母亲是共产党员。母亲生了 5 个孩子，他排行老四，他有一个哥哥、两个姐姐和一个妹妹。他们兄妹 5 人从小跟着父母做农活，因土地贫瘠，一年收成不好，一家人过着食不果腹的日子。虽然日子清贫，但父母经常教导他们要自立自强、为人和善。从小时候起，父母谦虚和蔼、乐于助人、尽职尽责的良好道德情操，深深地感染着他。高中毕业后，他到新疆打工挣钱，但因眼睛高度近视，戴眼镜干活很不方便，有一次搅拌水泥，不小心把眼镜掉进了池子里。1998 年他到村上的小学担任代课教师，从此，31 岁的李永年与教育结下了不解之缘，赡养老人、养育子女、农耕种地，所有家务重担都落到了勤劳的妻子李英玉一个人肩上。他坚守着一份淳朴与清贫，用无私的爱浇灌山村的教育之花。尽管尝尽了山村教学的酸甜苦辣，但学生的成绩和进步让他觉得一切付出都值得。他凭着一腔热血和强烈的职业责任感，很珍惜这份收入微薄的工作，尽心竭力教书育人。在母亲的耳濡目染下，2002 年他加入了中国共产党。

情注教育事业，满首银霜育稚桃。李永年在乐都芦花乡朵家湾村小学当了 8 年代课教师之后，2006 年 9 月，他被聘到化隆县阿什努乡担任代课教师。为了减轻妻子负担，他带着两个年幼的女儿前往该乡的拉盖教育点。这里人烟稀少、语言不通、交通落后。在这里，他既当爹又当妈，精心照顾两个女儿，开始了父女相守的异地教书生涯，一张张奖状就是他和两个女儿的精神食粮。走进教学点，国旗杆上一面鲜艳的红旗迎风飘扬，教室虽陈旧，但两间教室的外墙上用白色楷体写着醒目的"求知""勤奋""好学"六个大字。因为种种原因，在这片贫瘠的山区里生活的孩子们学习汉语课程普遍比较吃力，虽然这个教学点开办多年，但因为条件艰苦，教师更换频繁，直到 2006 年李永年来到这里，家长们一颗悬着的心才终于放下。他用自己的细致、耐心和认真负责的教学态度，让学生的成绩渐渐有了进步，他也从一个形单影只的外地人，逐渐被乡亲们认可，天真无邪的孩子们，也慢慢成为他内心最难以割舍的牵挂。李永年成为阿什努乡第一个长期留下来的老师，至今传为佳话。寒来暑往，他送走了一批批学生，有的已经考上大学，走上了工作岗位，日复一日，年复一年，而他依然坚守着这座大山和来了又走了的孩子。看着银沙笼罩的苍茫大地，看着一双双稚嫩的眼神，看着一个个可爱的笑脸，我的心中百感交集。

改革春风进校园，师生同庆笑语欢。近几年，学校条件发生了天翻地覆的改变，李永年的心里乐开了花。他在化隆县阿什努乡拉盖教学点教了 9 年之后，乡上特意关照他，让他去日芒教学点。2017 年，日芒教学点经过教育部门扶持翻修，焕然一新，宽敞明亮的教室大黑板上方悬挂着历代领导人遗像，桌椅板凳和县上的小学一样干净整洁，而且每学期有 1000 多元的教学经费，可以自主买粉笔、板擦等日用品。他每天步行到乡中心学校免费吃饭，结束了近 10 年三餐基本以土豆为生的日子。说到这里，他激动得热泪盈眶。他的宿舍兼办公室，摆着一台电视，但他晚上把时间都花在备课、批改作业上，周末不回家时偶尔看看电视。在阿什努乡日芒教学点教了 2 年之后，2019 年 3 月他又被调到化隆县阿什努乡刘什洞教学点，因刘什洞教学点离中心学校 11 公里，不得已又自己做饭吃，也顾不上两个女儿了，于是他把两个女儿又送到乐都贾湾小学上学。他说，以前在拉盖教学点教书时，没有网络，手机信号也不太好，几乎是与世隔绝的，现在所在的刘什洞教学点应有尽有，乡上还调来了加羊老师，学校院子里铺上了红砖，配上了篮球、足球、跳绳等体育教材，上体育课时他和学生们一起打篮球、玩跳绳。刘什洞教学点现有 26 名学生，其中学前班学生 4 名，一年级学生 2 名，二年级学生 7 名，三年级 3 名，四年级 8 名，六年级 2 名。李老师负责教三年级、六年级语文及一年级、六年级数学，加羊老师教一、二、四年级语文和三年级数学。李永年说："我衷心感谢党和政府对我的信任，为我提供了一个发挥自己特长的平台，让我能拥有这份一生挚爱的工作，今后我会不忘初心，牢记一个共产党员和代课教师的使命，继续为贫困山区的孩子们无私奉献自己的全部热血。"

莫喻春蚕和蜡烛，贫瘠山沟洒热血。做一名好老师难，做一名贫瘠山村的好老师更难，可他却乐在其中。他为了贫困山沟里孩子们求学的梦想，从乐都区芦花乡的一个偏僻山村先后到化隆县拉盖、日芒、刘什洞教学点，教了500多个孩子，小学毕业后这些孩子有的到化隆中心学校上学，有的已考上大学走上了工作岗位，有的还回来看望他，每每此时，他的心里像吃了蜜一样甜。有人问他，长期离家，苦不苦？他憨笑着回答："娃娃们在我这读书认字，家长尊敬我，孩子们喜欢我，我还有什么苦可言呢？"由于回家的路程远，一家人过着聚少离多的日子。阿什努乡没班车，日芒教学点离县城18公里，刘什洞教学点更远一些，每次回家都是中心学校的老师开车把他送到化隆县，然后他从阿什努乡—化隆县—平安—碾伯—芦花，回趟家就是一整天，所以他一年回家次数是屈指可数的。9月份开学时正好是山区秋收季节，他不能帮妻子收割庄稼就去学校，他很欣慰，妻子从未有过抱怨。有一年开学时正好在收庄稼，他眉头紧锁艰难的选择，是按时去学校还是收庄稼？经过一番苦苦思索后他最终选择了按时去学校，但是他走后没几天，就下了一场冰雹，将地里未来得及收割的庄稼打得颗粒无收，他很内疚，自责了好长一段时间。更令他始料未及的是，他80多岁的父亲被查出膀胱癌，虽然他借了2万元钱尽自己最大的努力让父亲住院治疗，可是无情的病魔还是夺走了他老父亲的生命。他父亲离开时也没能见上他最后一面，因为当时他还站在讲台上给学生上课，父亲带着遗憾永远离开了他。他极力承受着失去父亲的痛苦，办完丧事就匆匆回校了，因为他知道学生们离不开他，他经常对家人说，不能因家里的事耽误学生的课。这就是一名最朴实的代课教师，守护的是孩子们的梦想，守望的是祖国的未来，没有什么能够阻挡他对工作的热爱和执着。我觉得他的坚守不仅仅是为了那点工资，更多是对教育工作的热爱，21年的坚守成为偏远山村的精神支柱，他点亮了500多个孩子心中的明灯。

坚守三尺讲台，一腔热血化春雨。他是一个生活在孩子们欢声笑语里的人，他曾经有机会成为一名村支书，然而他忘不了那些稚嫩的孩子们渴求知识的眼神，舍不得抛下一个个天真无邪的笑脸。李永年说，2012年他在拉盖教学点教学时，乐都老家村子里选村支书，他是党员，又是教师，村民都推选他，他当时想过回到家当村支书，回到日思夜想的老父亲身边，回到他相濡以沫的妻子身边。可是拉盖这边的村民知道了，说什么都不让他走，生怕他走了之后没人教这些偏僻山区的孩子，开始轮流给他送面，以这种方式苦苦挽留，还说以后他吃的面粉孩子家长轮流送……为了不辜负这些孩子及家长，他又留下来，继续他支教的人生之旅。现年52岁的李永年，看上去比同龄人更苍老一些，黝黑瘦小，眼窝深陷，眼睛高度近视，左眼近视900度，右眼高达1000度。我们都知道，贫困山区支教，这是一份艰辛的工作，他在山沟沟里代课21年，他的坚守是对奉献两个字最好的诠释。

千里迢迢寻访，感受乡村教师的苦乐与执着。李永年说，教学点很少有人来，除非有重要的事情，2018年4月18日记者张曦与徐文婷来采访他，在《半月谈》杂志发表了一篇纪实采访录——《52岁的代课教师，用20年时间告诉我们什么是坚守》，点击阅读量4.6万，引起了社会各界人士的强烈反响。从此这座僻静的大山不再寂静，有前去慰问他的志愿者，也有千里迢迢前来采访他的记者。"夏都公益"为了传承尊师重教的美德，长期关注李永年教师，给他和孩子送去了关怀和温暖，爱心人士也真切地感受了乡村教师的苦乐与执着。一位读者在这篇访谈录文末留言："是信念和责任让他坚守住了自己的岗位，他是微弱的烛光，却点亮了一座大山！"也有不少朋友留言呼吁解决代课教师的养老问题。目前中国有千千万万个像他这样的贫困山区的代课教师，解决这样的问题的确不是一朝一夕的事。但我相信，随着我国国民经济的进一步发展，不久的将来一定会有属于代课教师的一片蔚蓝天空。

品似幽兰书墨雅，德如文竹气节清。李永年用无限的真情守护有限岁月里的神圣职业。孩子们纯洁的心灵，让他拥有了一颗年轻的心，看到孩子们学业有成，他很有成就感。遇到辍学的孩子，他耐心细致地给家长做思想工作，让孩子重返校园，回族男孩马德林就是重返校园的孩子。小学的孩子是最顽皮的，尤其是日芒教学点的学生，有藏族、有回族，他们都说藏语，学生们听不懂他的话，他也听不懂学生的话。他耐心教他们说汉语，从而保证了以后他们能去中心学校继续读书。刘什洞教学点的回族学生会讲汉语，他和学生沟通方便多了。2017年，他的大女儿考上了江西南昌师范大学，没能如她愿考上免费师范生。他每月2000元的工资，只能基本保证女儿的伙食费，因此他经常要求女儿，在保证吃饭的情况下，要勤俭节约。现在二女儿、三女儿还在读小学，享受着国家的好政策，学费和营养餐都免费，将来二女儿和小女儿考上大学，他也老了，恐怕身体不允许代课了，只能申请国家教育助学贷款供两个女儿上大学。虽然对自己的孩子他没尽到一个父亲的职责，更给不了优越的物质条件，但对大山里的孩子他倾注了全部的心血。

一人撑起一学校，每日担当护旗手。在日芒教学点，因为师资力量严重不足，李永年承担着语文、数学、美术、体育、音乐等所有课程的教学。他一个人每天早上升国旗，然后开始上课。每天依旧，无论何时何地，从未改变，他说："山大沟深的地方鲜艳的五星红旗就是我和孩子们前行的旗帜。"教学点虽然不像正规学校，但是每一门课他都想办法教。语文、数学对他来说是最得心应手的课程，但他的普通话说得不标准，近几年教育部门配给学校电脑，有配套的教学软件，这可给他帮了大忙，孩子们跟着电脑读音就准确了。美术课倒也好办，从图形的认识到简单儿童画，李永年尽己所能地教给孩子们，因他五音不全，音乐课实在难以胜任，通常是拿手机给孩子们放音乐，用手机一遍一遍地放歌，和孩子们一起学，倒也学会了很多歌。体育课好办一些，他们玩老鹰捉小鸡，他当老鹰，学生们非常乐意玩，他的生活因学生的陪伴更加快乐。每天上7节课，还照顾他们吃中午饭，他的心血没有白费，孩子们到8岁左右时基本上能听懂汉语了，也有兴趣学写汉字。2017年上学期，他带学生去乡中心小学参加学业水平测试，数学平均分达到了95.5分。阿什努乡中心小学给他发了一年级数学教学质量奖，还奖励了1500元钱，荣誉和奖金双获，这对于负债累累的他来说，是最开心的事了。但同时他也感到着急和愧疚——孩子们的语文成绩不太好，因为都是藏族孩子，自牙牙学语起学的就是藏语，只能慢慢引导，才能掌握汉语。

待父老乡亲为亲人，视育人大道为己任。他耐住寂寞，守住清贫，远离繁华，用心教导山沟里的孩子，立志通过自己的努力，用自己的坚守放飞孩子们的梦想。多年来，他获得过很多荣誉，1999年被芦花乡评为"优秀教师"，2008至2009年度获得数学质量一等奖，2013至2014学年度被阿什奴乡评为"优秀教师"，2016年他在班级管理中成绩突出，被评为"优秀班主任"。他说："我只是尽了一个教师应尽的职责，但党和人民给了我很高的荣誉。"当了21年代课教师，欠了十几万的债。整村搬迁的时候借了11万元，加上父亲癌症住院借的2万元钱，债台高筑，其实亲戚朋友都知道他一时半会还不上钱，他们之所以借给他钱，是为了向他表达深深的敬意。每年他都打算还一些，但家里开销大，到了年根就又还不上。大女儿开学前，他不得已又向高中同学借了一万，交了学费，给她买了个手机，买了一身新衣服。他没条件去送女儿，女儿和同学一道走的。寒暑假他回到老家，在熟人的工地上做小工，挣点零花钱贴补家用。他说："我曾到乡政府争取过编制，想早点把借的钱换上，但是代课教师又不是我一人，还有更远更偏僻教学点的，如果解决了我的编制，别的教师怎么办？乡里教育工作就没法干了。后来我就不给乡领导提条件了，我已经52岁了，尽自己最大努力，能多干一年就多干一年。"

他一生支教，一生"送礼"，乐此不疲。爱因斯坦说："教育是上帝送给孩子们的最好的礼物。"他正是这种礼物的传递者。当我问他对幸福的理解时，他满眼笑意道："我有一个相濡以沫的妻子，有3个懂事的女儿，还有陪伴在我左右的孩子们，我是世界上最幸福的人。我只希望带山里的孩子们去科技馆和博物馆看看，看过了再讲课，娃娃们能记得更牢些。"21年来，校园里印下了一行行他的足迹，洒下了一串串勤劳的汗水，也积淀了他对人生的感悟。多少个宁静的夜晚，他独自在校园里漫步，眼角堆砌着孩子们的故事。三尺讲台，记载着他日夜的艰辛，一块黑板，映照着他疲惫的身影，一根教鞭，指引着祖国花朵天天向上。且看乡土大地，无论是挺拔的白杨，还是低矮的灌木，都在以生命的翠绿向他致敬。

如果说夏花灿烂是春天的花苞成就的，夏时的如盖绿荫是春天的嫩叶成就的，那么山沟沟里孩子们的美好前程、山沟沟里的教学质量则是无数个像李永年这样的代课教师成就的。在大山深处教学，是有着多么热爱教书育人的情怀，21年的时间，大山里的坚守，源自一个共产党员的信仰，源自无私的爱，我们的教育事业不正是需要这样无私奉献的人吗？他用无限的真情守护雪山深处神圣的职业，他的生命因童心陪伴而更加美丽。

爱的传递

袁有辉

人们常说，人世间有两种人最无私，也是不求回报的，第一种是父母，一心想着孩子超越自己；第二种就是老师，甘当人梯，一心想着"青出于蓝胜于蓝"。

杨芳，从师范院校毕业分配到乐都县下营学校任教时，面对刚接班里的十八张陌生而又天真稚嫩的脸，面对十八双渴望知识的眼睛，她的心底涌现出了无限的爱，她决心倾注满腔热情，尽职尽责，教书育人。

杨芳教书的学校地处山区沟岔，交通不便，学生都来自附近的几个村子，个别学生每天来回要走四五里山路，中午回不了家，只能从家里带点干馍馍充当午饭，渴了就喝点自来水解渴。杨芳老师看在眼中，疼在心里。于是，每天中午时，杨芳老师提前在自己的宿舍里烧好水，下课后，让学生们到她的宿舍里倒开水。有时候，还把自己从家里带来的好吃东西分给学生们吃。

杨芳在工作上认真踏实，积极负责，用爱心温暖学生，用真情感化学生。班里有个孩子叫祝满甲，在他很小时母亲就改嫁了，父亲患病去世。杨芳了解到情况后，看到粗糙而又满是污垢的小手，破烂的衣裳，调皮捣蛋，偶尔来点恶作剧的祝满甲。杨芳心想，每个孩子都是在父母的呵护下长大的，孩子一生最不能缺少的就是家庭教育。就在这时，杨芳心里有了一个大胆的想法，世上无难事，只怕有心人，她要帮助祝满甲。杨芳给祝满甲洗衣裤，毫不嫌弃地用指甲掐裤缝上的虱子，并且细心地为他缝补扯破的裤子。时间一长，每个星期五中午就成了杨芳给祝满甲洗衣服的特定时间。冬天，祝满甲的脚冻伤了，肿得像小馒头一样，她亲自熬好辣椒水，装到瓶子里带给祝满甲，叮嘱他回家用辣椒水洗脚。

祝满甲从老师的行动中看到了爱，感受到了温暖。开始变得懂事了很多，上课也能够积极大胆地发言，学习成绩有了很大进步。在杨芳多年的真情付出下，祝满甲以优异的成绩考入了乐都一中。三年的高中学业中，祝满甲继续得到了希望工程和爱心助学机构的帮助，成绩一直稳步上升，顺利完成高中学业，最终考入了中国民航飞行学院。

大学毕业后的祝满甲，找到了一份稳定而又让人羡慕的工作，现供职于青海机场有限公司德令哈机场分公司航务部管制。而他第一件想到的事情，就是感恩政府，回报社会。他没有忘记自己的家庭发生重大变故后，成为孤儿的他在艰难的求学路上，吃不饱，穿不暖，交不起学费时，得到了政府帮助和爱心助学人士的资助。

2014 年 3 月份的一天，祝满甲打电话给杨芳说："老师，如今我收入宽裕了，我想尽点微薄之力，每月从自己工资里拿出 1000 元，来帮助几名贫困学生，更希望从您的班里选出几名。"

爱心没有大小，真情温暖他人，经过杨芳老师和祝满甲的再三考虑斟酌后，选择了五名学习优秀，家庭贫困的学生。以每人每月一百元的标准，祝满甲按时将助学金转到杨芳老师的卡里，再由老师发放到每个学生手里。杨芳对受助学生们说："这是我的学生祝满甲的爱心善举，希望你们好好学习，不要辜负大哥哥的期望，也希望你们将这种爱传递下去。"

5年多时间过去了,祝满甲资助贫困生的助学金从未间断过。同时,祝满甲对杨芳老师的教育恩情始终牢记在心里。每逢节假日,祝满甲都会按时打电话问候老师的身体状况和工作情况。春节期间专程来老师家里看望。每年9月10日教师节来临之际,祝满甲从没忘记过给杨芳老师送上一大束鲜花,祝老师节日快乐。

如今,杨芳已有20多年教龄,日复一日,年复一年,送走了一班又一班的学生。虽然岁月无情,但是收获满满,更是感动不断。

距离2019中考不到2个月的时间,一天放学回家的路上,杨芳老师不慎摔倒,头部落地,导致颅内两处轻微出血。躺在病床上的杨芳老师心里始终牵挂着班里的学生,在住院的几天时间里,杨芳老师也接到好多名学生的电话,问老师病情恢复得怎么样了,学生们在电话里说:"老师,我们想您了。"杨芳老师咬着嘴唇,哽咽着说:"我也想你们了。"杨芳交代学生:"你们一定要听带班老师的话,自觉遵守课堂纪律,马上要中考了,剩下的时间不多了,抓紧时间复习,老师过几天就来上班。"待病情稍微好转后,杨芳老师毅然决然地回到了学校,投入到忙碌的中考冲刺中。

三尺讲台,三寸粉笔,杨芳为人师表,情系学生,甘当人梯,无私奉献。用言行书写着爱,传递着爱。愿杨芳老师辛勤付出的每一滴汗水能浇艳学生成功的花朵,让每一朵花都能在它的花期到来时能够绚丽地绽放。

一株扎根乡村教育的山桃花

朱丹青

一

2017 年 3 月的一天，毕业于青海师范大学教育学院，来自甘肃平凉的姑娘丁鹏丽背着简单的行囊，来到乐都区中坝藏族乡中心学校的门前。

初春的大山深处，迎面吹来的山风虽然也有了一些暖意，但道路两旁的树木尚未因此而泛绿，一阵阵琅琅的读书声从学校里传出，在山谷中回响。

站在校门口，抬头仰望校园上空高高飘扬的五星红旗，丁鹏丽的心中热血沸腾，"长大后，我就成了你"，她的人生理想将从这里起步，她将亲手为山村孩子们的梦想插上腾飞的翅膀。

一阵清脆的铃声响起，她怀着坚定的步伐，迈进校门。

二

"捧着一颗心来，不带半根草去。"这是著名教育家陶行知先生一生献身于教育事业的真实写照。成为一名人民教师后，丁鹏丽时时用这句话鞭策着自己，她要把生命中最美好的时光献给教育事业，用自己的一腔热血为山区的学子们撑起一片晴天。

众所周知，与城区学校相比，中坝藏族乡中心学校地处偏远，教学条件相对艰苦，但她毫无怨言，不计较个人得失，时时以一名优秀教师的标准，严格要求自己。她严于律己、宽以待人，工作中积极主动、刻苦努力、责任心强，乐于接受学校布置的各项工作。

两年时间，她的思想觉悟、理论水平和业务能力得到了较快的提升。2020 年 4 月，她被乐都区教育局任命为中坝藏族乡中心学校教导主任。

作为校教导主任、语文任课教师兼班主任，她的日常工作比以往更加繁重。面对各种各样的压力，她没有退缩，而是以更加饱满的热情投入到工作中。

她不断探索教育教学方法，并大胆创新，合理利用教学资源，精心备课，认真上好每一节课，以诙谐幽默的教学风格和生动形象的教学语言调动学生学习的积极性和主动性，让兴趣成为学生最好的老师，让热爱成为学生学习语文的力量，因此，她的语文课便成了孩子们最期待的课程。

三

"爱是教育的灵魂，没有爱就没有教育"，丁鹏丽是这样说的，也是这样做的。除了在课堂上为学生答疑解惑，她还非常注重学生的心理健康。

中坝学校有许多单亲孩子和留守儿童，她们缺少父母的陪伴，感受不到母爱的温暖，于是她便充当孩子们的妈妈，给女孩子们梳头、买衣服，陪男孩子过生日、买课外书。

每年的"六一儿童节"她还会给孩子们准备蛋糕，为他们化妆，和他们一起度过这个快乐的节日。正是由于她的热心和爱心，同学们亲切地称呼她为"老师妈妈"。

鉴于农村学校教学资源匮乏，为丰富校园生活，她带领学生开展演讲比赛、书法比赛、感恩教育、户外实践等主题活动来增加学习的趣味，让孩子们乐于学习，勤于学习。她始终相信，老师只有把对学生的爱倾注到工作的每个细节，才能获得真正的成功。

现在她教出的第一批学生已经升入初中，但她们依旧保持联系和问候，她常对孩子们说"时光不老，我们不散；岁月静好，你我如初"。正是这样富有诗意的情怀，让大山深处的孩子们身处外面的世界，仍不忘内心的朴实。

四

2021年3月，随着女儿出生，丁鹏丽成了一位真正的母亲。这时，她才意识到，为学生们传道授业解惑并且照顾生活起居的"老师妈妈"与一个真正的母亲之间，还有很大的差距，还需要努力。

2021年9月，她休完产假回到工作岗位，继续担任山桃中心学校教导主任。

由于疫情，开学后，她很少有机会回甘肃老家看望年幼的女儿。每次，看到低年级的小学生在校园里跑来跑去，丁鹏丽就十分想念远在老家的女儿，"等到你上幼儿园的时候，妈妈就可以把你接来了。"与女儿视频的时候，她都对着镜头里正在拍手的女儿这样说，并且露出了期待与幸福的笑容。

五

作为一名教学经验丰富的骨干教师兼教导主任，丁鹏丽来到山桃中心学校后，以最快的速度熟悉了新的教学环境，还组织和带领全体教师从实际出发，学习教育理论知识，更新教育理念，开展有针对性的教研活动，努力提高课堂教学效率。她倡导教师要有"衣带渐宽终不悔，为伊消得人憔悴"的精神，兢兢业业做好工作。经过大家的不懈努力，山桃中心学校的教学质量稳步提高。

"问渠哪得清如许，为有源头活水来。"

为了觅得那活水的源头，她勇当教学教研的实验者、践行者。紧跟时代的步伐，认真学习现代教育理论，运用课改理念，审视课堂教学，寻找改进的思路，并及时将自己的想法记录下来，编写教学反思，总结符合自己的教学模式，形成独具特色的教学方法。她还积极参加教育局和学校组织的各种学习培训，从知识素养、专业技能等方面提高自身的素质。

她认真参加每次教研活动，在活动中，积极发表自己的见解和主张。无论是制作教学课件还是公开课、示范课，她都走在教师们的前面，为他们做出表率。这几年，她每学期坚持上一节公开课，每次都能给听课教师带来新的感触，获得了学校教师和领导的一致好评。

2021年11月，受教育局邀请她为新入职教师做了一场题为《择其所爱爱其所择》的专题讲座。她从自身成长经历现身说法，鼓励新教师日常做好本职工作的同时要勤于思、善于学、敏于行，通过勤奋刻苦努力，早日成长为骨干教师，为乐都教育事业添砖加瓦。

六

一分耕耘，一分收获，辛勤的努力，换来了丰厚的回报。她曾获得 2017 年度海东市岗位大练兵二等奖；并连续三届在"乐教杯"中小学优质课竞赛中获奖；2019—2020 年第一学年全市学业水平测试中，她所教的中坝一年级语文成绩名列全市第一；2022 年 1 月被评为乐都区"学科带头人"。

"千教万教，教人求真。千学万学，学做真人""捧着一颗心来，不带半根草去"，丁鹏丽坚守在乡村教育的平凡岗位上，像一株盛开的山桃花，于阳光普照的山野间灼灼其华，在山风温柔的高原上摇曳生姿，她在用心书写着自己的无悔人生。

四月，春风十里，吹开十里山桃花，吹得桃李满天下。

据统计，乐都区教育系统共有女职工 814 名，分布在城区以及南北两山的乡村学校。她们在艰苦的基层挥洒青春和汗水，为促进乐都区城乡义务教育的均衡发展默默贡献着力量，为乐都教育增添了浓墨重彩的一笔。

人之楷模

生命的意义

蒲永彪

或许所有的故事

不会随人的离去而终结

或许所有的往事

不会随风的飘飞而消逝

——摘自李林忠英勇牺牲前夜的诗作《无题》

舍命长江勇救落水女童

2000 年 4 月 1 日，星期六。这天上午 10 点多，重庆工业高等专科学校一年级的青海乐都籍学生李林忠和同班同学庞文兵、刘雪辉、王晓斌四人，结伴来到重庆市建设码头上游龙凤溪长江边游玩。

李林忠几人放了一会儿风筝后，坐在江边的一块大岩石上看起了报纸。

11 点多钟，家住重庆市九龙坡区杨家坪的女青年陈华带着 3 个小女孩也来到这里玩耍。其中，刘倩最大，6岁，她先爬上了李林忠坐着的那块岩石。紧接着，5岁的陈念也爬了上去。

4岁的张建宇闹着也要上去，陈华只好回转身去拉她。刚把张建宇拉上来，就听见陈念尖叫了一声："姑姑——"

陈华回头一看，只见陈念已从岩石上掉进了水中，她赶紧俯下身子伸手去拉，却没有拉到，立时吓得大喊："救命！救命啊！"

正在一旁看报的李林忠见此情景，"扑通"一声就跳进了水里，一把抱起了陈念。

水立马淹到了李林忠的胸部。李林忠一边用右臂奋力将小陈念举出水面，一边伸出左手努力去抓住岸边的岩石。由于水流太急，石头太滑，他没能靠近岩石。

湍急的江水卷着他们向下游冲去。

同学庞文兵忙跳到另一块岩石上，伸手去救他，但两人的手只挨到四个手指尖，根本用不上力。

正在这时，不巧有一艘大轮船从江中开过，泛起的波浪连续打过来，庞文兵没能抓住李林忠的手。

李林忠举着小陈念，被江水越冲越远。这时候，如果李林忠放弃救人的念头，或许可以挣扎着爬到岸上，但是他没有这样做。他全然不顾自己根本不会游泳的危险，反而用双手紧紧抓住陈念的双腿，奋力将她托举出水面。

湍急的江水卷着他们继续向下游冲去。

李林忠与凶猛的江水搏斗着，与死神搏斗着……他的头一会儿沉了下去，一会儿浮出水面……

李林忠凭着顽强的意志，在与凶猛的江水英勇搏斗了整整100多米之后，再也坚持不住了。

在生命的最后一刻，李林忠将仅有的一线生的希望留给了5岁的小陈念。他挣扎着，用尽全身最后的一点力气，将小陈念推向了缓流区，自己却永远沉入了江中。

此时，已接到求救电话的重庆长江港监局 065 号艇火速赶来，在下游 200 米处找到了漂浮在水面上的小陈念，用竹竿将小陈念钩了上来，小陈念得救了。但是，却没有找到李林忠。

李林忠为抢救落水儿童不幸牺牲后，当地政府立即组织力量进行遗体打捞寻找工作，沿江各水上派出所顺着江面几乎一寸一寸进行了搜索，却没有结果。

当李林忠的父亲李成福老人和三叔李成元千里迢迢从青海赶到重庆时，两位忠厚善良的庄稼汉还不知道李林忠已不在这个世界上了。得知李林忠为抢救落水儿童而英勇牺牲的噩耗时，兄弟俩好像一下子苍老了许多，失去爱子的李成福老人面对残酷的现实，呜咽着只对记者说了一句："林忠走了，我作为父亲十分难过，但他救人是应该的。"他还把 8000 元慰问金马上捐给了英雄母校的贫困学生基金会。

4 月 4 日，清明节，细雨纷飞。下午，雨越下越大，仿佛苍天也在为英雄哭泣。3 点钟，英雄的亲人和母校的几百名师生冒雨来到英雄壮烈牺牲的江边，为他举行了隆重的祭悼仪式。

李成福老人在雨中点燃了纸钱，又按青海家乡的风俗，将儿子生前爱吃的方便面、点心抛进了长江："忠林林，上来吧，跟爸爸回家去，你妈妈还在家里等着你呢……"撕心裂肺的哭喊声回荡在长江上空。

"爷爷"，被英雄所救的小女孩陈念上前抱住了李成福老人的双腿。

"快给爷爷跪拜！"陈念的父亲陈平也紧紧拉住李成福老人的双手泣不成声地说："您失去了一个好儿子，我们愿意像儿子一样孝敬您老一辈子。"

李林忠同学舍己救人的英雄事迹迅速引起了社会各界人士的广泛关注，引起了强烈的社会反响。

4 月 3 日，重庆工业高等专科学校授予李林忠同学"舍己救人优秀大学生""优秀共青团员"光荣称号；4 月 7 日，中共重庆市委高教工委、市教委、共青团重庆市委在李林忠所在学校举行了隆重的表彰大会，并授予李林忠同学重庆市"舍己救人优秀大学生""优秀共青团员"的光荣称号；中共重庆九龙坡区委、区政府授予李林忠同学"见义勇为公民"的光荣称号；4月18日，重庆工业高等专科学校又作出了授予英雄生前所在班为"李林忠班"的决定。重庆市副市长程贻举亲自前往英雄的母校慰问了英雄的亲属。另外，有关方面正在按法律程序为他申报"革命烈士"荣誉称号。在重庆市，一个学习李林忠同学的热潮正在兴起。

为了表达对英雄的哀悼之情和对家属的慰问之情，重庆市从各级干部到普通群众，从退休老人到青少年学生……全社会掀起了捐款热潮，捐款金额达8万多元。

英雄是这样成长的

李林忠生长在一个普通的农民家庭。李林忠的父母都是没有文化的庄稼人，他们从不打骂孩子，而是以农民特有的那种憨厚、质朴的秉性，影响着孩子的成长。

在父母的记忆里，林忠自小就非常懂事，他知道家里穷，从不向父母要这要那。他总是穿着姐姐哥哥穿过的补了又补的衣服，整天跟着姐姐哥哥干些力所能及的农活儿和家务活儿。

7岁那年，父亲领着他到土官口初级中学小学部报名上学，学校的操场、教室，还有高高飘扬的五星红旗……一切都让他感到那么新鲜。小示林忠暗下决心：一定要当一名好学生，一定要好好读书学习。

从入学的这一天起，林忠的父母再也没有为他学习上的事"操过心"。在学校里，他认真学好每一个拼音、每一个汉字，努力做好每一道数学题。他多次被评为班上的"三好学生"，五年级毕业时他又捧上了学校颁发的"三好学生"奖状。

上了初中，随着年龄的增长和知识的增加，李林忠逐步确立了正确的人生观。初三第二学期，他光荣地加入了共青团。他努力用自己的一言一行实践着团旗下的誓言。学校植树造林，他干得最起劲，总是抢着干最脏、最累、最苦的活儿；在校外，他经常热心帮助村民们挖水沟、修道路、维修集体房屋……村民们夸奖他时，李林忠只是不好意思地说："这没什么，只不过是做了些小事。"3年之中，他多次被评为"文明学生""优秀团员"。为了能帮家里干点活并节省生活费用，李林忠的高中生活是在离家只有一公里远的青海锻造厂子弟中学度过的。

在同学们眼里，李林忠文静开朗，是个人缘极好的同学。

上高三时，同学王正青的学习有点跟不上，李林忠就经常把他带到家里一块儿温习功课。夜里，他为王正青讲解习题；早晨，又是他叫醒王正青一块儿背诵英语课文。有一天，同学盛兆海向他借一本学习资料书，不巧他已经把这本书借了出去。盛兆海想没有就算了，也忘了这件事。没想到几天后，李林忠特意从另外一所中学为他借来了这本书。

正在高三补习的同学们说，刚参加补习时，都不好意思跟考上大学的同学交往，是李林忠同学主动来信鼓励他们，才打消了他们思想上的顾虑。今年元旦，每一位补习的同学都收到了李林忠寄来的贺年卡。

有一次劳动课，林忠所在班的任务是清理一条污沟。他第一个挽起裤腿钻进了那令人望而生畏的污泥沟里。

学校厕所的下水道经常堵塞，有时粪便污水冲到楼道，臭气熏天，许多人见了都捂着鼻子避开。又是他，第一个带头冲进去，掏呀，把呀……

有一次，他和一位同学在县城车站遇到了一位乞讨的老大爷，他把身上仅有的2元车钱给了他，自己却和同学步行了一个多小时才回到家。

那年秋天，上初一的李林忠和几个小伙伴在引胜河边玩耍。大家相互泼水闹着玩。这时年龄较小的李田忠因为被大家泼得透不过气来，情急之下，跳上水中的一块石头，不料却滑倒在水中。湍急的河水将他冲出了 20 多米。这时李林忠毫不犹豫地冲进河中，在其他小伙伴的帮助下把李田忠救了出来。现在读初三的李田忠得知李林忠为抢救落水儿童牺牲的消息后，泣不成声地说："要不是李林忠将我救了上来，我早就没命了。"

"一方水土养一方人。"在乐都这块古老而又文明的土地上，耕读文化历史悠久，淳厚朴实的民风代代相传，助人为乐，见义勇为的动人故事层出不穷。李林忠同学在乐都这块热土上，整整生活了 19 个春秋。正是从这里，他走向了重庆的高等学府。

进入大学后李林忠在思想上、政治上更加严格要求自己。他先后参加了学校举办的团校、青年干部培训班及入党积极分子培训班的学习，并取得了良好的成绩。军训期间，他被评为"优秀标兵"。第一学期末，他又被评为全班 51 名同学中唯一的一名校级"优秀共青团员"。

李林忠十分珍惜来之不易的大学生活，一有空闲时间他就钻进图书馆或计算机房。对待学习上的事他从来就不马虎。同班同学回忆说："有一次做电工实验，由于线路接错，所以实验时间较长。为了能够早一点离开实验室，我就想抄别的同学的实验数据来应付老师，但李林忠坚决不同意，一直坚持做完才为止。"

他平时非常关心同学。有一次，刘雪辉踢足球摔伤了，是他背着上医院并支付了医疗费；同学黄益生活费不够用了，又是他主动挤出自己并不宽裕的生活费，为这位同学解除了燃眉之急。

生活中，李林忠爱好广泛。他弹得一手好吉他，是学校吉他协会会员；他喜欢唱歌，参加了学校合唱团；他爱好写作，小诗、小散文多次在系报、校报上发表，曾被评为"优秀通讯员"。他对生活充满了热爱。他曾经对多病的伯母说过："等我大学毕业了，一定让您坐飞机好好玩一趟。"一句暖心的话语，至今让伯母感念难忘而又痛心不已。

今年元月放寒假回家时，他特意从重庆为母亲捎来了几袋火锅调料。那又麻又辣又香的滋味，成了儿子对母亲所尽的最后一份孝心。

李林忠的人生思考

在搜集整理英雄的遗物时，我们发现了他的日记。细细咀嚼日记中那些振聋发聩、掷地有声的铿锵语言，我们的心灵被强烈地震撼了。我们深深感到，李林忠舍己救人的英雄行为绝非一时冲动，而是他长期严肃地对人生价值、生命意义进行积极思考、努力探索的结果。

对于失败和挫折，李林忠表现出了一种少有的睿智和乐观主义精神。在他的日记中，有许多金子般闪烁着哲理光芒的词句：

"挫折是激励人的垫脚石。"

"失败是火花，奋起是动力，它们碰撞出灿烂的成就火苗。"

"要心悦诚服地承认那致命的半分就是差距。"

"成功的大门朝每一个奋进的人敞开。"

李林忠同学热爱生命，珍惜生活，对人生意义有着深刻的理解。他在日记中写道：

"人生就是一次漫长的旅行，你能要求生命的列车稍作停留，它只能向着既定的终点飞驰。这生命的列车奔驰起来就是那么洒脱，那么富有运动的真实感。而它一旦到了终点，就只能永远停滞在时间之旅的某一站台上了。怪不得高尔基无限感慨地说：'人的生命短暂到了荒谬可笑的地步。'于是，一个人如何度过自己短暂的一生的问题，就严峻地摆在我们面前了。"

他在系报上发表的一首小诗中写道："为了社会更加美好／即使

付出一切 / 也是值得的。

有一次政治考试，出了这样一道题目：重庆一位青年为抢救一位落水少年献出了生命，但少年的母亲把少年带走后，却不愿承认被救的事实，使该青年在评英模、领取抚恤金等问题上遇到了困难。问该青年死得有没有价值？对这个问题，李林忠作了这样的回答：

"我认为这位青年死得有价值。一个人来到这个世界上，总需要留一些有教育意义的事给世间……我认为该青年在抢救落水少年时所想到的是他人安危。这忘我的精神、无私奉献的精神难道不应该提倡发扬？"

命运是如此残酷！就在李林忠答定这道题不久，李林忠用自己的行动，实践了自己的诺言。

英雄魂归故里

4 月 27 日，又是一个令人心碎的日子，阴沉沉的天刮着冷飕飕的风。

今天是英雄魂归故里的日子。

乐都火车站站台上挤满了近千名前来迎灵的干部、群众和学生。

"舍己救人高原学子魂祭长江重庆地，含悲迎灵青海父老泪洒河湟三月天""向李林忠同学学习"的巨幅标语深切表达着 510 万高原人民对英雄沉痛哀悼和无限崇敬之情。

重庆方面虽然尽最大的努力进行了遗体打捞寻找工作，但至今还是没有找到李林忠的遗体。英雄的父亲和三叔只好怀着深深的遗憾和悲痛的心情，捧着他的遗像踏上了返回青海的列车。县委、县政府及时安排有关人员去海石湾接应他们。

英雄舍己救人的壮举引起列车上全体乘客们的共鸣，人们争相传阅从重庆带回的刊有英雄事迹的报纸。一对陕西籍青年夫妇说："这样的事现在好像不多了。我们是来青海做生意的。我们回到陕西之后，要把英雄的故事讲给每一个人听。"

下午一点十分，在近千双眼睛的渴盼中，载着英雄遗像的 377 次列车鸣着长笛缓缓停靠在站台。

一位中学生代表捧着英雄的遗像，从火车上走了下来，并缓步走过站台。各级领导眼含泪水和英雄的父亲握手致哀。

列车上的人都将头伸出窗外，目睹了这撕人心肺的一幕。原本只停留 2 分钟的列车却整整停留了 10 分钟……

在火车站的出口，英雄的母亲早已泣不成声，悲痛欲绝，几位乡亲搀扶着她一起失声痛哭："尕林林啊，你怎么就把我们这么撂下了？你说过你还要给我们养老呢……"当儿子的遗像经过她身旁时，这位善良的母亲再也难以控制自己的悲痛，奋力挣脱搀扶她的乡亲，哭喊着像发了疯一样扑向日夜思念的儿子。顿时，大家再也忍不住了，泪水像雨珠子般纷纷滚落了下来。

30 余辆汽车组成的长长的车队，载着英雄的遗像和他的伟大精神，缓缓驶向这方曾经养育了英雄的热土。

车队绕县城一周后，在乐都宾馆举行了隆重的英雄事迹座谈会。随后，青海省委宣传部、海东地委、团省委、省见义勇为基金会、省教育厅德育处、乐都县委、县政府领导同志和其他领导同志又亲自护送英雄的遗像回到了寿东乡土官口村。

英雄魂归来兮！林忠同学，你终于回来了！你走的时候，是一个活生生的青年；你回来的时候，却是一张披着黑纱的遗像，但是，你的名字将永留在父老乡亲的心里，你的精神将永远照耀着这片充满希望与生机的大地！

一位监察官的奉献

段积盛

　　每当秋风穿过大峡，掠过凤凰山和蚂蚁山口，吹醉湟水两岸沉甸甸的麦穗，染红一片片果园的时候，以"文化之乡"闻名青海高原的乐都大地，总是沉浸在丰收的喜悦之中。

　　然而，1990的秋天，喜悦的乐都人眉宇间却挂上了几缕哀思。

　　他们，在为一个普通共产党员的谢世而惋惜。

　　他们，在怀念一位平凡而高尚的人，一位可歌可泣的人民公仆——乐都县原监察局局长孙振连同志。

　　把自己的一切无私奉献给人民的人，人民是会永远铭记看他的一切：

　　今年9月的一天，碾伯镇一位受老孙多年照顾的孤身阿爷，听到孙局长在河北老家去世的消息后，老泪横流，悲痛万分地叨念说："孙局长呀，你照顾我这么多年，没吃过我老汉的一口饭菜，没收过我老汉一分钱的礼物；现在，你咋悄悄地走啦，你去了真不该去的地方……!"老人悲切的哭诉，招来了周围的邻居，这些认识和不认识孙振连的人们，用自己真诚的泪水，祭奠着他们尊敬的人。

县监察局的老王，听到孙振连病逝的消息后，哀伤至极、浮想联翩。每天上班，一走进办公室，老孙的音容笑貌和忘我工作的情景，像电影里的特写镜头，立刻浮现在眼前。

此时此刻，从县委、县政府的领导到老孙的同事，还有许许多多的普通百姓，谁能不怀念党的好干部、人民的好公仆、国家的好监察官孙振连呢？

人民的好公仆，归来——乐都的人民心里呼唤着！

党的好儿子，安息——乐都的山山水水祷告着！

群山缄默沉思，湟水细细东流。

优秀的共产党员、秉公的监察干部孙振连，抱着痛苦和遗憾之情默默地走了。然而，他在乐都这块古老而文明的黄土地上留下的脚印，却历历在目，清晰可辨……

人民的利益高于一切

翻开孙振连同志的档案，即使是铁石心肠的人也要被他对党、对人民的一片至诚所感化。

1956 年春天，19 岁的孙振连为支援大西北的社会主义建设，从几千里外的河北家乡来到了青海省乐都县高庙乡从事教育工作。工作刚满 8 个月便被吸收为中国共产党预备党员。在他的入党志愿书上有这样一段话："为了替祖国、替人民做更多的好事，我愿在党的亲手培植下，把自己的一生献给社会主义和共产主义，让人民过上最幸福的生活……"

孙振连，从他站在党旗下宣誓的那一天起，就始终不渝地实践着自己的诺言。

入党不久，组织上调他到高店小学任教。孙振连到了这里，一人带着 3 个班的学生，紧张、繁重的教学工作，把他给累病了。由于得不到及时治疗，加之高原冬天气候奇寒，取暖条件差，使他落下了慢性心脏病。不久前，高店乡的马清明回忆起这段往事时，含着眼泪告诉记者："记得有一次，学校的一位教师病了，另一位老师又去县里开会了，孙老师一人要给5个班的学生上课，结果累的心脏病连连发作。学生们都吓哭了，我和几个大一点的同学一着急，给他头上泼了一盆凉水，孙老师虽然醒过来了，但是一连几天下不了炕，他的心脏病也一天天加重了。为了让他补补身子，我们几个同学的父母煮了一些鸡蛋，让我们送给孙老师。当我们把鸡蛋掏给他时，他搂住我们失声地哭了。到放学时，他又把那些送给他的鸡蛋装进了我们的书包……"

孙振连青年时代的豪气和锐气，并没随着时光的流逝而消失，而是跟着岁月的推移，显得更加成熟和理性化了。

县监察局刚成立时，只有3名人员，面对千头万绪的工作，压力很大。局里每天会收到大量的群众来信，对群众反映的问题，他从不搁置一边，重大问题，总要亲自出马。在违纪查处工作中，即使牵涉到私人感情较深，或任职比他高的同志，也绝不手软、徇情。他心中只有一个信念：人民的利益高于一切。

1988年，局里收到了群众的一封来信，反映县工商管理局有人将检查站扣留的非法倒卖的10台20寸日立牌彩色电视机，以低于国家牌价的价格私分了。

治理整顿初始，群众的眼睛都盯着监察局。当时，有不少人劝孙振连："老孙，算了吧，案件牵扯上级领导，群众又眼巴巴地盯着你们，弄不好你这顶乌纱帽要丢的。"孙振连对这种"好心"的劝告。只是报之一笑而回绝。他立马决定：立即组织调查组调查事实真相。

调查组一开始工作，就遇到重重阻力，被查单位的一些同志，采取不合作态度，有的甚至干脆锁上办公室的门，避而远之，没办法，孙振连只好带领调查组晚间突击家访。经过2个月的细致调查，终于摸清了案情真相，使案件得到公正、合理的处理，为国家挽回了10900 元的损失。

低价私分彩电案的结案，为乐都县的廉政建设揭开了新的一幕。县监察局秉公执纪，铁面办案的美名随之传开了。

1989 年下半年，乐都县将廉政建设推向深入。县公安局原负责人挪用公款建造超标准住房的案子，也正处于调查的紧张关头。而这时，孙振连的病情却意外地恶化了。为了不影响工作，他咬牙坚持着干。每当看到豆大的汗珠从孙局长蜡黄的面颊上滚落下来时，同志们总是劝他休息。可他感激地说："我和同志们一起干！"遇到这情景，大家的办案劲儿更足了。

在孙振连和同志们的共同努力下，县公安局原负责人的违纪问题受到了查处。乐都人民高兴地看到，因为有了像孙振连这样一批党的好干部，乐都县党政部门在治理整顿，深化改革中，以一个崭新的廉政面貌出现在众人面前。

孙振连，对待不正之风，像严冬一样冷酷，对犯了错误的同志，又像春风般的温暖。

他当纪检干部 6 年，任监察局局长 2 年，处理过百多次违纪案件，时常有人因被审查找上门来纠缠。每次，老孙总是笑脸相迎，热情接待，耐心地给人家讲道理。有时碰上无理取闹的人，他也不计较。他常常对别人说，监察部门办案子的目的是纠正错误，挽救失足的同志。自己做的工作，别人一时不理解，通过讲道理、做思想工作，依照法规办案，当事人迟早是会理解的。在多起违纪案件的调查中，孙振连虽遭到过不少白眼和冷言冷语，有的甚至是人格上的侮辱。但他并没有把自己所受的委屈，掺进案件的处理中，且在事后主动回访当事人，促膝谈心。老孙的诚意，使一个个犯错误的同志深受感动。他们说："老孙这样的同志，我们从心底里服气。"

对待工作，孙振连有着火一样的热情。他身体不好，患有多种疾病，但工作起来却有用不完的劲儿。有一次,有一件农转非弄虚作假问题需要下乡调查,当时,局里人手少,又没个车辆,为不耽误工作,孙振连抱病骑上自行车与另一位同志出发了。调查地点离县城有20多公里,而且都是上坡路,当他们行到中途时,老孙的心脏病突然发作,连车带人摔倒在路边,他面色苍白,昏迷不醒。幸亏同伴知道他身上带有急救药品,急忙找出给他服下,这才救下了老孙的命。他苏醒过来后说:"没什么,歇会儿就会好的。"看着老孙病弱的身体,同伴不忍心再让他劳累,就用一根绳子将一头绑在老孙的车把上,另一头拴在自己的车捎盘上,拖着老孙推车步行赶到目的地,完成了调查任务。这天,当他们返回县城时,早已夜幕降临。

那是1989年的2月,春节就要来临,人们都忙着筹办年货。然而,孙振连却怀揣药瓶,带病和一位同志搭火车去郑州搞外调工作。当他们到达郑州时,被调查对象已返回青海。这时,已是腊月二十八了,老孙断然决定让好几年未入家门的同伴去老家过团圆年,自己则马不停蹄地返回乐都。孙振连一下火车,置劳累、病痛于不顾,急忙赶到单位,立即叫了两位同志又上了西宁。经过几天的辛劳,外调任务总算完成了,但极度的疲劳、剧烈的病痛,使这位从来不在困难面前低头的硬汉子,终于躺倒了。可他为"打了一次胜仗"而感到欣慰。

"既要监察别人,更要监察自己"

常言说:"廉洁能生威,正义能生威。"此话在孙振连的身上得到了充分体现。

1988年元月,孙振连被任命为县监察局局长时,他的小儿子在家待业快3年了,还有个女儿也待业一年有余,俩人蹲在家里,闷闷不乐。

老伴儿不忍心,早儿晚儿地在老孙耳边唠叨:"两个孩子闲在家里快憋死人了,你咋一点儿不管,快给想想法子,走走门子,哪怕是打发出去一个也好……"她说一次两次，老孙总是耐心讲道理，解释当前就业困难的原因，说得次数多了，他也就不耐烦了。一天，他很严肃地对老伴儿说："监察别人，更要监察自己，这违反纪律的事咱绝对不干。孩子们的前途，就让他们凭自己的本事去闯吧，抱着父母的脖颈过日子有啥出息？"从此，老伴儿再也没催促过他。在他生命垂危之际，老伴向前来看望老孙的县委领导提出子女就业问题时，老孙仍然十分严厉地对妻子说："不要给组织上找麻烦，孩子就业的事一定要按政策规定办理。"

这年 11 月，他的大儿子选定佳期，要在西宁办理婚事，这对老孙来说，该是一件特大的喜事。按理说，做爸爸的应当出席婚礼，以享天伦之乐才是。可孙振连既不声张，也不请客，竟连儿子的婚礼也没去参加。事后 3 天，他拿来了一包水果糖，放在办公桌上说："大家快来吃我儿子的喜糖。"这意外之喜，使在场的同志们心里一愣，齐声责备老孙道："孙局长，你真会保密啊！这么大的喜事昨不给我们说一声？"孙振连乐呵呵地说："同志们别误会，我这样做是照县委、县政府关于婚丧嫁娶不能大操大办的规定而为之，没有别的用意。"

1989 年征兵时，孙振连的小儿子报名应征，只因岁数超过了一个月没能报上名。一些人给老孙说："你赶紧出面求个人情，孩子是可以入伍的。"可他笑了一笑说："征兵是有政策规定的，既然我的娃不符合规定条件，那我还有什么说情的必要，走后门当兵我是不干的。再说，我是监察干部，对社会上的不良风气，只有净化的职责，没有放纵自己的权力。"就这样，小儿子当兵的梦吹了。

根据孙振连家庭的实际困难，1989 年冬季，县政府房产部门给他分配了一套三室一厅、阴阳台封闭的楼房，可他说啥也不肯要。他的回答是："我好歹还有房子住，把这套楼房分给住房比我更困难的同志吧。"其实，老孙住的那套简易平房，早已成为二级危房。前不久，记者去孙振连家采访，他的家人仍然住在那套平房里。在他家里，几乎看不到家庭现代化的影子，木制的床、柜、桌、椅都是 70 年代购置的，大都油漆脱落。老孙的老伴告诉我们，桌上的那座马蹄子闹钟和巴掌大的半导体收音机，已用了 20 多年。她饱含着眼泪说："老孙活着时，心都扑在工作上，不在家里！"

是啊！当今社会，在有"公仆"身份的人当中，为着"位子、儿子、房子、票子"，以权谋私者有之，贪污受贿者也有之。他们名为人民公仆，实是社会蛀虫，只有你——孙振连这样的干部、才算得上真正是人民的好公仆，国家的好监察官啊！

可贵的"板撅"精神

青海人有个"板撅"的说法，大凡以"板撅"自称者，语气多少会带点小牢骚。可孙振连嘴里所说的"板撅"，则是另外一个意思。

35 年来，他始终把自己当作一把"板撅"，只要党的事业需要，人民的利益需要，他都会毫不犹豫地把自己交给党和人民。他时常对同志们说："要作一个好的基层干部，就得甘当党和人民的'板撅'，党和人民哪里需要就往哪里拿。"

几十年如一日，孙振连就是以这种"板撅"精神，长期工作在 9 个不同的基层单位。他每到一个单位，不论条件多么艰难，任务多么繁重，他都能全身心地投入到工作中去；每到一个单位，那里的党风，工作作风都要发生更好的变化。

1970 年 6 月，组织上派他到邮电局担任副局长。到那里后，他以身作则，率先垂范，很快消除了"派性"造成的一些不良影响，保证了全县各条邮路的畅通。

1971 年，为了尽快恢复和发展生产，乐都县成立了生产指挥部，组织上又决定调孙振连到指挥部工作。由副局级干部调到一般干事的地位，不少人恐怕是一时难以接受的。可孙振连则不同，他对来向他做工作的同志说："请组织放心，我干工作不是为了做官。作为共产党员，只要能为党和人民干出点实事就行，当不当官一个样。"孙振连在生产指挥部一干 4 年，乐都的山山水水都留下他调查研究的足迹和辛勤工作的汗水。

在这以后的十几年里，孙振连从没向组织要过什么职务、级别，总是党叫干啥就干啥。

1988 年，组织上任命他为县监察局局长，当时，监察局刚成立，一边筹建，一边开展工作，困难多，任务重。孙振连想到这项工作的重要，决心拼着老命也要把工作做好。

有人问孙振连，你为人民服务的"板撅"精神从哪里来？老孙总是爽朗地回答："是从对社会主义的信念中来的。"

是的，孙振连不会忘记他的童年时代是在封建统治、黑暗的旧社会里度过的。母亲早逝，父亲带着他兄妹 5 人艰辛度日，在那暗无天日的岁月里，他饱尝了沿门乞讨的滋味，经受了寄人篱下的痛楚。是中国共产党，是社会主义给他家分来了土地，这才吃饱了肚子；是靠人民助学金他才念完了初中。此时，他年轻的心灵中只有一个坚定的信念：有共产党、有社会主义，才有劳动人民的好日子。

孙振连一生中永远记得，是大哥孙振宝，这位抗美援朝战场上的功臣，共产党员，给了他人生最直接的影响。

大哥入党后就赴朝鲜战场，当他荣立一等功，带着二等残废军人的荣誉转业回到家乡后，谢绝了组织给他安排的舒适工作，扛起锄头务了农。他对弟弟孙振连说："共产党给了咱好日子，咱不能向党伸手要享受……"

在孙振连的工作笔记中，常常夹着一张剪报《县委书记的好榜样焦裕禄》，报纸的天头上，他写着这样一句话："基层干部的榜样。"多年来，他怀揣着焦裕禄的事迹，领会着焦裕禄的精神在不断成长着、奉献着……

耿耿公仆情

1990 年初，孙振连同志的病情一天天恶化了。他每次小便，便出的不是尿水，而是浓浓的血水，但他仍然放不下手中的工作。这次，组织上下了决心，强迫他去西宁接受治疗。

"人才无价，花多少钱也要把老孙的病治好！"县委书记刘耀同志对有关部门的负责同志说。

2 月 19 日，省人民医院的医生对孙振连的病情做了全面检查，在最后的诊断书上写下了这样一行文字："胃贲门 CA、膀胱 CA、后期，皮下扩散。"陪送老孙到医院治病的同志和亲属们，一听老孙已是癌症晚期，顿时声泪俱下，他们围着大夫，苦苦央求道："好医生，请你们说啥也要把他的病治好呀！"

是啊！孙振连你不能死，你的妻子儿女们需要你；乐都人民更需要你这样一身正气，两袖清风的好公仆。

当时，对老孙的病情，谁也没告诉他本人，而同志们都安慰他："你的病不要紧，住院治疗一个时期就会好的。"孙振连听了这些话。干瘦黑黄的脸颊上，顿时绽开了微弱的笑容，他嘴唇颤巍巍地说："这就好，只要我一天不死，还会为党继续工作……"孙振连对生活充满希望。可是，他哪里知道，凶神恶煞般的死神正在悄悄地向他走来。

孙振连病重的消息传开后，前往医院探望的人络绎不绝。省监察厅厅长郭绍宗、副厅长徐芳芝拉着老孙的手，安慰他好好治疗，安心养病，称赞他是一位优秀的监察干部。有的同志拿着自己打听到的"偏方"，送到孙振连家中，希望能救下这位老百姓信得过的好干部。

躺在病榻上的孙振连，被大家的真情深深感动，他挣扎着握住同志们的手说："滴水之恩，当酒泉相报。大家这样关心我，可我怎么报答你们呢？！"

孙探连同志身在医院，心还在工作上。每次县上的领导或局里的同志来看望他时，他总要问问近期群众有什么来信，反映些什么问题。他还勉励同志们说："党风、政风的进一步好转，要靠我们这些从事实际工作的人来努力，以后你们就不要再来医院看望我了，以免耽误了工作。"

4月下旬，孙振连知道了自己的病情后，他执意不再住院治疗了。他对同志们说："我这病是治不好的，国家已经花了不少钱，再不能让国家破费了。"他向组织请求要回到河北老家养病，经再三考虑，组织上同意了他的要求。

4月27日，是孙振连启程的日子。满天黑云密布，稀稀拉拉地漏着小雨，好像老天也在为这位秉公执纪的好监察官留恋泣哭。乐都县城的好些干部，还有邻近的一些群众，纷纷来到他家门口，为他送行。可谁能想到这次告别竟成了最后的也是永远的离别呀！

孙振连一双泪汪汪的眼睛，望着并肩共事的同志，朴实厚道的乡亲们，望着乐都这片养育了他35年，洒满自己汗水的热土，他满脸泪水，泣不成声，费劲吃力地说："感谢党组织，感谢同志们！只要我的病稍有好转，我一定再来乐都继续工作。"

5月31日，县委、县政府派监察局的王元贵和组织部的李登州同志前往河北看望孙振连。当他们一跨进老孙的病室时，老孙失声痛哭，嗓子眼哽咽，一时说不出话来。在亲人们的搀扶下，他勉强坐起来说："请你们转告县里的同志和乡亲们，他们对我的关心我万分感激。我在纪委和监察局工作期间，可能得罪过一些同志，我想他们是可以理解的，因为我们都是共产党员，党的干部，不能不受党纪、政纪的约束……"

孙振连同志以他超人的毅力和勇气，与疾病奋力抗争，顽强拼搏，一刻也没有熄灭他生命的火花。然而，1990年的9月1日，无情的病魔终于夺走了孙振连同志的宝贵生命。在他即将告别亲人的时刻，他断断续续地告诉妻子、儿女们："为了给我治病，借了单位的一些钱，我死后，你们把它设法还清。我活着没占过公家一分钱的便宜，死了也不能占。我死后，不要大操大办，不要向单位发电报，不能再给组织添麻烦。"直到 9 月中旬，孙振连的老伴儿回到乐都后，人们才知道孙振连同志已经告别了人世。

为了表彰孙振连同志为党、为人民的事业无私奉献的高贵品德。1990 年 11 月，中共乐都县委、县人民政府作出了《关于向孙振连同志学习的决定》。1990 年 12 月 25 日，青海省监察厅也正式作出决定，号召全省监察战线的同志学习孙振连的人民公仆精神。

孙振连——在你人生旅途的第 54 个里程碑上，虽然画上了永恒的句号，但你全心全意为人民服务的公仆精神，却永远留在乐都人民的心中。从你的身上，人们找到了做人的道理：奉献，才是真正的人生价值。

如今，乐都大地上的人们，都在叙说着孙振连生平的光辉事迹，叙说着不尽的深深思念，叙说着无比的崇敬和惋惜……

湟水之子毛文斌

董英武

毛文斌，男，汉族，中共党员，大专文化程度。1942年3月生于乐都碾伯。1960年5月乐都一中毕业后留校任教。1963年9月到高庙小学任教，后担任高庙学区校长，并加入中国共产党。1968年任马厂学区校长，1969年再次任高庙学区校长。1974年9月到县委宣传部工作。1977年5月任蒲台公社副主任，1978年初任公社书记。1982年任岗沟公社书记。1984年任中共乐都县委副书记。1987年5月任湟源县委副书记。1990年2月任平安县县长，1993年4月任中共平安县委书记。1995年任海东地区行政公署副专员。2003年4月退休。毛文斌退休回到了乐都县碾伯镇城中村后，他热心公益事业，重视文化建设，为乐都乃至河湟地区文化事业的发展作出了突出贡献。

教师经历

1942年，毛文斌出生于乐都县碾伯镇。他早年丧父，由于家境贫寒，被寄养在外祖父家。4岁时，以教书为业的外祖父就给他开始了严格的国语和写字训练。良好的文化熏陶在他幼小的心灵中埋下了勤奋向上的种子。1955 年 9 月，他以优异的成绩考入了乐都中学。在乐都中学学习文化课的同时，开展了勤工俭学，参加了大炼钢铁，从事了开荒种地，参加过下队征粮，从而增加了很多社会阅历，意志品质得到了磨炼，政治思想逐步成熟。在校期间，7 次获得品学兼优学生称号。

1960 年 5 月，毛文斌由于学习成绩优异，被乐都中学留校任教，担任初中班主任和数学、化学课程教学，得到了学校领导和老师们的好评。1963 年 9 月，上级给乐都中学补充了一批高级教师，他被调到高庙学区任教，后担任学区校长。1967 年"文化大革命"进入高潮，他被当作走资本主义道路的当权派遭停职检查。1968 年被调往马厂学区任校长，次年平反，又调回高庙学区任校长。他先后从事教育工作 14 年。

从事教育工作期间，他严谨治学，尊师重教，积极倡导勤工俭学。在高庙学区任校长期间，为节约修建教室经费，他带领学校教师，自己拉着架子车，往返 30 公里，从水磨沟把木料运回了学校。他还用节约的费用，帮助一大批家庭困难、面临辍学的贫困学生完成了学业。"文化大革命"期间，在整个社会状况比较混乱的情况下，他努力做好教师的思想工作，鼓励教师认真备课，坚持组织教师开展正常的教学活动，带领教师下村动员学生上学。在他的努力下，高庙学区教学秩序井然，学校没有停过一天课。他热爱教育工作，尊师重教，关心体贴学生，在周围的群众中具有很好的印象。

县乡工作

1977 年 5 月，在县委宣传部工作 3 年后，县委派毛文斌到全县最贫困的蒲台公社担任公社管委会副主任。蒲台公社位于乐都县南部干旱浅山地区，自然条件恶劣，交通闭塞，群众生活十分困难，解决温饱问题的难度很大。他到蒲台任职时,当时乐都县最大的水利工程——大石滩水库及灌渠工程,正进入施工的攻坚阶段。

大石滩水库位于亲仁乡大石滩村,竣工后可使蒲台等3个乡20000多亩耕地得到灌溉,其中蒲台乡受益面积最大。毛文斌到任后,带领各村抽调的精干劳力组成的民工队进入工地。工程施工中,毛文斌处处以身作则,哪里艰苦,哪里就有他的身影,哪里危险,他就出现在哪里,作为一名公社领导,他与民工同吃同住同劳动。

初生牛犊不怕虎。毛文斌利用空余时间,跟推土机手学会了推土机驾驶。于是在梯田整修、大坝碾压等工程施工中,他亲自驾驶着推土机和广大民工一道,奋战在工程施工第一线。后来,水库的灌溉渠道衬砌工程需要从沟底向山顶拉运大量的水泥预制块,他又驾驶着拖拉机和民工们起早贪黑,埋头苦干,按期完成了工程建设任务。

1978年3月,青海省农科院在蒲台乡赵家坪大队实验和推广旱作农业技术。公社党委决定让毛文斌负责这项工作。赵家坪大队在海拔2600多米的浅山头。他和农业科研人员住在大队部,同吃农家饭,同住农家院,并经常奔波在田间地头。经过2年多的努力,小麦新品种"青春"号、"晋麦",马铃薯新品种"552",青稞新品种"肚里黄"等一系列优良品种和栽培技术在蒲台乡实验成功并得到大面积推广。

大石滩水库的修建和实用农业科技的推广,使蒲台乡的农业生产焕发出勃勃生机,粮油生产连续3年获得丰收,使群众的温饱问题基本得到解决。

由于毛文斌作风严谨,吃苦耐劳,工作成效明显,1978年上半年,被组织由公社副主任直接提任为公社书记。

1981年,正值青海农村全面推行家庭联产承包责任制时,毛文斌由蒲台调任岗沟乡党委书记。岗沟乡是乐都县6个重要的川水产粮区之一。随着生产责任制的落实,这片黄土地沉默已久的商品经济意识开始迅速萌芽。为了适应新形势,他买来了《政治经济学》等书籍,开始学习探讨农村商品经济，并在各种会议上宣传商品经济，启发、动员和组织群众开展商品生产。当他得知下教场村村民薛恩祥利用煤油灯孵化雏鸡成功，并将孵化的小鸡销售到周围农村时，就来到他家，鼓励薛恩祥扩大规模，加快发展。薛恩祥在得到乡党委书记的支持后，劲头十足，不仅扩大了规模，还在家里办起了煤油灯孵化雏鸡培训班，一个以岗沟乡为中心的养鸡热潮在全县蓬勃兴起。

在他的大力支持下，岗沟乡的群众从养鸡开始，陆续扩大至养猪、养羊、养兔、养蝎等特色养殖，并形成了一定规模。不仅如此，许多村民依托该乡紧临县城、交通方便的优势，开始大面积种植蔬菜和水果，商品经济的热潮涌动了起来，并呈现出强劲的发展势头。从此，岗沟乡的农村经济全面发展，广大农民逐步改变了单一的农业经营模式，以农畜产品为主的商品经济迅速发展，农民群众的口袋逐渐鼓了起来。

毛文斌在乡镇工作的 8 年间，始终把农民群众和基层干部当作良师益友，学到了许多在书本上无法学到的东西；农民的勤劳朴实、勤俭持家的作风，给他留下了深刻的影响；农村妇女吃苦耐劳、甘愿奉献的品格，是他学习的榜样，他对农村、农民怀有非常深厚的感情。

1984 年元月，在岗沟乡商品经济起步阶段作出突出贡献的毛文斌同志，被上级任命为县委副书记，分管农村和乡镇企业工作，他的人生迈上了一个新的高度。

那时，增加群众收入最好的办法就是劳务输出。他上任不久，县委书记张致福派他到青海西部和西藏联系输出劳务。春节刚过，毛文斌带领一行人，乘坐一辆双排小货车，踏上了西去的行程。初春的柴达木盆地天气恶劣，有时大风骤起，黄沙遮天蔽日，两三米外看不清对面，他们所乘汽车的保险杠被风沙打磨得明光锃亮。就在这样恶劣的环境中，他们行程万余里，跑遍了格尔木、大柴旦、冷湖、花土沟、茫崖、龙羊峡、锡铁山等地的许多建设工地，和这些地区的十几处建筑工程签订了 7500 多人的劳务输出协议。回来后，他立即组织施工人员进藏施工。

1984 年 8 月，毛文斌和县乡镇企业局副局长张万有去西藏拉萨的建筑工地慰问务工人员。他对乐都籍务工人员的关怀和县委副书记为百姓忘我工作的精神，感动了在场所有人。一位项目负责人感慨地说：我在西藏搞工程这么多年，第一次看到"县太爷"千里迢迢、不辞辛苦地看望农民工。当年，乐都县劳务输出总收入达到 150 多万元。

调离乐都

1987 年 5 月，刚从西北农学院进修毕业的毛文斌，被组织安排到湟源县任县委副书记。到湟源后，他整顿了机关作风，清理和盘活了农村财务，开展了救灾扶贫工作，为湟源的经济社会发展作出了积极的贡献。

1990 年 6 月，毛文斌当选为平安县人民政府县长，1993 年任平安县委书记。主政平安期间，他组织实施了大红岭农业综合开发工程，新建了一座水库，开发水浇地 1.36 万亩、林地 0.24 万亩，增强了全县农业的发展后劲；他引导发展工业企业，建成了青海省五金焊接制造总厂等几个现代化工业企业；他关心支持平安县城镇建设，有力促进了平安经济、社会的发展。

在乐都、湟源、平安任县级领导期间，他亲自参与处理了一些带有全局性的重大、突发事件，如蒲台乡千人浇水纠纷、湟源县日月乡和共和县倒淌河乡草山纠纷、平安县西营村与棉纺织厂职工械斗纠纷，等等。这些经历，磨炼了他处理突发事件和复杂问题的能力。

1995 年 5 月，他被任命为海东行署副专员。任副专员 8 年间，他分管工业经济、计划统计、交通运输、技术监督、金融保险等业务。期间，他狠抓了工业经济和交通工作，组织实施了全区 100 多家国营、集体和私营企业的改制破产工作，使工业经济逐步走向良性循环的轨道，发展形成了海东毛纺织工业、铁合金冶炼工业、建材工业等产业，奠定了海东工业发展的基础。在省交通厅的大力支持下，有效解决了全区县乡道路、村庄道路不畅的问题。为此，海东行署获得了省委、省政府授予的经济运行先进地区的荣誉称号。

退休以后

2003年4月，毛文斌同志离职退休。但他退而不休，老当益壮，热心公益事业和文化事业，为社会和谐和文化繁荣做了大量工作，以实际行动诠释了一名老共产党员的高尚品德，成为乐都乃至河湟地区德高望重，得到人民群众广泛赞誉和尊敬的一位老干部。

以人为本，创建老年福利服务中心。毛文斌看到县城的许多老年朋友在街头或路边扎堆下棋或闲谈，缺少一个集中活动场所，决定为老年朋友们创建一个固定的文体活动场所。2005年11月，在省、地、县政府的大力支持下，经过多方努力，向社会各界募集资金88万元，通过近一年的施工，建成了建筑面积达1960平方米，可容纳500多人开展活动的乐都老年福利服务中心。从此，县城13个中老年团队有了自己的活动阵地，带动了附近十几个村的3000多中老年人开展文体活动，为老年人老有所为、老有所乐创造了条件。目前活动队伍已发展到32个，1066人。

为了加强老年活动中心的管理，他坚持"自愿参加、统分结合、文明健康"的原则，实行自我管理，自我服务，老年福利服务中心成为中老年人强身健体、和谐共处的活动阵地，为构建文明和谐社会发挥了积极的作用。2006年被中央文明委和文化部授予"全国先进文化社区"称号，被省体育局授予"全省优秀全民健身站（点）"荣誉称号。

兴办文化艺术团体，促进社会和谐。为了丰富老年人的生活，在他的积极努力下，于 2003 年成立了乐都文化艺术团。该团由金秋萨克斯乐队、桑榆民乐队、青年歌舞队等组成。先后筹资 20 多万元，购置管弦乐器、音响设备和演出服装道具，并聘请专业老师进行指导培训，提高演艺技巧。文化艺术团除自娱自乐、陶冶情操外，还开展了文化下乡活动。多年来，他们下农村、进社区、入校园演出达 100 多场（次），观众达 4 万余人。乐都文化艺术团为促进全县经济文化和社会事业发展发挥了积极的作用。

传承历史文化，完成两大文化工程。毛文斌深知一个地区的历史文化对于当地经济社会发展和教育子孙后代的重要性。为此，他积极倡导、组织，实施了乐都历史文化两大工程：创建了青海河湟碑林，整理出版了两套历史文化丛书。

为了创建青海河湟碑林，从 2005 年开始，他先后向社会募集资金 192 万元，并自筹差旅费和作品征集费，到北京、南京、杭州、广州、西安、西宁等地征集碑刻书法作品 100 多幅。经过 5 年的辛劳和努力，于 2008 年建成历代名家书法碑林和书画、摄影、园林长廊。碑林共有 8 个碑廊，长 358 米，碑墙 152 米，镶嵌碑刻 518 通，并建成鄯州亭碑、南凉亭碑。河湟碑林成为"青海书坛之大观，河湟地区之胜景"。

编辑历史文化丛书是他的又一项工程。在海东地委、乐都县委的大力支持下，他联合省级专家学者及我县文学爱好者，历时 4 年，搜集、整理和编写了《乐都历史文化丛书》（12 册）和《河湟民族文化丛书》（12 册），于 2012 年出版发行。同时，组织省内专家学者，撰写了《河湟历史文化通览》和《乐都通览》，准备于 2016 年出版发行。这些丛书，系统、全面地展示了河湟地区及乐都的历史文化，为后人学习、了解河湟历史文化提供了权威的读本，受到了广大干部群众和各界人士的喜爱。

倾注关爱之心，做好关心下一代工作。毛文斌还担任乐都县关心下一代工作委员会常务副主任之职。也许是当过老师、任过校长的缘故，他对青少年有特殊的感情。为了做好这项工作，他经常深入农村、社区、学校，就如何发挥"五老"作用，关爱农村留守儿童等进行调查研究，撰写了很多有针对性的调研报告，得到了地、县有关部门的重视和肯定。他心系贫困学生，帮助他们解决学习和生活中的困难，鼓励他们勤奋学习，努力成材。为营造关心下一代健康成长的良好社会氛围，2007年，在他的倡导下，县关工委和县教育局联合举办了"老少共庆'六一'大型音乐会"和"东全杯"孝亲敬老颁奖晚会，在社会上引起了强烈反响。他积极组织县关工委不定期举办青少年书画展和"五老"报告会，加强对青少年的思想道德教育，定期组织网吧义务监督员，会同工商、公安、妇联、团委、文体广播电视局等单位，对县城网吧、书摊、茶园等联合进行执法检查，严厉打击违规经营者，使毒害青少年的非法经营有所收敛。

情系城乡居民，积极参与社会公益事业。繁忙的工作并没有消磨毛文斌同志的意志，在热心社会公益事业的同时，他还兼任省农牧民摄影协会主席、省老年书画协会副主席、海东地区慈善会会长等职务。近年来，在相关部门的大力支持下，他积极争取慈善项目，先后实施了3个贫困村的人畜饮水和5个村的道路硬化工程。2009年，他动员有识之士，开展捐资助学活动，使10名贫困小学生得到了资助，完成了九年义务教育。他潜心研究，积极思考，为打造乐都文化品牌建言献策，提出了结合旧城改造规划和建设县城西区美景，兴建乐都书画一条街和饮食文化一条街的建议等。牵头成立了乐都县老年书法、美术、摄影协会等。同时，为挖掘原生态民族民间文化，提高"花儿"演唱和创作水平，聘请专家举办"花儿"讲座等。

2006年8月，毛文斌先生积极倡导和筹划在湟水河北岸滨河路恢复成立了"乐都凤山书院"。如今枯枝发新芽，凤山书院以研究乐都历史文化为己任，以继承、创新传统文化为宗旨，成为研究乐都传统文化及河湟传统文化的阵地之一，长期以来，老先生一如既往地关注支持凤山书院的工作，真可谓不忘初心。

由于毛文斌退休后为社会做了大量工作，2005 年他被青海省委组织部、省老干部局授予"老有所为先进个人"，2009 年被评为全国关心下一代先进个人、全国文化社区先进个人、青海省离退休干部先进个人，2010 年获全国老龄委先进个人称号，2011 年被评为全省优秀共产党员，2015 年被评为全省最美老干部。

轮椅人生

钟有龙　才　让

　　乐都县下营藏族乡上祝家村伤残军人祝存起，身残志坚，二十年如一日，用他的人生观，高尚情怀和纯洁的心灵，为社会默默奉献，在轮椅上实现他的人生价值。

　　春寒料峭，柳丝吐翠。我们采访组一行来到下营上祝家村，这里随着春的色调，山脊裸露着黄色肌肤，仿佛在寂静中沉思，山下农家小院错落有致，袅袅炊烟上升，田野一片浅绿，泛绿的杨柳给村庄增添了新韵律。一方水土养一方人，正是这块热土养育了祝存起这样的优秀儿子。

　　祝存起的事迹太普通了，普通得几乎让人无法着笔。从学校到他的庄廓院有 100 多米，从他的庄廓院到学校有 100 多米，村中间有一间极为简陋"经销店"。学校、经销店、庄廓院，还有一把轮椅，这便是伤残退伍军人祝存起的全部生活。是他维系生命和实现生命价值的 3 个支点，也是他的整个精神世界。

　　他是一个普通的残疾人，尽管他的下肢瘫痪，但他的生活是有保障的，靠党和政府的关怀一步一步地走到了今天。他没有惊天动地的业绩，而他的生命价值却体现在平凡的事业中。在村里，大到婚丧嫁娶红白喜事，小到邻里矛盾，村民们总是念着他这个人。多年来，他最喜欢和小学生、年轻人交朋友。在乡亲们眼里祝存起是一个孝子，在父母眼里他是一个好儿子，在民政部门同志的眼里他是一个个从不提过分要求的伤残退伍军人，在小学生眼里他是一个有严父慈母心肠的好辅导员，在学校教师的心目中他是一个沟通学校和家庭感情的传话筒。

祝存起的父母已年过古稀，而且患有多病，唯一健康的弟弟小两口，受不了山里的贫困日子，4年前去了新疆。这样一个家庭，如果他的精神垮了，怎能维持，尽管如此，他的心里还总是装着周围的人。县民政局给他买了一把电动轮椅，他舍不得用，便写信给县残联，将自己的电动轮椅让给川水地区的残疾人。作为一名残疾人，并不是不要电动轮椅，之所以这样做，完全是想到的是别人，认为组织上给他的够多了。县上修好敬老院后，民政局让他搬下去住，他硬是没有去。他说："我已是个残疾人，再把我供起来，我会发疯的，我不能让组织伺候，我还要做点事情！"他的经销店就是这样开办起来的。

坐了20年轮椅的祝存起，从来没有把自己看成是一个残疾人，相反，他还做了多健康人做不到的事情。

1976年3月，刚满18岁的祝存起就背着父母和亲戚朋友自作主张，从学校应征入伍，直到临走的前一个星期，他才把这一消息告诉给父母和亲友。乡下人那纯朴的民风，把当兵看得比任何一件事都隆重，临走的那天早晨，村里人挤满了村口，在乡亲们期待和厚望的目光中，他戴着大红花坐上了开往甘肃的列车，到临泽县当兵。他所在的队是84885部队9连，是战斗英雄庞园兴所在的连队，他把英雄人物作为心目中的偶像，做梦都想成为一名战斗英雄。农村入伍的祝存起，经得住滚爬摔打、射击投弹、行军演习，在战友的眼里他是个十分能吃苦的农村娃。机会对每个人来说是平等的，而命运却是个未知数。

1978 年 8 月，上级决定他所在的部队开往中越自卫还击战前线的前 3 天，他的腰突然疼痛难忍，团政委意识到病情的严重性，便立刻派车送他到张掖 18 军医院。昏迷地度过了 15 个昼夜，等到第 16 天醒来转入原兰州军区总医院时，诊断结果是横新性脊髓炎，导致下肢瘫痪，成了二等甲级残疾军人。19 岁，一个对未来充满憧憬和幻想的青年，对此是无法承受的，他痛苦面失望过。然而，在严酷的现实面前这位强硬的汉子同病魔进行挑战，开始挂着双拐在人生路上艰难地跋涉。

1980 年 1 月，祝存起被定为一级残疾军人，恋恋不舍地离开了 4 年的部队生活，回到了生育养育他的上祝家村。从此，村里出现了一个坐在轮椅上的退伍军人。

生命在于运动，生活在于拼搏，当这位硬汉想到要干点什么的时候，他人生的价值在这日起日落中得到了体现。

祝存起被聘请为祝家初级中学的校外辅导员。那一刻，他感到整个社会是那么温暖，他的精神上也有了一种寄托。从此，从学校到庄廓院这 100 多米的坡道，成了他人生的一部分。

做一年半载的校外辅导员并不难，难的是十几年如一日。十几年对于一个正常人来说微不足道，可是对于坐在轮椅上艰难跋涉的祝存起来说可想而知。多年来，他从未间断过对学生的爱国主义、社会主义、集体主义教育，从未间断过五一、五四、六一、七一、八一、国庆等重大节日的国旗下的讲话，从未间断过每一节校外辅导课。对每一次的讲话，每一节课程，他都要精心准备好几天。每次坐轮椅去学校前他着装整齐，就连胡茬也刮得干干净净，为的是给学生们留下好的影响。当他划着轮椅走进学校时觉得自己是天地下最幸福的人。为了做好校外辅导员，祝存起不得不求人找一些书籍来学习，他深感到自己的文化底子薄，家里的书看完了，就写信给所在的部队。村里的人看见他没日没夜地看书，心痛地劝他适当地看，不要再伤了眼睛。而祝存起说："学校请我当辅导员不看点书，怎能当好？"为了了解和掌握更多的知识，他省吃俭用买了一台彩电。

人生的路是短暂的，命运却给了祝存起一个做力所能及事情的机会，他从不放过每一次机会。学校80多名学生，哪位学生考试成绩好，他这个校外辅导员都了如指掌。为了鼓励学生提高学习成绩，学校每期考完试，他就给优秀学生奖一支铅笔和一个本子。多年来，他送给学生的铅笔、本子有多少，他本人不清楚，可是学生最清楚。去年，初中毕业的祝克林，上初一的学费还是祝存起给交的。

村办学校的条件十分艰苦，一个有100名师生的学校，办公用品、桌椅板凳修理，全靠一学期收的学杂费。他知道学校老师们用的几盒粉笔还是东筹西挪来的。学校国旗旧的不能再用了，他只好从自己微薄的积蓄中拿出钱来，为学校添上鲜艳的五星红旗，这些年他已经为学校换了八面国旗。

祝存起这样做，并不是图个名，更不是想得到什么回报，完全是为了更加充实自己的精神世界，让自己成为一个对社会有用的人。

学校的厕所倒塌后，下雨天泥泞不堪，学生和老师们只好跑到农户家中上厕所。学校没钱修厕所，村里没有集体资金。校长和祝存起在闲谈中无意中提出了这件事后，他彻夜不眠，当成一件大事。从此，每天他一大早起来，在晨光下划着轮椅走完东家串西家，挨门逐户动员村民，他的这种精神感动了村里男女老少。村民有的捐钱，有的出义务工，还有的开着手扶拖拉机运砂石料，仅仅五六天时间，倒塌了两个月的学校厕所修起来了。这才解除了祝存起的一块心病。

村里有一眼泉，十几年没有清理，人畜在一块吃水，很不卫生，他从自己有限的积蓄中挤出一些钱，让人买来水泥，砌上浆砌石，让村民们吃上了干净水。当村里男女挑着水路过"经销店"，投来愉悦的目光时，他感到轻松、愉快和欢乐。

去年冬天，农村电网整改工作在全县展开。上祝家村的群众以饱满的热情支持农电队的工作，栽电杆、拉电线。到了冲刺阶段，有好几户社员在拿不出钱买电表，眼看就要过年了，还通不了电，村长、书记心急如焚。祝存起知道后，拿出 400 元钱垫上，使村民们欢欢喜喜地过了个春节。

经销店的门里门外的卫生，打扫得干干净净，土炕上的被褥和衣服叠得整整齐齐。采访中，我们得知，这是学生们轮流值日打扫整理的，多年来，天天如此。祝存起办经销店不是为了挣几个钱，主要是为了方便群众。他的经销店完全是一个自选店，他坐在门口的轮椅上，谁要买东西，就进门自选，出门把钱交给他。如果有的村民没带现金，便会自觉地把账记在本子上，然后拿走东西。就这样多年来，从来没有人多拿东西。正是这纯朴的民风支撑着他，正是这纯朴的民风，养育了他的轮椅人生。

冬天，人们聚集阳洼里下棋、耍牌、聊天的事，在农村屡见不鲜，自从祝存起的经销店里添了彩电和 VCD 机之后，这种现象便逐渐在村里消失了。他把青年们组织到这里，看彩电、聊天，青年们从电视中掌握了党的方针、政策，了解信息，学习科技和法律知识。在看电视的间隙中，闲谈的话题很多，盖房子、修路、孝顺老人等，谈到高兴处，年轻人就只好听祝存起的了，在愉快的气氛中，年轻人不知不觉地得到收益。在他的带动下，一股文明之风在村里悄然兴起——邻里和睦、尊老爱幼、团结互助、遵纪守法，"不上路"的青年上路了，不孝顺老人的小两口转变了，村风村貌逐年发生变化，精神文明建设不断加强。

按照国家对伤残军人的有关规定和县民政局的照顾，他完全可以改善生活，但他节衣省食，就是舍不得花钱，年迈的双亲看他一天天垮下来的身体，好几回提起买只羊补补他，可他就是不答应。长期坐轮椅，也舍不得花钱买个垫子。县民政局领导在慰问时发现后，特意给他买了块海绵垫子。后来，我们才知道，他攒钱是为了实现两个愿望。他想在村里盖两间房子，办个图书室，让村里的年轻人多看些书，增长更多的知识；还想买一把电动轮椅，再添上修鞋工具，每天为村里的男女老少服务。

离开上祝家村时，我们心潮激荡，被祝存起那颗水晶般的美好心灵所深深感动，敬慕之情，油然而生，而且不断升华……

孝亲敬老赡养智障叔父十几载
推己及人热心助残事业无悔意

张永鹤

题记：

夫仁者，盖推己以及人也……推己心孝于父母，以及天下，则天下之为人子者，不失其事亲之道矣……推己之不忍于饥寒，以及天下之心，含生无冻馁之忧矣。

——摘自晋·傅玄《傅子·仁论》

　　徐尚斌是高庙长里村的一个普通农民，他之所以成为一个远近闻名被乡里乡亲们交口称赞的"孝子"，是因为他孝敬十几年的长辈非他的父母，而是他的叔父，并且是一位一级重度智障的长辈。徐尚斌所具的"仁心"比傅玄所说的"仁心"更精深、更厚重。

　　第一次见面，50多岁的徐尚斌给人的感觉就是有着那个年代人的朴实，"汉大心直"但一点也不木讷，侃侃而谈而不言过其实，情真意切间流露的是自然而然的"仁心"——"个家者阿爸，没儿没女，还是个半茶汉，我们侄儿子们不养着谁养俩！？""无非就是个家多辛苦些，吃了多下一双筷子，穿了多买一件衣裳，累了也就多喘一口气之个。"……他说得很轻松也很自然，可能是十几年如一日地照顾赡养已成为他生活的一部分；而我却听得很感慨，这么长时间侍候一个智障的老人，该是怎样的一番艰辛啊！这也正是他"超乎常人"令人钦佩的原因了。

徐尚斌一家原本世世代代居住在长里村，20 世纪 60 年代因长里村在马营乡东湾有田地，所以一部分人因当时的大队安排，到马营东湾逐田地而居，他们家是其中之一（当然，后来又陆续迁了回来）。他们一家在东湾居住时，当时只有 2 岁多的叔父患上了脑膜炎。在那个缺医少药的年代，在交通不便的偏僻山村，脑膜炎是个要人命的病，所幸的是叔父的命保住了，可不幸的是脑子受损成智障人了。自此，从徐尚斌的爷爷奶奶、父母亲到徐尚斌，照顾智障的儿子、兄弟、叔父便成了一家人的接力棒，一棒接一棒地传了下来。在父母年迈以及相继去世后，这个接力棒就接在了徐尚斌手中。十几年间徐尚斌一家人对智障的叔父真正做到了"居则致其敬，养则致其乐，病则致其忧"。从他叔父干净的衣着、安详的神态以及对他们两口子孩童般的依恋上可以看得出，他叔父的日子过得很安逸。这位儿时即智障的老人是不幸的，但也是幸运的，他生在了一个虽然贫寒但却温暖盈盈的家庭，他有对他始终不离不弃的好兄长、好侄子。2010 年，乡镇开始建起了养老院，徐尚斌所在的高庙镇也建了养老院，他的叔父完全符合去养老院的条件，周围的人们也劝徐尚斌："尚斌子，掐们些年了，你把你阿爸也得济了啊，做送上了养老院里起给，他谁啊没说头，你也少些拖累！"可是，徐尚斌不这样想，更没这样做。他说："我阿大们把我阿爸没嫌弃个着养给了几十年，到我头上了，但自送上了养老院里起给还，人说哩嘛不说者先嫑管还，我心里啊么稳当俩，啊个脸俩老汉者坟上去俩？"就是，于心不安，愧对父母的事徐尚斌是不会做的。

采访时，我一再启发并追问徐尚斌，他们家有无什么成文的家训可以写进这篇文章中，结果是我始终都未能如愿，因为根本就"没有啊！"在我完成采访工作，行将理清思路动笔写他时，我感到有些汗颜——徐尚斌家的家训就是植根于内心自然形成的善心、孝心，就是无须标榜代代传承的行动自觉，就是不怨天尤人默默承担的责任担当，哪有什么你期望的训文呢？徐家人一代代的言传身教以及行胜于言的亲力亲为就是一种立身处世、持家治业的教诲。在这样一个家风良好的家庭中成长的子孙，孝亲敬老已经深深地渗透到他们的骨子里融进了他们的血液中，成为做人的基本遵循。徐尚斌的一双儿女自小耳濡目染，对自己的尕阿爷也充满感情，小时候尕阿爷是他们的玩伴，长大后替父母照顾尕阿爷。在采访时，恰好见到徐尚斌在区供电公司工作的儿子回家，当我看到他和他的尕阿爷用只有他们能懂的话语、眼神和肢体动作无障碍地交流，很默契地照顾时，我的眼睛不由自主地湿润了，真的是其乐融融令人感动。徐尚斌说，上大学的孩子给家里打电话问候时，第一句话肯定是问尕阿爷现在怎样。每逢寒暑假回家，买的东西都是他尕阿爷喜欢吃的好东西。庄子上的人打趣说，徐尚斌的叔父享了两个福，即老汉们的清福、娃娃们的乐福。从这个角度看，他叔父确实是一位"无子（孙）胜有子（孙），无家胜有家"的有福之人。

宅心仁厚的徐尚斌，孝心传承的徐家以涓涓爱意无言担当成就的朴实家风也影响着长里和周围庄子的庄风、民风，他和他的家庭已经成为当地的道德楷模。每当庄子里有子女不孝顺的现象出现时，人们往往会自然地拿徐尚斌一家人来"说人说事"："你看人家尚斌子，连脑子有病的阿爸呀养给了十几年，你还连个家者娘老子啊不当人唄！"当时的小辈们便"脸上挂不住"心生惭愧，不敢再置若罔闻、我行我素了。我思忖，正是因为有徐尚斌这样的草根道德楷模们，看似平常实非容易地坚守并践行着中华民族的传统美德，长里村也才成了庄风文明的好庄子。

徐尚斌虽是一介农民，但他一点也不缺"修身齐家"的自我修养和身处困境而不堕其志的向上之心，更难能可贵的是他还具有"管好众人事"的赤子情怀。2012年以来，他担任村上的会计5年后，2017年又当选为村支书。这是庄邻们对徐尚斌品行的褒奖和信任，因为这样的人错不到哪里去；也是对他管好众人事的能力的肯定，从会计到书记，他的能力没得说，大家的眼光不会错。

多年来对叔父的照顾赡养使徐尚斌更加深切地体会到残疾人是一个特殊困难的弱势群体，他们在生活、医疗、康复等方面存在诸多困难，他们的家庭承受着财力、精力和精神上的多重压力，做好基层残疾人工作，对构建和谐社会将产生积极的推进作用。感同身受，推己及人，他觉得光照顾好自己的叔父只是做好分内的事，还应该做些"分外的事"。于是，2012年他通过积极申报、群众推荐、组织考察审核担任了镇残联的公益服务联络员，开始为全镇的残疾人服务。他的同事只有一个，并且是位残疾人，因此进村入户宣传政策、调查生存生活状况、了解所需所求的担子基本上是他一个人给挑起来了。高庙镇有940多位残疾人，分散居住在"一川三沟"的21个庄子里，一圈跑下来，至少得一个半月，情况复杂的、残疾程度重的，他还不只跑一趟。随着国家和社会对残疾人关注程度的越来越高，优惠政策、捐助项目也越来越多，所以徐尚斌他们的工作也越来越繁重。但徐尚斌从未就此有过任何的牢骚怨言，也从未打过退堂鼓。他说，遇上这么好的社会、这么好的政策，残疾人这个弱势群体才有了基本的生存生活保障，活着也有了应有的尊严，作为一个基层残联的工作人员，自己累点苦点，耽误点家里的农活，是值得的；就应该走好这最后一公里，使党和国家的惠残政策宣传不落一家，人人皆知，使该享受的国家福利及爱心人士的捐助不差一人，全员覆盖。因为他和他的同事们的出色工作，2017年高庙镇残联被评为全省扶残助残先进单位，他本人也被评为扶残助残先进个人。如果说残联是残疾人的娘家，那徐尚斌们就是残疾人的娘家人，他们亲戚般的走访使残疾人们感到了来自党和国家、整个社会的温暖，这份温暖的伴随必将会使他们暗淡的人生添上一抹亮彩，扫除他们及其家人心理上的阴霾，这样的社会也才是一个和谐的社会。这也正是徐尚斌的初心。

不忘初心，方得始终。诚愿徐尚斌一直走下去，走向更有希望的明天！作为社会一分子，我们对徐尚斌们的爱心和践行应该敬而效之，集聚起更大的力量，为残疾人撑起更加明亮的天空。

请缨武汉红霞灿

陈芝振

"我是内三科护士李红霞……我愿逆行，为武汉早日解除疫情贡献力量。"朴实的话语，道出李红霞护士在非常时期，逆风而行，溯流而上，抗击"新冠"的决心。

立春之日，乐都作协会员李桂兰发了一张不寻常的照片，没有标题，是区人民医院7位护士的出征誓词。

最前面是骨科护士卫静的誓词，她以"接到通知，心情激动，非常时期，为国贡献，不辱使命，凯旋而归"等铿锵有力的词句，使人看了很受鼓舞。

自武汉封城以来，整日宅家，外面世界完全靠一部手机和电视，看此才知道城区发生的事情，这是乐都出征武汉医护工作者征前誓言。

她们是急诊科许国娟、黄英秀；妇科李桂花（带队）；内三科李红霞；内二科韩海英；急诊科王正莉。一个一个接着读下去，共7人。加上区中医院外科吴富梅、急诊科李芳善、社区中心陈小青，共10人。

看着很激动，其中李红霞是我单位（乐都二中）盛长珠老师的夫人，此次出征武汉，作为家属单位的同事，我也很自豪。

　　当晚 10 点多李校长看到《战士，出发！》美篇，便和盛老师通了电话，给予慰问、鼓励。次日（2020 年 2 月 5 日）凌晨零点多，在《二中工作群》放了 2 张照片和一个链接《战士，出发！》：一张照片上男士戴着口罩，抱着孩子，父子俩一个眼睑下垂，一个似在哭泣；背景在区人民医院住院部大楼下。这是盛长珠老师和孩子给出征武汉的夫人送行。另一张是乐都区卫生健康系统援鄂医疗队出征仪式，前排戴大红花者，是 10 位护士被领导和同事们簇拥着的合影。一字未释。上午 9 点多沈承国、赵洪英等同事看后发了"致敬最美逆行者"等赞语。

　　隔日李校长点赞："李大夫、盛老师，为你们一家点赞！" 2 月 7 日前任保校长（我们是骑友）在《二中骑友群》又放了盛老师抱孩子的照片，下面点赞："盛老师，为你们一家骄傲。"二中李副校长发的微信是："盛老师，舍小家，顾大家。"期间在朋友圈二中同事纷纷点赞并表示支持的文字和符号有几页，鼓舞微信接二连三，比比皆是，一时盛老师应接不暇。

　　后来我和盛老师连通了微信，他说："那天晚上医院领导打了好多电话，由于静音没接上，早上他们去时人已确定了，院长说让她在第二批当领队，但我俩要求现在就去，把另一人（原替补队员）换下来了。"这段微信，使我真正体会到"舍小家，保大家"的内涵，他们家二孩刚过完 3 岁生日不久，妈妈出征，眼含热泪。大儿子则坚强些。

　　在区人民医院做的《战士，出发！》美篇中，有李护士抱孩子的照片，还有一组 7 姐妹组成的半圆形叠手加油的照片。

　　出征当天区人民医院每人发了一部新手机，配备专用号码。区人民政府、区总工会等先后给予慰问。后来盛老师发来援鄂医疗队到达武汉，投入工作的美篇，没有标题，首尾各两句诗，合成七绝：

木兰戎装战柔然，

天使削发抗新冠。

只盼凯旋归来时，

镜前云鬓似挑花。

中间有几张长发理短的照片，有正在理发的；有前后比较的，之前秀发如云似飞瀑，之后眼前刘海若燕尾；有单拍的；有7姐妹合影的……脸上洋溢着青春气息，憧憬着必胜信念。

我看后写了一首小诗：

秀发蓬松若瀑飞，

铲平冠毒削拖累。

简装上阵战瘟魔，

云鬓轻疏似燕瑞。

谈到小儿子，盛老师说：有时晚上孩子哭着找妈妈，他也流过泪。这是真心话，谁没有过3岁找妈妈的经历，不怪孩子，这是再正常不过的事。作为父亲，流泪属人之常情，天下父母大概都会如此。我们在电视上看英雄妻子访谈，孩子的父亲长年累月在外，每每孩子问起，做母亲的和孩子一同流泪。

我对盛老师说：你俩的举动，真爷们！他说，有时她发起视频聊天，孩子的母亲背身擦泪，面对小儿却是微笑。

的确，微笑是战胜一切艰难的良药，母亲面对小儿微笑，医护面对患者微笑，我们面对生活微笑、面对工作微笑、面对世界微笑。如此小儿心中的母亲，便是坚强刚毅的，在幼小心里才会埋下坚毅刚强的种子，激励终生。

元宵节盛老师写了一首诗，以示支持妻子，他说别笑话：

元宵之夜

媳妇征武汉，

千里共婵娟。

万众抗新冠，

病魔早滚蛋！

我说诗句可化用，可第二句纯粹应用。但用在这里正是时候。诗中平仄有误，但改了不能表达想要表达的意思，还是不改为好。

援鄂医护队到武汉培训了 3 天后，去洪山体育馆新建的方舱医院上班。因纪律要求，其他不透露。我说，不该问的就别问。

方舱医院是机动医疗场所，具有紧急救治、外科处置、临床检验等多种功能。武汉方舱医院在武汉国际会展中心等地安扎，2 月 5 日启用，各地医护人员驰援。

撰一副嵌名联赠李红霞护士：

请缨武汉红霞灿，

抗疫新魔碧玉坚。

本写"碧桃"，以对"红霞"，在传统文化中，有桃木降魔说，但"桃"字不合联律，用"碧玉"，借指坚定的信念。

李护士及同赴武汉的姐妹们，愿你们携手并肩，共战新冠，早传捷报。

愿所有战恶魔，抗新冠的医护人士健康平安，取得优异成绩凯旋。所有宅家者，尽量不出门，不给自己染疫机会，不给国家添堵。

疫情过后举杯再庆！

自强自立，用爱撑起梦想的天空

——记肢体残疾者文海清白手起家的人生经历

李天华

今年 36 岁的文海清是乐都区高店镇河滩寨村人，18 岁时因工伤截取左脚成为肢体残疾人。但经过 18 年的艰苦奋斗，艰辛创业，文海清白手起家，自强自立，成为高店镇年利润达 20 多万的"奇强电动车总汇"老板。这 18 年来的风风雨雨，磨炼了文海清坚强的生存意志，锻造了文海清诚信的做人品质，成就了文海清执着的人生梦想。

不向命运低头，战胜困难，执着追求自己的梦想

2000 年前，文海清是一位健壮活泼、乐观开朗的年轻小伙子，在湟水岸边的高店镇河滩寨村学校度过了快乐的学生生涯。虽然家庭不富裕，学习不优秀，但是当老板，出人头地，挣大钱改变命运的梦想非常强烈。2000 年 5 月份，初中毕业后的文海清，因家庭困难，放弃进一步学习深造的机会，离开家到京藏高速公路打桩施工队打工，想通过自己的辛勤劳动，发家致富，让自己的家庭过上富裕的日子。但是天有不测风云，人有旦夕祸福，一场意想不到的灾祸降临到了文海

清身上，彻底改变了他的命运。干活干到夜里 11 点的文海清，本来已经做完自己的活要下班了，可是来接班的一位河南籍工友，请求他在高架打桩机上做记号。年轻而乐于助人的文海清答应了帮忙画线的要求。当文海清小心地画线时，脚下的滑轮突然失灵，双脚夹在滑轮和钢丝绳之间，一下子左脚脚骨断裂了，一时之间鲜血直流，文海清昏迷了过去。人们赶紧把他救下来送往省医院。虽然保住了命，但是左脚因伤势过重，细胞坏死，只能截肢。面对这残酷的现实，文海清欲哭无泪，想喊没力气，犹如掉进了万丈深渊，悲痛万分，但只能接受这无情的现实。

从此，文海清由一个健壮的小伙子变成了挂着拐杖艰难行走的肢体残疾人，不能和健康人一样健步行走了。这对文海清来说是一个沉重的打击，他原本靠自己的身强力壮和辛勤劳动发家致富的梦想破灭了。但是文海清是一个要强的人，他不愿挂着拐杖一瘸一拐地行走，他要双脚着地坚实地行走。当时没有条件安装假肢，但是他甩掉拐杖的愿望非常强烈。有一天，他在墙角看到一个破旧的暖瓶，突发奇想，如果把暖瓶的塑料外壳当假肢，套在左腿上，就能与右腿一样长，就能双脚着地了。于是，他拆下旧暖瓶的塑料外壳，在里面塞上棉花等一类绵软的填充物，用绳子绑在左腿上。果然，自制的暖瓶假肢帮他实现了双脚着地的愿望。他不断地做康复训练，慢慢适应了套着暖瓶外壳独立行走的现实。虽然有点笨拙，有点疼痛，但在踏破了四五个暖瓶外壳后，他扔掉了拐杖，独立行走了。等到家庭情况好转，他父亲联系了天津长亭假肢公司，就套着笨拙的暖瓶外壳坐火车去装假肢。一路上，人们用异样的眼光看着他，令他心里很不好受。但是到了天津长亭假肢公司，看到许多来装假肢的残疾人，他才感觉到自己不是多余的人，还有比自己更惨的人。他安装了假肢，扔掉了就暖瓶外壳，也彻底扔掉了拐杖，像常人一样行动自如了。此时，他重拾了信心，对自己的人生不再迷茫了。现在，看到乐观自信的文海清，一点也看不出他是个截取了左脚的残疾人。

　　装了假肢，行走和常人一样了，这是文海清人生的幸运。但是文海清仍然苦恼，装了假肢，就不能干重体力活，就不能挣钱；失去了左脚，成为残疾人，找对象就成了大问题。怀有美好人生理想的文海清尝到了失去左脚后的生活艰辛，尝到了理想破灭后的内心沮丧。但是生性坚强的文海清，不甘心窝在家里，不想就此止住追求理想的脚步。他坚信遇到什么事情，只要想办法总能解决。于是，他产生了学一门手艺，自强自立，去实现自己梦想的念头。他想到，自己腿脚虽然不灵便，但是头脑灵活，双手灵巧，仍能学好一种手艺。于是，他去西宁市华中摩托修理学校学习摩托修理理论知识。后来又在平安县拜师学艺掌握了摩托修理的过硬技术。然后在 2004 年，独自一人到果洛去创业。

　　到了藏族聚居的果洛竣工乡，人生地不熟，语言交流困难，又由于左脚截肢，他连续问了二十几家摩托修理铺，都没有接受他。直到最后，一家面容和善的老板接纳了文海清。他开始靠自己的手艺挣钱了，他开始有了自己的事业，这一干就是 2 年多。做修理工工作自然辛苦，又挣不了几个钱，活多人累，尤其是挖虫草时，有时一天到晚不停地修理，累得文海清左脚站不住，上不了厕所。但是，他仍然咬牙坚持了下来，在他的执着坚持下，修理摩托的技术越来越好了。直到 2006 年，技术娴熟的文海清想自己当老板，开一间属于自己的摩托修理铺。于是，文海清贷款一万多，在果洛打了一个铺子，自己做了老板，不管有多累，他都是一个人扛。他认为要出人头地，就要先苦后甜，自己不怕吃苦，只要能挣钱，累点苦点都没啥。虽然当时租的铺面只有 20 多平方米，但是白手起家，他终于靠自己的双手，自强自立，拥有了自己的一份事业，挣到了改变了命运的辛苦钱。文海清一边打理铺子，一边还供妹妹读书，经过自己辛苦的打拼，终于供自己的妹妹读完了大学。3 年后，他离开果洛到家乡乐都高店镇湾子村 109 国道边开了"海清摩托修理铺"。他把自己的梦想，扎根在了生他养他的家乡。

一个人身体残疾不要紧，命运不公不要紧，关键的是头脑不能残疾，梦想不能夭折。理想每个人都有，大小也不一样，但是，只要有理想，就有生活的乐趣，就有奋斗的劲头。人不论处在什么环境，都不能向命运低头，只要坚持梦想，人生总会成功。

诚信经营，良心做人，事业、婚姻才会长久

文海清的摩托修理铺处在高店镇湾子村 109 国道边，虽然交通便利，但是远离县城，骑摩托车和电动车的人相对较少，开初生意并不是很好。但是文海清在修理摩托车时就一直秉承诚信经营的想法，相信自己的真诚服务能赢得顾客。他认识到健康人做生意注重诚信，那残疾人做生意更应该讲诚信。他买的摩托车和电动车价格优惠，他修的摩托车和电动车质量可靠，人们都愿意到他那儿修。人们买去的摩托车和电动车坏了，不论在哪儿，在什么时间，只要一个电话，他就赶过去修好。文海清对顾客的承诺从来未曾改变。人们都说文老板心太浅，比别处的电动车价钱低，而他说挣钱要有个度，不能乱要钱。因为文海清电动车价廉服务好，赢得了好口碑，人们乐意来买。尤其是遇到老年人和残疾人到他那儿买车还是修车，他都给予最优惠的价格，有时只收零配件的成本费，不要修理费。他说，零配件需要用钱购买，但是我的手艺可以无偿提供。因此，高店镇、下营乡、平安巴藏沟的人都到他那儿买摩托车、电动车，到他那儿修摩托车、电动车。修理电动车、摩托车很忙，经常走来走去，左脚就会疼，就发炎，只好到卫生所吊几天针。虽然忙和累，但是他心里并不觉得苦，毕竟能挣钱，还能帮助残疾人做些事，他心中充满快乐。凭着他的诚实稳重，他的良心做人，他的生意越做越红火，他的梦想也越来越强烈。经过

十几年的打拼，2016年，他终于在高店镇湾子村109国道南侧租了一间100多平方米的房间，办起了"奇强电动车总汇"，成了拥有流动资金40多万，年利润20多万的老板，实现了当老板、挣大钱、发家致富的人生梦想。

文海清不但靠诚信迎来了生意红火，也靠诚信娶上了妻子李雄令。左脚的截肢，曾经一度让他失去了对爱情婚姻的希望。即使装上了假肢，文海清也觉得这一辈子怕是娶不到媳妇了。二十五六岁时，虽然亲朋好友帮他介绍了几个对象，但是一听说他的左脚是假肢，都打了退堂鼓，都不愿嫁给他。他虽然辛辛苦苦地修理摩托车，手中有了钱，但是婚姻问题一直困扰着他。苍天不负有心人，老天爷总会眷顾诚实善良的人。2013年，他通过QQ聊天，认识了现在的妻子李雄令。他在网上如实说明了自己的情况，因为他说实话，两个人聊得也很投机。心地善良的妻子决定见见面，看看这位伤感自卑的网友到底怎么样。当看到文海清像正常人一样端正地站在自己面前，经营着摩托修理铺，她心里踏实了。她认为文海清诚实，稳重，坚强，无论怎么都不骗人。虽然左脚装了假肢不灵便，但是完全可以托付终身，她决定嫁给文海清。李雄令的父母开初虽然不太愿意，但是文海清以他的诚信稳重赢得了自己的幸福爱情，建立了自己的美满家庭。结婚以后，文海清依然诚实稳重，相互尊重。妻子无微不至地关怀文海清生活，精打细算地操持家务，文海清的生活不再是灰色，而是充满了幸福快乐的灿烂阳光。现在，他们夫妻有了一儿一女，健康活泼，学习上进。夫妻两个还尽心照料患有严重类风湿性关节炎等疾病的母亲和年老的父亲。一家六口三代人，和睦相处，家庭美满。

人心诚，天不欺。人不论身处什么境遇，诚实守信的品德不能丢失，做人的底线不能丧失。文海清虽然因失去了一只脚而失去了一段健康明朗的时光，但是他却因坚守了一份诚实的本性，最终拥有了一个幸福美满的未来。

感恩政府，爱心回报，希望帮助残疾人就业

现在，文海清通过自己顽强不息的奋斗，通过自己以诚为本的经营，实现了事业成功和家庭幸福的梦想，他应该满足了。但是，文海清却不愿就此止步，他希望把电动车店开到乐都县城去，规模更大一点。是他贪心吗？现实生活中，很多人挣了一万想两万，有了一百万，还想拥有几千万，人对钱财的追求似乎永无止境。文海清也意识到了这一点，但是这时他的追求却变了，他想通过扩大自己的经营规模，安排更多的残疾人就业，他想回报社会，多做点慈善事业。他认为对个人来说钱够花就对了，主要是人活着要做对社会有用的人，为村里贫困的人多做些善事。这不是他心血来潮，而是出于对政府的感激，出于对残疾人的同情，出于对社会的爱。他说，乐都残联每年为他家送来残疾救助金，在他创业的道路上给予了很多政策和资金支持，帮助他度过了许多生活困难和事业困境。他说一分钱也是爱，政府的救助对他帮助很大，精神激励也很温暖。他感谢共产党的助残政策，感谢政府的救济帮助。做人要讲良心，他想回报社会，让其他残疾人有一份活做。同时，他加入了残疾人朋友圈，从快手等媒体上看到了许多残疾人自强不息、乐做善事的事迹，将心比心，他也萌动了为残疾人做慈善的念头。他说比起其他残疾人自己算不了什么，现在自己自强自立了，有了一定的收入，对残疾人能拉一把的尽量拉一把。有人脚不好而手眼好，有人眼不好可手脚好，只要真心帮助，付出爱心，就能为他们插上自食其力的翅膀。

其实，文海清早就认识到扩大经营的艰难，因为他在2016年扩大经营时经历过困境。那时，手头只有六七万钱，而扩大经营需要四十多万，相差甚远。没有别的办法，只好向亲戚朋友借钱和向银行贷款。凭着他诚实的为人，向亲戚朋友借了20多万，并向银行贷款十几万，艰难地办起了"奇强电动车总汇"。负债累累做生意，心中

没有底。当连续几个月卖不出几辆车，40多万的电动车积压在铺子里时，文海清心里很是着急和担心。他说，那时头发几乎全要白了，压力很大，心里确实难受。亲戚朋友们的钱要还，银行的贷款利息蹭蹭涨，一家6口人的生活要维持，他真的感到后怕。好在他长期恪守诚信经营的理念，在当地有很好的口碑，电动车也逐渐在乡村流行了起来。不久，他的电动车就全都销售出去了。现在经过两年多的经营，首先还清了亲戚朋友的账，银行的贷款也在逐步减少。但是经过这次扩大经营的艰难经历，不但没能打消他继续做大做强的梦想，而且有了新的经营动力。这就是通过扩大经营安排残疾人就业，为残疾人多做有益的事，为社会多做有价值的事，以感谢党和政府的帮助和支持，感谢社会对自己的关怀。他计划着扩大经营后，招一些能做活的残疾人，教他们技术，给他们发工资，帮助残疾人自食其力，团结起来一起干。

文海清明白，在自强自立的奋斗道路上离不开家人和社会的帮助和关爱，而爱是相互的给予，他同样爱他的父母，爱他的家庭，爱帮助过他的人，乐意为他们做力所能及的善事。他说，自己最大的希望和理想就是做一个对社会有用的人，帮助别人是自己的快乐和责任，尤其是让更多像他一样的残疾人得到温暖。

现在文海清发家致富了，而帮助像自己一样的残疾人实现自己的梦想，是他今后最大的梦想。希望自强自立、爱心满满的文海清在追求梦想的道路上，越走越宽广，越走越敞亮。

"红绿灯"下的光彩人生

杜永忠

在海东市乐都区西门口十字路口，人们经常会看到一名年轻的交通协管员，他潇洒自如的指挥手势、张弛有度的立定间转体、嘹亮急促的哨音总是吸引着驾驶员敬佩的目光和行人的驻足观赏。你看他时而指挥过往车辆，时而搀扶老人，或帮助推车过路，或对交通违法者耐心劝导教育。执着的神情、古铜色的脸上透出他对服务群众的满腔热忱，体现着他对公安交通事业的无限忠诚。他就是海东市乐都区公安局交警中队优秀辅警杨生锟。

杨生琨，男，汉族，生于1982年11月，2005年毕业于湖北警官职业学院，2005年7月，杨生锟被招聘进入乐都县交警大队，成为一名交通辅警。12年来，他爱岗敬业、无私奉献，他甘于平凡，但又不流于平凡。他默默无闻地在路面上指挥疏导、服务群众、维护交通。迎着日出，伴着日落，走过春夏秋冬，历经风霜雪雨，从不言苦，也不言功，用自己的身心诠释着一名基层一线交通管理协警的情怀。

乐都区是海东市人流、车流相对最集中的区域，乐都城区又是全区的交通"瓶颈"，由于城市道路规划的原因，加之近年来车辆的急剧增加导致乐都城区西门口经常发生交通堵塞，是指挥疏导最"发怵"的路段。杨生锟打一开始就有一种"啃"硬骨头的韧劲，自动请缨"坚守"西门口，负责上下班 4 个高峰点在靖朔门丁字路口疏导交通，其他时间跟随办案民警上路巡逻执勤，这一干就是 12 年，同事们"戏谑"地称他是"西门桥桥主"。"只要在岗一分钟，就要干好 60 秒。"这是杨生锟从警 12 年来对自己的基本要求，从没有一天怠慢。他认真负责的精神、十几年如一日的工作作风，赢得了单位领导和周围群众的普遍赞誉，单位领导说杨生锟已经在西门口建立起了强大的"气场"，有他在，该路段的交通就肯定没有问题。周围卖菜、修车的、小商贩都和他成了熟人，尤其有几位常年在此乘凉闲聊的老年人每天早晨或傍晚总是准时坐在路边看小杨的"表演"，一旦小杨有什么事情请假或者有其他任务不到岗。他们互相打问"今儿个这交警娃娃咋没上班？是不是病了？"关切、关爱之情溢于言表。盛夏，他执勤时，时不时有出租车司机给他口袋里塞上一瓶矿泉水。就连"傲气十足"的乐都一中骑电动车的高中学生在杨生锟日复一日地"叨咕"下，看到小杨靠边停车的手势都会齐刷刷地停下，静悄悄地注目等待，随着小杨放行手势和哨音的落下，他总会听到"小杨叔叔再见"的道别声随着车流慢慢远去，这时杨生锟心头总会涌上阵阵暖流，感觉是最自豪的时刻。

　　车流、人流高峰稍稍缓和下来，杨生锟赶快来到路西早餐馆门前一违停私家车前，一个标准的敬礼，微笑着说："师傅，您好！十字路口 50 米内是不能停车，这是违法的，请出示您的驾驶证和行驶证。"私家车驾驶员没有理他，一言不发准备离开。他再次向这位出租车驾驶员敬礼，说："请配合我们的工作，出示您的驾驶证和行驶证。"这次私家车驾驶员不耐烦地说："小伙子，咱们都是乐都城里人，抬头不见低头见，有必要这么认真吗？"并以没有带证件的理由，再次拒绝检查。对此，杨生锟没有放弃，执着的拦在车前面不停地重复着敬礼，驾驶员拗不过他，只好诚恳地接受了处理。这样的场景在他的工作中经常上演，久而久之，熟悉他的人越来越多，过往的驾驶员经过路口看到他时，都会轻按一下喇叭表示问候，过往的群众都要与他热情地打个招呼。

尽管工作清苦而繁忙，但是杨生锟的生活态度始终是阳光和积极的。尤其是冬天早上 6 点多，就得叫醒正在睡梦中的孩子，抱着孩子，迎着刺骨的寒风放在年事已高的父母家。吻一吻噙满泪花的孩子的脸蛋，哄着孩子重新入睡之后。急匆匆赶到交警大队集合出操，开始了紧张而忙碌的一天。遇到紧急任务或者有夜查任务结束回到家时孩子早已经睡着了，就这样时间过去了 2 年多，孩子已到上幼儿园的年龄，杨生锟的负担可想而知，每天"连轴转"。但他并没有因妻子也在本系统工作繁忙、无暇顾及家庭而一蹶不振、影响工作。他觉得能遇到一份自己喜欢的工作来之不易，而且只有干起自己喜欢的工作才会更加有劲儿。紧张忙碌的工作才会冲淡心中的一切烦恼和不快。在交警大队上路执勤的 30 多名执勤人员中，有 20 多名就像杨生锟这样的协警，他们平时每月领着 1000 多元工资，坚守在这平凡但不平庸的工作岗位上。

提起杨生锟，住在西门口附近的人都说："有了他，西门口就不会堵，上学上班不会迟到。"附近一位商铺老板说："整天看着他都忙忙碌碌的，哨子总是响着，一天看不到他，还真不习惯呢！"他成了群众的贴心人。无论是晴天还是雨天，他始终坚守在第一线。在他的心目中，个人的事再大也是小事，只要人民群众需要办的事情，他总是乐此不疲，竭尽全力。

2013 年 12 月 9 日凌晨，乐都区老鸦峡高速公路因冰雪天气发生一起大货车追尾一粗苯罐车发生燃烧造成重大伤亡的交通事故，接到这一重大警情后，当时正在酣睡中的杨生锟看到远处冲天的浓烟和对讲机传来的现场情况，迫于职业的敏感，他深深地感到"警情就是命令"，情况十万火急，杨生锟二话不说，义无反顾地奔赴事故现场进行救援，当时谁都明白，粗苯是毒性较大的化工原料，而且追尾起火，造成大面积燃烧，滚滚烈焰1000米之外都感觉非常灼热，形势非常严峻……经过8个小时的分流疏导、奋力救援，杨生锟和其他4名不同程度中毒的同事不得不住院进行治疗，但他只在医院住了一个晚上，第二天早高峰时他满面红肿、沙哑着嗓门依然出现在西门口的繁华路段上。

路面执勤交警的工作强度大，危险性也高。有天傍晚，一辆大货车行驶到该路口，杨生锟说："前方正在施工，请稍等。"大货车司机假意答应，却一脚油门闯过执勤岗，向城墙边的施工区冲了过去。施工区有各种设备、工人，以及受限通行的车辆，杨生锟驾驶交警队摩托车追了过去。在群众的协助下，大货车被迫停了下来，杨生锟却一头冲进了石灰堆里。

这些年来，谁也记不清杨生锟为群众做了多少件好事，然而永不改变的是，他每天都在践行着自己朴实的诺言。就在这平凡的工作中，他用真诚、心血和汗水赢得了群众的理解和爱戴，群众称他为"贴心人"，老人的"拐杖"，小孩的"守护神"。该同志工作12年以来，工作认真、勤勤恳恳、精神饱满，每天按时上岗、不迟到、不早退，手势规范，虚心地学习民警的指挥手势信号，在工作中从不计较个人得失，他不但能带好组里的队员，还能以身作则，尽心尽力配合民警做好疏导工作。

在西门口，这一路段比较复杂，四通八达，车流、人流量非常大，每天他从上午7时30分到下午7时高峰时间值勤，此时路口车流、人流量大，特别是人员上下班时间人流量更是剧增，为了维持好路口交通秩序，他任劳任怨，夏季天气炎热，他的制服经常是干了湿、湿了干。这一路段还有一条有名的小吃街，一到晚上来自各地的游客聚集在这逛街，因此这里也聚集了蛮多的小偷、扒手，他曾经几次带领组员把小偷扭送到派出所，受到了过往群众的高度赞赏！

谈到梦想，杨生锟坚信，那就是把本职工作踏踏实实做好，尽力为老百姓做一点实实在在的事情，作为一名交警就是希望广大市民理解支持交通管理工作，人人文明、理性一点，社会就会更加和谐，另外希望以后工资能涨点，生活负担轻一点，他会一直走下去。

宝剑锋从磨砺出，梅花香自苦寒来。杨生锟同志以自己的实际行动践行了一名交通辅警的无私追求和高尚情操。他的事迹先后被青海电视台《百姓一时间》栏目、《警视法案》栏目等多家媒体报道过，但他深深地坦言：媒体的宣传报道希望能够引起广大市民对交警工作的理解和支持，但社会的关注对我更是一种鞭策和鼓励，只能将工作干得更好，才能无愧于红绿灯下"公安交警"的神圣称号。

铁骨丹心写忠诚

杜永忠

有一种生活，你没有经历过，就不知其中的艰辛；有一种艰辛，你没有体会过，就不知其中的快乐；有一种快乐，你没有拥有过，就不知其中的真诚。这就是海东市乐都区公安局刑警大队长马学福从警21 年来的切身感受，在这平凡的岗位上，他用执着的追求、无悔的选择、辛勤的汗水诠释着一名共产党员和公安民警的深刻内涵，那就是"率先垂范、任劳任怨、恪尽职守、顽强攻坚"。马学福，男，回族，1974 年2 月出生，研究生文化程度，中共党员，1995 年7 月参加公安工作，现系海东市乐都区公安局刑警大队大队长。曾因工作成绩突出，先后被区委、区政府及市委、市政府评为先进工作者、综合治理先进个人、爱岗敬业十佳先进个人、业务标兵等荣誉称号，并荣立个人二等功1 次、三等功2 次。

领导眼中"有能力的大队长"

俗话说，把一个差单位变好不难，保住一个好单位难，把一个好单位变得更好则难上加难。马学福同志自担任刑警大队长之日起,他直面困难,不说空话,不尚空言,一步一个脚印,扎扎实实地推进各项工作。刑侦工作的形势严峻而又复杂,充满着巨大的风险和挑战。马学福同志在纷繁复杂的刑侦工作中,始终能把握"整治"和"打击"的主弦,弹奏出刑侦工作的最强音。担任刑警大队长至今,凭着对刑侦事业的满腔热忱,他始终保持冲锋在前、果敢干练,一次次将个人得失和安危置之度外。在他的直接参与和领导下,2012年以来,刑警大队先后侦破了发生在全区的抢劫杀人碎尸案、投毒杀人案、系列飞车抢夺、系列砸车盗窃等一大批重特大刑事案件,先后打掉各类犯罪团伙24个,抓获犯罪嫌疑人128名,破获各类刑事案件216起,为国家、集团和个人挽回经济损失近达480余万元。同时,他在刑警大队大力倡导"第一时间出击、第一时间制敌"的工作理念,将命案侦破作为维护社会政治稳定,保一方平安和服务民生的头等大事来抓,实现了全区连续8年所发命案全破目标,用无私奉献和坚定信念诠释了人民警察的忠诚,履行了人民警察为人民的铮铮誓言,曾多次赢得了区委、区政府领导和局党委的充分肯定和高度赞誉。

兄弟单位眼中的"追逃标兵"

2011年,史无前例的全国"清网行动"追逃战役全面打响,有着多年追逃经验的他睿智果断,带领着全体刑侦民警锲而不舍,奋勇拼搏,犹如"清网"战线上的一把"尖刀",对各类在逃人员发起了凌厉攻势。作为刑警大队长的马学福同志,平日里千头万绪的刑侦事务已经忙得不可开交,但作为"清网行动"办公室主任,他不仅要承担具体的追逃工作,而且还要为上级决策提供准确信息、制定追逃方案、分配目标任务,内容繁杂,任务艰巨。如此沉重的担子,他就这样一声不吭地扛了下来。并身先士卒,第一时间冲向了"清网"行动第一线。在长达半年的时间里，马学福同志亲力亲为，逐个摸清在逃人员底数，熟悉每名逃犯的基本情况，多次到在逃人员家中宣传政策敦促投案自首。尤其是近 2 年来，对于重点逃犯，他亲自研判方向，亲自制订抓捕方案，多次赴外地办案。他根据在逃人员不同的信息特点和在逃时间，帮助全局 8 个追逃小组确定了侦查方向，锁定了在逃人员的逃跑路线和藏匿地点。其间，他带领侦查人员足迹踏遍 11 个省市，行程 5 万余公里。至行动结束，共抓获两逃人员 96 名，其中负案在逃人员 69 名，批捕在逃人员 27 名，"清网"库存率下降 61%，超额完成了上级公安机关确定的清网率达到 50% 的奋斗目标，追逃成绩在全市名列前茅。正因为他在"清网"行动工作中的突出表现，马学福同志也成为其他兄弟单位眼中的"追逃标兵"。

犯罪分子眼中的"克星"

"群众看公安，主要看破案"，担任刑警大队长以来，马学福同志经常这样对自己和同事们讲："我们应当把受害人当成亲人、朋友，要带着对他们深厚的感情去破案！既要多破案，又要破大案。"作为大队长，他始终把侦破大要案件作为主攻方向，想方设法以最快的手段抓获犯罪嫌疑人作为自己的首要职责，凭着刑事侦查员的敏锐性和不破案誓不罢休的干劲儿，在刑事侦查破案工作中屡建奇功。一个人不顾一切将一名穷凶极恶的特大贩卖毒品且劫持人质的犯罪嫌疑人牢牢控制住，嫌疑人抓获了，自己的左臂却被手持的菜刀划开了一条长达 5 厘米的伤口，鲜血直流，很快染红了整只手臂。这个惊险的场面，并不是电视剧情，而是他经历众多工作场景的一个片段。2013 年 8 月 16 日，在侦破甘肃东乡族牟索么尼兄弟等人在乐都区贩卖毒品案件的过程中，他率队连续抓获犯罪嫌疑人 7 名之后，一鼓作气，又前往犯罪嫌疑人牟苏里马乃租住的出租屋，狗急跳墙的犯罪嫌疑人突然将窗户玻璃砸碎，挥舞玻璃拒捕，之后，又拿出早就准备好的菜刀袭击民警，致2名民警当场遭受轻微伤。犯罪嫌疑人又逃入附近村落一农户家中，将该家58岁的老人张某劫持，挥舞菜刀，叫嚣要与人质同归于尽。在这千钧一发之际，马学福同志率先追击持刀劫持人质的犯罪嫌疑人，在近长达800多米距离的合力围捕过程中，他沉着应战，果断出击，徒手成功解救人质，最终使劫持对象安然无恙，犯罪嫌疑人束手就擒，处置过程仅用了不到一个半小时时间。成功的处置过程，马学福敏捷的身手，让围观的群众心服口服，在犯罪嫌疑人被押上警车，准备带回时，围观的群众一拥而上，他们拼命鼓掌，不停大喊："人民警察好样的，感谢人民警察！"这也成为乐都公安是史上成功处置劫持人质案件的一个经典范例。

　　严谨细致的工作作风和吃苦耐劳的工作养成，十几年如一日，他始终摸爬滚打在刑侦第一线，用一腔热血和无限忠诚战斗在打击刑事犯罪的最前沿，以超人的毅力、独具的睿智和高度的责任心亲自参与或指导侦破各类刑事案件。10年的刑侦工作充分体现出：他是一个有勇有谋、刚正不阿的人；是一个无私无畏、心怀博爱的人；是一个爱憎分明、忠贞如一的人；是一个把人民的利益看得高于一切的人。十年弹指一挥，他把最宝贵的奉献给了始终不渝的刑侦事业，用大山一样的情怀不知疲倦地穿过了无数个黎明与黑夜，挥舞着法律的利剑，斩落了一个又一个魑魅魍魉，守护着万家灯火的平安。

附录

源远流长 花繁叶茂

——乐都文学概述

茹孝宏

乐都历史悠久，人文底蕴深厚，文学源远流长。

距今 4000 多年前，乐都柳湾先民创造的以精美彩陶为代表的史前文明，于 20 世纪 70 年代惊艳于世。柳湾出土的石磬、陶埙等古老乐器证明，那时的柳湾先民就有音乐活动，而在诗、舞、乐合为一体的原始社会，有音乐活动，就必定伴有诗歌及舞蹈活动。可见，那时乐都的柳湾先民就有以诗歌抒情娱乐的艺术活动。

汉武帝元鼎六年（前 111 年），汉军进驻湟水流域。汉宣帝神爵元年（前 61 年），后将军赵充国进军湟水流域实行屯田。神爵二年（前 60 年），汉王朝在今乐都设浩门、破羌两县，其中浩门县治所在今乐都东北境内，辖境大体包括今乐都东部和甘肃省永登县八宝川一带，破羌县治所在今乐都城区西，辖境为今乐都中西部地区，两县均属金城郡（治所在今甘肃省兰州西古城）。乐都被正式纳入大汉王朝版图后，就不断受到汉文化影响。据 1940 年出土于乐都高庙镇白崖子村的《三老赵掾之碑》记载，曾扎根乐都、被浩门县县令兰芳拜授为三老（掌管教化的地方官员）的赵充国六世孙赵宽，在乐都东部地区兴办教育，传播儒学。他的学生有百余人"皆成俊艾，仕入州府"。这百余学生中，肯定有擅诗善文者，只是史料匮乏，其作品无从查找。该碑没有镌刻撰书文和立碑者。撰书文和立碑者也许是赵宽的后人，也许是赵宽的学生，不论是谁，该碑碑文可谓难得的汉代时期的散文佳作，也是乐都乃至青海地区最早的文学作品。

东晋十六国时期，南凉国以乐都为首都，开馆延士，兴办儒学，大力吸收汉文化来发展自己的文化，使汉文化在乐都再次复兴，自然也培养出许多文学俊才。据史料记载，南凉王秃发傉檀之子秃发明德归13岁时奉父亲之命作《昌高殿赋》，他敏思善文，"援笔即成"，才惊百官，可惜其作品没有流传下来。南凉太府主簿宗敞年轻时撰写的散文《理王尚疏》文辞优美，"文义甚佳"，后来成为文坛大家。

唐代在西部设陇右道（治鄯州，今乐都），为全国十道之一。陇右道以鄯州为中心，共辖21州府59县。地域包括今甘肃省、青海省以及新疆维吾尔自治区的大部分地区。后又设陇右节度使。陇右节度使辖区驻军达7.5万，仅次于范阳节度使辖区的驻军规模，军事战略地位十分重要。这种情况自然带来人口增多，经贸昌盛，"天下富庶者无如陇右"（《资治通鉴》），自然也会促进文化的繁荣和发展。

这样一个鄯州府所在地、陇右节度使驻节地，当为中国西部政治、文化、经济中心和军事重镇。在这里，官员及其幕僚、掾属众多，文人雅士云集。在崇尚诗词、诗歌艺术高度发达的当时，这里自然会产生大量的诗歌作品，正如一位研究陇右唐诗之路的专家所说："鄯州是陇右节度使驻节地，也是唐代诗人创作诗歌作品最多的地方。"尽管文献资料匮乏，他们的作品大都被湮没在历史的烟尘中，但今天我们仍能看到遗留下来的许多作品。如哥舒翰任陇右节度使期间，大诗人高适就在哥舒翰幕府任过掌书记等官职，他的许多诗的写作地点就在乐都，如《九曲词（三首）》《登陇》等。其中《九曲词（三首）》第二首写道："万骑争歌杨柳春，千场对舞绣骐驎。到处尽逢欢洽事，相看总是太平人。"这首诗表现了哥舒翰收复九曲后乐都的人们舞狮欢庆胜利的盛大场面。再如唐代诗人钱起的《陇右送韦三还京》:"春风起东道,握手望京关。柳色从乡至,莺声送客还。嘶骖顾近驿,归路出他山。举目情难尽,羁离失志间。"作者在陇右(今乐都)送别朋友,用旅途景色来预测朋友的前景,同时也寄托了自己的思乡之情。再如唐代诗人柳中庸的《凉州词》:"关山万里远征人,一望关山泪满巾。青海城头空有月,黄少碛里本无春。"这首诗描绘了驻扎于鄯州(今乐都)的大唐将士内心的真实感受。唐代诗人在乐都一带写的诗,或以乐都情况为题材写的诗,还有崔融的《西征军行遇风》、岑参的《胡笳歌颂颜真卿使赴河陇》、杜甫的《奉送郭中丞兼太仆卿充陇右节度使十三韵》、刘方平的《寄陇右严判官》、长孙佐辅的《陇右行》、周朴的《塞上曲二首》第二首等。

宋元明清时期,乐都皆为"军政要地"。明代先后设碾伯卫,西宁卫碾伯右千户所,清雍正年间设碾伯县。

作为"军政要地"的乐都,宋元时期到过这里的文人学士也不少,受战乱等影响,虽然保存下来的文学作品不多,但至少能找到一些内容涉及乐都的诗歌作品,如宋代梅尧臣的《送王景彝学士使虏》、文同的《收复河湟故地》、岳珂的《下诏复河湟》,元代马常祖的《河湟书事》(二首)第二首等。

明清以降,到过乐都的文人学士则更多,他们创作了不少描绘乐都山川风物或感事抒怀或应景应时的文学作品。其中诗歌作品如明代嘉靖二十二年(1543年)进士胡彦的《碾伯道中》:"塞外不受暑,入秋风飒然。日高犹长裕,雨过却装绵。绝巘霾幽磴,悬崖吼瀑泉。哪知尘世里,别有一山川。"这是作者任御史期间来青海视察茶马事务,途经碾伯(今乐都)境内时所作,诗中描写了秋季乐都的自然风光和风情民俗,表达了对这里"别有一山川"的感叹和赞美之情。再如明代万历四十一年(1613年)进士蒲秉权的《阅边宿瞿昙寺》:"香利庄严甲鄯州，湟西净土此堪游。烟笼宝篆蟠蝌蚪，风动旛幢醒钵虬。贝叶朝翻云满阁，部筛宵吹月当楼。好将一滴杨枝水，洒濯边尘慰杞忧。"这首诗是作者任西宁兵备道时巡边到乐都，游览瞿昙寺并夜宿于此而作。诗中形象地描绘了瞿昙寺庄严华美的建筑风格，并表达了祈盼西陲安宁的情怀。再如清雍正六年（1728 年）任碾伯县令的张恩的《南楼远景》："谁言荒僻是边陲？酷爱南城会景楼。远岫孤标晴亦雪，长桥稳渡陆如舟。浪浮燕麦川平面，烟簇蜗庐柳罩头。一幅画图看不尽，雄文碑版吊千秋。"这首诗形象地描绘了从会景楼（即南楼）上看到的景色及张仲录的碑文。再如清乾隆年间任西宁道按察司佥事的杨应琚的《乐都山村》："巨石斜横碧水涯，石边松下有人家。春风不早来空谷，四月深山见杏花。"这首诗以疏笔淡墨描写了乐都山村的田园风光，清新优美，妙手天成，广为称颂。

散文作品如明代兵备副使范瑟所撰《创建定西门记》、明代进士陈仲录所撰《碾伯会景楼记》、明代举人李完所撰《重修城隍庙碑记》、清代杨应琚所撰《重修碾伯县文庙碑记》、清代碾伯县知县冯曦所撰《凤山书院碑记》等，都是优秀的散文作品。

其间客居乐都或过境文人学士留下歌咏乐都作品的还有明代的何孟春、包节、冯如京、姜廷瑶，清代的寂讷、斌良、张宪镕、何泽著、贾勋、来维礼等。

如前所述，乐都办学时间早，所以到清代时除大量的私塾、社学、义学等教育形式外，也有了很正规的书院教育，在多种形式的教育培养下，这里耕读传家蔚然成风，加之受客居和过境文人学士的影响，清乾隆年间至民国时期，乐都的一批本土作家已成长起来，他们依次是吴栻、傅咏、钱茂才、唐世懋、谢善述、赵得璋、李生香、萌竹、谢铭、李绳武、陈希夷、李宜晴、段生珍等，他们卓有成效的创作刷新了乐都文学的历史，撑起了乐都本土文学的一片天空。在这些本土作家中，以吴栻、谢善述的创作成就为最高。

吴栻（1740—1803，字敬亭，号对山、怡云道人、洗心道人，清碾伯县即今乐都人）于清乾隆、嘉庆年间，与狄道（今临洮）吴镇、秦安（今天水）吴登诗文齐名，故将他们三人并称"甘肃（当时青海属甘肃省）三吴"。他在仕途上不得志，大半生奔走于河湟地区，就馆教书，以馆谷养家。终因病愁困顿而死。吴栻存世的诗文，由其玄孙吴景周于 2000 年整理、校订、注释、标点，并加上他撰写的《吴栻传略》和《吴栻年谱》，集结为《吴敬亭诗文集》。

吴栻存世的诗文，数量之多，内容之丰，在历代河湟文人中绝无仅有。《吴敬亭诗文集》中的大部分作品或谈禅悟道，或演绎易理，或描景状物，或模山范水，就在这云诡波谲之中，寄托着对社会的认识，对人生的感悟，对美好生活的憧憬和希望。

《青海骏马行》是吴栻诗歌中传颂最广的诗篇，这首诗用赋、比、兴的手法，敷陈其事，寓言写物，因物抒怀，讴歌了青海骏马英姿非凡、踏云荡霞的神奇形象，借以抒发纵横驰骋的抱负，怀才不遇、壮志难酬的情结。这首诗想象奇特丰富，音调徐疾有度，铿锵有节，在整个清代诗歌中也是"卓然称大家"的。

吴栻的部分诗歌具有鲜明的地方特色。诗人出生于乐都，大半生生活于乐都，对乐都的山水人文有着深厚的感情，他的许多诗赋形象生动地描绘了乐都的山川形胜和人文景观，如《碾伯八景》《翠山赋》等。

吴栻继承了中国传统诗论中"诗言志""诗缘情"之说，主张"夫诗以言志，志之所在，发言为诗"（《自勘录后序》），"兴之所至，随意成章，以舒其情致斯耳"（《云庵琐语》）。他的诗歌多为抒写心志、兴之所至之作。吴栻的四首诗曾入选《清诗全集》。

吴栻散文中的一些应时应景之作，如寿文、祭文等，更是辞采灼灼，洋洋大观，脍炙人口。

谢善述（1862—1926，字子元，清碾伯县即今乐都人）自小苦读萤窗，16 岁时应县试、府试均名列前茅，23 岁即举拔贡。大半生从事教育工作。早先在民和官亭教授私塾，后任泾州（今甘肃泾川）学正（学官名）、宁夏府宁灵厅教授（学官名）、碾伯高等小学教师等。

谢善述今存其侄谢才华整理的《补拙斋文集》五卷，《梦草山房诗稿》二卷和章回体小说《梦幻记》一卷（二十回）。谢善述生活在清代末期民国初年，他的诗文反映了当时的官场腐败、吏治混乱和人民疾苦。他深谙当地的风土民情，因而为后世留下了许多翔实而又生动的史料。因此，他的诗文具有详史之略、续史之无的作用。

谢善述的创作深受"五四"新文化运动的影响，因而在创作中有意识地吸收乐都南山一带的方言俚语，创作了一批反映人民疾苦、宣扬中华民族传统美德、鞭挞社会恶习的《荒年歌》《劝孝敬父母歌》《戒赌博》等白话诗。这些群众喜闻乐见的作品，至今仍在乐都南山一带传唱。

谢善述于民国二十年（1923年）创作的章回体小说《梦幻记》，反映了人民的疾苦，鞭笞了官吏的专横凶暴。这篇小说用白话写成，不仅是乐都的第一部白话小说，也是青海的第一部白话小说。鲁迅于1918年发表在《新青年》杂志上的白话小说《狂人日记》是中国现代文学史上的第一部白话小说，而谢善述的白话小说《梦幻记》的创作时间比《狂人日记》的发表时间仅晚5年。

谢善述的诗文在当时深受好评，至今乐都还流传着"谢善述的文章赵廷选的字，李兰谷的对联王长生的戏"这样的评说。其中说到的赵廷选、李兰谷、王长生均为清代末期民国初年乐都人，分别在书法、对联和戏曲方面很有造诣。

从吴栻、谢善述留存于世的作品来看，他们的创作也代表了当时青海文坛的最高水平，吴栻可谓当时青海文坛浪漫主义文学的代表人物，谢善述可谓现实主义文学的代表人物，他们就像两颗耀眼的星，闪烁在青海文学历史的天空。

这一时期除吴栻、谢善述外，还有一位重要作家也值得一说，他就是民国中后期在青海文坛闪亮登场的萌竹。

萌竹（1921—1953，本名逯登泰，号尹湟，乐都高店河滩寨人）20世纪40年代就读于上海复旦大学期间，结识"七月诗派"的贾植芳、胡风、路翎等人，并受其影响，创作出了一批诗歌、小说、散文和评论作品，发表在《希望》《西北通讯》等报刊，其中小说《青驴》《大青骡》《炒面的故事》发表于《希望》杂志。

1949年后，乐都的文学事业得到空前发展，一代代作家和文学爱好者不断成长，各类体裁的文学作品不断涌现。萌竹、陈希夷、逯有章、辛存文、李生才、铁进元、许长绿、赵宪和是新中国成立后乐都作家第一梯队的代表人物，他们虽然没有在同一时间段形成庞大的创作阵容，但各自在不同的时间段，以突出的创作实绩赢得青海文坛的关注和认可。

萌竹在1949年前创作一批文学作品的基础上，于新中国成立初期又创作发表了小说《血红的草原》。萌竹的创作成果在乐都乃至青海的文学史上留下了非常珍贵的资料。他在1949年前后创作的小说均受到青海文坛好评。"在当时的青海作家群中，萌竹小说的成就已达到了很高的水平"（《青海当代文学50年》）。

陈希夷（1918—2013，乐都碾伯下寨人）是新中国成立后成长起来的一位本土作家，以创作旧体诗见长。他的《咏青诗稿》（三册）于2002年出版，收入诗、词、曲、赋3000多首。《咏青诗稿》对青海的人文、历史、地理风光等做了详细阐释和尽情描绘，对唤起人们爱祖国、爱家乡的情感具有积极意义。

逯有章（1933—2018，乐都高店河滩寨人）在工作之余坚持文学创作，终有收获。出版有长篇小说《河湟风云》《王府恩仇记》。

长篇小说《河湟风云》以河湟地区的生活为背景，以陆、巨、王、黄四姓人家40多年的经历为主线，反映了青海东部地区的社会历史变迁，揭示了发生在这里的历史悲剧的根源。小说具有曲折复杂的故事情节，质朴、善良、勇敢的高原人形象跃然纸上。《王府恩仇记》

以西部生活为背景，通过描写骆驼客的高原生活与悲惨身世，折射出复杂动荡的社会面貌。小说故事情节跌宕起伏，展示了一幅具有悲壮传奇色彩的西部生活图景。

辛存文（1934—2017，乐都蒲台乡寺沟脑村人）多年在《青海日报》工作，他结合自己的新闻工作，创作的大量报告文学、纪实散文等作品，发表在《人民日报》《甘肃日报》《青海日报》《青海青年报》《中国土族》《民族经济与社会发展》等报刊。出版有纪实散文集《西宁土楼山访古采今录》。

辛存文的创作以报告文学成就为最高，他创作的一批报告文学作品为改革鼓与呼，为时代画像留影，作品所总结介绍的先进典型和先进经验，被省委、省政府在全省推广学习。

李生才于 1938 年出生于乐都岗沟哈家村，毕业于青海师范学院中文系。曾在《诗刊》《青海湖》《西藏文学》《文汇报》《上海文学报》《青海日报》《厦门日报》《瀚海潮》等报刊发表诗歌、散文、评论和小说作品。他在果洛草原工作生活 20 多年，他的作品大多反映涉藏地区风情和藏族群众的生活。20 世纪 80 年代初期，李生才的小说创作风生水起，佳作不断，创作发表中短篇小说 20 余（篇）部，其中中篇小说《靴子梦》获青海省政府首届文学艺术奖。

李生才创作的长篇小说《含泪的云》发表于 1981 年第 10 期、11 期《青海湖》杂志，1982 年 11 月由青海人民出版社出版单行本。这部小说反映了龙木切草原上藏族群众迈上光明大道、告别黑暗社会的曲折历程，刻画了一位善良、正直而又极力拥护共产党民主改革政策的上层头人形象，故事悬念迭生，情节感人。

许长绿 1938 年出生于乐都岗沟七里店村。20 世纪 50 年代后期，他创作的一批诗歌、短篇小说、小小说在《青海日报》《青海湖》《牧笛》《工人日报》发表。后因历史原因，创作中断。1984 年后，他的创作又进入一个活跃期，创作的短篇小说、小小说、散文在《青海群众艺术》《西宁晚报》《青海青年报》《青海日报》《少年文艺》《青海广播电视报》《西部发展报》《西海都市报》等报刊发表。出版有诗文集《长路》。曾获《青海广播电视报》征文一等奖。

赵宪和（1940—2020，笔名赵禛，乐都马营人）数十年坚持对旧体诗的学习、研究和写作，在《西海都市报》《中华诗词》《诗词百家》《诗词国际》《诗词世界》《中国诗赋》《诗词之友》等报刊发表大量诗词作品。出版诗词集《南凉清韵》《晚晴吟草》《赵禛诗词选》《赵禛诗文集》等。

1949 年后乐都作家第一梯队中还有蒲文成、谢佐、毛文斌、吴景周、周璋武、林中厚、李养峰、辛存祥、谢培等，他们均发表了一定数量的作品。其中吴景周发表多篇（部）戏剧、曲艺作品。周璋武、林中厚均发表较多民俗类散文。毛文斌出版诗、书、摄影集《海东风光》，书内收入旧体诗 80 多首。李养峰出版长篇小说《见证沧桑》等。辛存祥发表较多旧体诗。谢培创作的短篇小说《除夕》发表于 1972 年5 月 2 日《青海日报》，1974 年被青海省文联《征文》杂志转载，并被选入当时青海省初中二年级语文教材，在当时的青海文坛和教育界均产生很大影响。《除夕》褒扬了集体主义精神，塑造了一位大公无私的老农形象，在今天仍有积极意义；语言也较有特色，尤其是大量拟声词的恰当运用，增加了作品的审美趣味。

党的十一届三中全会后，不仅第一梯队的作家焕发了创作生机，而且一批新的文学青年在创作上跃跃欲试，并崭露头角；他们是巨克一、高建国、蒲生奎、朵辉云、钟有龙、赵建设等，他们构成了乐都作家的第二梯队。他们除在乐都文化馆编印的内部杂志《乐苑》上发表作品外，也在省、市（地）级报刊上发表作品。其中巨克一在《青海日报》《青海湖》《青海青年报》《瀚海潮》发表了散文、小小说作品；高建国在《青海日报》等报刊发表了散文作品；蒲生奎在《青海群众艺术》《青海文化》等报刊发表了散文、曲艺作品；朵辉云在《青海日报》

《青海湖》《青海青年报》《青海群众艺术》《群文天地》《西海都市报》等报刊发表了散文、小小说作品；钟有龙在《青海日报》《西海都市报》等报刊发表了诗歌、散文作品；赵建设在《青海日报》《青海湖》《青海群众艺术》发表了短篇小说作品。其中，朵辉云的纪实散文《为了幼苗茁壮成长》入选第二辑《青海，我的家园》，出版文集《细雨润秋》《细雨润秋》修订本，曾两获青海广播电视文艺奖；钟有龙出版诗集《乡间歇响》；蒲生奎除创作一些散文、曲艺作品外，还经常写一些应时应景的寿文、祭文、碑铭等，语言典雅，辞采飞扬；巨克一时有新作品问世，并获奖。

时序进入 20 世纪后期，除第一、第二梯队的部分作家继续在文学的田野上耕耘外，一大批中青年作家如雨后春笋般不断涌现，他们在省内外报刊发表大量作品，出版多部文学作品，获得多个重要文学（文艺）奖项。因有他们的创作，乐都文苑呈现出花繁叶茂果飘香的瑰丽景象。他们的创作代表了当代乐都文学的最高水平。他们构成了乐都作家的第三梯队。现对其中创作成绩突出或比较突出的作家分述如下：

王建民是乐都作家第三梯队中最有天分的一位。早在西北政法大学求学期间，就已经在诗歌创作上初露峥嵘，还荣获《飞天》杂志"大学生诗苑奖"。大学毕业参加工作不久，即告别"铁饭碗"，"下海"打拼。非稳定的工作和非规律的生活，使他很少有静心写作的时间和环境，但他终究没有放弃文学，没有放弃写作。多年间在《青海日报》《西海都市报》《海东日报》《青海湖》《飞天》《当代青年》《星星诗刊》《诗选刊》《安徽文学》等报刊发表诗歌、小说和评论作品。作品入选《青年诗选（1987—1988 年度）》《你见过大海——当代陕西先锋诗选》《放牧的多罗姆女神——青海当代诗歌 36 家》《2009—2018 青海文学十年精选·诗歌卷》《江河源文存·诗歌卷》《江河源文存·小说卷》《江河源文存·评论卷》。其中的《青年诗选》是每两年从全球华人青年诗人中遴选 50 余位的诗作编辑而成的；《你见过大海——当代陕西先锋诗选》主编沈奇教授在选本序言中说："建民的诗是至今仍不失为前卫或曰先锋的、真正西部味的西部诗，现代意识加古歌情味，那一种反常合道、务虚于实的诡异劲道，如新开封的老酒，啥时喝来啥时为之一醉。"

王建民的诗集《太阳的青盐》入选浙江工商大学出版社"21世纪诗与诗学典藏文库第一辑"。这部诗集以汉字独特的时空架构能力，追索人类文化母题中诗质的人本部分，进行真正的现代考量。王建民以其对汉字的独特理解，在汉语新诗修辞上表现出一种难得的干净和清醒，从而抵达形而上的自由。

关于王建民的理论建设性文章《河湟文学论》,《青海新文学史论》评价说："王建民的理论主张对青海文坛有着深远的意义。他最先提出了'河湟文学'的概念,1989年2月他的长文《河湟文学论》在《青海湖》发表，从理论上比较完整地讨论了'河湟文学'的内洽性与实践的可能性，显示了一种青海文坛上少有的理论的自觉意识。"

近些年，王建民以清末至新中国成立前唐蕃古道、丝绸南路的重要节点之"丹噶尔—西宁"商业圈为叙事时空，进行了系列小说创作，已发表中篇小说《那花姐》、长篇小说《天尽头》等。长篇小说《天尽头》从工匠的银子、商家的银子两套系统考量钱的内涵和外延，似家园叙事，实为"丹噶尔—西宁"商业圈的白银资本历史；历史大背景据实呈现，叙述举重若轻，从而关注人本身，以及在文化碰撞交融之地商业的重要性。在非农非牧的生存境遇中，小说人物的确是一群不一样的男女。至于故事，青海的读者阅读时，故事就在他的文化记忆中；外地的读者阅读时，故事就在他的"远方"里。

马国福是第三梯队中一位年轻而有实力，且在省内外具有一定影响的作家。刚过不惑之年的马国福在《北京文学》《上海文学》《星星诗刊》《青年作家》《雨花》《诗歌月刊》《扬子江诗刊》《散文百家》《散文选刊》《青春》《青海湖》《美文》《黄河文学》等省内外百余家报刊发表散文随笔、诗歌等体裁的作品，其中以散文随笔创作成就为最高。

系《读者》杂志首批签约作家。大量文章被《读者》《青年文摘》等知名报刊转载，多篇文章被选为上海市、天津市、武汉市等多个城市中、高考作文训练题（试题）。作品入选《2017年度散文选》。

马国福已出版散文随笔集《赢自己一把》《给心灵取暖》《我很重要》《给生命一个完美备份》《无限乡愁到高原》《听心底花开的声音》《在尘世的烦恼里开怀》《你所谓的安逸不过是在浪费生命》等8部。曾获孙犁散文奖（两次）、江苏省首届十大职工艺术明星、江苏省年度文学工作先进个人等荣誉。

马国福的多数散文随笔堪称美文，"美文如清风，佳句似佳茗"，在通俗的叙事说理中给人以启示，于精巧的描景状物中显出智慧。他更以一种博雅风范和悲悯情怀，体恤着芸芸众生，也温暖感动着读者。

余聪（1979—2013，城台人，本名海显澄，又有笔名夜梦，毕业于北京科技大学）是第三梯队中一位在省内鲜为人知，而在首都北京具有一定影响的作家，属于典型的"墙外开花墙外香"。他除在天涯社区等网站发表大量散文、杂谈和三部长篇小说外，还在《人之初》《北京青年报》《河北青年报》《新快报》《大学生参考》《涉世之初》《今晚报》《祝你幸福》《中国美食报》《中国电力报》《打工妹》《楚天都市报》《江淮晨报》《湘声报》等报刊发表百万文字。出版有长篇文化散文《一生要领悟的易经与道德经智慧》《孔子智慧全集》，长篇小说《丫头，你怎么又睡着了呢》《你的灵魂嫁给了谁》。

余聪的长篇小说深受北京青年读者的青睐。

长篇小说《丫头，你怎么又睡着了呢》在天涯社区网站连载后，"点击突破130万，回帖12000多条"。该小说纸质文本的"内容简介"中说，这是"一部让千万'丫头'潸然泪下的温暖感动之作"。

长篇小说《你的灵魂嫁给了谁》在天涯社区网站连载期间，也受到读者好评。该小说出版时的"编辑推荐"说，这部小说"具有相当的文学价值。从行文到结构，从语言到寓意，从环境到背景，都是特立独行、标新立异的。文章不拘泥于男女之间的感情纠葛，也不流于事情发展的肤浅表面，而是通过细致描写医院这个社会大环境下的小环境，从而淋漓尽致、入木三分地表现人物特征和社会现象"。

余聪的第三部长篇小说《北京，爱》在天涯社区网站连载时，同样受到好评，正如一位评论家所说："作者以现实主义手法，深刻揭示了当代青年的成长历程、心路历程。当现实的残酷和人性的光芒猛烈碰撞的一瞬，所发出的炫目色彩，成为这部巨著的独特魅力。"

就是这样一位风华正茂的天才作家，因消化道出血等疾病，医治无效，于2013年5月6日撒手人寰，年仅34岁。

周存云很年轻时就跻身青海文坛，20世纪80年代后期，他才二十几岁，创作就已进入活跃期，其后一直笔耕不辍，常有收获。曾在《青海日报》《西宁晚报》《青海湖》《瀚海潮》《飞天》《红豆》《绿风》《绿洲》《黄河诗报》《诗江南》《群文天地》等报刊发表诗歌、散文作品。作品入选《建国50周年青海文学作品选·诗歌卷》《中国散文诗精选》《高大陆上的吟唱》《诗青海·2010年鉴》《江河源文存·诗歌卷》《青海美文选》《2013—2014青海美文双年选》《2015—2016青海美文双年选》《2017—2018青海美文双年选》。诗歌《静坐的日子》被当代作家代表作陈列馆收藏。

周存云已出版诗集《无云的天空》《远峰上的雪》、诗歌二人合集《风向》、散文集《高地星光》《河湟笔记》，其中《高地星光》入选青海省作协编选的第五辑《青海青》文学丛书。诗集《远峰上的雪》获第二届青海青年文学奖、青海省政府第五届文学艺术奖。

周存云的诗简洁凝练，清新俊逸，意境深远。他的抒情散文含蓄蕴藉，贮满诗意；他的历史文化散文既有学者的风范，又有文学的构思和运笔，恢宏大气，洋洋大观。

李永新是一位非常勤奋的作家，他政务繁忙，手中的笔却从未停歇，他尝试诗歌、散文、评论等多种文体的写作，且均有收获。曾在《海东日报》《青海湖》《中国土族》等报刊发表作品。已出版诗歌摄影集《彩虹记忆》《江山如此多娇》《河湟寻梦》《白草台文丛》《李永新文丛》及文图集《极地门户行》。

评论家刘晓林在谈到李永新的创作时说："李永新的出身、教养、阅历，无一不与河湟地区的山川土地根脉相连，这决定了他泥土般质朴、坚实、执着的气质和心寄乡土的情感方式，同时也决定他思考的方向与文字书写的旨趣。"

李永新在担任海东市委宣传部常务副部长、市文联主席期间，创办海东市文学季刊《湟水河》，组织出版了由他主编的《海东情文艺丛书》《海东情文艺丛书2》《海东情文艺丛书3》《海东文学丛书》《海东文学丛书2》。以上几套丛书各卷本收录了海东籍作家、作者以及外籍作家、作者情系海东、抒怀海东的各种体裁的文学作品。

李明华于20世纪80年代后期步入青海文坛，创作发表了散文诗、散文、小说和报告文学作品，已出版散文诗集《家园之梦》，散文随笔集《坐卧南凉》，中短篇小说集《平常日子》，长篇小说《默默的河》《马兰花》，另有长篇小说《颇烦》发表。李明华以小说创作见长。

长篇小说《默默的河》第一章《党支书与地主女儿的爱情》被2001年第12期《青海湖》选载。根据《默默的河》修改而成的长篇小说《夜》，于2009年由《读者》出版集团敦煌文艺出版社出版，并被纳入西北五省（区）农家书屋工程。《夜》通过一个农村党支部书记一夜之间对自己一生经历的回忆，反映了社会变革给农民造成的心理失衡以及由不适应到适应的心路历程，是一部河湟农人的生存史，也是中国农村人生存史的缩影。可以说这部小说是李明华长篇小说的代表作。

长篇小说《颇烦》通过叙写社会转型期农民遭遇的无奈、尴尬和疼痛，给农民这个弱势群体以深度的人文关怀，表达了对一些社会问题的思索和拷问。

长篇小说《马兰花》塑造了一个命运多舛却具有吃苦耐劳、坚忍不拔、忍辱负重精神的河湟女人的形象。她的形象就像绽放在河湟大地上的马兰花，散发着淡淡的幽香。

李明华的作品入选 2010 年《小说月报》"报刊小说选目"及《新中国建立 60 周年青海文学作品选·散文卷》、《江河源文存·散文卷》。曾获青海新闻奖报纸副刊作品二、三等奖。

周尚俊自 20 世纪 90 年代前期开始文学创作以来，一直勤奋有加，未曾懈怠。曾在《青海日报》《青海青年报》《光明日报》《青海湖》《民族经济与社会发展》《文学港》《浙江作家》《延安文学》《西部散文家》《群文天地》等报刊发表散文、报告文学作品。作品入选《2017—2018 青海美文双年选》。已出版长篇报告文学《北山大行动》、长篇纪实散文《乐都人文印象》等。

长达 20 多万字的长篇报告文学《北山大行动》架构宏大，气势恢宏，具有一定的历史纵深感和历史责任感；是真实和真情的融会，是报告与文学的交响，是一部能真正体现报告文学文体特点的长篇报告文学，也是乐都报告文学的代表性作品。

评论家王建民在谈到周尚俊的散文创作时说："我发觉，不遗余力地记录乡村的人文德行，建构一种过往乡村的人文景观，正是周尚俊的创作追求……所以他怀揣笔墨，肩挂摄像器材，不断地上山下乡，还不时组织或掺和进乡间村社的戏班子、社火队、红白喜事、田间地头，去捡拾、临验、体悟那些乡村人文博物馆所需的一情一景，俨然一个古道热肠的老文人的做派。"

周尚俊曾获第四届青海省"德艺双馨"文艺工作者称号、第六届"中国梦·青海故事"征文鼓励奖等荣誉。

郭守先在乐都第二中学读高中时就发起并组织成立了"湟水文学社"，创办《湟水滨》油印杂志，正值青春年少、多梦季节的他和十来个爱好文学的高中同学相聚湟水之滨，以酒醉地，立誓要追念鲁翁，自彼时即踏上一条不归的文学之路，并对追求文学梦想葆有持之以恒的顽韧精神和宗教徒般的虔诚。30 多年来,在《文艺报》《作家报》《中国税务报》《青海日报》《贵州日报》《青海青年报》《西宁晚报》《海东日报》《西海都市报》《河南工人日报》《雪莲》《牡丹》《椰城》《诗神》《奔流》《黄河》《诗江南》《青海湖》《群文天地》《中国土族》《诗歌周刊》《加华文苑》《中国汉诗》《侨乡文学》《时代文学》《文学自由谈》等报刊发表诗歌、评论、随笔等体裁的作品。作品入选《废墟上的花朵——玉树抗震诗歌作品选》《新中国建立 60 周年青海文学作品选·诗歌卷》《江河源文存·诗歌卷》《2009—2018 青海文学十年精选·诗歌卷》《2009—2018 青海文学十年精选·评论卷》《开创文艺评论新风——中国文联第六届文艺评论家高研班评论作品选》《青海当代文艺评论集》等。

郭守先已出版诗集《翼风》《天堂之外》,文集《税旅人文》,评论集《士人脉象》,随笔集《鲁院日记》,文论专著《剑胆诗魂》。曾获全国税收诗词展评二、三等奖,第四届青海青年文学奖、青海文艺评论奖三等奖,第三届全国专家博客笔会优秀奖,《中国税务报》征文二等奖等。

郭守先在诗歌创作、文艺评论及文艺理论研究方面均有建树,尊崇人本主义,倡导锐语写作,作品以思辨性、批评性见长。他的创作极少受流行观念的浸染,既没有无病呻吟的矫揉,也没有追风跟俗的敷衍。他的评论直面文本的妍媸得失,褒贬分明,明快爽利。曾赢得牛学智、李一鸣、刘晓林、郭艳、刘大伟等省内外评论家的高度赞赏。

茹孝宏的文学创作起步较晚,他在《青海日报》文艺副刊《江河源》发表第一篇散文《核桃树》时,已年届不惑,不过其后写作发表都比较顺利。在《青海日报》《内蒙古日报》《中国教育报》《中国教师报》《西海都市报》《青海青年报》《西宁晚报》《青海广播电视报》《环渤海作家》《江海晚报》《鄂尔多斯日报》《海东日报》《青海湖》《黄河文学》《四川文学》《文学港》《华夏散文》《散文选刊·原创版》《中华诗词》《中国汉诗》《天涯诗刊》《文学教育》《金城》《千高原》《东方散文》《文坛瞭望》《群文天地》《诗城文艺》《东北风》等报刊发表散文、评论、纪实文学、旧体诗等作品。作品入选《生命之灯——全国首届"杏坛杯"校园文学大赛获奖作品集》《新中国建立60周年青海文学作品选·散文卷》《〈青海湖〉500期作品精选》《青海美文选》《2013—2014青海美文双年选》《2015—2016青海美文双年选》《2017—2018青海美文双年选》《江河源文存·散文卷》《2009—2018青海文学十年精选·散文卷》《青海生态文学作品选》《中国梦·青海故事》等选本。

茹孝宏已出版散文集《生命本色》《凤凰坐骑》，文化专著《乐都文化艺术述略》等，其中《凤凰坐骑》入选青海省作协编选的第四辑《青海青》文学丛书。曾获全省"三育人"征文三等奖、全国首届"杏坛杯"校园文学大赛三等奖、青海省政府第五次哲学社会科学优秀成果三等奖、青海省政府第六届文艺创作奖、青海新闻奖报纸副刊作品一等奖、中国散文华表奖最佳作品奖、青海省"四个一批"人才、首届"化泉春杯"全国散文大赛优秀奖、《中华诗词》优秀作品奖等荣誉。

关于茹孝宏的散文创作，王建民评价说："在茹孝宏的散文中，我读出个体生命之善之美之慧的传承，哪怕这些传承曾经处于一个人文困顿、令人不安的时代，同时也读出了河湟地域的厚道和贫瘠。从作家的角度说，茹孝宏的散文提出了一种'回去'的方式，一种质朴的方式。带着一颗厚道的心回到从前，你会发现，你待过的时空并非那么不堪，否则，人类怎么能活过昨天。茹孝宏告诉我们：不论世事如何，人性的坚强总会以他的方式散放辉光。"

蓟荣孝在散文创作上专注深情，并有所建树。在《中国教育报》《青海日报》《青海青年报》《青海广播电视报》《散文百家》《延安文学》《散文诗》《青海湖》《粤海散文》《环渤海作家》《青海作家》《雪莲》《中国土族》《华夏散文》等报刊发表作品。作品入选《新中国建立60周年青海文学作品选·散文卷》《青海美文选》《中国西部散文精选·第三卷》《2006 年中国散文诗精选》。

蓟荣孝已出版散文集《流淌的记忆》《湟水夜话》。曾获青海新闻奖报纸副刊作品三等奖、全国散文作家论坛征文一等奖。

蓟荣孝的散文含蓄蕴藉、空灵飘逸、语言典雅、辞采灼灼、耐人寻味。

陈华民一直善于学习，手不释卷，韦编三绝，尤其对地方历史文化谙熟于胸。中年以后博观而约取，厚积而薄发，勤奋创作，硕果累累，尤以长篇历史小说创作见长。自出版第一部长篇小说《大山的囚徒》以来，便激情奔涌，一发而不可收，连续创作出版了长篇历史小说三部曲《河湟巨擘》《南凉悲风》《瞿昙疑云》和《鄯州春秋》。

长篇小说《河湟巨擘》以汉代河湟地区汉羌之间"和战"形势为背景，以赵宽曲折而充满传奇色彩的一生为主线，塑造了赵宽深谙韬略、文思敏捷，并由一名武艺出众、勇冠三军的战将，转而成为博贯史略、通晓六艺的硕儒名士的形象。《南凉悲歌》以历史事件为基础，辅之以传说，演义了南凉王国从建立到覆灭的全过程；表现了南凉秃发氏三兄弟深谙韬略、擐甲执戈的英雄气概，以及他们顽韧的战斗精神。《瞿昙疑云》以明代第二个皇帝——建文帝逊国后的历史传说为主线，穿插一些史料创作而成。小说虽然不以倾心塑造人物形象见长，但主人公朱允炆生性柔弱、优柔寡断、刚愎自用、用人失察而导致逊国出逃、客死他乡的充满悲情色彩的形象清晰可辨。《鄯州春秋》以河湟历史为背景，以鄯州为中心，描绘了隋唐时期河湟大地波澜壮阔的战争场面，叙写了文成公主等几位李唐皇室公主和亲吐蕃与吐谷浑的民族和解事件，也描绘了当时河湟地区纷繁复杂的社会状况、唐蕃关系和人物群相。

谢彭臻是一位学者型作家，善于学习，手不释卷，学习之余偶有所感，则欣然命笔，抒怀论道。曾在《青海青年报》《西宁晚报》《青海湖》《群文天地》等报刊发表评论、旧体诗、散文随笔、短篇小说等。在多个文体写作中，以文艺评论写作见长。丰厚的国学功底，娴熟而高超的语言驾驭能力,使他在文艺评论写作中如庖丁解牛,游刃有余。不仅擅长文学评论的写作,还擅长书画评论的写作。他的评论笔锋老辣,潇洒大气。

索南才旦是第三梯队中唯一一位在青海文坛有影响的藏族作家,以诗歌、散文诗创作为主。曾在《西藏文学》《西藏日报》《西藏法制报》《青海日报》《工人作家报》《长江诗歌报》《西海都市报》《青海经济报》《艺报》《中国土族》等报刊发表作品。出版诗集《桑烟升起的地方》《同行三江源》。

索南才旦的诗歌植根于青藏高原的广袤大地和独特的民族风情,有着深厚的生活积累,精神饱满,内涵丰盈,散发着青藏高原原生态气息。阅读他的诗歌,就像伴随着他的咏唱,领略着青藏高原的奇丽风光,体验着浓郁的民族风情。

许正大以诗歌创作为主,也曾尝试过其他文体的写作,但以诗歌创作成绩为最突出。在《青海日报》《青海青年报》《西海都市报》《诗词报》《青海湖》《雪莲》《农民文摘》《中国土族》等报刊发表作品。作品入选文集《青稞与酒的记忆》《2009—2018青海文学十年精选·诗歌卷》、诗歌合集《俄日朵雪峰之侧》。已出版诗集《蓝色的梦》《心灵花朵》。曾获九三学社中央委员会征文优秀奖。

许正大的诗朴素晓畅、真切自然,他眼前的普通事物都能构成诗歌意象,看似随口道来,无雕琢之痕迹,却意蕴丰厚,耐人咀嚼。

李积霖作为书画家,结合书画创作与研究,书画评论写得风生水起,活色生香。偶尔也写散文。已在《青海日报》《海东日报》《群文天地》《文坛瞭望》《邯郸文学》《海淀文学》及青海《党的生活》等报刊发表评论、散文作品10万多字。

徐存秀(笔名秀禾)是乐都女性写作群体中的佼佼者,多年间在文学的田野上默默耕耘,专心致志,心无旁骛。在《青海税报》《青海湖》等报刊发表小说、散文等作品,以小说创作成绩为最突出。她发表的中篇小说《斑斓的夏季》（《青海湖》杂志 2009 年第 7 期），受到青海文坛关注。已出版中短篇小说集《斑斓的夏季》、散文集《长发情愫》。

李天华以散文随笔创作为主，也写诗歌，部分作品与本职工作语文教学有密切联系。在《西部散文家》《中国土族》等报刊发表作品。已出版教研随笔集《品读经典》、散文随笔集《人文探究》、诗集《故乡与远方》。曾获全省"师德、师风、师品"征文一等奖。

李天华的教研随笔集《品读经典》是对经典课文思想意蕴、精神内涵和审美价值的解读和诠释，是一本具有教研价值的随笔创作，也是一本富有随笔情趣的教研成果。

应小青是第三梯队中一个特别的存在。出生于 1985 年的她少年失聪，从乐都六中（现海东市凤山中学）高二退学后，辗转至青海省特殊教育学校就读美术中专班。为感谢南京爱德基金会捐赠助听器，她写的一封感情真挚的感谢信被记者发现后，整版刊登在《西海都市报》上，感动了许多人。此后的二十多年间，应小青笔耕不辍，先后在《西海都市报》《海东日报》《知音》《知音·海外版》《好日子》《博爱》《家庭百事通》《莫愁·智慧女性》等报刊发表了近百万字的纪实特稿和散文，其中多篇散文堪称美文。

应小青 24 岁如愿加入青海省作家协会，28 岁被中国红十字会旗下的《博爱》杂志聘为特约作者，被《知音》杂志陈清贫写作文化培训学校聘为指导教师，线上授课。她创作的歌词《何不快乐》荣获全国音乐少儿大赛金奖；散文《借你耳朵听世界》荣获中国政法大学征文比赛三等奖，该文被数十家报刊转载。

应小青作为青海省优秀的青年作家，于 2021 年被推荐参加了由中国残联和中国作协在上海举办的第二期全国身障人士文学研修班，她用智能电子设备聆听知名作家潘向黎、王蒙之子王山、《青年文学》杂志主编张菁等老师的精彩授课，并受到中国残联吕世明副主席的亲切接见和勉励。

以上这些第三梯队的骨干作家显示出了强劲的创作势头，并形成了以王建民、周存云、郭守先、李永新、索南才旦、许正大为代表的诗歌创作中坚力量，以马国福、余聪、周存云、周尚俊、茹孝宏、蓟荣孝、李天华、应小青为代表的散文创作中坚力量，以王建民、余聪、李明华、陈华民、徐存秀为代表的小说创作中坚力量，以郭守先、王建民、谢彭臻、茹孝宏、李积霖为代表的文艺评论创作中坚力量，以周尚俊、李明华、应小青为代表的纪实文学创作中坚力量。他们在青海文坛都占有一席之地，并产生相应影响，在乐都文学发展史册上也写下了光辉的篇章。

第三梯队中除以上这些骨干作家外，在公开报刊发表作品较多的还有徐文衍、李积祥、张永鹤、蒲永彪、王宝业、辛元戎、祁万强、巨月秀、陈芝振、董英武、熊国学、赵显清、权文珍、辛秉文、谢保和、林倩倩等。其中徐文衍出版文集《心灵霁光》，曾获青海日报"回眸二十年"征文三等奖；李积祥出版诗词集《河湟涛声》，曾获青海诗词大赛一等奖、《今古传奇》征稿优秀奖；张永鹤曾获全省"师德、师风、师品"征文二等奖；陈芝振出版汉碑碑文（散文）研究专著《〈三老赵掾之碑〉释》；董英武出版文集《文明的追寻》；熊国学获青海日报周末版头题征文三等奖；辛秉文出版《青海舞蹈史研究》；谢保和出版诗集《乡间行吟》；林倩倩出版散文集《水落在远方》。还有张银德、马英梅、李万菊、铁生玉、权永龙、范宗保、熊国谦、盛国俊、李天林、郭常礼、王以贵、熊增良、马忠麟、巨月秀等也坚持写作，并发表了不少作品。他们为乐都文学百花园增添了更加多样的色彩。

另外，在全国新文艺群体崛起和发展势头锐不可当的大背景下，除上文说过的余聪外，乐都的一大批网络写作者也应运而生、渐渐成长。他们年龄多在 50 岁以下，其成员主要有朱丹青、李巧玲、张长俊、赵玉莲、李桂兰、李炜、贾洪梅、袁有辉、杨春兰、应小娟、盛兆寿等。他们中的大多数先在一些网络平台发表作品，磨砺笔锋，然后再向纸质媒体投稿，如朱丹青、李巧玲、张长俊、赵玉莲、李桂兰、李炜、袁有辉、贾洪梅、杨春兰时有作品见诸报刊。

朱丹青（本名朱琴玲，女）是乐都网络写作者中最突出的一位。她除在《青海日报》《青海湖》等报刊发表多篇散文作品外，于 2016 年 12 月创办微信公众号《青海四月天》，并担任该公众号主笔。已在《青海四月天》发表散文《消失了的年味》系列、《那片长满荆芥的故土》、《〈方四娘〉——一首流传在河湟地区的悲情绝唱》、《哭冤家——一场永无应答的对话》、《青海人的大月饼》等原创散文 400 余篇，共计 50 多万字。20 万字的长篇小说《邻家有二凤》于 2003 年在全球华人网上家园《天涯论坛》连载。20 多万字的长篇小说《湟水河边流走的光阴》正在《青海四月天》连载。

李巧玲（网名远方，女）也是乐都网络写作者中成绩突出的一位。他在乡村耕作之余从事散文创作，除在《海东日报》《中国土族》《群文天地》《瀚海潮》等报刊发表作品外，在《青海读书》《西海人文地理》《香落尘外》《昆仑文学》等公众号发表作品。已出版散文集《樱桃花开》。曾获《青海读书》2020 年十佳"好作者奖"、《青海读书》2021 年十佳"新锐奖"。

从时段上说，乐都的网络写作者群体也可看作乐都作家的第四梯队。但除朱丹青、李巧玲外，第四梯队中尚未出现其他代表性的作家和比较厚重的作品。欲承第三梯队文学创作之成就，开拓乐都文学事业美好之未来，第四梯队写作者任重而道远。

综上所述，乐都数千年文脉绵延不辍，不仅源远流长，且具有独特的边塞风骨和地域特色。尤其是 1949 年以来，乐都本土作家层出不穷，不断取得新的创作成果，虽不敢言说硕果累累，但可谓果实甘饴，回味无穷……

2022 年 3 月 29 日

后记

《乐都文学丛书》的诞生，动议于 2020 年终岁尾。那是 12 月的某一日，我在乐都作协年会上，向区文联提出编纂出版《乐都文学丛书》的建议，区文联李积霖主席态度爽快，说这是一件大好事，定当勠力同心促成之。2021 年春节过后，即以区文联与作协的名义给区政府、区委宣传部分别呈送了编纂出版《乐都文学丛书》的报告，领导们研究同意后，在区委宣传部领导的指导下，即于当年 6 月正式启动编纂工作。

先是制订编辑方案，确定诗歌、散文、小说、纪实、评论各分卷编辑，然后进入组稿和编选环节。

这是乐都历史上第一次以选集的形式编纂出版文学丛书，因此发出的《征稿通知》中对应征稿件的时间范围自然放宽了一些，即编选"改革开放以来，尤其是近十年以来在公开报刊上发表过的作品"。为力争体现收选作者作品的全面性，避免缺漏和遗珠之憾，既编选乐都籍作者的作品，也编选外籍作者书写乐都、情系乐都的作品。

起初，拟对一些散文大家的作品多编选一些，并在向他们约稿时说明了此意。这源于我已经掌握有三位外籍散文大家均发表过两篇书写乐都的散文，乐都籍的散文大家发表书写乐都的散文则更多。结果特地约稿的几位大家大多只来稿一两篇，而其他多数应征作者的来稿都在两篇以上，有的多达四五篇，来稿总量之多，令我惊讶、惊喜。但受客观条件所限，该丛书的总字数必须控制在 170 万左右。据此，最终决定散文卷每位作者只入编一篇，并保持着优中选优、佳中选佳的态度，面对大量来稿，着实做了一番披沙拣金、掇菁撷华的工作。

鉴于乐都评论作者较少，征稿时未限定篇数。结果来稿量也很大，且作者多为省内评论大家，只是作者数量相对较少，倘若每位作者只入编一篇，显然不足一本书的体量。全部入编，评论卷体量过大。最终每位作者的来稿或删减一二，或删减二三，多数稿件则予以保留。因此该丛书中，评论卷体量稍大一些。小说卷中，每位作者的来稿或入编一篇，或入编两篇；诗歌卷中，多数作者的来稿入编若干首，少数作者的来稿只入编一二；纪实卷中，来稿多则入编得多，来稿少则入编得少。总之，各卷的选稿在注重文本品质的前提下，还综合考虑了多方因素。之后，除评论卷按被评论的体裁、诗歌卷兼顾体裁和内容分设若干栏目外，其他三卷均按内容分群归类，分设若干栏目。各卷均以其中蕴含该卷综合审美价值的某篇篇名作为书名。我们做完这些初步的编选工作后，根据青海人民出版社的三审意见，两次对各卷的少量稿件又进行了删减或替换。

该丛书编纂过程中，虽有劳心劳力之苦，但也屡屡唤起我们的敬意和感动，并在这种敬意和感动中不断汲取力量砥砺前行，不断增强做好此项工作的责任感和使命感。这除了源于我们阅读到广大应征作家或文字锦绣、或内蕴深邃、或视角独特、或情感丰沛、或书写真诚的各种体裁的作品外（当然许多作家的作品兼具多种优点），还源于广大作家的大力支持和热情配合。省垣作家王文泸、马钧、刘晓林、葛建中、唐涓、邢永贵、刘大伟、李万华、阿甲、张翔、冯晓燕，海东作家张臻卓、张扬、雪归，乐都籍作家王建民、周存云、李永新、马国福等均在第一时间发来大作。其中马钧先生某日凌晨4时起床，于6时左右将一篇曾发表过的评论稿改定后发到我邮箱里，然后匆匆盥洗用早膳后，驱车赴乐都采访该区的书法之乡活动开展情况。葛建中先生赴外地出差期间，背着笔记本电脑在所下榻的酒店里秉烛通宵，整理、修改完曾发表过的数篇稿件发到了我的微信。我向乐都籍老作家李生才电话约稿后，李生才先生花一两天时间翻箱倒柜，找出40年前发表他小说的数本《青海湖》杂志，当我和区文联李积霖主席赴西宁他的家里取那几本样刊时，他和老伴以耄耋之身准备了一桌子丰盛的菜肴，盛情款待我俩。凡此种种，不再一一列举。

编纂该丛书的初衷是回顾、梳理和展示改革开放以来，尤其是近十年以来乐都文学的创作成果，以使读者约略洞见乐都文学创作状况，触摸文学队伍薪火相传、新老交替的脉搏，了解乐都写作队伍的现状。另外，为使读者更好地了解乐都文学的发展脉络和乐都文学的方方面面，丛书中还特地收编了笔者撰写的《源远流长 花繁叶茂——乐都文学概述》一文。我们诚望乐都本土的文学写作者和文学工作者也能窥见自身的不足和隐忧，从而补足短板，强化弱项，开启乐都文学更加美好的明天。

五卷本《乐都文学丛书》，洋洋170多万言，可谓卷帙浩繁；编纂出版这样一套丛书，可谓工程浩大。当完成全部流程，即将付梓之际，终于如释重负了。

特别感谢青海省文联党组成员、副主席，省作协主席梅卓拨冗作序！

特别感谢乐都区委、区政府领导的大力支持！

特别感谢海东市文体旅游广电局的大力支持！

特别感谢乐都区委常委、宣传部部长丁生文花费大量心血并作序！

特别感谢乐都区文联主席李积霖花费大量心血！

特别感谢青海东方全力房地产开发有限公司董事长俞涛慷慨解囊！

感谢青海人民出版社总编辑王绍玉精心谋划，以及编辑二部编辑们付出的辛勤劳动！感谢青海德隆文化创意有限责任公司总经理张芳平的倾情助力！感谢乐都作协编辑同仁们的鼎力襄助！感谢所有支持、关心这套丛书出版的领导和朋友们！

如前所说，有几位知名作家应约投来两篇或两篇以上散文作品，因体量所限，只入编了一篇；有的作家、作者投来的某种体裁的作品，因特殊原因而未能入编。对此，只能举揖致歉了！

茹孝宏

于壬寅虎年孟秋